Martina Naubert

**Massimiliano
Dolce Vita auf leisen Pfoten
Roman 1**

Illustrierte Ausgabe
inkl. Kurzgeschichte Verliebt in Rom

Gewidmet der kulturellen Vielfalt Europas

Besonderen Dank an Claudi, Sieglinde, Gundel, Uschi, Ursula
und Tanja, die mir bei der Bearbeitung der Geschichte mit ehrli-
chem Rat zur Seite standen.

Über das Buch

Illustrierte Ausgabe, inkl. Kurzgeschichte „Verliebt in Rom"

Es scheint ein eigenwilliger, aber liebenswerter Kater zu sein, der sein neues Zuhause bei der deutschen Lisa sucht, die für ihre Firma drei Jahre in Italien arbeiten wird. Doch während die junge Frau nach ihrer Ankunft mit den ersten praktischen und kulturellen Unterschieden zu kämpfen hat, entpuppt sich das kluge Tier als römischer Hausgeist in Designeranzug und Sonnenbrille. Massimiliano verfolgt, ganz Kater, seine eigenen Ziele und setzt dabei, ganz Hausgeist, seine über zweitausend Jahre entwickelten Fähigkeiten geschickt ein, um Lisas Liebesleben nach seinem Gusto zu gestalten. Eine humorvolle Liebeskomödie in Italien mit spritzigen Dialogen über kulturelle Missverständnisse, in welcher ein eleganter Hausgeist als Kater im Designeranzug herum spukt.

Über die Autorin

Martina Naubert hat sich in dem Land niedergelassen, welches der Deutschen liebstes Reiseziel ist: Italien. Sie wurde 1960 in Kanada geboren, wuchs in Neumarkt i.d.Opf auf, ist viel gereist und siedelte schließlich im Jahre 2007 nach Bologna über. Die Ausbildung in Transaktionsanalyse beeinflusst ihre Arbeit maßgeblich. Fantasie und Spielerisches sind dabei Kernthemen ihrer Bücher, in denen trotz tieferem Sinn Unterhaltung auf keinen Fall zu kurz kommt. Sie arbeitet heute als Beraterin für Personalentwicklung und veröffentlicht ferner Märchen zur Entwicklung der Persönlichkeit auf Basis der Transaktionsanalyse.

Martina Naubert

Massimiliano
Dolce Vita auf leisen Pfoten

Humorvolle deutsch-italienische Liebeskomödie in Italien mit Kater, Liebe und Geist

Roman 1

Illustrierte Ausgabe
inkl. Kurzgeschichte Verliebt in Rom

© 2018
Herstellung und Verlag: BoD – Books on Demand, Norderstedt.
ISBN: 9783748166931

„Die Menschheit lässt sich grob in zwei Gruppen einteilen: in Katzenliebhaber und
in vom Leben Benachteiligte. "

Francesco Petrarca
(Ital. Gelehrter 1304-1374)

„Das Geist-Erschaffene ist lebendiger
als die Materie. "

Charles Baudelaire
(Franz. Dichter 1821-1867)

„In zweitausend Jahren habe ich manche Liebesbeziehung entstehen und enden, und allerlei Windhunde Frauenherzen brechen sehen. Die Methoden haben sich nicht geändert, diese Typen sind erstaunlicherweise wenig einfallsreich. Aber das müssen sie auch nicht sein, es funktioniert ja noch immer zuverlässig. "

Massimiliano
(Römischer Hausgeist und Kater)

Ankunft in Bologna (Einleitung)

Ich ziehe meinen kleinen Rollkoffer aus dem Zug und sehe mich auf dem Bahnsteig kurz um. Alle eilen in eine Richtung.

Kurzerhand folge ich dem Strom der Menschen, die Treppen hinunter und wieder hinauf und lande in einer Bahnhofshalle. Gedrängte Gruppen unbeweglicher Personen starren auf die große Anzeigetafel über den runden Toren und versperren den Weg.

Wie viele andere Reisende bleibe auch ich stehen, folge verwundert ihrem Blick.

„*Ma, insomma!*",[1] mault eine ungehaltene Frauenstimme direkt hinter mir und drängt sich unsanft an mir vorbei. Sie zieht mit ihrem enormen Koffer einen Faden aus meinem neuen Sommerkleid, was ich auch gerne mit „*Ma, insomma!*" kommentieren würde, aber meine Reaktion in der neuen Sprache ist noch nicht so schnell.

Ich werfe ihr einen finsteren Blick hinterher, aber das sieht sie natürlich nicht.

Vergeblich versuche ich, den Faden wieder an Ort und Stelle zu bringen, es bleibt jedoch ein kleines Loch. Dabei habe ich für dieses extravagante, viel zu teure Sommerkleid eines italienischen Modelabels extra ein wenig abgenommen, damit ich mit der Größe achtunddreißig in das modisch anspruchsvolle Ambiente Italiens passe. Ich hätte doch ein billigeres Kleid für diese Reise wählen sollen!

Plötzlich löst sich ein Pulk Personen aus der Unbeweglichkeit und hastet mit klapperndem Kofferrollen der Treppe zu den Bahngleisen entgegen. Auf der Anzeigetafel ist die Bahnsteignummer für den Zug nach *Milano* erschienen. Alle anderen Züge sind noch keinem Abfahrtsgleis zugeordnet und halten dadurch ihre zukünftigen Reisegäste im Zaum.

Welch seltsame Organisation, denke ich für mich und drehe mich in Richtung Hauptausgang. Ich werde diesen Gedanken in den nächsten Wochen und Monaten vermutlich noch häufiger haben.

Ich schlängle meinen kleinen Rollkoffer im Slalom durch die Stehenden in Richtung strahlender Sonne und Großstadtlärm.

In Erwartung historischer Gebäude mit einladenden Straßencafés und schick gekleideten Menschen auf den Gehsteigen schreite ich aus dem Portal.

Mein Blick fällt auf ein Hotel in modernem Baustil mit eckigen Säulen, die ein wenig an kommunistische Plattenbauten erinnern. Es schmiegt sich ein zweites Hotel an dieses erste, welches den primären Eindruck ein wenig beschönigt: *Belle Époque*[2] in Terrakotta. Immerhin. Beide Bauten verankern sich an der vierspurigen Straße mit Arkaden,

---

1 Kann viele Schattierungen haben: Also wirklich!, unterm Strich, im Mittel betrachtet, geht schon, nicht so gut

2 Franz.: Bezeichnung für Zeitspanne von etwa 30 Jahren um die Wende vom 19. zum 20. Jahrhundert in Europa

in die Kioske für Kaffee, Getränke oder Zeitschriften eingelassen sind. Nichts davon ist wirklich historisch beachtenswert oder mediterran einnehmend. Es ist eher Bahnhofsviertel.

Das ist also Bologna.

Hier werde ich die nächsten Jahre leben.

Meine erste Enttäuschung könnte nicht größer sein. So hatte ich Italien aus meinen zahlreichen Urlaubsreisen nicht in Erinnerung!

Ich beschließe, mich nicht entmutigen zu lassen und mich stattdessen sofort mit meiner neuen Heimatstadt ein wenig vertraut zu machen. Geschwind tippe ich meine neue Adresse in mein Handy. Bei solch schönem Wetter will ich die wenigen Schritte zu meiner angemieteten Altbauwohnung nahe Zentrum durch einige der viel gerühmten Arkaden laufen. Die Stadt soll - laut Reiseführer - fünfundvierzig Kilometer davon haben.

Die Stimme meines Navis dirigiert mich vorwärts.

Ich folge ihr über eine kleine *piazza,* vorbei an einer robusten, isoliert stehenden *porta*[3] in die belebte Geschäftsstraße der *Via Indipendenza*[4] und tauche in den ersten Arkadenflur ein.

In sanften Erdtönen gehaltene Rundbögen leiten mich über immer wieder wechselnde Mosaikböden aus den fünfziger Jahren, vorbei an Geschäften und Bars. In Bologna kann man bei Hitze, Regen und sogar Schneetreiben trockenen Fußes shoppen. Auch das hat mir mein Reiseführer vorhergesagt.

Dieser Anblick versöhnt mich wieder. Denn hier sind sie: Die schick gekleideten Geschäftsmänner, die eleganten Frauen, die jungen Studenten in den Cafés und die lange Reihe der Geschäfte, von deren Auslagen eine modischer ist als die andere. Die neben Heidelberg älteste Universität Europas hält die Stadt jung und das sieht man.

Ich fühle mich in dieser Gesellschaft mit meinen fünfunddreißig Jahren beinahe alt, aber sehr stimuliert.

So hatte ich mir mein neues Leben vorgestellt, als ich die Bewerbung für die Außenstelle unserer Firma in Bologna eingereicht habe: Eintauchen in mediterranes Leben, ein angenehmes Klima, Kultur, neue Menschen, ein anderes Miteinander, *dolce vita*. Genau!

---

[3] Antikes Stadttor
[4] Haupt,- und Einkaufsstraße in Bologna

Die Stimme aus meinem Navi befielt mir aus dem Gewirr lebendiger Shoppingströme in Richtung des Universitätsviertels abzubiegen. Ich gehorche in gespannter Neugierde.

Dort sind die Straßen schlagartig gar nicht mehr elegant und die terracottafarbenen Hauswände mit ihren nichtssagenden Graffitis umso schmutziger. Im Voranschreiten entdecke ich mehr dumme Sprüche und ausdruckslose Schmierereien, also weder Kunst noch Politik. Sie sind einfach nur scheußlich. Dafür aber zahlreich.

Ich versuche, den Eindruck auszublenden. Er passt einfach nicht zu meiner romantischen Vorstellung und zu meinem vor einigen Minuten erlebten Hochgefühl über meine mutige Entscheidung, hierher zu ziehen.

Um zwei weitere Ecken, entlang weniger beeindruckender Arkaden in moderner eckiger Form, tauche ich durch eine schmale Gasse und finde mich auf einer kleinen *piazza* umrahmt von der alten Kirche *San Martino*[5] auf der einen, und von einem typischen Restaurant der Provinz Emilia-Romagna auf der anderen Seite wieder. Rot-weiß-karierte Tischdecken vor dem Lokal tragen einsatzbereite Weingläser und Gedecke und locken Gäste, sich dort niederzulassen. Ein Farbenmeer an Orange-, Rot- und Erdtönen, die sich scharf von dem stechenden Blau des Himmels abheben, umgibt mich. Ich halte einen Moment inne und genieße diesen Platz, lasse meinen Kopf in den Nacken fallen und lächle dem Firmament entgegen. Der Lärm der nahen Geschäftsstraße ist hier fast nicht zu hören.

Es sind zwei gleichzeitig auftretende Geräusche, die meine Aufmerksamkeit auf sich ziehen: Ein tiefes, um meine Beine schmeichelndes *„Miao"* und die Stimme meines Handys, die mir meldet „Sie haben Ihr Ziel erreicht".

Ein Kater schlingt sich in Achterform um meine Beine und gibt wiederholt ein deutliches *„Miao"* mit erhobenem Kopf in meine Richtung, das eher wie ein *„Ciao"* klingt. Bis auf einen weißen Fleck, der sich wie ein Kragen rund um seinen Hals zieht, ist sein dunkelgraues Fell glänzend. Er sieht gar nicht nach Straßenkater aus, eher wie eine gepflegte Edelkatze mit Stammbaum.

---

[5] Basilika di San Martino Maggiore, gegründet 1227

„Ciao", antworte ich und streichle ihm kurz den Kopf, während ich neugierig auf das Display meines Handys schiele, um die genaue Hausnummer meiner neuen Adresse nochmals zu überprüfen. Ich drehe mich um die eigene Achse, aber ich sehe keinen Hauseingang.

Ich laufe die kleine *piazza* einmal komplett ab, gefolgt von meinem Rollkoffer, der über die Pflastersteine holpert und dem Kater, der uns neugierig hinterherschreitet. Auf meiner Runde um den Platz schiele ich beiläufig auf die Menükarte des Restaurants und beschließe, es zu meinem Stammlokal zu machen.

Unverrichteter Dinge komme ich am Ausgangspunkt meines Rundgangs wieder an und lasse die Hand mit meinem Handy entmutigt sinken. Der Kater setzt sich abwartend auf seine Hinterläufe und stellt beide Vorderpfoten artig nebeneinander.

„Das ist wohl dein Revier, he?", sage ich zu ihm, während ich noch immer mit den Augen die Umrandung dieses Platzes nach einer passenden Haustür absuche.

„*Miao!*", macht der Vierbeiner wieder und verschwindet hinter einem stinkenden, großen Müllcontainer, wie man ihn in den Hinterhöfen der Bronx vermutet hätte. Mit diesem Anblick kriecht auch der Gestank in meine Nase.

„Ääähhh...", mache ich kläglich und weiche vor diesem Fäulnisaroma ein paar Schritte zurück. Aber doch nicht in Italien!

Die Berg- und Talfahrt der mich enttäuschenden und verzückenden Eindrücke auf diesem ersten kurzen Fußweg vom Bahnhof zu meiner neuen Wohnung lässt keine Gelegenheit aus: Krasser könnten die Gegensätze nicht sein.

„Heute kommt der Müllwagen. Deshalb steht der Container hier! Morgen ist er dann wieder da drüben auf der anderen Seite", erklärt mir eine elegant gekleidete Frau mittleren Alters mit Löwenmähne und in so hochhackigen Pumps, dass ich über die Frage, wie sie es schafft, sich auf diesen Pflastersteinen nicht die Beine zu brechen, völlig das Objekt des Anstoßes vergesse.

„Laura Boldrini. Wie war Ihre Reise?", stellt sie sich vor und reicht mir die Hand, die ich lächelnd mit einem „*buonasera*" schüttle.

Mein Stolz darüber, dass ich daran denke, dass man kurz nach drei Uhr nachmittags schon „*buonasera*" sagt und nicht „*buongiorno*", wie es alle dummen Ausländer tun, lässt mich fast um Zentimeter größer werden und damit gefühlt auf Augenhöhe der Highheels kommen. Ich werfe unwillkürlich einen Blick auf meine flachen Sandalen, die zwar bequem, aber in Konkurrenz dieser Modeexemplare völlig unerotische Treter sind.

Meine Immobilienmaklerin, die ich bisher nur vom Telefon kenne, ist nicht im Geringsten beeindruckt.

Sie schwebt in ihrem fließenden Kleid um den Container herum, als wäre es die Showeinlage auf einem Catwalk und winkt mir mit einem Schlüssel.

„Vieni, entra pure!" [6]

Die nächste Abwärtsfahrt meines inneren Gefühlsbarometers hinterlässt ein laues Knurren in meinem Magen. Meine Wohnung liegt hinter einem stinkenden Müllcontainer! Im Internet war davon natürlich nicht die Rede gewesen und auch Frau Boldrini hat mir die Wohnung in den schillerndsten Farben geschildert, als ich ihr mein Vorhaben, für ein paar Jahre in ihr Heimatland auswandern zu wollen, erzählt habe.

Während ich ihr zögerlich folge, überlege ich schon fieberhaft, wie ich es anstellen werde, mich aus dem dreimonatigen Vertrag wieder herauszuwinden.

Der Kater huscht an uns vorbei und springt die Treppen im Flur hinauf, sobald sich die alte hölzerne Haustür knarrend öffnet. Es ist eher ein Tor als eine Haustür. Verziert durch den Müllcontainer habe ich diesen Eingang auf meinem Rundgang für eine Garageneinfahrt zu einem Hinterhof gehalten und gar nicht in Erwägung gezogen.

Ich sehe mich ein wenig um, gefasst auf weitere Müllcontainer oder ähnlich Abstoßendes zu treffen. Aber mein Blick fällt in einen grünen Innenhof. Rechts davon ist eine Öffnung in die Mauer eingelassen, in welcher eine blitzsaubere, sehr großzügig angelegte alte Steintreppe mit abgetretenen niedrigen Stufen in den ersten Stock führt. Ein geschwungener Handlauf aus matt schimmerndem Holz zeugt von den vielen Händen, die er scheinbar über Jahrhunderte nach oben geleitet hat.

„Wie schön!", entfährt es mir und ich bleibe wie verzaubert stehen. Die Halle wirkt wie der Eingang zu einem alten *palazzo* in Venedig.

Signora Boldrini lächelt in selbstbewusstem Kulturstolz.

---

[6] Kommen Sie! Treten Sie ruhig ein!

„Im Hinterhof ist eine alt eingesessene Rechtsanwaltskanzlei", klärt sie mich auf. „Sie können den kleinen Hofgarten von oben aus dem Fenster genießen. Unter Ihrer Wohnung ist nur dieser Abstellraum."

Sie zeigt auf eine versteckte Tür unter der Treppe, welche sie dann hüftschwingend emporschreitet.

Ich folge ihr nach oben und blicke dabei beeindruckt auf die neue Handtasche in aktuellstem Design, die vor meiner Nase hin- und herschwingt, bis wir oben angelangt wieder auf einer Höhe vor der Wohnungstür zu stehen kommen.

Der Kater sitzt davor, mit der Nase so dicht vor dem sich zu öffnendem Türspalt, als wäre er der neue Mieter.

„Sie haben eine nette Katze", bemerke ich, obwohl ich das Tier instinktiv vom ersten Augenblick an als ein männliches erkannt habe.

„Oh, das ist nicht meiner", antwortet sie. „*Ci mancherebbe!*[7] Ich habe Katzenallergie. Er gehört *quasi* zur Wohnung."

„Wie bitte?!", rufe ich ihr hinterher, weil sie schon durch die geöffnete Tür entschwindet und schwungvoll ein hohes, doppelflügeliges Fenster auf der gegenüberliegenden Seite öffnet.

„Sie können von hier sogar die Wahrzeichen der Stadt sehen, die *Asinelli* Türme. Naja, vielmehr einen. Den anderen sieht man von hier nicht."

Meine Umzugskartons stehen verteilt auf dem alten, jedoch edlen Fußboden. Mein Wohlwollen über diesen unerwartet reibungslosen Umzug und den mich überraschenden Anblick meines vollständigen Eigentums, das erstaunlicherweise sogar vor mir in meiner neuen Wohnung eingetroffen ist, stimmt mich schlagartig milde.

Der Kater legt sich in ausgestreckter Länge in den Sonnenstrahl, der durch das geöffnete Fenster auf den alten Steinboden flutet und räkelt sich, bevor er unbeweglich liegen bleibt. Für eine Katze ist das Tier ziemlich groß.

„Sie haben erhebliches Glück mit dieser Wohnung!", flötet meine Immobilienmaklerin. „Gut renovierte Altbauwohnungen in dieser Lage sind für gewöhnlich unbezahlbar. Aber ich habe Ihnen ja schon gesagt, dass es dem Eigentümer im Gegenzug wichtig ist, dass Sie dafür kleine

---

[7] Das würde gerade noch fehlen

Reparaturen selbst und vor allem keine Umstände machen. Deshalb hat er sich auch für Sie als Deutsche entschieden."

Ich fühle mich in meinem nationalen Stolz geehrt und bin darüber selbst erstaunt, denn mein Ego hält mich in diesem Punkt eher gerne für sehr weltoffen.

„*Certo!*[8]", beruhige ich sie nickend. Natürlich will ich keine Umstände machen.

Ich zeige mit einer Handbewegung auf das Tier und gebe ein eher dümmlich wirkendes „Ähhh ...?" von mir, um ihren Ausspruch von vorhin wieder aufzugreifen.

Sie ignoriert meinen schwachen Versuch und zeigt mir stattdessen den Gashahn in der Küche, den Sicherungskasten hinter dem Eingang und erklärt mir, wo ich im Hinterhof den Hauptsicherungskasten und den Hauptgashahn für den Notfall finde.

„Ihre Vorgängerin hat ihn hiergelassen", fügt sie dann mitten in ihre technischen Erklärungen ein. „Was soll ich sagen? Ich habe ihm - trotz meiner Allergie! - ab und zu etwas zu Fressen gebracht. Vielleicht hätte ich das nicht tun sollen? *Però* ...[9]."

Sie beendet diesen Satz mit Gestik, indem sie ihre Schultern nach oben zieht, die Handflächen öffnet und diese Haltung für einige Sekunden mit einem Grinsen quittiert.

„Von einem Haustier steht aber nichts im Vertrag!", unternehme ich den erneuten Versuch vorsichtig einzuwerfen, was mir selbst als sehr deutsch und unpassend scheint.

Sie sieht mich auch so an.

„*Certo!*", nickt sie wie selbstverständlich. Sie vermittelt mir das Gefühl, dass es ihr gleichgültiger nicht sein könnte.

Dann niest sie demonstrativ. Sie reicht mir den Schlüssel, während sie nach einem Taschentuch kramt.

„Ich rufe Sie Ende der Woche nochmals an, um zu sehen, ob alles in Ordnung ist."

Und damit steht sie auch schon in der Haustür, putzt sich die Nase, winkt nochmal kurz und entschwindet tänzelnd hinunter.

Der Kater liegt noch immer bewegungslos in der Sonne.

---

[8] Bestimmt! Natürlich! Selbstverständlich!

[9] aber, jedoch, auf der anderen Seite

Ich betrachte ihn nachdenklich.

‚Eine Katze gehört nicht ins Haus!', tönt die Stimme meiner Mutter in meinem Kopf und ich frage mich, ob ich ihr bereits unwillentlich in dieser Angelegenheit Folge leiste?

„Meinetwegen", bedeute ich dann mangels anderer Ansprechpartner zu dem Tier. Ich hadere mit mir, weil ich mich auf einmal für etwas verantwortlich fühle, was eindeutig nicht meine Pflicht ist.

„Eine Nacht kannst du bleiben. Morgen sehen wir, was wir mit dir machen."

Auf dem Gesicht des Katers erscheint ein fast menschliches Grinsen.

1. Ritual am Morgen

„Andiamo prendere un caffè?"[10]

Es ist früh morgens.

Sonnenstrahlen kitzeln meine Nase. Ich blinzle. Meine Augen wollen noch nicht recht aufwachen. Ich gebe das Zwinkern nach einer Weile auf.

Warum scheint mir die Sonne ins Gesicht?

Erst allmählich erinnere ich mich, dass ich gestern in Bologna angekommen bin und dass ich nun drei Monate Zeit haben werde, mich hier einzurichten und die Landessprache so weit zu erlernen, dass ich an meinem neuen Arbeitsplatz im Auslandsbüro meines Arbeitgebers halbwegs nützlich sein werde.

„Allora?"[11]

Bestimmt ist es einer der Anwälte aus der Kanzlei im Hinterhof? Eine Einladung zu einem schnellen Frühstück in der Bar um die Ecke an irgendeinen Kollegen dringt durch mein offenes Fenster herauf in meine Wohnung? Ich finde diese logische Erklärung in meinem Halbwachzustand sehr einleuchtend.

Es kommt keine Antwort, zumindest höre ich sie nicht.

Ich drehe mich nochmals auf die Seite. Vielleicht hätte ich gestern Abend doch nicht noch alle Sommerkleider in den Schrank und mein Geschirr in die Küchenschränke räumen sollen? Die Reise und der Einzug haben mich ermüdet und jetzt fühle ich es richtig in den Knochen. Vielleicht war es aber auch die halbe Flasche Rotwein, die ich dabei geleert habe?

„Allora?!"

Diesmal kommt die Stimme mit mehr Nachdruck von der anderen Seite meiner Wohnung, ganz sicher nicht aus der Richtung des Fensters.

Meine Augen springen auf.

Mein Blick trifft auf den eines Katers, der vor meinem Bett steht und mich erwartungsvoll ansieht.

---

[10] Morgens: Ausdruck für „Gehen wir in die Bar frühstücken"
[11] hat viele Bedeutungen, hier: Was ist jetzt?

Ich setze mich ruckartig auf und bedecke sofort meinen nackten Oberkörper wieder mit dem Laken, als der Kater seine Sonnenbrille senkt und unverhohlen, mit einem fast menschlichen Grinsen auf dem Gesicht, auf meine Brüste schaut.

Wie erstarrt sitze ich, ungläubig auf das Tier blickend, zwischen den zerwühlten Bettdecken. Was war in dem Wein?

Ich schließe die Augen und öffne sie wieder. Er steht noch immer da.

Er rückt seine Sonnenbrille wieder gerade.

„Allora? Andiamo?[12]", fragt er mich.

„Eh ..." Mehr bringe ich nicht zustande.

Ich lasse mich wieder in die Waagrechte fallen und ziehe die Bettdecke über den Kopf. Die Kopfschmerztablette, die ich im Zug eingeworfen habe, kommt mir in den Sinn. Keine gute Kombination mit Alkohol! Ich sollte in meinem Alter schlauer sein.

„Dai, andiamo!"[13]

Diesmal ist die Stimme bettelnd ungeduldig und sie fügt hinzu: „Steh endlich auf! Ich brauche einen Kaffee!"

Jetzt springe ich aus dem Bett. Jedoch nicht, ohne die Decke vor mich zu halten. Das kann doch nicht wahr sein!

Da steht ein Kater mit Sonnenbrille in einem italienischen Designeranzug vor mir! Er trägt sogar sündhaft teuer aussehende Schuhe, die offensichtlich zu den Raritäten der handgearbeiteten Exemplare zählen.

„Ich weiß, ich weiß", winkt er lässig ab. „Alle reagieren so, wenn sie hören, wie gut ich deutsch spreche!"

„Ehhhh...", mache ich noch immer in dem kläglichen Versuch, meine ausgewachsene Irritation in Worte zu fassen.

„Ich war einmal lange Zeit in Bozen, da sprechen alle zwei Sprachen", erklärt der Kater und nimmt seine Sonnenbrille ab. „Aber es zieht einen doch wieder in die Heimat. Ich bin einfach bolognese[14]!"

Ich eile ins Badezimmer, werfe mir ein paar Hände voll kaltes Wasser ins Gesicht, trockne es mangels der noch in Umzugskartons versteckten Handtücher mit meinem Reise-Sommerkleid und blicke mir dabei

---

[12] Was ist nun? Gehen wir??
[13] Mach schon, gehen wir
[14] geborener Einwohner der Stadt Bologna

ernsthaft in die Augen. Mein sonst schmales Gesicht mit gesundem Teint sieht aufgrund Schlafmangels ein wenig verschwollen aus.

Kaffee ist eine gute Idee, denke ich.

Ich ziehe das Kleid, trotz nun stellenweiser Feuchtigkeit, wieder über und binde mein schulterlanges, ein wenig wirres, helles Haar zu einem Pferdeschwanz. Ich sehe zwar noch immer verschlafen aus, aber für einen Kaffee in einer „Bar"[15] reicht es.

Vorsichtig öffne ich die Badezimmertür zum Schlaf- und Wohnraum meines 1-Zimmer-Studios. Es ist kein Kater mehr da.

Na also!

Erleichtert atme ich tief durch und schwöre mir inständig, nie wieder Tabletten mit Alkohol zu vermengen. Ich habe die Auswirkungen total unterschätzt! Der Begriff ‚einen Kater haben' bekommt für mich als Post-Trunkenheitszustand eine ganz neue Dimension.

Auf dem Weg zur Tür ergreife ich meine Geldbörse und meinen neuen Hausschlüssel und halte in meiner Bewegung ruckartig wieder inne.

Der Kater steht wartend dort, mit einer Pfote in der Hosentasche, ein Bein lässig angewinkelt über das andere geschlagen.

Er sagt nichts. Zumindest höre ich nichts.

Das ist immerhin ein Fortschritt, beruhige ich mich nach dieser zu prompten Enttäuschung. Bestimmt wird er ganz verschwinden, wenn ich erst mal einen Kaffee getrunken habe.

Vorsichtig schreite ich weiter auf die Tür zu und behalte ihn dabei streng im Auge, als könnte das Tier mich jederzeit anfallen. Er tritt zur Seite und lässt mich aufschließen.

Vier Sicherheitsriegel und ein dreifach verschließendes Schloss, das dauert. Es ist eine Tür wie zu einem Banksafe.

Ich trete hinaus, er folgt mir.

Ich schließe die Tür von außen wieder ab. Einmal.

Der Kater ist schon die Treppe hinunter zum schweren Tor, bevor ich mich umdrehe. Dort wartet er wieder, weniger lässig, dafür umso ungeduldiger.

Das schwere Tor springt anhand des elektrischen Druckknopfes an der Wand aus der Verriegelung. Ich drücke es auf.

---

[15] Kaffeetheke oder Caféhaus

Ein Müllcontainer versperrt mir den Weg und die Sicht auf den kleinen Platz, den ich am Abend zuvor so unglaublich romantisch fand. Über den verbeulten Müllbehälter hinweg kann ich den spitzen Turm der alten San Martino Basilika sehen, der den kleinen Platz würdig einrahmt. Ich laufe um den stinkenden Container herum, unter drei schattenwerfenden Alleebäumen hindurch und überlege, welches die nächstgelegene Bar war, die ich auf meinem Weg hierher gesehen habe. Dieser Erinnerung folgend wende ich mich nach rechts.

„No, die ist nicht gut", korrigiert mich der Kater und läuft konsequent in die andere Richtung.

Vielleicht ist das ein gutes Zeichen? Meine Halluzination ist dabei sich zu entfernen. Gut so. Ich gehe weiter in die entgegengesetzte Richtung.

Die Bar liegt wenige Schritte um die Ecke meiner neuen Wohnung und ist durch eine große, während des Sommers geöffnete Schiebetür, von mehreren Seiten zu betreten. Ich stelle mich an der Theke an, wo bereits einige Leute auf dem Weg zur Arbeit einen Kaffee zu sich nehmen. In einer kleinen Glasvitrine auf dem Tresen sind ein paar Hörnchen und anderes Frühstücksgebäck aufgereiht. Der Mann hinter der Theke ist professionell, aber schaut grimmig drein.

Er ist es auch.

Er sieht mich fragend an und erweckt das Gefühl, mir bereits damit einen großen Gefallen zu tun.

„Un caffè, una brioche vuota, salata"[16], bestellt der Kater rechts neben mir. Er reicht nicht bis zur Kante der Theke, aber seine Stimme ist deutlich zu hören.

Der Kellner hinter dem Ladentisch könnte sich wundern, wenn er aufmerksam wäre. Das ist er aber nicht. Er klappert sofort wortlos mit Tellern und der Kaffeemaschine und stellt mir kurz danach einen Espresso, ein Hörnchen und ein kleines Glas Wasser vor die Nase.

„Due Äuro[17]", brummt er.

„Due, per favore", murmle ich schüchtern, obwohl ich einen Cappuccino will und ein Vollkornhörnchen bevorzugt hätte. Aber mir fallen

---

[16] ein leeres, salziges Hörnchen
[17] Korrekte ital. Aussprache: »Ä-uro«

auf die Schnelle und im Zustand meiner Verwirrung nicht die rechten Vokabeln ein.

„Si, due Äuro!", betont der Mann nochmals seine Forderung und schaut mich abwartend an.

„Zwei Kaffee und zwei Hörnchen!", erkläre ich und zeige auf das vor mir Stehende mit zwei Fingern einer Hand.

Er verdreht genervt die Augen und murmelt etwas vor sich hin, das ich als „das kann man doch gleich sagen" enträtsele, obwohl ich die Worte kaum verstehe.

Ich bezahle und jongliere die Doppelportion an einen kleinen Bistrotisch im Freien.

„Lassen Sie die Katze das nächste Mal zu Hause! Das hier ist eine Bar und kein Zoo!", ruft mir der Mann hinterher.

„Sie sehen ihn?"

Ich stelle Tassen und Gebäck auf dem Tisch ab und wende mich erstaunt wieder dem Mann zu.

„Mi prende in giro?"[18], antwortet er und bezweifelt das offensichtlich nicht eine Sekunde.

„Äh, no ...!"

Ich blicke auf den Kater in seinem Anzug, der inzwischen unbekümmert seinen Kaffee hinunterkippt. Meine Verwirrung erreicht in diesem Moment ihren Zenit. Ich weiß nicht mehr, was ich denken soll. Geschweige denn sagen.

„Wieso sollte ich die Katze nicht sehen?! Sie ist ja groß genug. Keine Tiere in der Bar! Wir servieren hier Speisen! Capisce?!"

„Certo", nicke ich kleinlaut und bin froh, dass mir dieses eine Wort wenigstens fließend über die Lippen kommt. Dieser unfreundliche Mensch scheint nur eine ganz normale Katze zu sehen. Das nicht unwesentliche Detail eines Anzuges und einer Sonnenbrille nimmt er anscheinend nicht wahr?

„Ich habe Dir gesagt, dass diese Bar nicht gut ist!", beharrt der Kater.

Ich kippe ebenfalls meinen Espresso hinunter und verbrenne mir die Lippen. Der starke Kaffee zeigt trotzdem Wirkung. Ich bin in der Lage, eine Frage zu stellen.

„Wieso kannst du sprechen?"

---

[18] Nehmen Sie mich auf den Arm?

„Du kannst doch auch sprechen", antwortet er, als sei es das Normalste der Welt.

„Ja, aber ich bin keine Katze", entgegne ich.

„Ich auch nicht."

Es dauert eine Weile, bis ich verstehe, was er meint.

„Auch Kater können nicht sprechen."

„Du hörst mich doch. Das ist wohl der beste Gegenbeweis."

Das ist ein schwer zu widerlegendes Argument. Deshalb schweige ich für einen Moment. Dann fällt mir etwas ein.

„Der Typ von der Bar kann dich auch sehen!"

„Natürlich kann er mich sehen", bestätigt der Kater und klopft sich ein paar Krümel vom feinen Jackett. „Ich bin ja nicht unsichtbar. Komm, gehen wir! Der Typ ist unangenehm wie die Pest. Der ist immer so. Der ist einfach sauer, weil er arbeiten muss."

„Wenn ich für zwei Euro pro Frühstück arbeiten müsste, wäre ich vielleicht auch nicht sehr motiviert?", gebe ich zu bedenken, obwohl ich gleichzeitig bereits weiß, dass ich diesen Tatbestand sehr genießen werde.

„Wenn man mehr dafür bezahlen müsste, ginge keiner mehr in eine Bar, sondern auf die Straße, es gäbe eine Revolution, von Sizilien bis nach Bozen, in diesem Punkt wären sich nämlich ausnahmsweise alle einig, einen landesweiten Arbeitsstreik in allen Fabriken und Verwaltungen, der Müll würde sich auf den Straßen stapeln, die Regierung würde abgesetzt werden .... "

„Ist ja gut, ich verstehe!", falle ich ihm ins Wort, denn er macht nicht den Anschein an dieser Stelle mit seiner Erklärung ohne Punkt, Komma und Strich enden zu wollen.

Er übergeht meinen Einwand.

„Cioè, ..."[19]

Damit fängt er erneut von vorne an, wiederholt das bereits Gesagte in anderen Worten und beschreibt mehr als ausführlich, wie eine Revolution in diesem Fall und dann grundsätzlich vonstattengehen würde.

Ich höre ihm tatsächlich eine Weile zu. Mein anerzogener Anstand zwingt mich dazu. Dann entschließe ich mich zum Weitergehen. Ich will

---

[19] das bedeutet, das heißt, genauer gesagt, wird häufig als Füllwort verwendet, um den Redefluss zu wahren

meine neu bezogene Altbauwohnung heute noch einräumen, damit ich morgen meinen Intensiv-Sprachkurs beginnen kann.

„Wo läufst du hin?!", ruft er mir hinterher, springt mit einem Satz vor meine Füße und fordert mich auf: „Komm mit!"

Er dreht sich in die andere Richtung und winkt mir mit der Pfote, ihm zu folgen.

Ich zögere. Ich sollte ihn gehen lassen. Vielleicht hört dieser Spuk dann endlich auf, überlege ich.

„Es ist nur um die Ecke!", lockt er mich, als könne er meine Gedanken lesen und läuft sicher der Tatsache, dass ich seiner Aufforderung Folge leisten werde, weiter.

Ich tue es. Meine Neugierde siegt.

An einem Zeitungskiosk bleibt er stehen.

Kaum habe ich mit ihm aufgeschlossen und gucke noch, bestellt er in routiniertem Ton: „Repubblica!"[20]

Die Zeitungsfrau reicht mir wortlos das Journal. Sie geht offensichtlich davon aus, dass ich den Preis kenne. Ich reiche ihr ebenso wortlos einen Fünf-Euroschein.

Der Kater ergreift die Zeitung und wendet sich zum Gehen, sobald ich das Wechselgeld einstecke.

„Morgen machen wir das alles richtig!", spricht er in belehrendem Ton. „Morgen gehen wir in die bessere Bar und kaufen die Zeitung vorher!" Er betont das letzte Wort überdeutlich und wirft mir einen Blick zu, der wohl sagen soll, dass ich keine Ahnung habe.

„Du kannst lesen?!", frage ich ungläubig und versuche gleichzeitig die ausgeprägten Details meiner Halluzination zu analysieren.

„Deine Unterstellungen sind wirklich diskriminierend!", antwortet er und bleibt einen Augenblick entrüstet stehen. „Das muss aufhören, wenn wir miteinander auskommen wollen!"

Damit läuft er weiter und würdigt mich keines weiteren Blickes. Mit der Zeitung unter der Pfote schreitet er voran in Richtung der Wohnung und ich trotte hinterher und frage mich grübelnd, was mir mein Unterbewusstsein mit so drastischen Bildern sagen will?

Ich habe nicht vor, mit diesem Tier in mir auszukommen. Dafür bin ich viel zu rational.

---

[20] große ital. Tageszeitung, politisch links orientiert

Deshalb beschließe ich, für den kommenden Tag einen Termin bei einem Arzt zu machen, anstatt den Intensiv-Sprachkurs zu beginnen.

2. Massimiliano

Ich habe tatsächlich eine deutschsprechende Ärztin ausfindig gemacht. In einem Privatkrankenhaus im schicken Wohnviertel in den
grünen Hügeln der Stadt. Sie hat sogar kurzfristig einen Termin für
mich frei, allerdings schon um acht Uhr morgens.

Also verlasse ich das Haus sehr früh, denn der Anlass dieses Arztbe-
suches ist immer noch da. Ich schleiche mich leise weg. Der Kater
schnarcht noch.

Nun stehe ich um sieben Uhr, in meiner bequemsten Jeans und einem abgetragenen T-Shirt, an der Bushaltestelle und versuche den
Fahrplan zu entschlüsseln. Es ist noch angenehm kühl um diese Tages-
zeit, die Morgensonne wirft lange Schatten und noch sind wenige

Menschen unterwegs. Und die, die schon auf den Beinen sind, drängen sich um die Kaffeetheken einer der zahlreichen Bars.

Ein dunkelroter Linienbus rollt mit lautem Dieselmotor heran und bleibt stehen. Ich halte der Frau hinter mir die Adresse des Krankenhauses unter die Nase, blicke begierig auf den Bus und verbinde diese Geste mit der Frage „*è questo l'autobus giusto*[21]?", ohne sicher zu sein, ob dies die richtigen Worte für diese Gelegenheit sind.

Sie schüttelt den Kopf. „*Il prossimo.*"[22]

Ich nehme den nächsten Bus und er bringt mich in der Tat pünktlich zu meinem Termin.

Die Empfangshalle des Krankenhauses gleicht einem Fünf-Sterne-Hotel, so viel Messing und Marmor glänzt dort. Da ich zuvor nie in einem privaten Krankenhaus war, staune ich nicht schlecht, bin aber zufrieden mit meiner Wahl und betrachte sinnierend diesen Luxus von meinem Warteplatz aus.

Meine von Erfolg gekrönte Kommunikation verleiht mir Sicherheit und ich frage mich bereits hoffnungsvoll, ob der Kater überhaupt noch existiert? Vielleicht ist er nur ein Hirngespinst meiner Übermüdung und Unsicherheit gewesen? Vielleicht ist dieser Arzttermin völlig übertrieben und ich mache mich nur lächerlich? Ich kicke meine ausgetretenen Ballerina-Schuhe, in welche ich gleich nach dem Aufstehen leise ohne Strümpfe geschlüpft bin, ein wenig spielerisch mit meinen Zehen auf dem Boden vor mir hin- und her. Vielleicht sollte ich einfach wieder gehen?

Zögerlich erhebe ich mich von meinem bequemen Ledersessel und will mich gerade vorsichtig entfernen, als eine freundliche Stimme mit deutscher Aussprache „Frau Müller" als Nächste hereinbittet.

Also trete ich doch ein.

Statt der deutschen Ärztin, die ich erwartet hatte, sitzt ein Mann mittleren Alters mit offenem, weißem Kittel, vor dem erwartungsgemäß das ihn als Arzt auszeichnende Stethoskop hängt, hinter einem Schreibtisch. Als er mich bemerkt, sieht er von seiner Karteikarte auf und reicht

---

[21] ist das der richtige Bus?
[22] der Nächste

mir die Hand. Er ist groß, kräftig gebaut und gutaussehend blond, ganz dem italienischen Klischee eines Deutschen entsprechend.

„Frau Lisa Müller?"

Jedes Mal, wenn ich meinen Namen in voller Länge ausgesprochen höre, frage ich mich, was sich meine Eltern dabei gedacht haben? Manche meiner Freunde machen sich noch heute einen Spaß daraus, mich Lieschen Müller zu nennen.

„Mustermann", stellt der Arzt sich vor und erhebt sich höflicherweise ein paar Zentimeter von seinem Stuhl.

„Ich hoffe, Ihr Vorname ist nicht Max", lache ich und nehme auf dem Patientenstuhl auf der anderen Seite des Tisches Platz. Als Lieschen Müller darf ich mir so eine Bemerkung erlauben, finde ich.

„Leider doch!", antwortet er. „Meine Eltern fanden das wohl witzig. Deshalb bestehe ich auf die lange Form meines Namens: Maximilian! Aber hier in Italien ist das mit Massimiliano sowieso kein Problem mehr."

Der Mann ist mir sofort sympathisch und ich habe gar keine Hemmungen mehr, ihm von meinem Kater zu erzählen. Er hört mir aufmerksam zu und macht sich Notizen. Ab und zu gibt er ein „hm" oder „ich verstehe" von sich. Diese Reaktion gibt mir Zuversicht und das Gefühl, dass ich doch kein so außergewöhnliches Problem zu haben scheine.

„Sie haben völlig Recht", sagt er dann, als ich am Ende meiner Schilderungen ankomme. „Das sind Ermüdungs- und Stresserscheinungen. So ein Wechsel in ein anderes Land erfordert viel mehr Mut und Kraft, als wir uns bewusst sind. Schlafen Sie regelmäßig und ausreichend. Ich verschreibe Ihnen ein paar Tabletten. Die nehmen Sie zwei Wochen lang, dann sollte das vorbei sein."

Er reicht mir das Rezept und die Rechnung.

„Aber keinen Wein, bitte! Auch, wenn das schwerfällt in diesem Land", setzt er schmunzelnd hinzu. „Und das bezahlen Sie bitte an der Rezeption."

Ich wage nicht, auf den Rechnungsbetrag zu blicken, weil ich fürchte, mich als langjährige Kassenpatientin zu outen. Erleichtert und dankbar reiche ich ihm ob dieser Diagnose die Hand zum Abschied.

„Wenn es nicht besser wird, rufen Sie mich an", setzt Doktor Mustermann mit lächelnden Augen hinterher. „Aber ich denke nicht, dass wir uns wieder sehen werden."

Das klingt beinahe bedauernd und ich frage mich, ob er mich als Person meint oder den ihm dadurch entgehenden Umsatz.

Ich entscheide mich für den Umsatz, als ich an der Rezeption den Betrag von zweihundertfünfzig Euro abliefere.

Im Bus zurück beschließe ich, ein paar Haltestellen früher auszusteigen, weil ich den Rest der Strecke laufen und dabei in einer Apotheke gleich die Verschreibung mitnehmen will.

Ich überquere den Hauptplatz vorbei an *San Petronio*, der Basilika, welche dem Dom in Mailand einst Konkurrenz machen sollte, jedoch aufgrund mangelnder Gelder außen im Rohzustand blieb. Die Unvollendete sozusagen. Nur die Frontseite ist zur Hälfte in weißen Marmor gehüllt. Bis heute. Der obere Teil sieht ein wenig wie eine Lagerhalle aus dem Mittelalter aus, weshalb ich offenen Mundes die Ausmaße bestaune, als ich kurz einen Blick in das Innere werfe. Drinnen präsentiert sie sich majestätisch. Ich beschließe, dass die Basilika einen vertieften Besuch zu einem späteren Zeitpunkt Wert ist.

Dann eile ich über die alte *Piazza Maggiore*[23], vorbei am mittelalterlichen *castello,* dem Rathaus mit seinen roten Fensterläden und den für ein Open-Air-Konzert aufgereihten Stühlen auf dem Platz. Interessiert verzeichne ich im Vorbeilaufen das Datum eines klassischen Musikabends. Schließlich biege ich in die berühmte ‚Fressgasse' Bolognas ein.

Diese wenigen Schritte durch das mittelalterliche Stadtzentrum genügen, um meine Lebensgeister zu wecken: So habe ich mir mein Leben in Italien vorgestellt! Historische Gebäude, ein kulturelles Ambiente und gutes Essen. Jawohl! Sofort vertreibt beste Laune die Bedenken, die an diesem Morgen noch mein Handeln bestimmt haben.

Als ich die kleine Gasse entlangschlendere, betören mich schnell verschiedenste Düfte. Die essbaren Auslagen, die wie Kunstwerke in Vitrinen dekoriert sind, präsentieren sich wie Stillleben in Öl gemalt. Und dazwischen locken kleine Weinlokale auf ein Glas stehenzubleiben und das bunte Treiben zu beobachten.

Das Konzept funktioniert: Nach nur wenigen Schritten bemerke ich, dass sich großer Hunger bei mir einstellt. Doch die Entscheidung, in

---

[23] Wörtlich übersetzt, Hauptplatz im Zentrum Bolognas

welches der kleinen Geschäfte ich gehen soll, fällt mir nicht leicht. Eines ist verlockender als das andere.

Endlich bleibe ich vor einem Laden stehen, in dessen Schaufenster handgearbeitete *Tortellini* zu einem Berg aufgetürmt sind. „*Specialità di Bologna*"[24] ist in großen Lettern auf das Fenster gemalt. Das überzeugt.

Die Verkäuferin erklärt gerade in gebrochenem Englisch die Entstehung der Spezialität als eine erotische Speise aus frühen Zeiten, als die Ansicht des weiblichen Bauchnabels noch ein verbotener war. Sie führt die in der Tat verblüffende Ähnlichkeit der Nudel mit dem beschriebenen Körperteil vor und dreht ein *Tortellino* vor ihrer Schürze an der Stelle in Position, wo ihr Nabel vermutlich sitzt. Es ist wenig erotisch. Das englische Ehepaar, dem diese Vorführung gilt, ist aber durchaus amüsiert. Ich bin mir nicht sicher, ob wegen der Geschichte oder der kantigen Wortwahl der Verkäuferin. Sie kaufen jedenfalls ein ganzes Kilo der Nudelteilchen.

Die Enttäuschung der Mitarbeiterin, als ich diese Besonderheit für nur eine Person bestelle, ist ihr ins Gesicht geschrieben; der Schreck, als ich für diese Handvoll Delikatesse an der Kasse zwölf Euro bezahle, vermutlich in meines. Wenn das die Preise für Lebensmittel hier in Bologna sind, werde ich mit meinen Ersparnissen nicht weit kommen!

Immerhin erhalte ich eine dekorative Papiertüte im Tausch für mein Geld, welche die Türme der Stadt in erdfarbenen Tönen abbildet. Die Verkäuferin meint, dass ich sie gleich um die Ecke sehen kann.

Also laufe ich in die besagte Richtung der Wahrzeichen, blicke aber vorsichtshalber in kein Schaufenster mehr.

Die Türme befinden sich tatsächlich am Ende der Gasse. Sie sind hoch, mittelalterlich, eckig und unglaublich schief. Einer der Zwillingstürme sogar in dem Maße, dass man ihn offensichtlich nicht fertigstellte oder wieder zurückbaute, da er sonst umgefallen wäre. Ich schaffe es nicht, beide Türme in ihrer Schiefe in einem Foto festzuhalten.

Auf einer Bronzetafel lese ich, dass nur einer der Türme den Namen „*Asinelli*" trägt, der andere heißt „*Garisenda*", beides Namen einst wohlhabender Familien, die diese Türme als Wolkenkratzer des Mittelalters

---

[24] Spezialität der Stadt Bologna

erbaut hatten, um Macht und Reichtum zu demonstrieren. So vermutet Goethe, wie ich aus dem Internet erfahre.[25]

Ich blicke mit im Nacken hängendem Kopf lange Zeit nach oben, wo der vollendete der beiden Türme in den tiefblauen Himmel ragt. Man hat den Impuls hinaufzurufen: „Rapunzel, lass dein Haar herab!"

Endlich verstehe ich das Märchen auch! Als Kind habe ich mich stets über diese Merkwürdigkeit gewundert, ein Mädchen in einem hohen Turm einzusperren? Wer lebt schon in einem Turm? Ich konnte mir das damals einfach nicht vorstellen. Nun kann ich. Das Märchen muss in Bologna spielen, kein Zweifel!

Auf den intakten Turm kann man hinaufgehen. Goethe hat das getan, aber ich verschiebe das auf einen Tag in der Zukunft. Ich muss wirklich meine Umzugskartons vollständig auspacken und meine Aufgabenliste abarbeiten, die sich bereits auf diesem kurzen Spaziergang wieder um zwei Punkte verlängert hat.

Auf dem Weg in meine Wohnung kaufe ich noch ein Buch über die Geschichte der Stadt, in Deutsch. Internet hin oder her: Ich blättere gerne in Papier mit dem Duft frisch gedruckter Buchstaben in der Nase. Dieser Kauf macht mir große Lust auf einen gemütlichen Schmökerabend.

Morgen, denke ich, morgen beginne ich dann meinen Intensiv-Sprach-Kurs. Mit dieser Vorfreude eile ich guten Mutes zurück in mein italienisches Zuhause.

Das große Hoftor ist nur angelehnt; irgendwer muss es nicht richtig ins Schloss gezogen haben. *Irgendwer* könnte allerdings auch ich gewesen sein, zweifle ich ein wenig, als ich die Stufen hinauflaufe. Ich nehme mir vor, in Zukunft achtsamer zu sein.

Meine Wohnungstür ist ebenfalls nicht verriegelt. Das ist nun nicht nur merkwürdig, sondern zu tiefst beängstigend!

Ich schiebe sie vorsichtig auf und spähe in das Apartment, bevor ich eintrete. Gleich in der Apotheke habe ich zwei von den Tabletten eingenommen und ich hoffe, dass sich die Wirkung bereits zeigt.

Ich sehe zunächst nichts und schreite mit einem Anflug an Erleichterung durch die Tür. Zwar habe ich die Wohnung in einem Zustand

---

[25] Die italienische Reise, Goethe

von Umzugschaos verlassen, aber der mich treffende Anblick des jetzigen Durcheinanders ist kein Vergleich dazu.

Entsetzt trete ich vollständig ein und lasse meine Tasche auf den Boden fallen, weil ich die Hände an meine Wangen schlagen muss und ein langgezogenes „haaaa ..." einatme.

Meine Kartons sind aufgerissen, Kleider, Decken, Schuhe, Bücher und sogar Haushaltsgegenstände liegen verstreut im Raum. Die Schubladen der Küchenschränke stehen offen. Ein merkwürdiger Geruch, der nicht zu meinen Sachen gehört, schwebt über allem.

„Gott sein Dank, du bist wieder da!", überfällt mich eine bekannte Stimme von hinten, so dass ich noch erschrockener herumfahre und einen kleinen Satz in die Luft mache.

Der Kater krabbelt hinter dem freistehenden Kühlschrank hervor und zieht sich das Jackett gerade.

Ich habe schon öfters gehört, dass Katzen in der Lage sind, große Unordnung anzurichten, aber so etwas habe ich nicht für möglich gehalten. Sogar meine Bücher liegen teilweise aufgeklappt inmitten des Durcheinanders im ganzen Raum verteilt!

Meine Wut explodiert förmlich auf meinem Gesicht. Ich fühle, wie mir heißes Blut in die Züge schießt. Ich hole tief und hörbar Luft. Ich weiß nicht, was mich ärgerlicher macht: Die Tatsache, dass ich ihn noch immer sehe und höre oder die Frechheit, mit der er meine Sachen durcheinandergewühlt und auf dem Boden verstreut hat?

„Es reicht!", schnaube ich ihn an. „Du fliegst raus!"

Mit ausgestrecktem Arm zeige ich auf die noch offenstehende Tür. „Hau ab! Raus mit Dir!"

Dann halte ich inne, weil mich der Gedanke gefangen nimmt, dass eine Halluzination kein wirkliches Chaos dieser Art verursachen kann?

Aber eine Katze kann durchaus! Doktor Mustermann hat mir erklärt, dass es möglich ist, dass ich das Tier tatsächlich im Hause habe, jedoch in meiner Illusion ihn Jackett und Sonnenbrille tragen sehe, wo alle anderen Menschen nur das normale Tier sehen. Diese Erkenntnis beruhigt mich, weil die medizinische Diagnose in meine Realität zu passen beginnt.

Der Kater verschränkt die Arme vor seiner Brust.

„Du kannst mich nicht aus meiner Wohnung werfen!", sagt er trocken.

„*Deine* Wohnung!?", empöre ich mich und stemme die Hände in die Hüften.

Der Kater zieht ein Blatt aus der Innentasche seines Jacketts und hält es mir unter die Nase. Es ist ein Auszug aus dem Katasterregister.

Ich nehme ihm das Papier unwirsch aus der Hand und lese. Ein gewisser *Massimiliano Penati* ist als der Eigentümer der Wohnung eingetragen. Das ist auch der Name auf meinem Mietvertrag.

„Na und?!" Ich werfe das Blatt auf den Küchentisch. „Das ist mein Vermieter."

Er nimmt es wieder an sich, faltet es sorgsam und steckt es in die Innentasche seiner Jacke.

„Die Haustür ist nicht umsonst mit einem mehrfach verriegelnden Schloss versehen", bemerkt er mit einem Kopfwinken in die Richtung des noch immer offenstehenden Eingangs. Mit einem Satz springt er zur besagten Tür und kickt sie zu.

„Wenn man sie allerdings nicht abschließt, dann nützt das nichts."

Ich erinnere mich, dass ich bei Verlassen der Wohnung an diesem Morgen die Tür nur leise ins Schloss gezogen habe.

„Was willst du damit sagen?"

„*Ladri.*"

Er wirft mir einen vorwurfsvollen Blick zu.

Ich kenne das Wort nicht und suche in meinem Smartphone nach der Übersetzung. ‚Einbrecher, Diebe' steht da.

Ich gucke den Kater an und auf das Chaos um uns herum herab.

„Willst du damit etwa sagen, dass du für das hier nicht verantwortlich bist?!" Es ist eine rein rhetorische Frage, denn ich glaube ihm einfach nicht.

Der Kater öffnet die Tür wieder sperrangelweit und deutet wortlos auf eine Stelle an der Kante derselben, die eine ungefähr sechs Zentimeter lange und deutlich sichtbare Schramme aufweist.

Ich trete näher und inspiziere die Stelle genauer. Es sieht ganz so aus, als ob tatsächlich mit einem Brecheisen die Tür aufgestemmt wurde.

„Unglaublich", stammle ich.

Dann fallen mir meine wenigen Schmuckstücke und Geldreserven ein, die ich in einer kleinen Schatulle mitgebracht habe. Ich erblicke meinen Rollkoffer auf dem Boden zwischen aufgerissenen Kartons, umgestülpt.

„Oh nein!", rufe ich aus und laufe trotzdem hin, nur um in den gähnend leeren Hohlraum zu blicken. Natürlich fällt nichts mehr heraus, selbst als ich ihn schüttle.

Nicht, dass ich ausgesprochen wertvolle Juwelen besessen hätte, aber die im Laufe der Jahre gesammelten Schmuckstücke hatten dennoch einen Wert, wenn auch eher ideeller Art als in harter Währung. Meine verschwundene Geldreserve allerdings ist ein wahrer finanzieller Schaden!

Ich lasse mich zwischen dem Chaos auf den Boden sinken und vergrabe meinen Kopf in den Armen. Die Ereignisse der letzten beiden Tage sind einfach zu viel! Mein Magen verkrampft sich und Tränen schießen mir in die Augen. Tränen über den Verlust, den Schock, den Ärger, meine Illusion, die Müdigkeit, meine Verwirrung, das Wechselbad der Gefühle, durch welches mich diese Stadt seit meiner Ankunft hetzt und die Ungewissheit, was davon mir mehr Sorgen machen sollte.

„Ma, dai, su!"[26] Der Kater klopft mir aufmunternd auf die Schulter. „Ich wäre kein *penato*, wenn ich so etwas tatenlos geschehen lassen würde."

Ich schniefe und blicke auf: „Du hast dich hinter dem Kühlschrank versteckt."

„Das schon", gibt er zu und springt dort hin zurück. „Aber auch dies hier!"

Er zieht meine Schatulle hinter dem Elektrogerät hervor und hält sie mir triumphierend hin. Ich nehme sie entgegen und kontrolliere den Inhalt. Es ist alles da.

Mit dem Arm wische ich mir die letzten Tränen aus den Augen. Dankbarkeit verdrängt den bis dahin vorherrschenden Frust und Ärger in mir. Ich sehe den Kater lange an.

„Als eine Illusion bist du wirklich ziemlich nützlich", gestehe ich dann.

„Nützlich, durchaus!", bestätigt er und schiebt seine Sonnenbrille nach oben auf den Kopf in sein Fell. „Illusion ...", er macht eine längere Pause, als müsse er über die weiteren Worte nachdenken, „... *no!*"

---

[26] sinngemäß: Na, ist ja gut, Kopf hoch

„Wenn du kein Hirngespinst meiner Selbst bist, was bist du dann?!", frage ich.

Er scheint auf diese eine Frage gewartet zu haben, denn er holt tief Luft und mit großer Gestik aus.

„Die *penati*", er betont den Namen mit Bedeutung verleihender Stimme. „Die *penati*[27] sind eine sehr alte Familie aus der Römerzeit. Meine Vorfahren lebten bereits als gute Hausgeister in den Villen Roms, zu Zeiten Cäsars. Sie zogen mit der Familie nach Bologna, wo meine Ur-, ur-, ur-, *etcetera*, *etcetera* Vorfahren sich niederließen. Ich bin der letzte Nachfahre dieser Dynastie! Dieses Haus war einst ein sehr reiches Anwesen, bis ...", er wirft einen verächtlichen Blick durch das Fenster in den Hinterhof, „... bis dort Anwälte und ...", er wirft einen noch vernichtenderen Blick an die Decke, „... Steuerberater einzogen!"

Ich folge seinen Blicken und Worten mit großen Augen.

„Nur noch dieses Apartment ist als Rückzug für mich geblieben", fährt er mit ein wenig Pathos fort. Dann wird seine Stimme pragmatisch. „Aber es vermietet sich sehr gut."

Allmählich beginne ich mich über gar nichts mehr zu wundern und erkundige mich interessiert weiter: „Wieso vermietest du dann die Wohnung, wenn es dein einziger Rückzugsort ist?"

Er setzt sich mir gegenüber auf den Boden und ein lehrerhaftes Gesicht auf: „Du musst verstehen, dass wir *penati* eine Familie benötigen. Wir sind die guten Hausgeister von Menschen und leben vorzugsweise in der Nähe dessen, was unsere Familie nährt."

„Ah", mache ich verständnisvoll, „deshalb der Kühlschrank."

„Moderne Zeiten", antwortet er und winkt ab. „Aber im Prinzip, ja."

Es entsteht eine Pause.

Dann schaut er mir intensiv in die Augen: „Deshalb kannst du mich nicht rauswerfen. Ich lebe hier."

Und als ich noch immer nichts antworte, fährt er fort: „Außerdem bin ich es, der dich ausgewählt hat, um dich hier, als meine Familie, in dieser Wohnung zu haben."

Ich bin sprachlos.

---

[27] deutsch: Penaten

3. Spannungen

Mit Sonnenaufgang gehe ich zu den *Carabinieri*[28], um Anzeige zu erstatten.

„Marco Marino", stellt sich der junge Mann in schicker Uniform vor und reicht mir die Hand zur Begrüßung.

Ich schüttle sie, etwas irritiert, mit welcher Freundlichkeit man hier von der Polizei empfangen wird. Der *Carabiniere* nimmt meine Daten auf und hört mir verständnisvoll zu. Er fragt mich, woher ich komme, lobt dann Deutschland mit wesentlich weniger Worten als meine Maklerin und lässt einfließen, dass er selbst auch kein gebürtiger Bologneser sei, sondern aus dem Süden des Landes komme. Ich mutmaße Sizilien. Das ist unter Umständen auch der Grund dafür, weshalb ihn dieses Verbrechen überhaupt nicht zu beeindrucken scheint.

„Ich wünschte, ich hätte bessere Nachrichten für Sie: Aber leider stehen die Chancen schlecht, dass wir Ihren gestrigen Einbruch

---

[28] Polizei, dem Außenministerium unterstellt, im Ernstfall auch im Kriegseinsatz

aufklären können. Rufen Sie das nächste Mal sofort an", meint der *Carabiniere* und sieht mir dabei so intensiv in die Augen, dass ich davon ein wenig irritiert werde.

Er hat stahlblaue Augen, sehr ungewöhnlich für einen Südländer, denke ich und ertappe mich dabei, ihn sehr attraktiv zu finden. Kräftige Muskeln zeichnen sich trotz Uniform deutlich an ihm ab. Das passt gut zu seinem tiefschwarzen Haar, das er beinahe militärisch kurz trägt. Man könnte fast glauben, er wäre direkt aus einem Hochglanzmagazin für Mode entsprungen, wenn da nicht die schwarze Uniform mit den typisch roten Seitenstreifen entlang der Hosenbeine wäre.

Meine Beobachtungen lenken mich entsprechend ab und ich höre ihm nur halb zu, als er weiterredet: „Nur wenn Sie uns sofort benachrichtigen, haben wir eventuell eine Chance, die Diebe zu fassen." Er forscht nachdrücklich in meinem Blick.

Es sollte mich beunruhigen, dass er nicht von einem Einzelfall ausgeht und die Angelegenheit gar so gelassen aufnimmt. Aber dafür bin ich im Moment zu sehr abgelenkt.

„Einen Tag danach sind die schon über alle Berge!", schließt er die Angelegenheit routiniert ab.

Er schiebt mir eine Visitenkarte über den Tisch.

„Hier ist meine Telefonnummer. Sie können mich im Notfall immer anrufen. Ich habe mein Mobiltelefon stets bei mir und antworte auch, wenn ich nicht im Dienst bin."

Er schenkt mir ein blendendweißes Zahnarztlächeln. Der *Carabiniere* erhebt sich und reicht mir wieder die Hand.

Dann begleitet er mich wie eine Diva mit sehr viel Charme bis vor die Tür, heißt mich ergeben in Italien willkommen und gibt mir das Gefühl mit, eine sehr hofierungswürdige Frau zu sein.

Draußen sehe ich auf die Visitenkarte, drehe sie in den Händen und grinse ein wenig verlegen, weil ich mich bei dem Gedanken ertappe, dass ich einen kleinen Notfall ja auch provozieren könnte. Ich wundere mich, wie er das angestellt hat, mich so geschickt zu umgarnen, dass ich dergleichen Ideen entwickle!?

Flirten können sie, diese Italiener!

Es verfehlt auch nicht seine Wirkung: Mit aufrechtem Rückgrat schreite ich lächelnd durch die Arkaden nach Hause. Die Erinnerung an den Grund meiner Anzeige ist etwas aus dem Fokus gerückt.

Die teuren *Tortellini* koche ich in einer *brodo*[29], zubereitet aus einem ordinären Brühwürfel. Der Kater quittiert es mit Verachtung und legt sich, obwohl ich ihm von den sündhaft teuren Nudeln etwas anbiete, demonstrativ in die Sonne. Ich finde sie trotzdem köstlich.

Während ich meine Suppe und die besten *Tortellini* meines Lebens genüsslich verzehre, überdenke ich an diesem Tag schon wesentlich nüchterner, was mich am Vortag noch völlig aus der Fassung brachte: Ich muss fort aus dieser Wohnung. Hier fühle ich mich nicht mehr sicher und es gibt Gespenster. Ich glaube zwar nicht an solche, auch nicht an gute Geister, aber diese Erklärung ist für mich wesentlich akzeptabler, als die Möglichkeit, dass es hier einen Kater gibt, der sprechen kann.

Ich werfe einen Blick auf das Objekt meiner Gedanken, das nun bewegungslos ausgestreckt auf seinem Lieblingsplatz in den durch das Fenster fallenden Sonnenstrahlen liegt und ruht.

Ich werde auf meinem Weg zum Einwohnermeldeamt bei meiner Maklerin vorbeisehen. Sie muss mir eine Ersatzwohnung anbieten, wenn ich begründete Mängel anbringen kann. Da wird sich etwas finden lassen, denke ich siegessicher.

Zuerst will ich aber das Nötigste wieder aufräumen und die Spuren des Einbruchs beseitigen. Meine Nachlässigkeit könnte mir bei diesem Vorhaben sonst vielleicht zum Nachteil geraten. Besser, ich erwähne es gar nicht.

Schlichtweg befördere ich alle Sachen wieder in meine Kartons, sofern diese noch brauchbar sind und stopfe Kleidungsstücke, die in den Händen der Diebe gewesen sein konnten, in die Waschmaschine. In der Besenkammer finde ich einen alten Staubsauger der ersten Generation, aber er scheint zu funktionieren. Ich schalte das Gerät ein.

Er produziert einen ohrenbetäubenden, sehr hohen Ton und eine Staubwolke, dann verstummt er. Auch die Waschmaschine steht plötzlich still.

„*Porca miseria!*"[30] , tönt es vom Hinterhof zu mir nach oben. In der Etage über mir, wo gemäß Kater der Steuerberater residiert, klappern Absätze über den Gang und wieder zurück. Eine Frauenstimme schimpft

---

[29] Fleischbrühe
[30] Schimpfwort

39

dumpf und wesentlich ausführlicher, als die zwei Worte aus der Anwaltskanzlei. Das ganze Haus ist in Aufruhr.

Der Kater schiebt seine Sonnenbrille nach oben und sieht mich fragend an, ohne jedoch seine Ruheposition zu verändern.

„Was ist los?", konsultiere ich ihn mangels Verständnisses.

„Die Sicherung", gibt er trocken Auskunft und legt sich wieder hin.

Ich schiebe das Malheur auf den uralten Staubsauger, den man eigentlich Staubverursacher nennen sollte. Denn die Wolke, die er ausgeblasen hat, beginnt nun auf Tisch, Sofa und Küchenschränken niederzusinken.

Kurzentschlossen und mit kontrolliertem Groll packe ich ihn ein und befördere ihn in den Müllcontainer vor unserem Eingangstor. Inzwischen hat irgendjemand den Strom wieder eingeschaltet, denn im Gang geht das Licht an, obwohl es taghell ist. Ich schalte es auf meinem Weg nach oben pflichtbewusst aus.

Sogleich nehme ich meine Handtasche und verlasse die Wohnung noch einmal. Diesmal verschließe ich die Haustür so lange, bis der Schlüssel in der Drehung anstößt und ziehe auch das Haustor hinter mir fest ins Schloss.

Dann laufe ich in den nächsten Elektrogeräteladen, den ich finde. Ich muss eine Weile suchen, vorbei an einer sich wiederholenden Reihe von Boutiquen, Kosmetik-, Schuh- oder Mobilfunkläden, die Abfolge stets unterbrochen von einer Bar, bis ich endlich ein Fachgeschäft für mein Anliegen entdecke. Dort erstehe ich einen Staubsauger aus deutscher Herstellung. Der vertraute Name des Produkts verleiht mir das Gefühl von Sicherheit.

Als ich das Gerät in meiner Wohnung auspacke und mit Tatendrang ans Werk gehen will, entdecke ich, dass der deutsche Schukostecker nicht in die italienische Steckdose an der Wand passt. Ich habe nicht damit gerechnet, dass ein Produkt, das ich in Italien kaufe, nicht den dazu nötigen Stecker mitbringt.

Meine Geduld nähert sich bereits einem gefährlichen Siedepunkt. Ich wühle aus den Tiefen eines Kartons meinen, aus Deutschland mitgebrachten, Adapter hervor. Obwohl er drei Metallstifte aufweist, will er dennoch nicht in die Steckdose passen.

Nun bin auch ich nahe daran „*porca miseria!*" zu fluchen. Aber ich beherrsche mich noch immer und prüfe stattdessen andere Steckdosen. Keine passt.

Gezwungenermaßen und wesentlich ungehaltener, ergreife ich Staubsauger, Garantie, Kassenzettel und sogar den Adapter, verschließe die Haustür wieder bis zum Anschlag und schleppe alles zurück in das Geschäft.

Der Verkäufer weiß sofort Bescheid, als ich ihm die Sachen vor die Füße lege und den Adapter unter die Nase halte. In rudimentären Worten versuche ich das Dilemma zu schildern.

Er zieht einen eckigen Mehrfachstecker aus der Schublade, nimmt meinen Adapter, steckt ihn fachmännisch in eine der drei Seiten und reicht ihn mir über den Tresen zurück.

„*Non è secondo la legge, però ... funziona ...*"[31]

Ich höre das Wort „funktioniert" und bin damit vollauf zufrieden.

In meiner Wohnung betrachte ich das Konstrukt jedoch skeptisch, als ich es in die lockere Steckdose an der Küchenleiste hineinpresse. Es ragt wie der Baukasten einer Spielzeugkiste aus der Wand und ich wage kaum, den Staubsauger daran anzuschließen. Entsprechend behutsam schalte ich das Reinigungsgerät ein.

Obwohl neu und deutsch, heult auch dieses Gerät erstaunlich laut auf, aber es arbeitet und produziert keine Staubwolke.

Zunächst.

Denn im nächsten Augenblick schweigt auch dieser wieder. Die Schimpfkanonade aus dem Hinterhof beginnt diesmal mit „*Soccia*"[32], enthält mehrfach „*Porca miseria*" und ist weiterhin beeindruckend umfangreich. Im Geschoss über meinem Kopf laufen mehrere Personen hin- und her und diskutieren lautstark durcheinander.

Nun schiebe ich dieses Missgeschick auf das waghalsige Baukasten-Adapter-Konstrukt, das angeblich funktionieren soll und beginne ebenso missmutig wie meine Nachbarn zu werden. Inzwischen ist es spät nachmittags, ohne dass ich einen Zentimeter meiner kleinen Wohnung gereinigt habe. Im Gegenteil: sie ist schmutziger als vor meinem

---

[31] Gesetzlich ist das nicht ganz in Ordnung, aber es funktioniert
[32] Bologneser Schimpfwort: Sucker, Lutscher

Putzversuch. Den Termin beim Einwohnermeldeamt hake ich für heute grimmig ab.

„Niemals zwei Geräte gleichzeitig einschalten!", belehrt mich der Kater plötzlich von der Seite.

Ich fahre höchst erschrocken herum, denn er hat sich auf so leisen Pfoten erhoben, dass seine Worte mich unvorbereitet treffen.

Trotzdem finde ich diesen Hinweis geradezu lächerlich: „Wieso das denn?"

„Du kannst auf keinen Fall die Waschmaschine *und* den Staubsauger gleichzeitig einschalten", erklärt er und hebt dabei das Bindewort überdeutlich hervor.

„Wie bitte?", frage ich verblüfft zurück.

„Nääää", macht er mit einer abwinkenden Handbewegung, „die Sicherung."

„Die Sicherung", wiederhole ich gedehnt nachdenklich und füge ein leises „hmmm" hinzu, welches dem entstehenden Gedankenvorgang in meinem Kopf Ausdruck verleiht. Da entdecke ich doch glatt eine unvermutete Chance in diesem Elektrodrama!

Das ist der perfekte Mangel, den ich brauche, um aus dem Vertrag zu kommen! Kurzerhand lege ich den Staubsauger beiseite und beschließe direkt zu der Immobilienmaklerin zu gehen.

Schnell tippe ich eine schriftliche Begründung, die ich vor meinem persönlichen Erscheinen per E-Mail an sie schicke.

Als Beweis packe ich vorsichtshalber noch den Adapter-Baukasten ein. Dann verschließe ich die Tür bis zum Anschlag, knipse im Gang schon wieder das Licht aus und mache mich auf den Weg.

Die Trommel der Waschmaschine beginnt sich in diesem Augenblick wieder munter zu drehen.

Ich finde meine Maklerin vertieft in ein Telefonat vor, das nicht den Anschein einer zeitnahen Beendigung erweckt.

Als sie mich sieht, zieht sie nur das Handy aus ihrer Löwenmähne, um es ans andere Ohr zu setzen und lebhaft mit der Person am anderen Ende der Verbindung weiter zu debattieren. Unwillkürlich fasse ich mir bei diesem Anblick in die wirren Strähnen auf meinem Kopf, die hier in diesem Land allenfalls aufgrund ihrer blonden Farbe punkten können. Aber selbst das bezweifle ich.

Sie macht mir ein Handzeichen, dass ich mich setzen soll. Ich lasse mich auf dem mir zugewiesenen Stuhl nieder und warte.

Sie trägt ein Kleid aus reiner, fließender Seide, das ihre weiblichen Rundungen extrem positiv hervorhebt und dazu Sandalen, die so filigran sind, dass ich sie nur ganz eventuell für einen Theaterbesuch in Erwägung gezogen hätte. Und, eine Selbstsicherheit, die mich neidisch erblassen lässt. Wie machen italienische Frauen das bloß?

Endlich legt sie auf und dreht sich auf ihrem Sessel schwungvoll in meine Richtung.

Sie hat meine Nachricht gelesen.

Sie nickt verständnisvoll.

Sie kennt das Problem.

Ich fühle Hoffnung in mir aufsteigen, dass das mit dem Wohnungswechsel möglicherweise einfacher klappt, als ich erwartet habe.

„Willkommen in Italien", scherzt sie dann, über ihre eigenen Worte herzhaft lachend.

Ich mache ein verdutztes Gesicht; ich merke es selbst. Ihr Minenspiel gleitet in professionelles Schmunzeln über.

„In Deutschland ist das kein Thema, ich weiß", tröstet sie mich in seltsam bewunderungsvollem Tonfall. „In Deutschland ist alles gut organisiert und ordentlich gelöst. Das ist kein Vergleich."

Und sie fährt fort, Organisation und Sauberkeit meines Herkunftslandes in schillernden Farben zu beschreiben, als ob sie mich überzeugen wollte, zurückzugehen. Ich höre ihr freundlich lächelnd zu, weil ich den Druck verspüre, ihr das für ihre Lobeshymne schuldig zu sein.

Indem ich das Adapter-Baukasten-Konstrukt hervorziehe und es ihr über den Schreibtisch schiebe, lenke ich ihre Aufmerksamkeit wieder auf mein Anliegen.

„Oh", macht sie kurz und belehrt mich dann: „Das ist nicht im Rahmen des Gesetzes. Viele verwenden das so, aber ich sage Ihnen: das ist nicht erlaubt!"

Nun fährt sie fort, mich über die Gefahren der Elektrizität im Allgemeinen und die, solcher Konstrukte im Besonderen zu belehren.

Ich warte geduldig darauf, dass sie eine Pause einlegt, damit ich zum Grund meines Besuches kommen kann.

Das tut sie aber nicht. Als sie am Ende ihrer Schilderungen, die Tatsache missachtend, dass ich davon nur die Hälfte zu verstehen scheine, ankommt, setzt sie mit einem „*cioè*[33]"die Brücke und beginnt von Neuem die Zustände in Deutschland zu loben.

Ich seufze.

„Ich möchte, dass Sie mir eine neue Wohnung finden", falle ich ihr irgendwann einfach ins Wort. Ich muss es dreimal tun, bevor sie ihre Wiederholungen endlich einstellt.

„Das kann ich gerne versuchen, aber eine schöne Wohnung wie diese, zu diesem Preis, werde ich keine zweite finden. Das ist ein Glücksfall!"

„In dieser Wohnung kann man nicht putzen, ohne dass die Sicherung fliegt!", antworte ich mittlerweile ein wenig gereizt und auf das Baukasten-Adapter-Konstrukt zeigend füge ich dramatisch hinzu: "Und wie Sie selbst sagen, ist so etwas eine lebensgefährliche Zumutung!"

Sie bestätigt mit einem langgezogenem „*Certo*".

Dann dreht sie sich auf ihrem Sessel herum, greift hinter sich, zieht einen Prospekt aus einer Schublade und schiebt ihn mir über den Tisch zu.

„Sie haben die Möglichkeit bei Ihrem Stromversorger die bessere Kategorie vertraglich zu vereinbaren. Dann können Sie so viele Geräte gleichzeitig einschalten, wie sie mögen. Das ist mit allen Wohnungen so. Es ist eine Frage, wie viel Sie investieren wollen."

Dann nennt sie mir einen Preis, der mich überzeugt, das Thema fallen zu lassen.

„Sie werden sich daran gewöhnen", lächelt sie, mir mütterlich die Hand tätschelnd. „Man organisiert sich entsprechend. Das machen wir alle so."

Sie hält meine Enttäuschung für eine verständliche Reaktion meiner deutschen Verwöhntheit in diesem Thema.

Mich beschäftigt jedoch vielmehr, dass ich meine Mängelrüge entmachtet sehe. Insgeheim ärgere ich mich, dass ich diesen Punkt für so schlagkräftig hielt, dass ich keinen zweiten mehr gesucht habe.

Ich erhebe mich, packe den Prospekt und meinen Adapter-Baukasten in meine Tasche und verlasse frustriert ihr Büro.

---

[33] das bedeutet, das heißt, genauer gesagt, wird häufig als Füllwort verwendet, um den Redefluss zu wahren

Auf diesen Vorfall hin brauche ich einen *caffè americano*[34] und flüchte in die nächste Bar, die sich mir in den Weg stellt. Ich muss nachdenken.

„Na, was macht der Kater?"

Überrascht suche ich die Quelle dieser Worte mit einem umherschweifenden Blick in der falschen Richtung.

Doktor Mustermann steht jedoch direkt neben mir am Tresen und rührt gerade in einer *Spremuta* [35].

„Ich habe Sie gar nicht gesehen", entschuldige ich mich statt einer Antwort und bleibe ihm diese auch danach schuldig.

Unglaublich, dass ich ausgerechnet den einzigen Menschen, den ich in Bologna kenne, in diesem Moment in dieser Bar treffen muss!

„Hm", macht er und trinkt seinen Saft in einem Zug leer.

Erst jetzt bemerke ich seine leuchtend grünen Augen, als er zufrieden ein *Tramezzino*[36] vom Teller nimmt und dieses gierig anstrahlt. Trägt er farbige Kontaktlinsen? Ich hätte schwören mögen, dass er bei meinem Arztbesuch blaue Augen hatte.

„Ich habe heute meinen freien Tag und ob Sie's glauben oder nicht: Das hier ist meine erste Mahlzeit!", offenbart er mir und beißt die Hälfte des weißen Toastdreiecks mit einem Biss ab.

„Ich habe heute schon Bauchnabelsuppe gegessen", erzähle ich, womit ich den von mir gewünschten Effekt seiner Aufmerksamkeit in der Tat erziele. Er zieht neugierig kauend die Augenbrauen hoch.

Ich gebe die Geschichte etwas ausführlicher wider, als ich sie selbst gehört habe und er lauscht mir tatsächlich mit echtem Interesse und schmunzelt. Er hat davon nie gehört. Das gibt mir das Gefühl, als Neuankömmling ein wenig aufgeholt zu haben.

Kaum hat er sein Sandwich mit nur zwei weiteren Bissen verschlungen, wischt er sich den Mund ab und schiebt den kleinen leeren Teller zurück über den Tresen.

---

[34] mit heißem Wasser verlängerter Kaffee, der deutschem Kaffee am ähnlichsten ist

[35] frisch gepresster Saft, Orange oder Granatapfel

[36] Extrem weiches Toastsandwich ohne Brotrinde, in Dreieck geschnitten, doppelt belegt

„Ich muss los", sagt er mit unpassend übertrieben bedauerndem Tonfall. „Aber wie wäre es, wenn wir uns an einem der Abende zu einem Konzert auf der *piazza* treffen?"

Er sieht mich mit so viel offener Natürlichkeit an, dass ich gar nicht anders kann, als mit einem „Ja, warum nicht?" zuzusagen.

„Sehr gut. Ich rufe Sie an!", verabschiedet er sich.

Ich freue mich über diese Einladung.

Weniger, weil ich sowieso auf eines dieser Konzerte gehen wollte und nun in Gesellschaft hingehen werde, sondern vielmehr, weil es ein Beweis dafür ist, dass er mich offensichtlich nicht für verrückt hält. Als Arzt dürfte er sonst keinen Termin mit seiner Patientin ausmachen. Offensichtlich betrachtet er mich nicht mehr als eine solche.

Inzwischen bricht die Dämmerung herein und ich werde wieder missmutig, weil ich den ganzen Tag verplempert habe. Nichts kann ich von meiner Aufgabenliste streichen, nicht einen Punkt! Im Gegenteil: Sie nimmt unkontrolliert zu wie ausgehungerte Diätabbrecher an Gewicht. Und das ist eine Entwicklung, die das Potenzial birgt, mich in tadelnde Unzufriedenheit mit mir selbst verfallen zu lassen!

Auf dem Rückweg kaufe ich noch die nötigsten Lebensmittel für das bevorstehende Wochenende.

Beladen, mit je zwei zum Bersten vollen Plastiktüten in jeder Hand und meiner Handtasche über der Schulter, kommt mir der Weg in meine Wohnung doppelt so lang vor. Mehrmals bleibe ich stehen, um die Tüten abzustellen und die Seiten zu wechseln, was völlig vergeblich ist, denn sie sind beide schwer.

Ich verfluche meine Dummheit, vier Flaschen Wein gekauft zu haben, zumal ich ihn sowieso nicht trinken darf, so lange ich die Tabletten einnehme.

Endlich erreiche ich mein Ziel. Der inzwischen geleerte Müllcontainer steht noch immer direkt vor dem Tor.

Ich muss bei der Gemeinde anrufen und mich beschweren, vermerke ich gedanklich einen weiteren Punkt auf meiner Liste. Überhaupt verstehe ich das gesamte Müllkonzept noch nicht. Ich werde mich informieren. Noch ein Eintrag.

Mit diesem Vorsatz trete ich ein, knipse das Licht an und stehe im Dunkeln.

Auch das wiederholte Betätigen des Lichtschalters bringt nichts.

Es tröstet mich zunächst, dass diesmal nicht ich der Verursacher des Stromausfalls bin.

Unbeweglich warte ich mit meiner Last auf der Stelle stehend darauf, dass jemand den Strom wieder anstellt. Es kommen jedoch keine Fluchtiraden, die dies angekündigt hätten, weder aus dem Hinterhof noch von oben.

Es kommt auch kein Licht.

Mir fällt ein, dass es Freitagabend ist.

„*Porca miseria!*", schimpfe nun ich zähneknirschend und setze die Tüten unwirsch ab.

Es tut gut in der Fremdsprache zu fluchen, weil kein schlechtes Gewissen über etwas Hässliches die Erleichterung trübt und es fühlt sich sehr italienisch an.

Ich krame nach meinem Handy in den Tiefen meiner Handtasche. Wie immer hat es sich in den letzten Winkel verzogen und es dauert ewig, bis ich es endlich herausziehe und die Taschenlampe einschalten kann.

Ich versuche mich zu erinnern, was meine Maklerin mir beim Einzug für den Notfall erklärt hat. Vage sickert eine blasse Erinnerung über Hauptstromschalter und Gas- und Wasserzähler im Hinterhof in mein Gedächtnis. Aber wo genau?

Suchend taste ich mich der Wand entlang in die Richtung der im Dunkel liegenden Anwaltskanzlei.

Im Hinterhof beginnt dekorativer Kies unter meinen Schritten zu knirschen. Große Terracottavasen mit Grünpflanzen verdunkeln den ohnehin schwachen Lichtstrahl, den mein Handy wirft. Ich sehe nichts, was auf einen Hauptschalter hinweisen könnte.

Dann sehe ich gar nichts mehr.

Der Akku meines Handys wird leer und der Lichtstrahl schwächt innerhalb weniger Sekunden die Finsternis ankündigend ab.

„Das darf doch nicht wahr sein", murmle ich mir selbst zu und seufze nur noch.

Nie zuvor in meinem Leben habe ich mich so einsam gefühlt, wie in diesem Moment.

Mir bleibt nichts anderes, als mich in Dunkelheit erst zurück zu meinen Tüten zu tasten, dann die Treppe nach oben und zu hoffen, dass dort irgendwo eine Kerze oder eine Taschenlampe mit geladener Batterie in einer Schublade zu finden sein wird.

Wenn nicht, bleibt mir nur noch, mich schlafen zu legen und auf das Tageslicht zu warten. Ich schwöre mir, diese hier offensichtlich unabkömmlichen Basisgegenstände morgen sofort in großen Mengen zu kaufen.

Wie Hänsel und Gretel folge ich dem matten Widerschein der Kiesel zurück in den pechschwarzen Gang. Ich habe nicht so viel Glück wie die Märchenfiguren: Es ist eine mondlose Nacht und ich stolpere mehrmals.

Mein Herz bleibt gleichzeitig mit meinen Füßen fast stehen, als ich ein Rascheln meiner Einkaufstüten aus dem mich umgebenen Schwarz vernehme.

Dann höre ich das dumpfe Zerspringen einer umfallenden Weinflasche. Inbrünstig hoffe ich, dass es keine Ratten sind, die sich über meine Köstlichkeiten hermachen. Ich habe Angst vor Ratten, große Angst vor großen Ratten, vor allem in der Dunkelheit, wo sie mir haushoch überlegen sind.

„Ich sehe, du bist nicht vorbereitet", kritisiert eine mir bekannte Stimme aus dieser Richtung.

Die nächsten Worte erklingen bereits dicht neben mir.

„Du hast alles Mögliche gekauft, aber keinen Anzünder und Kerzen. Haben dich die Stromausfälle heute nichts gelehrt?!"

Ich kann den Umriss des Katers neben mir allmählich ausmachen. Meine Augen beginnen sich an das Dunkel zu gewöhnen.

Gerne würde ich mich verteidigen, aber ich muss mir eingestehen, dass ich die Tragweite der Angelegenheit tatsächlich trotz der Ereignisse des Tages noch immer auf die leichte Schulter genommen habe.

„Du hast Glück, dass ich nachts sehr gut sehen kann", flötet der Kater und hebt zu Pathos an: „Massimiliano Penati wird dir den Weg ins Licht weisen. Folge mir!"

Er führt mich um mehrere Terrakottavasen herum, quer über den Hof zu einer großen, mit Rostflecken verzierten Metalltür, die unterhalb meines Gartenfensters, in der Mauer des Hauses eingelassen, hinter einem enormen Oleander versteckt ist.

Er zieht einen Vierkantschlüssel aus seiner Tasche und öffnet.

„Aha!", diagnostiziert er fachmännisch.

Ich höre das Schnappen eines Hebels.

Die Sparlampe der schwachen Hofbeleuchtung erscheint mir wie ein Sonnenaufgang. Sie flackert und beginnt mühsam ein wenig Licht zu verstreuen.

Vorsichtshalber zähle ich die Reihe der Hebel in dem Kasten von links ab, um in Zukunft vielleicht auch in Dunkelheit den magischen Schalter ertasten zu können.

Ich habe meine Lektion gelernt.

4. Weichgekocht

Massimiliano verstaut die zehn Kerzen und Anzünder, die ich gekauft habe, in der gesamten Wohnung an allen möglichen und unmöglichen Stellen.

„Man muss vorbereitet sein", erklärt er mir, Erfahrung ausstrahlend.
Ich lasse ihn gewähren und versuche mir die Orte einzuprägen. Nicht
alle sind für mich wirklich nachvollziehbar, wie zum Beispiel der Kühlschrank. Ich weiß bereits jetzt, dass ich bei Bedarf dort *nicht* suchen
werde. Aber ich schweige dazu, denn nach den Ereignissen des Vortages
glaube ich, dass es einen Grund haben wird.

Währenddessen wasche und schnipsle ich Gemüse. Ich nehme es als
Herausforderung, meinem italienischen Hausgeist zu beweisen, dass ich
als Deutsche sehr wohl auch kochen kann und bereite ein hausgemach-
tes Gemüse*brodo*[37] zu. Da es keine Fleischbrühe ist, habe ich auch Nudeln mit Gemüsefüllung gekauft. Sie sind etwas größer als die Bauch-
nabel, aber ansonsten sehen sie genauso aus. Ich bin zuversichtlich, dass
die vegetarische Variante aufgrund der selbstgekochten Brühe mindestens ebenso lecker schmecken wird wie das Original.

James Brown schreit auf, dann folgt ein „*I feel good!*" und ein mitreißender Rhythmus klingt durch den Raum. Mein Telefon liegt auf dem
Sofa. Bevor ich meine Hände abtrocknen und es ergreifen kann, nimmt
der Kater das Gespräch an.

„*Pronto?*"[38] Er macht ein wichtiges Gesicht und wendet sich mit dem
Telefon am Ohr ab.

Ich schnappe nach Luft.

Mittlerweile habe ich mich daran gewöhnt, dass dieser Kater Dinge
tun kann, zu denen Katzen normalerweise nicht in der Lage sind. Aber
die Frechheit, mit der er in meine Privatsphäre eindringt, macht mich
glatt sprachlos.

---

[37] Klare Brühe, entweder aus Fleisch oder Gemüse gekocht
[38] wörtlich: fertig, beim Beantworten des Telefons: Hallo

Ich höre ihn etwas in Italienisch sagen, schnappe Worte auf wie „*no*" und „*è occupata*"[39], und „*messaggio*"[40], dann bestätigt er mit nickendem Kopf „*certo, certo* ...".

„Wirst du mir wohl mein Handy geben!" Ich versuche, es ihm aus der Hand und das Gespräch an mich zu nehmen.

Er legt auf.

Ich hole abermals tief Luft. Nicht, um mich zu beruhigen, sondern um ihm ein klares Zeichen meines Ärgers zu vermitteln.

„Das wirst du gefälligst nie wieder tun!", zische ich ihn mit knirschenden Zähnen an und reiße ihm demonstrativ das Mobiltelefon aus der Hand.

Er blickt mich mit gekräuselten Lippen an: „Nie?"

„Auf keinen Fall!"

„Keine Ausnahme?"

„Keine Ausnahme!"

„Nicht einmal im Notfall?"

Ich überlege einen Moment. In jedem normalen Leben gibt es solche Sonderfälle, aber ein sprechender Kater, der ungefragt ans Telefon geht, ist kein Normalfall. Also sage ich: „Nie!"

„*Va bene.*"[41]

Er dreht sich weg und widmet sich wieder den Aufbewahrungsorten der letzten beiden Kerzen. Ich öffne die Liste der Anrufe auf meinem Handy, aber es zeigt nur ‚unbekannt' an.

„Wer war es?", frage ich ihm hinterher.

„Oh, ein Typ mit deutschem Namen. Er ruft wieder an."

„Mustermann?", forsche ich nach.

Der Kater macht ein übertrieben nachdenkliches Gesicht und meint schließlich: „Nein."

„Massimiliano Mustermann?"

„Das hätte ich mir gemerkt."

Ich kenne sonst keinen Deutschen hier in Italien. Also war es möglicherweise ein Anruf aus der alten Heimat und das ärgert mich

---

[39] er/sie ist beschäftigt
[40] Nachricht
[41] Gut, in Ordnung

besonders. Vorsichtshalber nehme ich das Smartphone mit an den Küchentisch.

„Du hast Italienisch gesprochen!" Ich probiere es noch einmal mit einem logischen Argument. „Mit einem Deutschen?"

„Wir sind in Italien, eh!", antwortet er, wirft einen bedeutungsvollen Blick in meine Richtung und erstarrt mit beiden Pfoten nach außen gekehrt in dieser Haltung. Ich kenne diese Gestik bereits von meiner Maklerin, weshalb ich sie nun als eine wortlose Botschaft zementierten Fatalismus' interpretiere.

Dementsprechend gebe ich auf und widme mich wieder meiner Gemüsesuppe.

Ich schäle, schneide und dünste schweigend eine halbe Stunde lang vor mich hin. Eigentlich wollte ich Massimiliano als Dankeschön für die Rettung meiner Wertgegenstände und meiner Selbst aus der Finsternis zu meinem Mittagessen einladen. Dazu verspüre ich nach dieser Aktion wenig Lust.

Gedankenverloren rühre ich in der Suppe.

Die ganze Situation ist absurd! Ich beginne mich an einen sprechenden Kater in einem Designeranzug mit Sonnenbrille zu gewöhnen und ärgere mich über seine Frechheiten mehr, als ich mich über den Tatbestand seiner Existenz sorge. Das ist keine gute Entwicklung.

„Das Essen ist gleich fertig", bemerke ich beiläufig, kippe die Nudeln in die Suppe und greife zwei tiefe Teller aus dem Hängeschrank.

James Brown schreit abermals auf und lässt seinen mitreißenden Rhythmus durch den Raum klingen. Obwohl mein Handy griffbereit auf der Arbeitsplatte vor mir liegt und der Kater gar keine Chance hat, es zu ergreifen, schnappe ich es mir in Windeseile.

Massimiliano gibt vor, es gar nicht zu hören. Ich beobachte ihn aus den Augenwinkeln.

Es ist das Büro der *Carabinieri*.

„Ich wollte Ihnen nur Rückmeldung über den Stand der Ermittlungen zu Ihrem Einbruch geben", eröffnet eine männliche Stimme freundlich die Verbindung.

„Sie haben die Einbrecher gefasst?", frage ich überrascht über diese Effizienz und unerwartete Entwicklung. Da soll noch mal einer sagen, die italienischen *Carabinieri* seien nicht auf Zack!

„Das nicht", gesteht der Polizist ein wenig zögerlich, meinen Enthusiasmus schlagartig ausbremsend. „Wir arbeiten daran. Aber ich wollte Ihnen zumindest Meldung erteilen, dass wir uns der Sache annehmen."

„Davon bin ich ausgegangen", stelle ich entsprechend enttäuscht und trocken klar, was einen Moment des Schweigens in der Leitung hervorruft. Ich beeile mich hinterherzuschicken, dass dies wohl die Aufgabe der Polizei sei, denn sonst könne man sich eine Anzeige ja ersparen und selbst auf Verbrecherjagd gehen. Ich wage, es humorvoll abzufassen, aber entweder gelingt mir das überhaupt nicht, oder aber es ist mein deutscher Humor, der in Italien nicht verstanden wird? Das Resultat ist jedenfalls nicht, das von mir beabsichtigte.

„Hm, *si, infatti*".[42]

Ich habe den Eindruck, den Mann am Telefon vor den Kopf gestoßen zu haben und da ich ihn als einen sehr netten in Erinnerung trage und den Kontakt zu der Polizei grundsätzlich auf positiver Basis bevorzuge, versuche ich das Malheur wieder gerade zu biegen, indem ich schnell hinterherschicke: „Das ist sehr nett von Ihnen, dass Sie mich informieren."

„Es ist das Mindeste, was ich tun kann", erwidert er.

„Vielen Dank nochmals. Wenn ich noch etwas beitragen kann, um die Ermittlungen zu unterstützen ...?"

„Nein. Wir machen das schon", fällt mir der *Carabiniere* ins Wort. „Verriegeln Sie nur gut Ihre Tür und rufen Sie sofort an, wenn irgendetwas ist."

Ich verspreche es und lege auf.

Massimiliano kommt schnuppernd näher. Er setzt sich an den Tisch und legt wartend beide Pfoten links und rechts neben seinem Gedeck auf die Tischdecke. Er beobachtet erwartungsvoll meine Handlungen.

Ich reiche ihm den vollen Teller Suppe. Die Nudeln darin sind mittlerweile wesentlich größer, als sie im Trockenzustand waren. Sie sind unglaublich schnell unglaublich weich geworden. Das war nicht mein Plan, aber die Speise ähnelt nun einer Maultaschensuppe und das ist ja schließlich auch eine Delikatesse in bestimmten Regionen Deutschlands. Warum also nicht?

---

[42] „in der Tat"

Während ich meinen eigenen Teller fülle und mich setze, schaut der Kater mit gesenktem Kopf in seinen, als wolle er den Inhalt mit der Lupe untersuchen. Dann dreht er den Blick langsam zur Seite auf mich, ohne jedoch den Kopf zu heben.

„Was ist das?", fragt er. Seine Irritation scheint echt.

Ich nehme einen ersten Löffel und blase, um mir nicht die Lippen zu verbrennen. Sie schmeckt. Ich bin stolz auf mein gelungenes Werk.

„Nudeln in Brühe", antworte ich. „Das esst ihr hier doch so?!"

Er schweigt.

„Das sind keine Nudeln", korrigiert er mich dann. „Das sind *Tortelloni!*"[43]

Er fischt ein inzwischen aufgedunsenes Teil aus seinem Teller, öffnet es mit dem Löffel und hebt dann den Kopf mit dem Befund in meine Richtung: „*... con ricotta e spinaci!*"[44]

Was die Beschreibung einer leckeren Füllung ist, klingt aus seinem Munde wie ein vernichtendes Urteil.

Er macht wieder eine Pause.

Ich esse demonstrativ weiter.

„*Capisco!*"[45], sagt er schließlich in einem Ton, der wohl Nachsicht ausdrücken soll, es aber in meinen Ohren nicht tut. Er steht auf, nimmt seinen und meinen Teller, ist mit zwei Schritten am Ausguss und schüttet die Brühe aus.

Meine Kinnlade klappt nach unten, die Hand mit dem Löffel vor meinem Mund bleibt auf halbem Wege in der Luft hängen und mein Blutdruck springt auf Höchstwert. Noch bin ich nicht in der Lage, schneller zu sein als der Überraschungseffekt und die Untat Massimilianos mit der Pasta.

Er lässt sie professionell in eine Pfanne gleiten, schüttet etwas Sahne darüber, pflückt drei Blätter Salbei von der Pflanze auf dem Fensterbrett, die ich erst heute gekauft habe und schaukelt alles wie ein Profikoch mit der linken Hand in der Luft, während er mit der rechten einen großen Löffel ergreift und die Portionen in unsere Teller zurückbefördert und mir vorsetzt. Das alles dauert keine Minute und er sitzt wieder

---

[43] Gefüllte Nudeln in der Form wie Tortellini, nur größer
[44] mit Frischkäse und Spinat
[45] ich verstehe

vor seinem Teller, diesmal genüsslich schnuppernd *„hmmm, Tortelloni!"* säuselnd und mich lächelnd anzwinkernd.

„Buon appetito!"

Er pickt die erste Teigfüllung auf die Gabel und schiebt sie genießerisch in den Mund, während ich noch immer erstarrt und sprachlos dreinschaue.

Erst nach der dritten Gabel sieht er mich endlich an: „Ja, sie sind nicht mehr *al dente!* Aber meine Schuld ist das nicht."

„Du hast meine Gemüsebrühe in den Ausguss geschüttet!", presse ich zwischen knirschenden Zähnen hervor. Ich fühle mich sehr gekränkt.

„Ja", antwortet er und schiebt sich eine weitere Gabel in den Mund. Er schmatzt. „Das macht man so."

„Nein, das macht man nicht so", korrigiere ich ihn scharf. „Besonders dann nicht, wenn es eine hausgemachte, aus frischem Gemüse gekochte Suppe ist, die ich, seit über einer Stunde, mühsam zubereitet habe!"

Er sieht mich an wie ein Fünf-Sterne-Koch, dessen Lehrling gerade seine Spezialität versalzen hat.

„Wieso nimmst du keinen Brühwürfel, um die *Tortelloni* zu kochen?!"

„Ah!"

Ich werfe den Löffel auf den Tisch und die Arme in die Luft: „Hast du nicht erst neulich groß und breit erklärt, dass ein Brühwürfel das Größte an kulinarischem Verbrechen ist, das man begehen kann?! Hast du mir das nicht ausdrücklich vorgebetet!?"

„Nicht, wenn man ihn als Salzersatz im Wasser nutzt, um der Pasta ein wenig Geschmack zu verleihen. *Tortelloni* isst man mit Sahne oder Butter oder Butter mit Salbei, manche essen sie auch mit *ragù*, das kommt vor - obwohl ich persönlich das nicht mag, ich finde es zu schwer, aber ..."

Die Türglocke unterbricht seine Ausführungen.

Wir sehen uns fragend an.

Ein Nachbar, der sich über unsere lautstarke Auseinandersetzung beschweren will, fällt als mögliche Erklärung weg, denn weder Anwälte noch Steuerberater sind im Haus. Ich habe nichts bestellt, also kommt auch eine Postzustellung nicht infrage.

Neugierig gehe ich deshalb an die Tür und drücke den Knopf der Sprechanlage. Die Sache mit den Dieben sitzt mir noch in den Knochen. Ich bin jetzt wesentlich vorsichtiger.

Es kommt keine Antwort. Stattdessen klingelt es wieder und kurz darauf folgt ein Klopfen direkt an der Wohnungstür.

„Lisa? Ich bin's!", ruft eine mir bekannte Stimme draußen im Treppenhaus.

Ich schiebe überrascht vier Riegel zur Seite und schließe das Schloss dreimal auf.

Ein Koffer steht auf meiner Türschwelle. Dahinter, mit ausgebreiteten Armen und frechem Grinsen auf dem Gesicht, der Mann, der bis vor meiner Abreise nach Bologna noch in der Lage war, mein Herz zu brechen.

„Anselm, was machst du hier?!"

Meine Verblüffung ist größer als der Impuls, ihm die Tür vor der Nase wieder zuzuschlagen.

„...."

„Wie bist du hereingekommen?!"

„Die Putzfrau unten, das Tor war offen."

„...."

„Woher hast du meine Adresse?!"

„Von deiner Firma."

„...."

„Wieso rufst du nicht vorher an?!"

„Ich habe vom Flughafen aus angerufen, aber so ein Typ hat nur Italienisch geredet."

„...."

„Willst Du mich nicht hereinbitten?!", fordert er schließlich und schiebt seinen Koffer bereits durch die Tür.

Ich trete zur Seite und halte die Tür auf, obwohl ich weiß, dass das ein Fehler ist. In Deutschland hätte ich ihn sofort wieder nach Hause geschickt, zumindest rede ich mir das ein. Aber offensichtlich hat er eine lange Reise auf sich genommen. Meine anerzogene Gastfreundschaft gebietet mir, das zu respektieren und entschuldigt damit vor mir selbst meine Schwäche.

Dieser Mann war der Grund, warum ich mich überhaupt auf diese Stelle hier in Bologna beworben habe. Die Flucht vor seinen ständigen

Überredungskünsten, ihm alle Eskapaden immer wieder zu verzeihen, erschien mir damals als die einzige Lösung. Und nun erweist sich sogar dies als zwecklos!

Er umarmt mich, kaum dass die Tür ins Schloss fällt. Ich stehe steif da und schäle mich aus diesen Armen, weil sie mir zu gefährlich waren in der Vergangenheit und es vermutlich noch sind.

„Hmmm...", macht Anselm und wendet sich mit der Nase einem anscheinend nicht zu widerstehenden Duft folgend in Richtung Küchenzeile. „Was riecht hier so köstlich?"

Wie ein Spürhund folgt er dem Duft mit erhobener Nase bis an den Herd und blickt in die restliche Gemüsesuppe mit *Tortelloni*.

„Ist noch etwas übrig? Auf diesen Kurzstreckenflügen servieren sie nichts mehr, ich habe richtig Kohldampf!"

„Bediene dich!", sage ich mit einer lustlosen Handbewegung. „Die Teller sind dort im Schrank."

Wenigstens einer, der meine Suppe schätzt, denke ich. Ich sehe ihm zu, wie er den Inhalt des Topfes in einen Teller kippt, sich setzt und zu essen beginnt.

„Sehr fein", lobt er die Speise in meine Richtung und scheucht Massimiliano mit einer Handbewegung von seinem Stuhl.

Dieser springt auf die Beine und mault lautstark: *"Allora!"*

„Seit wann hast du eine Katze?!", will Anselm mit gerunzelter Stirn wissen. Dann schaufelt er weiter mittlerweile übergroße, aus der Form geratene Teiglappen in den Mund.

„Ehm ..."

Ich stottere ein wenig, unsicher, ob es die Tatsache seiner Anwesenheit oder die Frage selbst ist, die mich aus dem Konzept bringt. „Das ist nicht meine Katze. Der gehört quasi zur Wohnung."

„Du weißt, dass ich allergisch gegen Katzen bin", fährt er fort und wedelt den Kater mit einer Handbewegung noch weiter weg. „Du erinnerst dich, dass mein Gesicht anschwillt und ich keine Luft mehr bekomme?"

„Der Typ hat keine Kultur, kein Benehmen und keine Ahnung von gutem Essen!", bemerkt Massimiliano pointiert, setzt sich auf das Sofa und schaut mit im Gesicht versteinerter Entrüstung vor sich hin.

Früher hätte ich mich verantwortlich gefühlt, das Problem sofort lösen zu müssen. Um nicht in dieses Verhalten zu verfallen, verschränke ich die Arme vor dem Brustkorb. Es ist in Wahrheit Selbstschutz.

„Was willst du hier?", wiederhole ich meine Frage an Anselm noch einmal.

Dieser kratzt den Teller leer und schielt auf den meinen mit den, nur zur Hälfte verzehrten, *Tortelloni* in Sahne - zubereitet von einem Kater.

„Du isst das nicht mehr?" Er zieht das Gericht bereits an sich, bevor ich entscheiden kann.

„Weiß deine Frau, dass du hier bist?", forsche ich weiter nach, statt zu antworten.

Anselm gabelt bereits zwei *Tortelloni* auf.

„Er ist verheiratet?!", ruft Massimiliano in vorwurfsvollem Ton vom Sofa herüber. „Hattest du was mit dem? *Non ci credo!*"[46]

Anselm schluckt hinunter und setzt seinen einst für mich unwiderstehlichen Treueblick auf. Ich kenne diesen Angriff auf mein Herz nur zu gut! Dem konnte ich in der Vergangenheit nie lange standhalten.

„Wir haben uns getrennt. Ich bin hier, um dich zurückzuholen!"

Massimiliano verdreht die Augen wie eine Putte des Rokokos und setzt seine Sonnenbrille auf, als könne er den Anblick Anselms nicht länger ertragen. „Der ist ja ein dreistes Kaliber!", äfft er ironische Bewunderung in meine Richtung.

„Sag mal ....", ich schüttle den Kopf, „meinst du, du kannst hier einfach so antanzen und mich nach Deutschland holen?!"

„Ich vermisse dich wie verrückt!"

Anselm legt die Gabel beiseite und blickt mich mit ernster Miene an: „Ich bin hierhergekommen, um mit dir zu reden. Wir besprechen alles und dann kommst du wieder zurück, ja?"

Reden?

Lange Monate ist er diesem Gespräch ausgewichen. Das Angebot, auf das ich so lange vergebens gewartet hatte, verfehlt auch jetzt seine Wirkung nicht. Ich fühle, wie meine Standhaftigkeit zu schwanken beginnt.

---

[46] Ich fasse es nicht! Ich glaube es nicht!

„Was gefällt dir bloß an diesem Kerl?", mault der Kater hinter der Sonnenbrille hervor. „Das ist ja nicht mit anzuhören!"

„Wirf doch endlich die Katze raus!" Anselm ist ungehalten. „Man kann bei dem ewigen Gemaunze ja kein Wort wechseln!"

Ich werfe Massimiliano nicht hinaus, sondern einen nachdenklichen Blick auf ihn. Allmählich beginne ich zu verstehen, wie sich diese Sache mit meinem Hausgeist zu verhalten scheint: Nur ich scheine ihn in voller Montur und Sonnenbrille auszumachen und nur ich kann ihn sprechen hören. Alle anderen nehmen nur eine normale Hauskatze wahr, so, wie jetzt Anselm.

Diese Erkenntnis würde die Diagnose meines Arztes Maximilian bestätigen. Das versetzt mich ein wenig in Panik. Deshalb will ich meine Vermutung nochmals überprüfen und frage meinen Ex-Liebhaber: „Du meinst dieses Tier hier, mit dem langen Fell, das ständig *Miau* macht?"

Anselm sieht mich an, als hätte ich meinen Verstand verloren und bestätigt dann betont deutlich: „Ja, genau den."

Zum Kater gewandt äußere ich: „Würdest du uns bitte alleine lassen?"

„*Ci mancherebbe!*"[47], ruft Massimiliano aus, springt auf die Beine und wirft sich in Positur wie ein Musketier, der den Säbel ziehen will. „Mit diesem Typen kann man keine Frau alleine lassen! Außerdem ist dies *meine* Wohnung, in welche er völlig ungebeten eingedrungen ist! Zu einem Zeitpunkt, in welchem wir wichtige Dinge klären wollten ..."

„Bitte", bettle ich mit Nachdruck.

Zwei Blicke treffen mich aus unterschiedlichen Richtungen: Anselm mustert mich mit senkrechter Sorgenfalte auf der Stirn, weil ich mit einer Katze verhandle, und Massimiliano straft mich mit beleidigtem Schnauben, während er seine Kampfhaltung wieder aufgibt.

Letzterer schreitet erhobenen Hauptes und Schwanzes majestätisch an das offene Fenster zum Hinterhof, streicht sich die Fellhaare vom Jackett und fächert diese in die Richtung, in welcher Anselm am Küchentisch sitzt. Dann springt er mit einem Satz auf die Seitenmauer des Hofes und einem zweiten hinunter in den Kies.

„*Grazie*", rufe ich ihm hinterher.

„Lisa!"

---

[47] das würde gerade noch fehlen!

Anselm steht auf und kommt auf mich zu. Er fasst mich an den Schultern und hält mich in Armeslänge von sich. „Bist du in Ordnung? Geht es dir gut?"

„Ja ... nein .... doch ..."

Seine Berührung und sorgenvolle Stimme bringen mich durcheinander und die Tatsache, dass ich mich von dem Kater nicht mehr beobachtet weiß, entzieht mir wider Erwarten den Halt. Alte Gefühle kochen schlagartig hoch. Mir wird heiß und meine Knie werden verdächtig weich. Nichts würde ich lieber tun, als diesem Mann all meine Erlebnisse zu erzählen! Mir von der Seele reden, was mir hier in den ersten Tagen widerfahren ist, zu fühlen, wie er mich wie einst in den Arm nimmt und tröstet und alle Sorgen und Gründe für diesen Umzug mit wenigen Worten wegwischt.

„Schschsch ...", macht Anselm, umarmt mich und wiegt mich wie ein kleines Kind.

Es fühlt sich so gut an!

Ich schmiege mich an ihn und sehe förmlich meine Felle davon schwimmen. Wie von unheimlichen Fledermäusen werden sie vom Wind zum Fenster hinausgetragen und flattern auf leisen Schwingen in die Nacht.

Ob der Kater sie unten vom Hof aus sehen kann? Ich löse mich mit diesem Gedanken aus diesen teuflischen Armen: „Wo wirst du übernachten?"

Er blickt auf mein Bett am anderen Ende des Raumes und hält es offenbar nicht für nötig, mehr zu sagen.

„Oh nein!", schüttle ich den Kopf und mache förmlich einen Satz zurück. „Das kommt nicht infrage!"

Alleine die Idee, dass der Kater uns die ganze Nacht beobachten und bei jedem Wort zuhören könnte, stellt mir sämtliche Nackenhaare auf. Ihn als urteilenden Zuschauer bei anderen Dingen zu wissen, will ich mir gar nicht vorstellen.

Anselm erklärt sich meine Reaktion anders: „Mich stören die Umzugskartons nicht. Ehrlich."

„In diesem Bett schläfst du heute Nacht nicht", entscheide ich mit einer Bestimmtheit, die für Anselm neu ist. Für mich auch.

„Gut, dann gehen wir eben in ein Hotel." Anselm zuckt in nachgebender Haltung die Achseln. „Soll mir auch recht sein, obwohl die

Wohnung hier wirklich schön ist! Die hast du gut ausgesucht, Kompliment. Ich kann mir richtig vorstellen, wie es hier fertig aussehen würde!"

„Danke", murmle ich. Beinahe lasse ich mich von seinen Schmeicheleien einfangen.

Vom Hof herauf tönt es: „Das ist das einzig Vernünftige, was der Typ bisher gesagt hat!"

„Obwohl", gibt Anselm dann sofort kritisch zu Bedenken, „die Gegend hier, also ich weiß nicht? Ich bin unten fast gegen einen Müllcontainer gelaufen. Das ist doch keine Umgebung für dich. Und diese Katze. Die nervt."

„Du wirst in ein Hotel gehen", erkläre ich ihm daraufhin felsenfest. „Es gibt hier jede Menge Hotels. Wir treffen uns morgen und reden."

Anselm sieht mir schweigend in die Augen, ein Trick, der in der Vergangenheit immer zum Ziel geführt hat.

Diesmal aber bleibe ich standhaft: „Wie gesagt: morgen!"

Damit schiebe ich ihn tatsächlich in Richtung meiner Wohnungstür. Er küsst mich, als ich versuche, sie zu öffnen, aber ich winde mich wieder aus dieser Umarmung und schubse ihn mit einem letzten Kraftaufwand hinaus in den Gang.

Erst als die Tür hinter ihm ins Schloss klickt, lasse ich mich zitternd dagegen sinken.

5. Aufgebläht

Auf der Gemeindebehörde ist viel los, obwohl es früh am Morgen ist.

Es ist kein Sitzplatz mehr frei auf den Klappstühlen, welche sich auf dem Flur entlang der Wand reihen. Dort stehen auch zwei Touchcomputer, an denen man sich eine Nummer zieht. Einer davon ist außer Betrieb. Leuchttafeln über den Büros zeigen an, wer als Nächstes dran ist.

Ich stehe vor dem funktionierenden Gerät und surfe ein wenig in der Auswahl der Möglichkeiten herum, ohne zu verstehen, ob ich für mein Anliegen in dem roten, grünen oder gelben Feld eine Nummer ziehen muss. Hinter mir bildet sich bereits eine kleine Schlange, weshalb ich mich einfach für das erste Feld entscheide. Man wird mich schon zur richtigen Stelle schicken, sollte diese Wahl tatsächlich nicht korrekt sein, denke ich zuversichtlich.

Mit meinem Ticket in der Hand reihe ich mich ein zwischen Wartende aus afrikanischen, arabischen Ländern und einigen wenigen anderen Nationen, schreienden und herumlaufenden Kindern und drei alten Männern, die sich lautstark über den amtierenden Bürgermeister und seine Affäre mit einer Geliebten unterhalten. Scheinbar hat diese Geld unterschlagen. Ich hoffe inbrünstig, dass nicht alle auf einen Termin beim Einwohnermeldeamt warten.

Mein Ticket zeigt die Nummer E589, aber keine der Leuchtanzeigen offenbart eine Ziffer, die nur annähernd im Rahmen meiner ausgewiesenen Nummer läge. Ich wende mich an eine junge Mutter, die gerade ihr Kind wieder eingefangen hat und einen wissenden Eindruck erweckt.

„Das ist diese Tür", sagt sie und zeigt auf das Leuchtschild, welches zwar ein E, aber nur die Nummer 75 ausweist. Sie zuckt die Achseln. „Wer weiß, warum hier auf dem Ticket Fünfhundert gedruckt ist?" Zur Bestätigung zeigt sie mir ihren Zettel, auf welchem die Nummer E580 zu lesen ist. Dann lacht sie: „Das ist wie bei einer Lotterie! Wer weiß, wer heute gewinnt!?"

Mein künstliches Lächeln soll ihr signalisieren, dass ich sie verstanden habe. Die Unlogik der Antwort akzeptiere ich nur zögerlich. Doch angesichts der langen Wartezeit beschließe ich, einen Cappuccino trinken zu gehen.

Als ich zurückkomme, weist die Leuchtanzeige die Nummer E79 aus und die junge Mutter steht noch immer da. Ihr Kind rennt inzwischen mit drei anderen wieder laut quiekend den Gang auf und ab. Das Geschrei übertönt sogar die noch immer andauernde Debatte über den Bürgermeister. Ich hege den Verdacht, dass die Männer zur Unterhaltung hier sitzen und gar nicht auf einen Termin warten, so heftig ereifern sie sich über die Lokalpolitik. Der Rest der Wartenden brüllt gegen das widerhallende Gejaule in das jeweilige Mobiltelefon. Es geht zu wie auf einem Marktplatz.

Eine weitere Stunde verstreicht, in der immer mehr Menschen auftauchen, die ein Ticket aus der Tasche ziehen und den Stand der Dinge prüfen, bevor sie sich entschließen zu bleiben oder noch eine Besorgung zu machen. Ich wage es nicht, meinen Platz zu verlassen, weil eben erst die junge Mutter ihr Kind im Laufe abgefangen und lachend in eine der Türen entführt hat.

Nach einer weiteren Stunde zeigt die Leuchttafel endlich meine Nummer an. Ich schreite erleichtert auf die Türe zu. Aber bevor ich mich versehe, tritt einer der alten Männer dort ein und schließt sie vor meiner Nase.

Ich prüfe verwirrt die Nummer auf meinem Ticket. Die Anzeige weist eindeutig die Nummer E89 aus. Ich zweifle schlagartig die Aussage der Mutter an, beschließe aber dennoch, meinen hart erkämpften Platz nun nicht mehr aufzugeben. Standhaft bleibe ich vor der Tür stehen und schlüpfe in das Büro, sobald diese sich einen Spalt öffnet und der Alte wieder herauskommt.

Auf dem ausgedienten Schreibtisch des Beamten, der mir entgegenblickt, steht ein Körbchen mit abgelaufenen Tickets. Ich werfe einen beiläufigen Blick hinein, während ich meinen Pass, meine Papiere und das bereits ausgefüllte Anmeldeformular über den Tisch schiebe. Die Nummer E90 leuchtet mir als Letztes oben auf liegendes Ticket deutlich entgegen.

Diese alte Ratte, denke ich und knirsche mit den Zähnen. Ich weise den Beamten auf das unkorrekte Verhalten meines Vorgängers hin.

Er wirft einen gelangweilten Blick auf die angesammelten Zettel.

„*E cosi!*"[48], zuckt er uninteressiert die Achseln.

Bevor ich mich darüber empören kann, schiebt er mir meine Dokumente wieder über den Tisch zurück.

„Sie müssen eine grüne Nummer ziehen", erklärt er. „Dafür bin ich nicht zuständig. Das ist die Tür nebenan."

Ich beginne fast zu winseln. Nicht weil ich den Mann weichkochen will, sondern weil mich der Gedanke, nochmals zwei Stunden in diesem Gang warten zu müssen, in meiner bisher gezeigten Geduld zutiefst bedroht.

„Es ist die Nummer mit dem Buchstaben B", deutet mir der Beamte weiter an.

„Aber da draußen warten Menschenmassen!", protestiere ich vorsichtig. „Können Sie nicht vielleicht dem Kollegen nebenan ..."

---

[48] So ist das!

Mein Appell an die berühmte italienische Flexibilität gerät hier an die falsche Stelle. Er sieht mich mit einem Ausdruck der Entrüstung an, noch bevor ich meinen Satz beenden kann.

„No, non si può!"[49]

Er macht ein sehr korrektes Gesicht: „Das müssten Sie als Deutsche doch am besten verstehen. In Deutschland kann man bestimmt auch nicht einfach das Standesamt bitten, den Prozess der Ortsanmeldung abzuwickeln".

Ich mache einen langen Seufzer, weil er beginnt, ausführlich die Korrektheit des deutschen Beamtenapparates zu loben. Nach einer Weile bekommen seine Augen sogar ein gewisses Leuchten und sein Blick wird wohlwollender. Ob es der Tatsache meines geduldigen Zuhörens geschuldet oder die Bewunderung über die Bürokratie meines Herkunftslandes ist, die ihn milde stimmt, hinterfrage ich nicht mehr. Ich hoffe nur, dass er die Tür zum Nebenzimmer einfach öffnen wird.

„Sie machen das jetzt so", führt der Beamte schließlich mit einem nachsichtigen Gesichtsausdruck aus. „Sie ziehen eine grüne Nummer. Dann gehen Sie an die Kasse im ersten Stock. Dort kaufen Sie eine Marke. Die brauchen Sie für die Bestätigung. Danach warten Sie auf Ihre Nummer vor dem zugehörigen Büro. Das kostet nur ein paar Euro, nicht viel. Beeilen Sie sich aber, denn es ist bald Mittagspause."

James Brown schreit auf, dann folgt ein *„I feel good!"*. Der folgende Rhythmus ertönt diesmal sehr unpassend.

Während ich meine Papiere an mich nehme, mich erhebe und mein Handy aus meiner Handtasche wühle, drückt der Mann auf einen Knopf. Ein Piepston ertönt, die Tür geht auf und der nächste Wartende kommt schon herein.

Derweil ich den Anruf entgegennehme, gehe ich gleichzeitig zielstrebig auf den Computer im Gang zu, um eilig eine grüne Nummer zu ziehen.

„Ich dachte, wir wollten uns treffen?"

Anselms Tonfall ist vorwurfsvoll, wie der eines versetzten Ehepartners am Hochzeitstag.

„Wir treffen uns zum Mittagessen", schlage ich vor. „Suche du schon mal ein Lokal in der Nähe der *Piazza Maggiore* und reserviere einen

---

[49] Man kann nicht!

Tisch. Schick mir die Adresse als Nachricht. Ich komme, sobald ich hier fertig bin."

Diesmal ist mir das Glück holder. Meine Nummer und meine Erfahrung prophezeien mir eine Zeit des Anstehens von nur ungefähr dreißig Minuten.

Im ersten Stock erwartet mich vor der Kasse jedoch eine Schlange, deren Frist ich auf mindestens eine Stunde schätze. Ich weiß nicht, wie ich diesen Konflikt der tickenden Nummern im unteren Stockwerk lösen werde, aber ich ziehe bereits ernsthaft in Betracht, im Falle der überschreitenden Zeit in dieser Warteschleife es dem alten Vordrängler gleichzutun.

Aber es ist nicht nötig, denn wider Erwarten erhalte ich rechtzeitig eine Art Briefmarke, mit der ich kurz darauf das Büro mit den grünen Nummern und dem Buchstaben B betrete.

Die Beamtin tippt meinen Namen mit dem Zeigefinger, einen Buchstaben nach dem anderen laut aussprechend, in den Computer: M u e l l e r.

Es dauert eine Weile, bis wir gemeinsam sämtliche ü und ä und ö in meinen Daten korrekt im System haben. Schließlich erhalte ich ein Dokument mit der darauf geklebten Marke, drei Unterschriften an verschiedenen Stellen und einer beeindruckenden, alles dominierenden Unterschrift mit Stempel über der Marke. Es sieht aus wie ein notarieller Vertrag für den Kauf einer Millionärsvilla.

„In ein paar Tagen können Sie ihren *codice fiscale*[50] und ihren Personalausweis hier abholen", erklärt mir die Frau. „Es sind bis dahin noch ein paar Überprüfungen nötig. Inzwischen bewahren Sie dieses Dokument gut auf."

Ich verlasse das Büro und sie flüchtet in die Mittagspause, fraglich, wer von uns beiden erleichterter die Tür hinter uns ins Schloss fallen hört.

Anselms Textnachricht ist ebenfalls bereits angekommen. Mein Handy dirigiert mich zügig in ein Speiselokal drei Straßen weiter. Es ist bereits nach ein Uhr und das Restaurant ist voll besetzt. Ich erspähe ihn

---

[50]Sozialversicherungsnummer, über die u.a. Steuer, Krankenversicherung, Rente geregelt sind. Alle offiziellen Prozesse werden grundsätzlich über diese Nummer abgewickelt

an einem Tisch im hinteren Teil des Lokals. Er winkt mir von weitem und ich arbeite mich im Zickzack durch das Summen der Geschäftigkeit.

Völlig geschafft lasse ich mich auf der Bank ihm gegenüber nieder. Jetzt erst fällt mein Blick auf ihn.

„Herrje!", rufe ich entsetzt aus.

Sein Gesicht ist aufgebläht und er schaut mich mit geröteten Augen vielsagend an. Obwohl ich die Antwort genau kenne, frage ich mitfühlend: „Was ist denn mit dir passiert?!"

Statt einer einfachen Antwort erzählt er mir in allen Details den nächtlichen Prozess seiner Entstellung, der ihm über alle Übel hinaus auch völlig den Schlaf geraubt hat. Obschon ich die Angelegenheit nicht halb so ernst nehmen kann wie er selbst, tut er mir ein wenig leid.

„Ich hoffe, du hast die Katze nicht wieder hereingelassen!", schließt er seine in Selbstmitleid getränkten Ausführungen endlich ab.

Ich weiche einer Bestätigung aus, indem ich, mangels einer Speisekarte um mich blicke und die Tafel mit den Angeboten des Tages suche.

Ein Kellner tritt an den Tisch und rattert das Angebot herunter: Vorspeise, erster und zweiter Gang, jede Phase mit mindestens acht Gerichten zur Auswahl. Als er beim Dessert ankommt, weiß ich nicht mehr, was ich gehört habe. Deshalb frage ich nach einer Spezialität der Stadt.

„Pasta mit *ragù bolognese*", rät uns der Mann. „Bologna ist berühmt für sein *ragù*! Es wird über Stunden auf niedriger Hitze gekocht und jedes Haus hat sein eigenes Geheimnis an Zutaten und Zubereitung. Unser Restaurant ist berühmt dafür. Darüber hinaus ist unsere Pasta hausgemacht."

Ich nicke: „Ja, das bitte."

„Welche Pasta?", will der Mann von mir wissen und beginnt die mit *Ragù* kombinierbare Pastaauswahl so schnell aufzuzählen, dass ich nur mit Mühe *Tagliatelle* heraushöre. Ich bestelle *Tagliatelle*. Anselm schließt sich meiner Wahl mangels Sprachkenntnis einfach an.

Kaum hat der Kellner uns mit einer Flasche Wasser und einem kleinen Krug Wein alleine gelassen, richte ich mich auf. Ich habe mir vorgenommen, die Flucht nach vorne zu ergreifen.

„Du bist also ausgezogen?"

Anselm gibt einen brummenden Ton von sich und schenkt etwas Wein in sein Glas. Ich halte kopfschüttelnd die Hand über das meine, als er auch dieses füllen will.

„Heißt das: ja?", bohre ich nach.

„Ich will nicht hier darüber sprechen!", raunt er über den Tisch, als säße seine Frau am Nachbartisch und lausche.

„Es versteht uns niemand", erwidere ich etwas trotzig. Es ärgert mich, dass er nicht klar antwortet.

„Das nicht, aber sieh mich an! Ich bin mit diesem Gesicht doch die Attraktion in diesem Lokal. Es schauen sowieso schon ständig alle her!"

Ich wende mich um und ertappe in der Tat zwei, drei Personen, die neugierig und unverhohlen auf meinen Tischpartner starren, während sie lebhaft mit ihren eigenen plaudern. Ich kommentiere es nur mit einem „na, und?" und sehe ihn wieder auffordernd an.

„Lass uns bei Dir in der Wohnung bei einem Kaffee in Ruhe reden, ja?"

Sein treuer Blick trifft auf mein Mitleid. Ich stimme zu, wenn auch mit ein wenig verbleibendem Widerwillen.

Nachdem ich weiß, dass Massimiliano als Ursache dieses Zustandes dann besser außer Haus sein sollte, wähle ich die Festnetznummer meines eigenen Anschlusses, den ich unverhofft zügig freigeschalten bekommen habe. Obwohl ich es selbst absurd finde, dass ich tatsächlich im Begriff bin, eine Katze anzurufen, hoffe ich doch, dass er abhebt.

Aber mein Handy klingelt zehn Mal durch und stellt dann den Versuch ein.

Wir genießen das überaus köstliche Nudelgericht, das dem Preisen des Kellners in der Tat alle Ehre macht. Anselm trinkt alleine den halben Liter Hauswein und einen Grappa, um dem Gegaffe der Leute gelassener zu begegnen, wie er sagt. Er schwank leicht, als wir uns endlich erheben.

Wir nehmen ein Taxi, obwohl der Weg in meine Wohnung zu Fuß schneller gewesen wäre. Aber Anselm weigert sich trotz seiner angetrunkenen Gelassenheit standhaft, sich in seinem Zustand noch mehr Aufmerksamkeit auszusetzen.

Als ich die Tür zu meiner Wohnung aufschließe, schlüpfe ich sofort hindurch, ohne dass er mir folgen kann. Der Wein hat ihn langsam gemacht.

„Warte einen Moment draußen", werfe ich ihm kurz zu und schließe sie vorsichtshalber wieder vor seiner Nase. Ich wende mich um und rufe leise nach dem Kater.

Er ist nicht da. Gott sei Dank.

„Komm rein", bitte ich Anselm.

Dieser wirft seine Jacke über einen Stuhl und zieht seine Schuhe aus. Ich gucke vorsichtshalber nochmals im Badezimmer nach, um sicher zu gehen, dass Massimiliano sich dort nicht doch irgendwo verschanzt hat. Aber auch da ist mein Hausgeist nicht.

Als ich zurück in den Wohnraum trete, empfängt mich Anselm mit einer großen Umarmung und drückt sein verschwollenes Gesicht an meine Wangen.

„Wieso hast du nichts gesagt?! Welch eine wunderbare Idee von dir! Wir hätten doch gleich hierherkommen können."

Ich verstehe nicht.

„Hausgemachte Pasta mit *ragù,* ganz wie im Restaurant!"

Er sieht mich abwartend an.

Ich verstehe noch immer nicht.

„Das also hattest du für heute Abend geplant!", fährt er unbeirrt fort und zeigt auf die Küchenzeile am anderen Ende des Raumes. „Wir hätten heute Mittag besser etwas anderes bestellen sollen!"

Ich lasse ihn stehen und laufe, meinen Augen nicht trauend, in die gewiesene Richtung, wo ein gedeckter Tisch für zwei Personen angerichtet ist. Ein makelloses Tischtuch, funkelnde Gläser und Teller, sogar zwei Kerzenständer warten einsatzbereit auf die Speisen, die unter geschlossenen Topfdeckeln auf der Theke stehen.

Massimiliano. Er muss den ganzen Vormittag gekocht haben, um dieses Essen vorzubereiten! Und es war gewiss nicht für Anselm gedacht.

Kurz werfe ich noch einen Blick hinter den Kühlschrank, aber der Kater scheint unbedingt fortgegangen zu sein. Wieder betrachte ich den gedeckten Tisch.

Kein Wunder! Bestimmt hat er uns kommen hören und ist bitter enttäuscht darüber, dass ich seine Überraschung auf diese Weise verderbe. Es rührt mich, dass er sich für mich solche Mühe macht.

„Hast du ein nasses Tuch für mich?"

Anselm ist hinter mich getreten. Er atmet rasselnd. „Es müssen noch Reste von Fellhaaren hier sein. Du musst die Wohnung gründlich reinigen."

Meine Geschirrtücher sind noch in irgendwelchen Kartons verpackt, deshalb ergreife ich die Stoffserviette vom Tisch und halte sie kurz unter den Wasserhahn, bevor ich sie ihm wortlos reiche. Woher hat Massimiliano diese Stoffservietten? Ich besitze so etwas gar nicht.

„Es geht gleich vorbei", verspricht Anselm hustend und wirft sich auf mein Bett, bevor ich den Mund öffnen kann, um ihm das Sofa anzubieten. Vielleicht ist das auch besser so, denke ich im nächsten Moment, da dort der Kater ja gerne übernachtet. Anselm hält sich das feuchte Tuch vor Mund und Nase. Schwer atmend schließt er die Augen und stöhnt.

Unser klärendes Gespräch wird auch diesmal nicht stattfinden, denke ich und überlege, dass ich wohl besser ein Taxi rufen sollte, um ihn zurück in sein Hotel bringen zu lassen. Hier in meiner Wohnung wird sich seine Allergie nur verschlimmern. Ich habe nicht gedacht, dass er in diesem Ausmaß empfindlich ist. Ich ziehe die Visitenkarte, die uns der Fahrer geschäftstüchtig in die Hand gedrückt hat, hervor und tippe die Nummer in mein Handy.

Es klingelt an der Wohnungstür.

Ich bin noch immer irritiert, wenn jemand Einlass in mein Apartment fordert, in welchem ich mich selbst noch als Gast fühle. Vorsichtshalber frage ich „chi c'è?"[51] und schiebe leise die Riegel zu, die ich zuvor nachlässigerweise wieder offengelassen hatte.

„Signora MULLER? Ich komme von der Gemeinde. Es geht um ihren Antrag auf Wohnsitz in Bologna."

Eilig entriegle ich das ganze System wieder und blicke auf eine Frau in dunkelblauer Uniform. Ein Steuerberater oder ein Anwalt muss sie ins Gebäude gelassen haben, denn ich habe das Hoftor unten fest hinter uns verschlossen. Auf ihrer hellblauen Bluse befinden sich militärisch anmutende Schulterklappen und ein Abzeichen der *Vigili*.[52]

Sie grüßt mich höflich, fragt „permesso?"[53] und putzt sich sorgfältig die Schuhe auf dem Abstreifer ab, bevor sie eintritt.

„Es ist nur eine Routinekontrolle", meint sie wie beiläufig und hält ihr Klemmbrett mit einem Formular unterm Arm griffbereit.

---

[51] wer ist da?
[52] Kommunale Polizei
[53] darf ich eintreten?

Ich muss sie sehr verdutzt anschauen, denn sie fährt sofort lächelnd fort: "Das ist völlig normal, keine Sorge. Sobald jemand den Antrag auf Wohnsitz in Italien stellt, müssen wir kontrollieren, ob die Person tatsächlich an der angegebenen Adresse lebt. Ich sehe, dass sie noch einziehen."

Sie zeigt dabei auf die Umzugskartons, die ich nur an die Wand geschoben habe, damit sie nicht im Weg stehen.

„*Si.*" Ich stehe unbeholfen herum.

„Sie haben angegeben, dass Sie hier alleine leben", prüft sie mit einem Blick auf den gedeckten Tisch für zwei.

„*Si*", wiederhole ich wenig einfallsreich.

„Verstehen Sie, ich muss Sie das fragen", erklärt sie beinahe entschuldigend. „Es geht um Scheinehen, illegale Einwanderung *et cetera*. In Ihrem Fall ist das wirklich nur eine Routineprüfung. *Tranquilla*".[54]

„Vorsicht! Die Katze!", keucht Anselm in diesem Moment vom Bett herüber und fuchtelt mit dem freien Arm in Richtung der offenstehenden Tür, während er mit der anderen Hand weiterhin das Tuch vor sein Gesicht hält.

Die Beamtin zuckt erschrocken zusammen.

Massimiliano schreitet mit erhobenem Schwanz wortlos an mir vorüber und lässt sich auf dem Sofa nieder. Die Polizistin beachtet ihn gar nicht. Dafür aber den Mann in meinem Bett. Dieser lässt sich hustend wieder in die Kissen fallen und röchelt übertrieben.

„Ich komme ein anderes Mal wieder", meint sie und steckt den Kugelschreiber, mit welchem sie schon begonnen hat, auf dem Formular Haken zu setzen, wieder ein.

„Ein Besuch aus Deutschland", erkläre ich schnell. „Hilft mir beim Umzug. Leider ist er allergisch gegen Katzen, weshalb er jetzt ...."

„Ja, ich sehe schon, es ist ungelegen. Ich komme einfach ein anderes Mal wieder." Sie sagt es freundlich, aber es klingt wie eine Drohung in meinen Ohren.

Sie wendet sich zur Tür, ohne auf weitere Beteuerungen meinerseits zu achten.

So ein Mist, denke ich. Doch momentan gibt es nichts, was ich tun könnte. Am besten, ich warte auf den nächsten Schritt des Amtes.

---

[54] Nur ruhig! Keine Sorge!

Mit dem Klicken der Tür, die hinter der Frau ins Schloss fällt, wähle ich sofort erneut die Nummer der Taxizentrale. Ich gebe die komplette Adresse des Hotels gleich mit an.

„Wir verschieben unser Gespräch auf morgen", vertröste ich den protestierenden Anselm, als ich ihn aus dem Bett ziehe. „Bestimmt wird es dir morgen besser gehen!"

„Wirf doch endlich die Katze raus!", hustet Anselm, als wir am Sofa vorbeikommen.

Massimiliano stellt sein Fell auf und erscheint so in doppelter Größe ziemlich massiv. Es bringt fast die Nähte seines Designerblazers zum Platzen, als sein weißes Fell am Kragen gefährlich hervorquillt. Er stößt ein langgezogenes, tiefes „maaaaauuuuu" aus, das beinahe wie das Fauchen eines Löwen klingt - eines jungen Löwen.

Anselm macht einen Satz zur Seite.

„Das Vieh ist gefährlich!", keucht er in Richtung Ausgang.

Ich ignoriere sowohl den aufgeblähten Kater als auch die Bemerkung des aufgedunsenen Anselms und schiebe den Letzteren zielstrebig in Richtung Taxi die Treppe hinunter.

„Ich rufe dich morgen an! Morgen wird es mir wieder besser gehen!", verspricht er mir durch das heruntergefahrene Fenster des Taxis.

Ich nicke. Dann schaue ich dem davonfahrenden Auto nachdenklich hinterher. Soll ich ihm wirklich nochmal eine Chance geben?

Als ich zurück in die Wohnung komme, erhebt sich der Kater vom Sofa. Sein Fell ist wieder in Normalzustand und seine Stimme auch, als er sagt:

„Endlich! Jetzt können wir essen. Ich habe gekocht."

6. In den Grundfesten erschüttert

Es ist schon spät.

Trotzdem stellt sich die gewohnte Müdigkeit nicht ein.

Massimiliano liegt mit hinter dem Kopf verschränkten Pfoten auf der Couch und lästert über Anselm.

Ich nehme nach Anweisung zwei der verschriebenen Tabletten, weil ich mich noch immer schwer mit der Akzeptanz eines schwadronierenden Katers auf meinem Diwan tue. Zum einen, weil ich entschieden habe, die meckernde mütterliche Stimme in meinem Kopf zum Schweigen zu bringen und den Kater deswegen sogar auf dem Sofa schlafen zu lassen. Zum anderen, weil dieser auch noch ein sprechender und in Anzug gekleideter ist.

Ich gehe zu Bett. Wie er, liege auch ich mit verschränkten Armen hinter dem Kopf und beobachte die Schatten der Sträucher aus dem Hinterhof, die sich an der Zimmerdecke im lauen Sommernachtswind bewegen. Es zirpen sogar ein paar Grillen.

„Sei ruhig, ich will schlafen", weise ich den Kater an, dessen Monolog über Anselms schlechte Art sich zu kleiden, die mangelnden Manieren, den moralisch untragbaren Tatbestand seiner Ehe, den er mit Zuständen des alten Roms vergleicht, und vor allem seiner absurden Allergie gegen Katzen, nicht enden will.

Mein Einwand ruft ein „... *cioè* ..." hervor und er beginnt damit noch einmal mit seiner Rede.

„Sind alle Penaten eigentlich Katzen?", unterbreche ich ihn mit einem Gedanken, der mir in diesem Zusammenhang in den Kopf kommt.

Die Frage zeigt Wirkung.

„Aber nein! Wir sind Verwandte der *laren*[55] und wie sie sind wir normalerweise unsichtbar. Die *laren* sind eher für den Schutz des Hauses zuständig und wir *penati* für das, was unsere Familie nährt. Das habe

---

[55] Die *Lares Familiares* waren gemeinsam mit den Penaten die Schutzgeister einer römischen Familie und symbolisierten den Haushalt. Sie wurden mit den vergöttlichten Seelen der verstorbenen Vorfahren gleichgesetzt. Sie wurden bei allen Familienfesten verehrt und begleiteten die Familie, wenn diese fortzog.

ich dir doch schon erklärt. Und diese Aufgabe erfüllt man am besten, wenn man nicht gesehen wird."

„Aber du bist eine Katze und man sieht dich!"

„Ich bin keine Katze."

„Kater", verbessere ich.

Er schweigt eine Weile. Dann fügt er in geheimnisvollem Ton an: „Ungewöhnliche Zeiten erfordern ungewöhnliche Maßnahmen."

Ich verstehe kein Wort und warte, dass er zu einer ausschweifenden Erklärung ansetzt. Das tut er nicht.

„*Penati* ist doch Mehrzahl, oder?", fällt mir dann ein. Vielleicht komme ich mit diesem Punkt in der Sache weiter.

„Korrekt. Normalerweise treten wir immer zu zweit oder zu dritt auf."

Ich fahre erschrocken im Bett hoch: „Willst du damit sagen, dass es von deiner Sorte hier noch mehr gibt?!"

Ein tiefer Seufzer steigt vom Sofa auf.

„Nein", antwortet er dann in so trauriger Stimme, dass es mir schon leidtut, danach gefragt zu haben. „Ich weiß nicht, wo meine Brüder und Schwestern sind. Wir haben uns beim letzten Umzug von Rom nach Bologna aus den Augen verloren. Damals brannte Rom. Du hast vielleicht davon gehört. Ich weiß nicht, ob es sie überhaupt noch gibt? Ein *penato*, der seine Familie verliert, kann nicht überleben. Wir nähren uns nämlich von den Opfergaben unserer Familie."

„Oh." Ich bin ehrlich betroffen.

In wesentlich forscherem Ton fährt er dann fort: „Ich muss jetzt alles alleine machen: Essen, Getränke und früher war es nur der Herd. Heute sind da noch Kühlschrank, Mikrowelle, Gefrierfächer, Grill, Brotbackmaschine, Eierkocher, Pürierstab, Handquirl, Küchenmaschine ..."

Er zählt sämtliche Geräte und deren technische Entwicklung seit dem Beginn der Industrialisierung auf, die der Markt seitdem hervorgebracht hat. Ich staune selbst, wie viele es sind. Über die Aufzählung werde ich müde.

Gerade als der lang ersehnte Schlaf über mich kommen will, ändert Massimiliano den Klangverlauf seiner Worte. Das weckt mich wieder auf.

„Du hast mir zwar eine ungewöhnliche, aber immerhin eine Opfergabe bereitet. Du wirst es schon noch lernen, was der Unterschied zwischen Pasta und Pasta ist. Ich hatte schon lange nichts Richtiges mehr gegessen. Du hast mir das Leben gerettet."

Ich bin gerührt von seinen Worten und sprachlos über meine eigenen edlen Taten, die ich in völliger Unwissenheit ausgeführt habe.

Als spüre er meine Betroffenheit und als wäre sie ihm peinlich, verfällt er in die Lehrerrolle: „Du musst wissen, der Herd ist unser Altar! Dort bringt unsere Familie die Opfergaben für uns dar. Früher mussten wir *penati* schnell sein, weil die Mäuse uns die Nahrung streitig machten. Mäuse sind verabscheuungswürdige, schmutzige Diebe! Sie respektieren einfach nichts und niemand. Jupiter sei Dank, das ist heute besser."

„Deshalb kannst du also so gut kochen", übergehe ich seine Mäusegeschichte, wieder hellwach.

Jetzt spricht wieder ganz der lässige Kater, den ich kennengelernt habe: „Über zweitausend Jahre Erfahrung kann ein Menschenleben nie toppen. Versuche es erst gar nicht. Kein Chefkoch der Welt kann das, auch wenn sie es manchmal glauben und ..."

Ich setze mich wieder im Bett auf: „Du bist zweitausend Jahre alt?!"

„Ich bin ein Geist. Wir haben keine Zeitrechnung wie Menschen."

Ich lege mich wieder hin.

Dann richte ich mich wieder auf: „Aber ihr lebt doch mit einer menschlichen Familie zusammen! Was geschieht, wenn diese Familie ausstirbt? Das kommt doch vor?"

„Dann sterben auch wir."

„Oh." Ich bin schon wieder betroffen.

„Es sei denn ...", fährt er fort und macht eine bedeutungsvolle Pause, bevor er weiterspricht, „... wir finden eine neue Familie."

„Ich verstehe."

Aber ich verstehe nicht.

Ich werde erst viel später wirklich verstehen, was es damit auf sich hat. An dieser Stelle schweigen wir beide, jeder beschäftigt mit seinen eigenen Gedanken, über welche wir endlich ins Reich der Träume abwandern.

Ein Düsenjet jagt unter dem Haus hindurch.

Nein, es ist eher eine *Concorde*, so laut ist das bedrohliche Grollen, das aus den Tiefen der Erde empordringt.

Es ist vier Uhr morgens. Mein Herz springt in die Höhe meiner Kehle und reißt mich brutal aus dem Schlaf. Ich hechte mit einem Satz aus dem Bett.

Gläser fallen aus dem Küchenschrank und zerspringen klirrend in tausend kleine Stücke.

Die Schranktüren wiegen offenstehend hin und her. Die Fensterflügel tun es ihnen gleich.

Der Zimmerboden schwankt wie ein Fahrgeschäft auf dem Rummelmarkt.

Intuition übernimmt das Kommando.

Ich ergreife die Pfote des Katers, der unter dem Sofa Schutz sucht, ziehe ihn energisch darunter hervor und reiße die Haustür auf. Dank des verwirrenden Besuches meines Ex-Liebhabers habe ich glücklicherweise wieder vergessen, diese tausendfach zu verriegeln.

Drei Stufen auf einmal nehmend springe ich die Treppe hinunter. Dann überholt mich Massimiliano und zieht mich an der Hand.

Unten steht das große Tor offen.

Wir stolpern um den Müllcontainer herum hinaus in die Nacht.

Erst in der Mitte der kleinen *piazza* bleiben wir stehen.

Die Erde unter unseren nackten Füßen und Pfoten bebt noch immer. Die Zeit scheint sich in diesen Erschütterungen zu dehnen.

Endlose Sekunden vergehen.

Es ist grauenerregend.

Man hat den Eindruck, dass der Boden sich auftun und den gesamten Platz verschlingen wird. Der Kater klebt an meinen Beinen und ich halte ihn zitternd fest.

Dann lässt das Grollen langsam nach.

Finsternis.

Stromausfall.

Nur der Mond leuchtet schwach die angrenzenden Straßen aus.

Nach und nach scharen sich immer mehr Menschen um uns. Aus allen Richtungen kommen sie in die sichere Mitte der kleinen *piazza* gelaufen. Sie tragen Schlafanzüge, Decken, Hand- oder Betttücher, Bademäntel und manche sogar nur Unterhosen. Jeder hat nur das, was er in der Eile ergreifen konnte, an und bei sich.

Als das Donnern unter uns völlig abebbt, hebt ein erhitztes Durcheinandereifern an. Die Meisten greifen zum Handy. Das haben alle dabei. Ich nicht.

Man bestätigt sich aufgeregt gegenseitig, dass es kein Netz gibt. Das ruft noch mehr Panik hervor. Alle berichten gleichzeitig von den schrecklichen Momenten und was sich bei ihnen detailliert abgespielt hat. Niemand hört wirklich zu, aber es scheint die Gemüter zu beruhigen, darüber zu reden.

Ein paar kleine Kinder weinen. Die meisten von ihnen schauen aber nur mit großen, schreckhaften Augen auf das Geschehen und stehen dicht an die Beine ihrer Eltern gedrängt.

Ich stehe mit zitternden Knien in der Menge und blicke von einem zum anderen, ohne viel zu verstehen. Wie eine Schar Geister in Betttüchern stehen wir als blasse Gestalten im Mondlicht und geben das Chaos unseres Inneren in lärmenden Wortfetzen wider.

„*Tutto bene?*"[56]

Eine alte Frau mit schneeweißem Haar legt zitternd ihre Hand auf meinen Arm und sieht mich forschend an.

Ich nicke vorsichtig lächelnd. „*Grazie. Tutto bene. E lei?*"[57]

Sie kennt wohl auch niemanden hier in dieser Menge, weil sie sich ausgerechnet an mich wendet, mutmaße ich.

„*Mio nipote!*[58] Er hat mich aus dem Haus gebracht." Sie sieht sich dabei nach dem Enkel um. „Alleine hätte ich das nicht mehr geschafft. Ich wohne dort drüben!"

Sie zeigt auf die andere Seite der *piazza* auf einen anmutenden, dreistöckigen Wohnungsblock klassischen Stils gegenüber der Kirche.

„Ich wohne dort", erkläre ich im Gegenzug, um mich als neue Nachbarin zu erklären und zeige auf den Müllcontainer.

„Ich weiß", nickt sie. „Sie sind aus Deutschland. Ich habe gesehen, wie Sie angekommen sind. Das muss für Sie ja schrecklich sein: Kaum sind Sie in Italien, erleben Sie ein solches Erdbeben!"

„Ist das denn normal?", frage ich entsetzt.

Ihr „*No-no-no-no* ...!", will gar nicht enden.

---

[56] Alles in Ordnung?

[57] Und Sie?

[58] Enkel oder Neffe, wird aus dem Zusammenhang definiert, was von beidem

„Ich habe das auch noch nicht erlebt!", schließt sie letztlich mit tiefer Erschütterung und greift sich dabei mit der Hand, die sie damit von meinem Arm nimmt, an den Brustkorb. „Meine Eltern nicht und ich habe auch niemals meine Großeltern von so etwas erzählen hören!"

Ich überschlage kurz das hohe Alter der Dame in der Annahme, dass ein langes Leben in der Familie liegt und errechne drei bis vier erdbebenfreie Generationen. Ich fände die Aussage beruhigend, wenn ich nicht eben selbst erst eines der Stärke 5.9 der Richterskala erlebt hätte.

Diese Information bringt gerade der besagte Enkel zu uns. Irgendjemand muss doch Internetempfang oder vergleichbare Erfahrungen haben. Die Nachricht verbreitet sich wie ein Lauffeuer in der Menge. Diese Zahl bestätigt die schlimmen Eindrücke, die alle haben und verdichtet das allgemeine Entsetzen.

„Das ist Maurizio", stellt mir die alte Dame stolz ihren Enkel vor, zieht ihn etwas näher an sich. Ich schätze Maurizio ungefähr auf mein Alter. Er ist groß, schlank und trägt eine Vollglatze, aber wie viele Italiener sieht er damit gut aus. Selbst in seinem Pyjama kurz nach einem Erdbeben wirkt er elegant, wie aus dem Ei gepellt.

„Lisa", reiche ich meinem neuen Nachbarn die Hand. Ich wirke in meinem alten, langen T-Shirt und den verwaschenen Baumwollshorts, die ich zum Schlafanzug umfunktioniert habe, kein bisschen elegant. Wir lächeln uns kurz an.

„Meine Tochter hieß auch Elisabetta!", fällt die alte Dame in das Vorstellungsritual ein und blickt wieder auf ihren Enkel. „Seine *mamma!"*

Ich korrigiere nicht, dass ich nur Lisa und nicht Elisabetta heiße, da mir nicht entgeht, dass sie in der Vergangenheit spricht. Ich versuche ein nickendes Lächeln, aber angesichts der Umstände wirkt es eher besorgt.

„Lebst du alleine in der Wohnung?", fragt mich Maurizio und tippt gleichzeitig weiter auf seinem Handy herum, ohne aufzusehen.

Ich bin beinahe dabei „nein" zu antworten, als mir einfällt, dass Massimiliano ein schwer zu erklärender Mitbewohner ist. Es entgeht mir selbst in dieser Aufregung nicht, dass ich ihn in meinen Gedanken als einen solchen zu betrachten beginne.

„Gib mir deine Telefonnummer, dann schicke ich dir meine, sobald wieder Netzempfang ist", schlägt Maurizio meine Antwort gar nicht abwartend vor. „Du kannst jederzeit anrufen, wenn etwas ist. Wir wohnen gleich da drüben."

Seine Oma klopft ihm wohlwollend auf die Schulter und wiederholt mehrmals „*che bravo, che bravo!*"[59] , was dazu führt, dass Maurizio sich mehrfach vertippt.

Das Stimmengewirr lässt allmählich nach. Dafür hört man nun zunehmend die Aktivitäten der dunklen Stadt: Sirenen von Ambulanzfahrzeugen, Polizeiwagen oder dem Zivilschutz schwellen an und ab, Autoverkehr, Hupen, laute Rufe, aber nach wie vor kein Licht. Ich lausche diesem Geräuschpegel lange Zeit und sehne mich zunehmend nach meinem Bett.

Eine Scheibe geht irgendwo ganz in der Nähe zu Bruch. Wir vermuten Plünderer. Ein paar junge Kerle lösen sich aus der Menge und laufen in diese Richtung. Ich frage mich, ob sie die Missetäter verjagen oder mitmachen wollen? Ich frage mich auch, ob ich nicht besser zurück in meine sperrangelweit offenstehende Wohnung eilen sollte? Aber der Schreck des Erdbebens siegt über die verbliebenen Bedenken über Einbrecher.

Nach einiger Zeit sind alle völlig unschlüssig und man berät sich, ob es sicher ist, in die Häuser zurückzukehren. Jeder hat dazu etwas zu sagen: In der Regel gibt es Nachbeben ... die sind aber weniger heftig ... trotzdem ... wann die kommen, kann man nie sagen ... einige schlagen schon provisorische Zelte auf dem Platz auf ... im Auto zur Ruhe legen ... es wird sowieso bald hell ...

Massimiliano klopft sich seinen Anzug gerade und steckt seine Sonnenbrille, die er trotz Dunkelheit all die Zeit getragen hat, in die Jackentasche. Er sieht mich auffordernd an und macht ein Zeichen mit dem Kopf in Richtung unserer Wohnung.

Als Tier müsste sein Instinkt ihm sagen, ob Gefahr droht, denke ich und gleichzeitig gestehe ich mir ein, dass ich seine Gesellschaft in dieser Lage nicht missen möchte.

„Meinst du, es ist sicher?", zögere ich.

Maurizio, der noch intensiver mit seinem Handy beschäftigt ist, seit es stellenweise wieder Empfang gibt, hebt kurz den Kopf.

---

[59] In diesem Fall: Wie gut/fähig er ist!

„Lege dich nahe der Tür im Parterre schlafen! Dann kannst du schnell nach draußen, falls nochmal ein Beben kommt. Es wird Nachbeben geben." Er spricht so routiniert, als lebe er auf einem Vulkan, wo das bisschen Beben auf der Tagesordnung steht.

„Meine Wohnung ist im ersten Stock", gebe ich zu bedenken, aber ich sage es mehr zu mir selbst, als dass ich damit etwas bezwecken will.

„Weißt du was, du kommst einfach zu uns", entscheidet Maurizio, steckt sein Handy in die Tasche seiner Pyjamahose und sieht mich zum ersten Mal direkt an. „Du kannst auf der Ottomane schlafen. Unsere Wohnung ist parterre. Und nonna[60] wird froh sein, Gesellschaft zu haben in dieser Nacht."

Damit läuft er los, nimmt seine Großmutter am Arm und winkt mir, ihm zu folgen.

Die Einladung lockt mich noch weniger, als in meine eigene Wohnung zurückzukehren. Der Gedanke, auf einem fremden Diwan bei unbekannten Leuten den Rest der Nacht zu verbringen, löst einen Impuls des Rückzugs in mir aus. Aber auch die alte Dame winkt mir so freundlich, dass ich mich in Bewegung setze.

„Es ist ein bequemes Sofa", bestätigt Massimiliano, der sich sofort an meine Seite gesellt.

„Du kennst die Möbel unserer Nachbarn?", frage ich ihn, aber ich bin nicht mehr überrascht.

„Come no?"[61] , antwortet er, als sei es das Normalste der Welt.

Kaum hat Maurizio seine Großmutter in ihrem gemütlichen Lehnsessel nahe des Ausgangs platziert und mir das Kanapee zugewiesen, nimmt er meinen Schlüssel. Er verspricht, meine Wohnung abzuschließen, denn ich habe nur schnell das Hoftor geschlossen, bevor ich ihnen auf das Sofa gefolgt bin.

Ich finde ihn ausgesprochen nett und fühle mich umsorgt wie ein Kleinkind. Es tut gut.

Am nächsten Morgen zeigt sich das Ausmaß der Katastrophe bei Tageslicht.

---

[60] Oma
[61] Wieso (auch) nicht?

Die Stadt hat wenig Schaden erlitten. Außer ein paar Rissen an einigen Gebäuden waren es eher Panik- und Herzattacken und andere kleine Unfälle, die in den Krankenhäusern die Betten füllen. Ein paar Kilometer weiter nordöstlich, von *Ferrara* über *Cento* nach *Modena* sind die Schäden groß. Das Fernsehen zeigt immer wieder die gleichen Bilder von Steinhaufen eingestürzter Häuser, weinenden Menschen, Notunterkünften, Zeltlagern und Politikern, die verfolgt von Kameras und Journalisten die Schäden begutachten und sofortige Hilfe versprechen.

Ich habe an diesem Morgen Mühe, meinen Cappuccino zu ergattern, so viele Leute versammeln sich in der Bar, um die Ereignisse zu diskutieren und immer wieder einen Blick auf die Bilder des Großbildfernsehers zu werfen, der in keiner ordentlichen Bar fehlen darf.

Gerade als ich die Tasse ansetzen will, wirft die Flüssigkeit darin zitternde, kreisförmige Wellen.

Dann spüren auch meine Füße die Erschütterungen.

Diesmal ohne Grollen und nur wenige Sekunden.

Alle stehen wie erstarrt, halten in der augenblicklichen Bewegung inne, bereit, alles fallen zu lassen und jederzeit ins Freie zu stürzen.

Niemand rennt jedoch hinaus.

Man könnte eine Stecknadel fallen hören.

Die Zeit steht still.

Dann ist es vorbei.

Ich trinke aus meiner Tasse und das Stimmengewirr ringsum hebt wieder an. Meine Hand zittert ein wenig mehr, als ich selbst gewahr bin.

„Du kannst dich auf mich verlassen", behauptet Massimiliano mit erhobenem Kopf und kippt seinen Espresso in einem Zug hinunter. „Ich habe einen besseren Instinkt als Menschen. Das war nur ein Nachbeben. Nicht gefährlich."

„Ich habe dich unter der Couch hervorgezogen", korrigiere ich seine übertriebene Selbsteinschätzung.

„Genau, und das wäre auch der sicherste Ort gewesen", erwidert er trocken und hält mir die Zeitung, in welcher er blättert, unter die Nase.

Ich lese etwas über Verhaltensmaßnahmen bei Erdbeben und dass man unter einem stabilen Tisch oder Ähnlichem Schutz suchen und erst später das Gebäude verlassen sollte.

„Puh! Das ist leicht geschrieben!", wehre ich geringschätzig ab. Es ist eher die Verteidigung meiner Gefühle, denn ich finde so schlaues Daherreden aus der Ferne über eine solche Erfahrung sehr unfair. „In so einer Situation muss man erst mal in der Lage sein, überhaupt klar zu denken!"

„Eben. Deshalb solltest du dich auf meinen Instinkt verlassen", erwidert er und faltet die Zeitung zusammen. „Das wäre zwar genau genommen Aufgabe der *laren*, aber nachdem ja keiner mehr da ist, übernehme ich das. Ich hätte nie gedacht, dass ich als *penato* das jemals sagen würde."

Er scheint das Letztere eher zu sich selbst zu sagen, denn er blickt dabei wie durch mich hindurch. Vielleicht ist es gar nicht so dumm, sich in dieser Frage wirklich auf seinen Instinkt zu verlassen, überlege ich.

James Brown schreit auf, dann folgt ein *„I feel good!"* und ein mitreißender Rhythmus klingt durch die Bar. Alle blicken auf mich. Unpassender könnte der Klingelton meines Mobiltelefons an diesem Morgen danach nicht sein!

Ich laufe rot an, nehme das Gespräch so schnell als möglich entgegen und verlasse gleichzeitig mit gesenktem Kopf die Bar. Massimiliano klemmt sich die Zeitung unter die Pfote und folgt mir.

„Kannst du kommen?", fragt Anselm in merkwürdiger, von mir nie wahrgenommener Stimmlage.

„Alles okay bei dir?" Aus alter Gewohnheit und brandneuem Erdbebenschock bin ich sofort besorgt.

„Ich bin hier in einem Krankenhaus", schießt er los. „Ich habe keine Ahnung, wo das ist?! Ich muss bewusstlos geworden sein. Ich bin gerade erst aufgewacht und weiß nicht, was los ist?!"

„Geht es dir gut?", frage ich bemüht fürsorglich und unsinnigerweise, denn offensichtlich tut es das nicht. Ich entschuldige mich, weil ich mir um ihn noch keine Sorgen gemacht habe: „Ich konnte dich nicht erreichen, ich habe es mehrmals probiert."

„Ich habe schreckliche Kopfschmerzen", jammert er. „Komm bitte gleich, ja?"

„Es gibt mehrere Krankenhäuser in Bologna! In welchem bist du denn?"

„Ich weiß es doch nicht!"

Er antwortet gereizt und stöhnt auf. Dann fährt er beinahe im Flüsterton fort: „Hier ist niemand, den ich fragen kann und ich kann mich nicht bewegen, mir tut sofort der Kopf weh!"

„Okay. Ich komme."

Ich lege auf und habe keine Ahnung, wie ich ihn finden soll. Nachdenklich starre ich ohne Fokus vor mich hin und grüble, wie ich es anstellen soll, ihn zu finden, als ein schwarzer Alfa Romeo der *Carabinieri* vor mir anhält. Der Beifahrer kurbelt das Fenster herunter und spricht mich an.

„Ist bei Ihnen alles in Ordnung?"

Ich muss wohl einen sehr verlorenen Eindruck gemacht haben, wenn die Polizei sogar aufmerksam wird.

„Jajajaja, danke!", versichere ich schnell, als hätte ich etwas zu verbergen und müsse die lästigen Bullen flugs wieder abwimmeln. Dabei kommen die italienischen Freunde-und-Helfer wie gerufen!

Ich frage sie, welches Krankenhaus ich ihrer Meinung nach auf meiner Suche zuerst probieren soll. Fahrer und Beifahrer nennen sofort einstimmig das Städtische.

Ich bedanke mich für die Hilfe, während ich schon die Nummer auf meinem Handy heraussuche. Sie fahren langsam an, nachdem ich nichts weiter von ihnen erfrage und sie ignoriere.

Der Kater neben mir gibt ein langgezogenes „*interessante*" von sich. Aber ich habe keine Zeit zu erforschen, was er so Interessantes an dem Fahrzeug der *Carabinieri* entdeckt, dem er sinnierend hinterherschaut und sich dabei mit der Pfote am Kinn krault.

Ich rufe im *Ospedale Maggiore*[62] an.

Man lässt mich lange warten, bis endlich jemand den Hörer abnimmt. Ich muss Anselms Namen buchstabieren und es braucht drei Versuche, bis der Mitarbeiter ihn korrekt in den Computer eingegeben hat. Anselm ist tatsächlich dort eingeliefert worden. Ich mache mich sofort auf den Weg.

Das Krankenhaus ist eine halbe Stunde zu Fuß entfernt. Ich entscheide zu laufen, weil das schneller ist, als den richtigen Bus herauszufinden. Außerdem wird mir die Bewegung und frische Luft den Kopf frei machen.

---

[62] Städtisches Krankenhaus

Stünden nicht ab und zu eine Eisenstütze hier und eine Absperrung dort in meinem Weg, man würde nicht denken, dass diese Stadt noch vor wenigen Stunden einer relativ heftigen Naturgewalt ausgesetzt war.

Ich bin erstaunt, wie schnell die ersten Korrekturmaßnahmen umgesetzt wurden. Wenn es sein muss, beweist dieses Volk große Flexibilität und erstaunliche Lösungsorientierung: Die Geschäfte, deren Räumlichkeiten bis zur endgültigen Freigabe durch Sicherheitsexperten nicht mehr betreten werden dürfen, preisen ihre Waren auf improvisierten Marktständen auf der Hauptstraße an. Ein Delikatesswarenladen grillt verderbliche Ware vor der Tür und ein Milchhandel wirbt mit reduziertem Preis für Parmesan aus einer eingestürzten Lagerhalle. Ich nehme gleich zwei davon mit.

Das Leben in Bologna pulsiert, als sei nichts geschehen und als würden nicht ein paar Kilometer weiter Menschen auf der Straße stehen, die es schlimmer erwischt hat, als uns hier. Es ist verstörend und beruhigend zugleich.

Zwei Stunden und eine endlose Warteschlange vor dem Informationsschalter später stehe ich endlich vor Anselms Krankenbett.

Er sieht noch schlimmer aus, als am Tag zuvor. Seine Allergie ist zwar etwas abgeklungen, dafür ist sein Kopf jetzt in einen enormen Verband gewickelt. Mit seinem dicken Gesicht sieht er aus wie ein wohlgenährter *Sikh*[63], nur blasser.

Er streckt mir die Hand entgegen, als ich an das Bett trete und versucht so etwas wie ein Lächeln. „Danke, dass du gekommen bist! Wie hast du mich gefunden?"

„Was ist passiert?" Ich antworte mit der Gegenfrage, weil mir das an dieser Stelle wichtiger scheint.

„Ich weiß es nicht. Ich habe schreckliche Kopfschmerzen."

Ein weiteres Bett fährt mit einem Patienten in den Raum, geschoben von einer jungen Krankenschwester.

„Ah, *nostro Tedesco*[64] ist aufgewacht!", ruft sie scherzhaft, richtet den anderen schlafenden Patienten das Kopfkissen und kommt dann zu uns.

„Sie können Ihren Mann gleich mitnehmen", spricht sie und ergreift Anselms Handgelenk, um ihm den Puls zu fühlen.

---

[63] Sikh-Religion Nord Indien, Männer tragen Turban
[64] unser Deutscher

Der vermeintliche Ehegatte und ich werfen uns einen kurzen Blick zu, schweigen aber beide zu diesem kleinen Irrtum. Stattdessen fragt Anselm in Englisch: „Was ist passiert?"

„*Dante*[65] ist Ihnen auf den Kopf gefallen".

Die Krankenschwester antwortet in gebrochenem Englisch, aber man versteht sie. Ein leichtes Grinsen auf ihrem Gesicht lässt vermuten, dass die Belegschaft des Krankenhauses dies vermutlich amüsant findet. „Es ist nicht schlimm. Sie werden ein paar Tage Kopfschmerzen ertragen müssen."

„Die Gipsbüste auf dem Regal ... im Hotel ... über meinem Bett ...", murmelt Anselm nachdenklich vor sich hin.

Die junge Italienerin lässt sein Handgelenk wieder los und ignoriert ihn fortan als den passiven Teil des Geschehens, wendet sich stattdessen mit den folgenden Anweisungen an mich: „Er muss ein paar Tage in völliger Ruhe liegen. Sind Sie mit dem Auto hier?"

Erst jetzt begreife ich meine Lage.

„Äh, nein, das geht nicht!"

Auf keinen Fall will ich Anselm wieder mit in meine Wohnung nehmen. Ich will die Angelegenheit mit ihm endlich klären und ihn dabei in meinen vier Wänden zu haben, ist nicht hilfreich.

Die Schwester versteht es anders: „Dann nehmen Sie ein Taxi. Das ist besser als der Bus. Vermeiden Sie Erschütterungen. Hier sind noch Kopfschmerztabletten. Die wird er brauchen."

„Kann er nicht so lange hierbleiben?", frage ich naiv.

Die Schwester sieht mich an, als hätte ich Fahrerflucht bei einem tödlichen Unfall begangen.

„Die Grundversorgung ist auch für Sie als deutsche Touristen gewährleistet. Wir haben alles Nötige getan. Danach müssen Sie sich aber schon selbst kümmern", macht sie mir klar und steckt ihre Hände demonstrativ in die Manteltaschen ihres Kittels. „Sie können ihn in ein privates Krankenhaus verlegen lassen."

„Das geht nicht!", wehrt Anselm massiv ab, macht ein schmerzverzogenes Gesicht, schließt die Augen, öffnet die Augen und wirft mir einen Blick zu, der wohl vielsagend sein soll, jedoch nur grotesk ist.

---

[65] Dante Alighieri ital. Dichter und Philosoph

Ich verstehe seine stumme Kommunikation nicht. Ich will sie gar nicht verstehen. Vielmehr ignoriere ich ihn nun ebenso wie die Krankenschwester.

„Ich bin keine Touristin", erkläre ich der Frau und würde ihr am Liebsten mein notarähnliches Dokument unter die Nase halten. „Ich habe *residenza*[66] in Bologna beantragt". Vermutlich gebe ich mich unlogischen und unberechtigten Hoffnungen hin, indem ich denke, dass dies zwar nicht für Anselm gilt, aber eventuell doch etwas an diesem Vorgehen ändert?

Die Schwester zuckt überlegen die Achseln, die Hände noch immer in den Kitteltaschen.

„Das ändert auch nichts. So sind nun mal die Regeln. Ich habe sie nicht gemacht. Die gelten für alle."

Wir sehen uns eine Weile gegenseitig erwartungsvoll an.

Sie ist ungeduldiger als ich: „Er muss das Bett bis Mittag geräumt haben. Wir brauchen es für ernstere Fälle. Was glauben Sie, was heute los ist!? Seine Sachen sind dort im Schrank."

Sie läuft um das Bett herum in Richtung Tür und nimmt erst vor dieser ihre Hände aus den Taschen.

Gezwungenermaßen treffe ich einfach eine Entscheidung und rufe ihr hinterher: „Können Sie veranlassen, dass er in ein privates Krankenhaus verlegt wird?"

„Nicht, wenn ihr Mann das nicht wünscht."

Und damit ist sie zur Tür hinaus.

Ich stehe verdattert da.

In dieser Nacht schläft Anselm in meinem Bett, ich auf der Couch. Massimiliano hat demonstrativ die Wohnung verlassen und schläft bei Maurizio und dessen Großmutter auf dem bequemen Diwan, wie er sagt.

Bevor ich mich schlafen lege, muss auch James Brown einem Standard-Klingelton weichen. Seine gute Laune ist momentan unpassend und zu anstrengend.

Dann knipse ich das Licht aus.

---

[66] angemeldeter Wohnort

7. Streik

„Ich streike!", verkündet Massimiliano mit erhobener Haltung und Stimme.

Wir stehen vor dem Müllcontainer, wo er mir auf dem Weg zu meiner ersten Italienischlektion aufgelauert hat. Ich halte meine Post in den Händen, die ich auf dem Weg nach draußen aus dem Briefkasten genommen habe und im Bus durchsehen will.

„Wogegen?"

„Es ist das verfassungsmäßig verankerte Recht eines jeden Bürgers seinen Unmut über untragbare Zumutungen durch Niederlegen der Arbeit auszudrücken", fährt er belehrend fort.

„Du bist ein Kater .... oder Geist .... jedenfalls kein Bürger", korrigiere ich ihn, aber er hört nicht zu, redet unbeirrt weiter.

„Ich muss mich berichtigen: Es ist die *Pflicht* dies zu tun, wenn wir nicht wieder in Zustände wie im alten Rom verfallen wollen! Und nicht nur das: Wir müssen diesen Unmut durch lautstarke Manifestationen bekunden, durch die Straßen laufen, Fahnen schwenken, Parolen rufen ..."

„Wogegen?", will ich erneut wissen, stecke die Kuverts in meine Tasche und laufe weiter, denn ich bin sowieso schon spät aus dem Haus gegangen. Ich will nicht zu meiner ersten Lektion an der alten, ehrwürdigen Uni zu spät erscheinen. Er schreitet neben mir her.

„Gegen die Zustände in unserem Haus!"

„Welche Zustände?"

Ich bleibe stehen und verschränke die Arme vor meiner Brust.

„So lange dieser Typ in meiner Wohnung ..."

„Meine Wohnung!", unterbreche ich ihn. „Du hast sie an mich vermietet, also ist sie rechtlich mein Besitz, auch wenn sie dein Eigentum ist."

„*Non importa!*"[67], fährt er etwas ungehalten fort. „So lange jedenfalls dieser Typ im Haus ist, betrete ich die Wohnung nicht mehr."

Ich habe Anselm, dem es an diesem Morgen nach einer ruhigen Nacht schon etwas besser geht, mit ein paar Anweisungen, einer Kanne

---

[67] Das ist hier nicht wichtig/ausschlaggebend

Tee und der Fernbedienung für die deutschen Satelliten TV-Kanäle dort allein zurückgelassen.

„Das wird auch gut so sein", ich laufe wieder weiter, „denn er ist allergisch gegen dich, wie wir wissen."

Er gibt ein beleidigtes „Pah!" von sich und hebt den Kopf noch höher. Dann läuft er mit ein paar schnellen Schritten ein wenig voraus und stellt sich mir in den Weg, indem er sich demonstrativ vor mir aufbaut.

„Ich werde keine Arbeiten verrichten in dieser Zeit!", kündet er ostentativ an.

Ich sehe nicht, was daran bedrohlich ist, zucke die Achseln und gehe um ihn herum weiter. Diesmal läuft er mir nicht nach, sondern ruft mir nur hinterher: „Du wirst schon sehen ...!"

Ich winke nur mit der Hand ab, ohne mich umzudrehen und eile weiter zur Bushaltestelle. Zwar liegt meine Wohnung im Viertel der Universität, aber mein Kurs findet in einem Gebäude weit außerhalb statt.

An der Haltestelle öffne ich meine Post: Es ist eine Stromrechnung, die zu verstehen einen Hochschulabschluss erfordert, weshalb ich sie kurzerhand zum späteren Studium wieder in die Tasche stecke. Ich finde einen Brief meiner Mutter - sie bleibt hartnäckig bei der alten Form des Briefeschreibens und lehnt E-Mail aus Prinzip ab - der mit der ausführlichen Erzählung über die Hochzeit der Tochter der Cousine der Nachbarin beginnt, weshalb ich auch diesen in die Tasche zu der Stromrechnung wegstecke. Das letzte Kuvert enthält eine Einladung zum Tag der offenen Tür der *Carabinieri*. Ich drehe sie ein wenig neugierig in den Händen und entdecke die persönliche Unterschrift dieses Marco Marino. Erstaunlich, wie bemüht man hier um den guten Eindruck beim Steuerzahler ist, denke ich und stecke auch diese personalisierte Werbeschrift weg.

Ich stehe über zwanzig Minuten alleine an der Haltestelle, ohne dass ein Bus kommt. Es kommen auch keine anderen Fahrgäste, weshalb ich am Ende dieser Wartezeit stutzig werde. Ich entferne mich ungern von dieser Stelle, denn das Leben hat mich gelehrt, dass die ersehnten Dinge immer gerne dann eintreten, wenn man gerade aufgegeben hat. Endlich beschließe ich doch in einem *Tabacchi*, wo man auch Bustickets und Briefmarken kaufen kann, nachzufragen.

„Ahhhh! Sciopero!"[68]

Die Frau hinter dem Tresen macht eine große Geste mit den Armen. Ich wiederhole das Wort in übertrieben fragendem Tonfall, um ihr zu verstehen zu geben, dass ich nicht weiß, was das bedeutet. Aber sie wiederholt nur wieder dasselbe Wort, also frage ich mein Handy und lese: Streik.

„Wogegen?"

Ich habe den Eindruck eines Déjà-vus.

Wieder macht die Frau große Bewegungen mit Augen und Händen, sagt *„tutto e niente"*[69] und fängt an, über Politik zu lamentieren. Sie räumt ein paar Schachteln in ein Regal und reicht eine davon einem Kunden hinter mir. Sie spricht schon lange nicht mehr mit mir, sondern mit den anderen Kunden, die sich sofort in die Diskussion gestürzt haben, als das Stichwort Politik fiel.

Ich rufe ein Taxi und hoffe, dass diese wenigstens nicht die Arbeit niedergelegt haben.

Die Erde erbebt wieder ein wenig, als ich in das Fahrzeug einsteige. Ich habe aufgehört, die vielen kleinen Nachbeben zu zählen und gehe, wie alle anderen, ohne große Aufregung meinen Geschäften nach. Obwohl der Schreck noch allen in den Knochen sitzt, das Fernsehen laufend die gleichen Bilder wiederholt und man nach wie vor überall ausführlich über die schrecklichen Momente redet, hat es das Beben doch nicht vermocht, einen Streik zu verhindern.

Die Taxifahrer arbeiten zwar, ihre Fahrzeuge stecken aber mit allen anderen in den hoffnungslos verstopften Straßen fest. Sie hätten ebenso mitmachen können, denke ich mürrisch auf dem Rücksitz meines Taxis sitzend und nervös abwechselnd auf meine Armbanduhr und den Zähler der tickenden Euros blickend. Wir arbeiten uns zentimeterweise voran, ständig bedrängt von sinnlosem Hupen und sich gegenseitig aus dem Fenster beschimpfenden Autofahrern. Auf halber Strecke beschließe ich dann, zu Fuß zu gehen und bin, trotz stinkender Abgase, um vieles schneller als die Verursacher der schlechten Luft.

---

[68] Streik
[69] alles und nichts

Ich komme zehn Minuten zu spät. Das Gebäude ist alles andere als ehrwürdig und alt, sondern eher Sechziger-Jahre-Stil und mit Graffiti verschmiert.

Die Klasse ist nur halb besetzt, das beruhigt mich. Ich scheine nicht die Einzige zu sein, die aufgrund des Streiks unpünktlich ist. Ich murmle eine Entschuldigung und schlüpfe so schnell als möglich auf einen leeren Platz.

Niemand nimmt wirklich Notiz von mir. Der Professor sitzt auf seinem Stuhl und liest in der *Repubblica*. Um mich herum entdecke ich Vertreter aller Herren Länder, die meisten junge Studenten, die vermutlich für ein Austauschjahr hier sind. Nur ein älterer Japaner sitzt auf der anderen Seite und nickt höflich, als mein Blick auf ihn fällt. Vermutlich freut er sich über meine Ankunft, weil er endlich nicht mehr alleine der Methusalem in der Klasse ist.

Weitere zehn Minuten später sind nach wie vor keine neuen Studenten eingetreten und der Professor liest noch immer in seiner Zeitung.

„Entschuldigen Sie bitte, *Signore*", sagt schließlich vorsichtig ein Engländer in seiner Landessprache und fährt dann stockend in sehr gebrochenem und grauenhaft klingendem Italienisch fort: „Wann werden Sie mit dem Unterricht beginnen?"

Der Professor lässt sein Journal sinken und schaut über seine Brille schweigend auf uns. Sein Blick gleitet über unsere erwartungsvollen Gesichter von links nach rechts, dann wieder zurück.

„Heute ist Streik", meint er dann und klopft mit dem Zeigefinger von hinten auf die Titelseite seiner Zeitung, auf welcher in großen Lettern *Sciopero Generale* [70] prangt. „Ich bin zwar anwesend, aber ich werde keinen Unterricht halten."

Des Engländers Kinnlade klappt nach unten wie in einem Zeichentrickfilm.

Wir wechseln einen kurzen, ungläubigen Blick.

Einige Jüngere stehen sofort auf, raffen ihre Sachen zusammen und verlassen bereits den Raum. Ich verspüre den Impuls mit einem „Aber ..." etwas einwenden zu wollen, doch da sich niemand sonst an dieser Antwort des Professors zu stören scheint, schließe auch ich den Mund wieder.

---

[70] Generalstreik

Auch der Engländer packt nun langsam seine Sachen und geht kopf-schüttelnd in Richtung Tür. Wenn er damit Protest ausdrücken will, so verfehlt es seine Wirkung, denn der Professor ist bereits wieder vertieft in seine Lektüre hinter der Zeitung verschwunden.

Endlich erhebe auch ich mich von meinem Platz.

Nichts, aber auch gar nichts hat geklappt, seit ich in diese Stadt ge-kommen bin, denke ich schwermütig. Ich verbringe die Tage mit unnüt-zen Dingen und je mehr ich mich mühe, umso widriger scheinen die Umstände und umso länger die Liste meiner unerledigten Dinge zu wer-den. Ein Zustand, der absolut geeignet ist, mir grundsätzliche Nervosität und Ungeduld, quasi als Basisgefühl, zu verpassen. Ein Zustand, den ich hasse und der mir den Impuls aufdrängt, buchstäblich aus meiner Haut springen zu wollen, so widerlich ist er mir. Mit unterdrücktem Murren schwinge ich meine Tasche über die Schulter.

Vielleicht ist das ein Zeichen des Schicksals? Vermutlich sollte ich mit Anselm zurückgehen und neu anfangen? Möglicherweise ist dieses gesamte Unterfangen, nach Bologna zu gehen, ein großer Irrtum? In was habe ich mich da verrannt?!

Inzwischen haben alle Studenten den Raum verlassen, nur der Ja-paner sitzt noch auf seinem Platz und schreibt emsig auf einem Block. Ab und zu wirft er einen Blick auf seinen *Tablet Computer* vor sich. Viel-leicht hat er nicht verstanden, was der Professor gesagt hat?

Ich gehe zu ihm und flüstere: „Es gibt heute keinen Unterricht."

Er blickt auf und lächelt mich an.

„Oh, ich weiß", antwortet er. „Aber ich bin gekommen, um Italie-nisch zu studieren, also tue ich das."

Er sieht gebildet aus und wirkt wie einer, den man als einen feinen Menschen bezeichnen würde. Er erhebt sich und verbeugt sich leicht vor mir: „Mein Name ist Norio San. Darf ich Sie einladen, mit mir zu studieren?"

Ich reiche ihm die Hand und nenne meinen Namen, mich ebenfalls leicht verbeugend, weil ich denke, dass man dies in Japan so macht. Das Angebot lehne ich jedoch sehr, sehr höflich ab. Wieder, weil ich denke, dass man dies in Japan so macht. Dann erkläre ich noch höflicher, dass ich mit den japanischen Schriftzeichen seines Lernprogramms wenig Er-folg haben würde.

Norio San ist geschätzte zehn bis fünfzehn Jahre älter als ich und groß für einen Japaner. Er nickt lächelnd und deutet mehrmals eine Verbeugung an. Ich reiche ihm wieder die Hand und verabschiede mich bis zur nächsten Lektion.

Norio Sans Aura begleitet mich auf meinem Weg zurück in die Stadt. Das kurze Intermezzo mit ihm hat meinen Frust schachmatt gesetzt. Nachdenklich laufe ich vor mich hin, ohne wirklich zu sehen, durch welche Straßen ich auf die beiden Wahrzeichen der Stadt zusteuere. Die sind für meinen Nachhauseweg stets ein verlässlicher Orientierungspunkt. Der Japaner schwebt als leuchtendes Beispiel vor meinem geistigen Auge vor mir her. Wenn ich in diesem Land überleben will, muss ich lernen, die Widrigkeiten stehen zu lassen und mich mit ihnen zu arrangieren, denke ich.

Mit diesem Gedanken hebe ich den Kopf und schreite mit geradem Rückgrat weiter auf die *Strada Maggiore* zu, die von der Rückseite auf die beiden Türme zuläuft. Mit jedem Schritt der mindestens acht Kilometer, die ich zurücklege, werde ich zuversichtlicher, dass ich diese Herausforderungen meistern werde.

Voll innerer Ruhe und erhaben treffe ich schließlich auf die roten Fahnen, das Surren schriller Trillerpfeifen und verzerrten Stimmen aus Megaphonen auf der *Piazza Maggiore*, deren Tumult schon von weitem zu hören gewesen ist. Wenn ich schon einen weiteren Tag verschwende, so will ich mir zumindest diesen landesweiten Superstreik kurz aus der Nähe ansehen.

Der Platz und die Hauptstraßen sind überfüllt mit Menschen. Ich versuche, anhand der Transparente herauszufinden, wogegen oder wofür man kämpft, aber es gelingt mir nicht. Das einzige Wort, welches sich regelmäßig wiederholt ist: *No*. Rote Flaggen und rote Mützen oder Schals, Transparente mit den Buchstaben *CISL* oder *GIL* und manchmal *UIL*[71] in grün-roten Farben und ab und zu eine Fahne in Regenbogenfarben, die aus einem Fenster hängt. Die Konzertbühne ist jetzt eine Politbühne, auf der sich Redner um das Mikrophon streiten. Ab und zu wogt Applaus für einen Wortführer auf und immer dann, wenn eine Fernsehkamera oder ein Journalist auftaucht, wenden sich die Transparente hüpfend vor die Linse und der Geräuschpegel steigt. Es herrscht

---

[71] große Gewerkschaften

eine Stimmung, die mir aus den deutschen Karnevalshochburgen in Deutschland bekannt ist, aber kulinarisch wesentlich besser versorgt. Die Bars und Restaurants um den Platz sind voll besetzt.

„Lisa!"

Ich drehe mich instinktiv um, obwohl ich bereits in der Bewegung damit rechne, dass dieser Ausruf nicht mir gewidmet sein kann.

Aber er gilt tatsächlich mir.

„Lisa!", ruft Doktor Mustermann nochmals und winkt heftig mit dem Arm.

Er steht an einem Rot-Kreuz-Stand zwischen einem Ambulanzzelt und einem Notarztwagen.

„Kommen Sie! Leisten Sie mir bei einem Glas Wasser Gesellschaft!", lacht er über das ganze Gesicht und reicht mir einen gefüllten Plastikbecher auf halben Wege entgegen.

„Sie haben Notdienst?", frage ich ihn und trinke den Becher in einem Zug leer. Mein Marsch zurück hat mich durstig gemacht. Das Angebot kommt gelegen.

Er nickt und gießt mir sofort nach: „Es ist – Gottlob - nicht viel los. Alles ist ruhig."

Ich werfe einen Blick auf das wogende Meer an Köpfen und Stimmen. Ich würde diese Szenerie nicht mit diesem Wort beschreiben. Aber vielleicht hat er mir einfach ein paar Jahre Italienerfahrung voraus und ich empfinde vieles noch zu heftig?

„Wann treffen wir uns nun zu einem Konzert dort?", fragt Doktor Mustermann und deutet mit dem Kopf in Richtung der Bühne hinter ihm, ohne sich jedoch umzudrehen. Ich bin froh, dass er mich noch immer nicht nach dem Kater fragt.

Bevor ich aber antworten kann, erscheint schon ein weißer wehender Kittel über zwei prallen Brüsten unter einem engen weißen T-Shirt neben ihm. Ein Blick mustert mich von den Haarwurzeln bis zu den Fußsohlen und wieder zurück. Langes, glätteisengebügeltes, dunkles Haar schwingt über die Schulter. Dann wendet sich der ganze Körper inklusive Stimme demonstrativ von mir ab und ihm zu.

„Massimiliano! *Vieni qui, uno ha fatto un Cristo!*"[72]

Sie zieht ihn am Arm, als müsse sie ihn aus der Gefahrenzone eines nuklearen Supergaus zerren, den mutmaßlich ich bilde. Auch wenn ich diese Situation durchaus als keine typisch italienische einstufe, so ist es das Superweib allemal! Sie könnte als Topmodel geradewegs vom Catwalk herabgestiegen sein, so gestylt verrichtet sie ihren medizinischen Notdienst. Ihre vorbeugende und gegen mich gerichtete Abwehr ist völlig überflüssig, denn ihrem scheinbar angeborenen weiblichen Supersex fühle ich mich nicht gewachsen.

„Wie wäre es mit Freitag?", frage ich deshalb schnell, bevor meine Vorsätze, sich mit den Widrigkeiten zu arrangieren, wieder schwächeln könnten.

„Wunderbar! Wir treffen uns um acht am Neptunbrunnen."

Eine perfekt geschminkte Unterlippe schiebt sich energisch nach vorne und die eifersüchtige Schöne zieht ihn mit einem Ruck in das Zelt und aus meinem Blickfeld.

Innerlich triumphierend drehe ich mich auf dem Absatz um und lasse das Streikgetöse hinter mir.

Dieser Tag entpuppt sich überraschend doch als ein guter, denke ich. Ermutigt und innerlich gefestigt kehre ich zurück in meine Wohnung. Ich nehme mir vor, auch die Angelegenheit mit Anselm zu klären, sobald er ansprechbar ist.

Das ist er aber nicht, denn er begrüßt mich, kaum, dass ich eintrete, mit missmutigen Worten: „Nicht ein Sender funktioniert! Was hast du da denn gemacht?!"

Ich lasse die Tür ins Schloss fallen, meine Tasche auf einen Stuhl und spitze nur die Lippen: „Ich bin umgezogen in ein anderes Land."

Ich ziehe meine Schuhe aus und laufe barfuß an den Kühlschrank, um mir nochmals etwas zu trinken zu holen.

„Was macht dein Kopf?", frage ich ihn beiläufig.

„Ich brauche Ruhe, hat die Ärztin gesagt ..."

---

[72] wörtlich: Einen Christen machen; übersetzt: Flach auf die Nase fallen (Umgangssprache Bologna: Hinfallen, wie ein Christ, der sich vor dem Altar auf den Bauch legt)

„Krankenschwester", verbessere ich ihn trocken, noch immer unter dem Einfluss weiblicher Rivalität und habe schon wieder das irritierende Gefühl eines Déjà-vus.

„Die habe ich hier jedenfalls nicht!", betont er spitz.

„Das scheint mir aber reichlich übertrieben", erwidere ich mit akzentuierter Gelassenheit und lasse mich auf das Sofa fallen. „Du liegst in *meinem* Bett, in *meiner* Wohnung, mit einem ruhigen Fenster in den Hinterhof, keine lärmenden Nachbarn, einer Kanne Tee, umsorgt wie ein Fötus im Mutterleib ..."

„Die Polizei war wieder da."

Anselm genießt sichtlich mein sofort schwindendes Selbstbewusstsein, das sich in einem „Oh nein!" manifestiert. Die dabei von ihm ausgeführte triumphierende Kopfbewegung jedoch bringt ihn sofort wieder zur Raison. Er stöhnt kurz auf und fährt leiser fort: „Oh doch. Und die Frau hat mir das hier für dich hinterlassen."

Neben den Taxifahrern arbeiten offensichtlich auch die Polizisten, denn es ist nun das zweite Mal, dass die Gemeinde meine Anmeldung überprüfen wollte und nicht mich, sondern einen Mann in meiner Wohnung und meinem Bett vorfindet. Das Schreiben lädt mich erneut zu einem Termin ins Rathaus.

„Wieso, *um Himmels willen*, hast du überhaupt die Tür geöffnet?!", fahre ich Anselm an, der mich so verdutzt anguckt, als hätte ich ihn gebeten, für mich ins Gefängnis zu gehen.

„Lisa, was, *um Himmels willen*", äfft mich Anselm nach, „hast du angestellt? Was will die Polizei denn von dir?"

„Es ist eine Routineüberprüfung", winke ich müde ab. Ich möchte mich damit eher selbst beruhigen. Es ist schließlich alles erklärbar, wenn es auch etwas kompliziert scheint. „Und es ist nicht gut, dass du jetzt hier bist, verstehst du? Ich habe mich hier *alleinlebend* angemeldet. So sieht das mit dir hier nicht aus. Das ist nicht von Vorteil."

Anselm legt sich trotz meiner Erläuterung beruhigt und sachte zurück in die Kissen: „Es ist auch nicht von Vorteil, dass du eine Wohnung mit Mäusen genommen hast."

„Mäuse?", wiederhole ich ziemlich blöd. In Gedanken bin ich bereits dabei, meine Ausführungen über meine Wohnortanmeldung, das Erdbeben, Dante und einen Ex-Lover mühsam ins Italienische zu übersetzen. Ich höre gar nicht richtig hin.

„Mäuse. Es sei denn, ich leide aufgrund meiner Verletzungen an Wahnvorstellungen!"

Er hat keine Wahnvorstellungen, denn am Abend, als wir gemeinsam einen aufgezeichneten Film anschauen, sehe auch ich einen Schwanz hinter dem Küchenschrank verschwinden. Aber die Wohnung ist bereits gepflastert mit runden, nach oben geöffneten Mäusefallen, die ich sofort bei dem wiederholten Stichwort *Mäuse* und trotz Streik noch erstanden habe. In den Fallen liegt Schokolade, welche die Tiere nach unten locken und lebend fangen soll.

Den Rest der Schokolade verzehren wir mit einem Gefühl der Gemeinsamkeit, die sich durch unsere strategische Planung der Positionierung der Fallen in allen Winkeln eingestellt hat. Wir küssen uns siegessicher.

In dieser Nacht schlafe ich in meinem Bett neben Anselm, weil ich den Nagetieren alleine auf der Ottomane nicht ausgeliefert sein will.

8. Einfalt

Am nächsten Morgen finde ich die Schokoladebrocken unberührt im Zentrum der Metallgehäuse vor. Enttäuscht laufe ich von einer Falle zur nächsten – ich habe nach dem Motto ‚viel-hilft-viel' zehn davon gekauft. Aber sie sind alle leer.

„Entweder taugen diese Fallen nichts ...", überlege ich laut.

Anselm hat sich heute das erste Mal aus dem Bett gewagt und den Kopfverband abgenommen. Beim Anblick seines juckenden Haares hat er mich gedrängt, ihm zu helfen, dieses vorsichtig zu waschen. Mit

nassen Locken, den Nacken sehr steifhaltend, macht er nun in Roboter-
bewegungen Kaffee.

„... oder aber die Maus ist sehr schlau?", ergänze ich meine begon-
nene Ausführung.

Anselm brummt nur.

Von seinem Jagdgeist des Vorabends ist nicht mehr viel zu spüren,
dieser scheint noch zu schlafen.

„Oder die Schokolade kann sie nicht locken, weil sie eine andere
ergiebige Futterstelle hat?", erwäge ich weiter und reiße die Vorrats-
schränke auf.

In der Tat finde ich dort eine angefressene H-Sahne-Packung, deren
Inhalt sich mit dem Mehl aus der aufgerissenen Tüte auf den Regalen
verteilt hat und zu einem klebrigen Brei vertrocknet.

Das langgezogene „Iiiiih", welches ich von mir gebe, gilt aber nicht
diesem wenig erbaulichen Anblick, sondern vielmehr den darin deutlich
sichtbaren Krallenabdrücken und Spuren. Große Abdrücke! Zu groß für
Mäusefüße, deren dazugehöriger Körper zu groß für die kleinen Mäusefallen sein muss!

Ich schlage die Schranktür entsetzt zu und springe einen Schritt zurück, als mir klar wird, dass es sich nicht um eine Maus, sondern um
eine Ratte handeln muss. Eine große Ratte!

„Nun übertreib nicht!", postuliert Anselm versucht beruhigend und
umarmt mich von hinten mit zwei großen Tassen heißen Kaffees in den
Händen, die ich aber zu spät sehe.

„Das ist keine Maus!", kreische ich, drehe mich dabei um und stoße
ihn unglücklich zurück. Heißer Kaffee schwappt über seine Hände und
er brüllt auf. Die Tassen fallen zu Boden. Braune Flüssigkeit spritzt in
alle Ecken.

Jetzt schreie auch ich auf, aber nicht wegen der Ratte, sondern weil
heiße Kaffeespritzer mich von Kopf bis Fuß besprenkeln. Mein Morgenmantel sieht jetzt aus, als hätte er die Masern. Anselm fasst sich mit
einem „aaaaaauuuuuh!" wechselseitig um beide Hände, als ringe er mit
sich selbst, rennt dann an den Kühlschrank und steckt sie in das Gefrierfach.

„Meine Güte! Entschuldige!", jammere ich und versuche auf Zehen-
sitzen, da barfuß, durch die Scherben aus dem sternförmig braunen
Fleck auf dem Boden in Richtung des Badezimmers zu hüpfen. Dort

habe ich meine Hausapotheke als eines der ersten Dinge schon vorschriftsmäßig eingerichtet. Ich finde sofort, was ich suche.

Mit einer Rolle verpacktem Verbandszeug laufe ich um die Misere herum zu dem in den Gefrierschrank jammernden Anselm.

„Zeig her", fordere ich so sanft, wie es mir möglich ist. Ich fühle mich sehr schuldig und diese Empfindung verstärkt sich mit einem „Oh Gott!", als er eine Hand vom Eis nimmt. Sie ist tief rot wie eine überreife Tomate und die Haut sieht auch ebenso verschrumpelt aus.

„Das müssen wir behandeln lassen", entscheide ich, seine Hand sanft am Gelenk haltend und den sterilen Verband vorsichtig darum wickelnd, während er seine andere nach wie vor an das Eis im Gefrierfach presst. Vorsichtig befestige ich den zweiten Verband dann auch um die andere Hand und erkläre ihm die nächsten Schritte, wie einem unmündigen Kind. Er lässt es auch ebenso über sich ergehen, zieht nur ab und zu mit einem „zzzzzhhh" die Luft durch die zusammengepressten Zähne, wenn meine Bemühungen schmerzhafte Zuckungen bei ihm hervorrufen.

„Schaffst du es alleine, dir etwas überzuziehen?", frage ich ihn kleinlaut, als ich damit fertig bin und ihn in großem Bogen um den Scherben- und Kaffeesee auf dem Boden führen will.

„Ich bin nicht blind!", faucht er mich gereizt an, entreißt sich meinem Griff und läuft mit männlichem Gehabe weiter ins Badezimmer. „Noch nicht!"

„Es tut mir leid!", schicke ich ihm mit eingezogenem Kopf hinterher.

Er schubst die Tür von innen lautstark mit dem Fuß ins Schloss.

Eilig streife ich mir selbst ein paar Klamotten über und rufe ein Taxi. Ich kenne die Nummer schon auswendig. Wenn das so weiter geht, kann ich bald eine Flatrate mit dem Unternehmen aushandeln, denke ich zynisch. Ich höre Anselm im Badezimmer hantieren und ab und zu einen schmerzvollen Fluch ausstoßen.

Ich ergreife den Besen, überlege es mir dann aber anders, denn ich fürchte, mit dieser Aktion nur Schmieren zu verursachen. Aber jetzt ist nicht die Zeit, den Boden richtig zu wischen. Entschlossen lehne ich den Stiel wieder in die Ecke. Dafür schalte ich zumindest die übervolle Spülmaschine ein. Ich versuche durch diese kleinen, Ordnung schaffenden Taten Struktur in meine Gedanken zu bringen.

Meine Angst vor Ratten macht es mir aber schwer. Einer *Maussituation* habe ich mich gewachsen gefühlt, aber eine *Rattensituation* ist etwas völlig anderes!

„Zuerst Krankenhaus, dann Ratte", überzeuge ich mich laut selbst, obwohl mich der Gedanke, meine Wohnung mit einer Ratte darin zurückzulassen, in Panik versetzt.

„*Porca miseria!*", schallt es vom Hinterhof herauf und von oben zu mir herunter. Diesmal ist der Fluch synchron. Ich werfe einen Blick auf die stillstehende Spülmaschine.

Nun dringt auch ein deutscher Fluch aus dem Badezimmer, während über mir das in dieser Lage zu erwartende Trampeln einsetzt, welches die Stromzufuhr in Kürze verspricht.

Anselm schreit aus dem Badezimmer: „Dein Föhn ist kaputt!"

Es klopft an meiner Wohnungstür.

„Ahahaha!"

Es entfährt mir ein befreiender Aufschrei. Ich werfe wie im Impuls einer Kapitulation mit einem erneuten „Ahahah!" die Arme in die Luft. Das hilft ein wenig. Das verschafft mir wieder Handlungsfähigkeit.

Zuerst drücke ich auf den Knopf der Spülmaschine, um diese von einem Neustart abzuhalten, sobald es wieder Strom gibt. Dann laufe ich an die Badezimmertür und erkläre, dass der Haartrockner funktionieren, sobald die Sicherung wieder eingeschaltet sein wird. Als Letztes öffne ich die Haustür, ohne vorher zu fragen „Wer da?".

Die gebotene Vorsicht vor Einbrechern hat sich noch immer nicht in meinem Unterbewusstsein verankert. Darüber hinaus wird sie durch die positive Erfahrung der nicht verschlossenen Tür während des Erdbebens von demselben Unterbewusstsein noch immer als nicht passende Maßnahme infrage gestellt. Ich hatte noch keine Ruhe, auf dieses Dilemma eine endgültige Antwort zu finden.

Schritte tapsen die Treppe herauf, während ich in der geöffneten Tür neugierig warte, wer wohl erscheinen mag. Es ist Maurizio in elegantem Anzug und Designerhemd in einer Dufthülle von Aftershave. Er hält den Kater unter seinem Arm und mit einer Hand am Nacken, so dass dieser zahm wie ein Baby, jedoch mit einem äußerst beleidigten Blick, nicht auskommt. In ihren feinen Anzügen sehen die beiden aus wie ein Bauchredner mit seiner Puppe.

Das Licht im Gang geht wieder an, obwohl es taghell ist. Ich schalte es pflichtbewusst aus.

„*Ciao*", sagt Maurizio höflich. „*Permesso?*"[73]

Ich halte ihm die Tür weit auf und entschuldige mich sofort für das Chaos vor meiner Küchenzeile, schweige aber über die Ratte. Denn da ich die elegant und teuer eingerichtete Wohnung Maurizios und seiner Großmutter gesehen habe, möchte ich bei meinen feinen Nachbarn nicht den Eindruck erwecken, dass dieses Durcheinander sogar die Ratten anlockt. Das würde ihren Glauben an die deutsche Ordnung in den Grundfesten erschüttern.

Er tritt ein und schließt für mich die Tür hinter sich, ignoriert höflich das zerwühlte Bett, meinen besprenkelten Morgenmantel und den braunen Teich auf dem Boden, aus welchem die Porzellanscherben wie Eisberge im Polarmeer ragen. Die vielen Mäusefallen jedoch erregen sein Aufsehen.

„Mir scheint, du kannst den hier wieder brauchen", kommentiert er humorvoll Letzteres und setzt den Kater auf dem Boden ab. Dieser klopft sich sofort den Anzug gerade, zieht seine Sonnenbrille aus der Tasche und beginnt sie übertrieben sorgfältig zu putzen.

„Er kommt ja öfters bei uns zu Besuch vorbei, aber nun ist er seit drei Tagen und Nächten bei uns. Du hast ihn bestimmt schon vermisst?"

Der Kater schielt bei diesen Worten mit hochgezogenen Augenbrauen auf mich.

„Da hast du also gesteckt", säusle ich scheinheilig und wenig überzeugend. Massimiliano wirft mir einen verächtlichen Blick zu, bevor er die Brille aufsetzt.

„Vielen Dank, das ist sehr nett", lüge ich Maurizio an, denn es passt mir natürlich überhaupt nicht, dass er den Kater ausgerechnet jetzt wieder bringt.

„*Niente!*"[74], antwortet er und wendet sich zur Tür. „Vielleicht flüchtet jetzt die Maus, wenn sie den Kater sieht? Ich würde es ihr dringend raten!" Und zu Massimiliano gewendet fügt er hinzu: „Nicht wahr?"

---

[73] Wörtlich: Ist es erlaubt? Darf ich? Häufig verwendet beim Eintreten in fremde Wohnungen und Häuser.

[74] Wörtlich: nichts, in diesem Fall eine kurze Form von „nichts zu danken"

Dieser schaut ihn gar nicht an, sondern maniküurt nun hingebungs-voll die Krallen seiner linken Pfote. Doch das an den Kater sinnlos ver-schwendete Wort keimt in mir. Ich finde es immerhin ein wenig beruhi-gend, dass die Ratte sich mit einem natürlichen Feind in meiner Woh-nung nicht ungehindert weiter über alles hermachen kann, während ich Anselm ins Krankenhaus bringen werde.

„Wenn das mit den Fallen nicht klappen sollte, ich habe die Adresse eines guten Kammerjägers", empfiehlt sich Maurizio an der Tür. „Ich muss jetzt leider in die Firma, aber wenn du Hilfe brauchst, melde dich."

Ich schließe die Tür hinter ihm mit einer Reihe von *grazie, grazie, certo, grazie*. Ich bin froh, dass er zur Arbeit muss, denn noch weniger, als über die Ratte zu sprechen, habe ich Lust, ihm Anselm zu erklären.

„Ist er weg?", will Massimiliano wissen, kaum dass ich mich ihm wieder zugewendet habe. Er meint natürlich Anselm.

„Gleich wird er weg sein", entgegne ich einfach und schnappe mir meine Handtasche, die noch vom Vortag auf dem Stuhl liegt. „Ich muss ihn ins Krankenhaus bringen."

„Schon wieder?", fragt der Kater und bevor ich etwas Erklärendes darauf antworten kann, fährt er zügig in seiner Rede fort: „Nicht, dass es mich interessiert. Nur gut, wenn du ihn wegbringst. Lass dich bitte nicht aufhalten. Dort kann er auch bleiben, oder noch besser, setze ihn in einen Zug zurück nach Deutschland. Da kann er bestimmt viel ange-nehmer genesen als hier!"

So viel Gehässigkeit verdient die kalte Schulter. Ich wende mich wortlos von ihm ab und der Badezimmertür zu.

„Kommst du klar?", klopfe ich vorsichtig an.

Anselm erscheint in seinem T-Shirt und Jeans, mit nackten Füßen in Sportschuhen, dessen Schnürsenkel offen herunterhängen. Er blickt an sich hinunter und sagt: „Bis auf das, ja."

Ich knie nieder und binde ihm die Schuhe zu.

„Eine unwürdige Situation! Genauso habe ich mir das gedacht!", tönt der Kater von der Couch herüber.

„Du hast das Vieh wieder hereingelassen?!", mault mich Anselm von oben herab an, während Massimiliano die *unwürdige Situation* weiter von der Ottomane herüber wortreich ausmalt. Ich stehe auf und schaue schnaubend von einem zum anderen, dann ergreife ich meine

Handtasche, die ich während dieser Aktion auf dem Boden abgelegt habe und zische Anselm an: „Gehen wir!"

Er folgt mir an die Tür, hält dabei beide Hände wie zwei Armleuchter im rechten Winkel vor sich ab.

Massimiliano lugt uns sichtbar zufrieden hinterher.

„Ich werde mich um die Ratte kümmern, nun, da du einsichtig bist. Ich beende meinen Streik!", verkündet er in hoheitsvollem Tonfall.

Ich sehe ihn ein paar Sekunden lang an und weiß nicht, was ich zu so viel Einfalt sagen soll. Also sage ich nichts, schüttle mich und führe Anselm hinunter zum Taxi.

Im *Ospedale Maggiore* kenne ich mich nun schon aus. Wir gehen sofort in die Notaufnahme, wo uns eine digitale Anzeigetafel an der Wand die Anzahl der wartenden Notfälle pro Kategorie in sämtlichen Krankenhäusern der Umgebung anzeigt. Die Zahlen haben das Potenzial, ernsthaft eine Selbstbehandlung in Erwägung zu ziehen.

Die Schwester am Empfang nimmt aber zumindest Anselms Daten sofort auf und schaut ihn musternd an, dann lächelt sie: „Ah, *nostro Tedesco*, der sich mit *Dante* angelegt hat!"

Seine Geschichte scheint einen bleibenden Eindruck im ganzen Krankenhaus hinterlassen zu haben.

Ich schildere kurz, was passiert ist und was ich als erste Hilfe getan habe. Sie versteht nicht, wie ein kleiner Espresso zwei große Hände so zurichten kann und sieht mich misstrauisch an. Ich erkläre ihr, dass es deutscher Kaffee war und als sie mich noch immer ungläubig ansieht, verbessere ich mich schließlich mit einer Beleidigung des deutschen Kaffees: „*Caffè americano, bollente!*".[75]

Daraufhin ordnet sie uns in die Kategorie ‚B wichtig' ein, jedoch nicht in die Kategorie ‚A dringend und wichtig'. In dieser landen nur lebensgefährdende Notfälle. Ich bin dankbar über das B, denn es sitzen schon bedrohlich viele C-, und D-Fälle auf den Stühlen vor der Notaufnahme. Die werden an diesem Tag nicht mehr an die Reihe kommen, denke ich.

Zwei Stunden später werden wir tatsächlich schon in einen angrenzenden Korridor geführt, wo ich vor der Tür warten muss. Ein Arzt

---

[75] kochend heiß

verschwindet mit Anselm hinter einer milchigen Glaswand und versichert mir nachdrücklich, dass er genug Englisch versteht und meine Gegenwart bei der Anwendung nur stören würde. Ich mische mich wieder unter die Wartenden auf dem Gang vor dem Behandlungszimmer.

Es dauert.

Lange.

Die ruhige Frist nutze ich, um zu überlegen. Ich habe genug, worüber es lohnt nachzudenken.

Nach weiteren vierzig Minuten beginne ich mich jedoch allmählich zu fragen, was an dieser Verletzung so viel Zeit in Anspruch nehmen kann? Doch nach den sehr deutlichen Worten des Arztes zuvor wage ich nicht, an die Tür zu klopfen.

Eine blonde Frau meines Alters kommt den Gang entlang gehechelt und lässt sich auf dem einzig freien Platz neben mir nieder. Sie sieht völlig gesund aus, schaut sich aber ständig suchend um.

Nach einer Weile wendet sie sich in Englisch mit einem eindeutig deutschen Akzent an mich und fragt nach der Stationsbezeichnung.

Ich bestätige in unserer Sprache. Sie ist erfreut, eine Touristin aus ihrer Heimat anzutreffen, was ich sofort korrigiere. Meine Hinweise scheinen sie jedoch wenig zu interessieren, denn sie erklärt mir, ohne, dass ich danach gefragt hätte: „Ich komme direkt aus Amerika, wissen Sie. Ich bin noch völlig durch den Wind. Ich habe meine Schwester besucht."

Ich verstehe natürlich gar nichts, nicke aber trotzdem höflich: „Aha, Jetlag."

Sie nickt ebenfalls.

„Ich habe zwar von dem Erdbeben gehört, in deutschen Nachrichten, in Amerika spricht man ja nicht über das, was in der Welt passiert, aber in den deutschen Nachrichten haben sie schon darüber berichtet."

Ich verstehe ihre Geschichte noch immer nicht, aber ich frage nicht nach Details, weil ich hoffe, dass Anselm nun bald aus der Tür kommen wird und ich mich mit ihm davon machen kann. Bis diese Frau mit ihrer wirren Erzählung in meine Gedanken geplatzt ist, hatte ich relativ erfolgreich über eine Strategie nachgedacht, nach welcher Anselm ein Hotelzimmer nehmen wird. Ich greife diesen Beschluss wieder auf und bestätige im Stillen, dass es vernünftig ist, mit einer noch frischen

Gehirnerschütterung und verbrühten Händen nicht wieder eine allergische Reaktion zu riskieren.

„Ich habe die Nachricht des Krankenhauses erst nach meiner Rückkehr erhalten", fährt die Frau neben mir fort.

Ich bemühe mich, ihre aufdringliche Geschichte zu ignorieren, indem ich noch intensiver überlege, dass auch ich die Nacht im Hotel mit Anselm verbringen kann. Auf diese Weise kann ich ihn versorgen und bin nebenbei selbst vor der Ratte sicher. Ich werde vorher Maurizios Kammerjäger beauftragen. So kann ich zwei Fliegen mit einer Klappe schlagen.

„Ich habe meine Koffer gar nicht erst ausgepackt", redet die Frau weiter und schaut mich von der Seite nach einer Reaktion haschend an. „Ich habe gleich den nächsten Flug genommen. Haben Sie das Erdbeben auch miterlebt?"

„Ja, leider", antworte ich, diesmal mit etwas ehrlicherem Interesse. „Es war wirklich heftig." Ich schildere ihr mein Erlebnis in drastischen Bildern, die wie von einem Geist aus der Flasche befreit aus mir heraussprudeln. Mir wird dabei klar, dass mich diese Erfahrung so schnell nicht verlassen wird, denn eine Gänsehaut zieht sich über meinen gesamten Körper, während ich davon spreche.

Sie sieht mich mit großen Augen und einer Mischung aus Bewunderung und Mitleid an. Dann stößt sie einen Seufzer der Erleichterung aus, als sei sie es gewesen, die mein Erlebnis erfahren hätte: „Gott sei Dank ist nicht mehr passiert!"

Diesmal nicke ich durchaus ernsthaft und stimme ihr zu.

„Ich wusste ja gar nicht, dass mein Mann beruflich in Italien zu tun hatte", kehrt sie zurück zu ihrer eigenen Geschichte.

„Ihr Mann war während des Erdbebens in Bologna?", frage ich nun erstmals aufrichtig ihren Worten folgend.

„Ich vermute das", antwortet sie. „Sonst wäre er ja nicht in einem Krankenhaus in dieser Stadt gelandet. An der Information haben sie mir gesagt, dass er nicht schwer verletzt ist und ich hier warten soll."

„Dann wird es schon nicht so schlimm sein", tröste ich sie und bedaure ein wenig, meine eigenen Erfahrungen so schrecklich offen geschildert zu haben. „Wissen Sie denn, was genau passiert ist?"

„Ich weiß nur, dass ihm etwas auf den Kopf gefallen ist und er bewusstlos war."

Ein Ruck richtet mich auf, als säße ich auf dem elektrischen Stuhl. Erstarrt schaue ich auf die Wand vor unseren Klappstühlen, nur meine Augen drehen sich vorsichtig auf die Seite, wo die Frau sitzt.

Das kann kein Zufall sein, denke ich zuerst. Noch ein Deutscher, dem etwas auf den Kopf gefallen ist?! Dann aber zweifle ich doch, denn immerhin ist es typisch für Erdbeben, dass Dinge um- und herunterfallen.

„Es sind in Bologna meines Wissens keine Gebäude eingestürzt", gebe ich zu bedenken. Ich finde, dass dies eine schlaue Aussage ist, um mir mehr Gewissheit zu verschaffen. Gewissheit über die Frage, wer diese Frau ist, die mir hier ihre Lebensgeschichte erzählt?

Sie ist aber nicht schlau genug, denn ihre Reaktion bringt mich nicht weiter.

„Ich weiß nichts, außer, was man mir gesagt hat."

Sie stöhnt ein wenig resigniert und fährt dann fort: „Es kommt öfters vor, dass wir während einer seiner langen Geschäftsreisen ein paar Tage nicht miteinander telefonieren. Ich war zunächst überhaupt nicht beunruhigt."

Anselm hat sich getrennt, schießt es mir durch den Kopf. Es kann also nicht seine Frau sein! Wenn aber doch, dann ...? Ich kann den Gedanken an meine unglaubliche Naivität in diesem Fall nicht verdrängen. Wie ein Mantra dreht er Schleifen in meinem Kopf und hält meine Aufmerksamkeit gefangen.

Doch dann übernimmt wieder eine neue Idee: Das wäre aber auch zu grotesk! Ausgerechnet sie und ich vor dem Behandlungszimmer, in dem Anselm versorgt wird! So etwas geschieht doch nur in an den Haaren herbeigezogenen, drittklassigen Komödien!

„Was ist ihm denn auf den Kopf gefallen?", entschließe ich mich, aufgrund dieses Einfalles ganz sachte zu erforschen. Vorsichtig vor allem deswegen, weil ich glaube, die Frage ist zu direkt und könnte vielleicht Verdacht erwecken.

„*Petrarca.*"[76]

Sie kichert kurz ein wenig verschämt hinter vorgehaltener Hand, räuspert sich dann sofort und wird gleich wieder angemessen ernst.

„*Dante*", korrigiere ich sie schneller, als ich denken kann.

---

[76] Francesco Petrarca, 1304-1374, italienischer Poet, Dichter und Philosoph

Es ist ein Reflex, der diese Korrektur aus mir herausdrängt, die unpassender nicht sein könnte. Wieso muss ich immer alle sofort verbessern, wenn jemand etwas Falsches sagt?! Wieso kann ich es nicht einfach stehen lassen?! Diese lästige Dynamik ist unberechenbar und scheint sich völlig meiner Kontrolle zu entziehen. Jemand sagt etwas Falsches und mein Impuls korrigiert, ohne dass ich damit einen Zweck verfolge. Dafür bringt mich diese antreibende Macht damit immer wieder in Schwierigkeiten. So wie auch jetzt.

Sie sieht mich verwirrt an.

Ich erwidere den Blick mit panischem Augenaufschlag.

„Ähm, ich meine, Büsten von Dante sieht man überall. Wo man hinkommt, überall steht Dante herum."

Ich rede mich um Kopf und Kragen. Ich sollte sofort verschwinden. Auf der Stelle! Keine Sekunde länger bleiben! Aber meine Worte purzeln weiter unaufhaltsam aus meinem Mund: "Petrarca? Nie gesehen! Nein, Petrarca sieht man nirgends! Petrarca nicht. Dante hingegen ..."

Ich ergreife meine Tasche und springe auf.

Sie sieht mich an, als seien mir beide Dichterbüsten auf den Kopf gefallen.

„Ich muss gehen."

Ich drehe abrupt ab und flüchte mit schnellen, jedoch erzwungen gefassten Schritten dem Ende des Korridors entgegen. Ich kann ihren irritierten Blick in meinem Rücken förmlich spüren.

An der frischen Luft schnappe ich von dieser einen großen Zug. Ich kann nicht glauben, welchen Streich mir das Leben hier spielt, dass ausgerechnet in diesem Moment, auf diesem Korridor, in diesem wirklich sehr großen Krankenhaus in einer fremden Stadt in Italien, seine Frau neben mir Platz nimmt! Und dessen nicht genug: Sie zieht mich auch noch ins Vertrauen und erzählt mir ihre wirre Geschichte, so dass ich, die Geliebte – ich verbessere mich selbst – Ex-Geliebte, die Lage eher erkenne, als sie selbst!

Ich stehe wie festgenagelt vor dem Hauptausgang, während Menschen an mir vorbei in das Hospital hinein und aus diesem herausströmen.

„Wie absurd!", stoße ich endlich laut aus und setze mich damit wieder in Bewegung.

Noch weniger fasse ich jetzt die Dreistigkeit, mit welcher Anselm mich offensichtlich angelogen hat! Von wegen Trennung! So sprudelnd, wie die Frau ihr Leben vor mir ausgebreitet hat, hätte sie auch das erwähnt! Und ich war beinahe wieder dabei gewesen, auf ihn hereinzufallen. Wie einfältig von mir! Wie drittklassig.

Ich bleibe wieder abrupt stehen. Dieser Mistkerl! Mit dem *Mistkerl* schlage ich mit beiden geballten Fäusten ein paar Mal in die Luft und mache dabei einen kleinen Satz nach hinten, wie ein Boxer, der geschickt einem Haken ausweicht. Das hilft ein wenig.

Ein hämisches Grinsen breitet sich auf meinem Gesicht aus, als ich mir vorstelle, welch unglaublich blöde Miene er machen wird, wenn er nicht mich, sondern seine Frau vor der Tür auf ihn wartend vorfindet.

Ich setze mich wieder langsam in Bewegung. Noch hinterhältiger ist die nachfolgende Szene, in welcher er seine verbrühten Hände erklären wird. Ich bedaure beinahe, das nicht miterleben zu können.

„Das ist nur mehr als fair", befinde ich laut und nicke mir selbst bestätigend zu.

So laufe ich, abwechselnd von krasser Wut und gehässiger Schadenfreude übermannt, wieder zurück zu meiner Wohnung. Diesmal reicht der Spaziergang aber nicht, um alle meine Emotionen freizusetzen.

Noch im Aufschließen der Wohnungstür überlege ich, dass der Instinkt des Katers in diesem Fall richtig war. Und das ruft Nach- und Einsicht in mir hervor. Er hat es gespürt, dass mit Anselm etwas nicht stimmte. Anselm, diese Ratte!

Und mit dieser wenig schmeichelhaften Betitelung meines Ex-Lovers kommt mir die Situation in meiner Wohnung wieder in den Sinn.

Resigniert und erschöpft lasse ich mich der Länge nach auf mein Bett fallen und vergrabe meinen Kopf unter einem Kissen.

Womit habe ich all das nur verdient!? Dieses Land, diese Stadt, diese Wohnung wollen mich nicht. Aber in mein Heimatland, wo Rattentypen wie Anselm leben, will ich auch nicht mehr zurück. Wie bin ich nur in diesen Schlamassel geraten?

Noch gehörig in Selbstmitleid badend, lässt mich ein lautes Rascheln hochfahren. Ich sehe mich erschrocken um.

Das Geräusch kommt aus einer mittelgroßen, geschlossenen Schachtel, die vor der Küchenzeile im Raum steht. Sie ist mit sehr viel

Klebeband umwickelt. Ich habe sie beim Betreten meiner Wohnung ignoriert wie alles andere, das ich in diesem Moment nicht sehen wollte.

„Es ist vollbracht!"

Massimiliano steht in theatralischer Pose neben dem grauen Karton und stützt eine Pfote auf den Deckel, wie ein Großwildjäger auf einen erlegten Löwen.

Ich werfe das Kissen auf die Seite und meine Stirn in Falten: „Was?"

„*Ecco!*[77] Die Ratte."

Es kratzt im Karton.

Massimiliano kickt mit der anderen Pfote kurz dagegen, worauf sich das Geräusch sofort einstellt.

„Sie ist da drin?", frage ich hoffnungsvoll erleichtert.

Der Kater wirft den Kopf stolz in den Nacken.

„Wie hast du das geschafft?", will ich wissen und krabble neugierig vom Bett auf meine Beine.

„Näää", winkt er ab, von seiner Jägerpose ablassend. Er schubst den Karton mit den Pfoten in Richtung Haustür. In der Pappschachtel ist es mucksmäuschenstill. Nein: mucksrattenstill.

„Was wirst du mit ihr jetzt anstellen? Wo bringst du sie hin?", frage ich, doch dann überlege ich es mir anders und füge schnell an: „Nein, ich will es gar nicht wissen. Bringe sie nur sehr weit weg, dass sie nie wieder hierher findet."

Massimiliano hat die Tür erreicht und schiebt die Box gerade auf den Gang hinaus. „Das ist bisher noch nie eingetreten und wird es auch diesmal nicht."

„Wie meinst du das: noch nie?"

Er richtet sich von seiner Schiebeaktion auf. „Es ist nicht die erste Ratte, die ich entferne. Du vergisst, ich bin über zweitausend Jahre alt. Was meinst du, wie viele Ratten es im alten Rom und im Mittelalter hier in Bologna gab?! Nicht zu sprechen von der Pest, die sie uns eingeschleppt haben. Ganze Familien haben die Biester auf dem Gewissen! Wehre den Anfängen, kann ich nur sagen. Sei ganz beruhigt: Ich weiß, was ich tue."

„Ach so." Ich bin angesichts dieser historischen Erfahrung tatsächlich beruhigt.

---

[77] hier ist..! Fertig!

112

Er schubst den Karton bis an die erste Stufe. Dann gibt er ihm einen Kick und sieht zu, wie er wie ein Schlitten über die Stufen hinabholpert.

„Das ist immer der amüsanteste Teil", wirft er mir über die Schulter zu.

„Das ist unnötige Quälerei! Völlig unangemessen!", rüge ich ihn und springe an die Tür, um durch meine Nähe meiner Aussage Kraft zu verleihen. Selbst angesichts der Tatsache, dass ich Ratten fürchte, vertrete ich doch die Haltung, dass auch sie eine gebührende Behandlung verdienen.

Massimiliano dreht sich wieder um und sieht mich herablassend an: „Wie genau definierst du bitte ‚angemessen'? Ich behandle sie durchaus angemessen! Ratten verdienen nichts anderes! Man muss sie klein halten, sonst glauben sie, dass sie die Herren sind. Sie sind rücksichtslos und gewalttätig. Die hier hätte die Wohnung in kürzester Zeit in ein stinkendes Nest verwandelt und …"

„Moment mal!", unterbreche ich ihn stutzig, aufgrund eines Gedankens, der mir erst jetzt in den Sinn kommt. „Woher hast du überhaupt gewusst, dass es sich hier um eine Ratte und nicht um Mäuse handelt?"

Er sieht mich an wie eine Katze, die man beim Naschen aus dem Sahnetopf erwischt. Er beginnt mit einem gedehnten „… *cioè* …" ohne sofort, wie gewohnt, eine Flut an Worten anzuhängen. Die folgt mit einigem Zeitabstand, dafür aber umso heftiger und mit viel ausladender Gestik.

„Ich habe es erst auf der Jagd bemerkt. Mäuse zu fangen bedarf einer anderen Technik als Ratten, das versteht sich von selbst. Die Ratte hätte sich vielleicht über deine kleinen Fallen totgelacht, dann hättest du aber großes Glück gehabt und diese Wahrscheinlichkeit war doch eher eine unwahrscheinliche, wie ich bemerken darf. Also …"

„Lenk nicht ab! Du hast deutlich *Ratte* gesagt, als du deinen Streik offiziell niedergelegt hast!"

„Das hat man nun davon, dass man sich korrekt an die Regeln hält und offiziell das Niederlegen und Wiederaufnehmen der Arbeit ankündigt!"

Ich sehe ihn schweigend mit über der Brust gekreuzten Armen und hochgezogenen Augenbrauen erwartungsvoll streng an.

Er verzieht den Mund: „Also gut, sie ist mir ausgekommen."

„Wie bitte?"

Ich lasse die Arme erschüttert fallen.

„Sie ist ausgekommen und hat sich sofort hinter dem Einbauschrank verschanzt. Ich hätte sie schon wieder eingefangen, wenn nicht du mit diesem widerlichen Kerl angekommen wärst."

Ich übergehe den Bezug auf Anselm, weil mich die Erwähnung seines Namens sofort wieder in Wallung versetzt und zu sehr vom Verlauf dieses Gespräches ablenkt.

„Du hast eine Ratte in meine Wohnung geschleppt?! Kannst du nicht im Freien mit ihnen spielen, wenn das schon sein muss?"

„Ich spiele nicht!" Er mimt den Gekränkten, aber das funktioniert bei mir nicht. Nicht heute, nach allem, was mir widerfahren ist.

„Was tust du dann mit ihnen?", will ich wissen.

Mit einem „niente" beginnt er seine Krallen zu maniküren. Das habe ich an diesem Tag schon einmal beobachtet und es macht mich noch misstrauischer.

"Was tust du mit ihnen?", wiederhole ich meine Frage in schärferem Ton.

Massimiliano wirft die Pfoten in die Luft, als schwenke er die weiße Fahne:

„Wenn du es unbedingt wissen willst: Ich verkaufe sie. Das ist eine sehr gute Sache, ich verbinde das Dienliche mit dem Praktischen. Moderne Zeiten machen es möglich, ich wünschte, früher hätten wir diese Gelegenheit gehabt."

„Wer kauft denn bitte ordinäre Feldmäuse und stinkende Kanalratten?"

Meine Augen ziehen sich zu engen Schlitzen, als ich das zische. Ich fühle mich in meiner Intelligenz beleidigt und das von einem Kater! Nach dem heutigen kränkenden Eingeständnis, welches ich mir selbst über meine Naivität schon machen musste, ist das einfach zu viel für einen Tag.

„Oh, es gibt sehr viele Interessenten", antwortet der Kater hörbar verwundert. „Da sind zum Beispiel die Forschungslabors. Die zahlen gutes Geld. Und dann gibt es noch die Tierhandlungen, dafür muss ich vor allem die Mäuse ein wenig ‚aufhübschen', aber die zahlen auch anständig – wenn sie zahlen."

„Du verkaufst sie für Tierversuche?!" Ich bin in der Tat angewidert. „So etwas hätte ich dir nicht zugetraut!"

Nun ist es Massimiliano, der die Pfoten vor seinem Brustkorb verschränkt: „Die Versuchslabors sind nicht die Erfindung der *penati*! Die habt ihr Menschen geschaffen."

Er sieht mich schweigend und herausfordernd an und ich halte dem Blick sogar eine Weile stand, aber auf dieses Argument fällt mir nichts ein.

„*Touchée*"[78], gestehe ich als Vertreter der Menschheit widerwillig, doch ehrlich ein. „Aber deswegen musst du die Tiere doch nicht dort hinbringen."

„Findest du deine Haltung nicht ein wenig ..." er dehnt das letzte Wort „... heuchlerisch?" Der Kater springt mit einem Satz in die Wohnung zu meiner Handtasche, kramt darin herum, zieht ohne weitere Worte meinen Lippenstift heraus und hält ihn mir demonstrativ unter die Nase.

Diesmal bin ich es, die endgültig nichts mehr zu ihrer Verteidigung vorzubringen hat.

Mein Schweigen ermutigt Massimiliano zu weiteren Ausführungen über Duschgel, Shampoo, Haarspray, Deo, Cremes, Parfüm, Schminksachen, Putz- und Waschmittel – an dieser Stelle höre ich nicht mehr zu, sondern drehe mich um und werfe mich wieder auf mein Bett.

„Bring sie bitte in die Tierhandlung", murmle ich unter dem Kopfkissen hervor.

„Die nehmen nur kleine Ratten", erwidert er trocken und schließt die Tür von außen.

Ich drehe mich um und ziehe die Bettdecke über den Kopf.

---

[78] Aus dem Fechtsport: Berührung des Gegners mit dem Florett, Franz.: berühren, ich gebe mich geschlagen

116

9. Neues Konzept

Die Nachbeben der Erde haben aufgehört. Die emotionalen erschüttern mich auch noch nach drei Tagen.

Mut- und kraftlos bewege ich mich in Zeitlupentempo, in meinen zerknitterten Jogginganzug gehüllt, nur zwischen Bett, Küchenzeile und Badezimmer hin- und her, bis meine eigene Ausdünstung beginnt, mich einzunebeln und ich eine reinigende Dusche nicht mehr länger hinauszögern kann. Am vierten Tag raffe ich mich endlich auf: Ich trage meinen, sorgfältig nach Papier-, Haus- und Plastikmüll getrennten Abfall zusammen mit Anselms Edel-Rollkoffer samt Inhalt die Treppe hinunter. Dort kippe ich alles in den großen Container. Nur die leeren Flaschen trage ich zu einer gesonderten Entsorgungsstelle, die ich am Ende einer Straße entdeckt habe.

Diese Handlung bringt nicht die gewünschte Erleichterung, da sich meine sinnlose Mülltrennung mit der sinnvollen Erinnerungsentsorgung zu einem undurchsichtigen Frustgefühl vermengt.

Es wird höchste Zeit, dass ich mein Leben in Italien in die Hand nehme, beschließe ich nach einer Tasse Cappuccino, zurück in meiner Küchenecke. Zu lange habe ich mich von den Dingen treiben lassen! Norio Sans japanische Art, mit Widrigkeiten umzugehen, funktioniert für mich offensichtlich nicht. Ab jetzt werde ich die Hindernisse an den Hörnern packen! Ab heute wird alles noch einmal anders, schwöre ich mir.

Mit diesem Vorsatz wähle ich die Nummer eines Elektrikers und vereinbare einen Termin, um meine Satellitenantenne ausrichten zu lassen. Er sagt erstaunlicherweise gleich für den Nachmittag des heutigen Tages zu, ein Ereignis, das ich mir selbst in Deutschland rot im Kalender vermerkt hätte. Ich hake den Punkt auf meiner Liste der zu erledigenden Dinge ab, die inzwischen beinahe die gesamte Länge der Kühlschranktür, an der sie sichtbar klebt, abdeckt.

Zufrieden zwinkere ich mir selbst im Spiegel zu, als ich mich für meine Vorladung am Vormittag auf der Gemeinde zurechtmache.

„Siehst du! Es wirkt schon", muntere ich mein frisch geduschtes Spiegelbild weiter auf.

Ich bin froh über diese beiden Termine, denn sie geben mir die Gelegenheit, meinen Vorsatz mit neuer Kraft zu verfolgen und mit dieser mein Trübsal wegzublasen.

Der Kater ist von seiner Ratten-Entsorgungs-Aktion noch immer nicht zurück. Ich vermute, dass es eben doch nicht so viele Kunden für Kanalratten gibt, wie er vorgab und so bringe ich selbst die Wohnung noch auf Vordermann, bevor ich das Haus verlasse.

Die Sachbearbeiterin auf der Gemeinde schweigt mich mit schrägem Kopf an und hört mir zu, eine Tatsache, die mich aufs Äußerste verunsichert. Ich stottere meine in Italienisch vorbereiteten Erklärungen so glaubhaft und fehlerfrei wie möglich herunter und versichere, dass meine Angaben der Wahrheit und nichts als der Wahrheit entsprechen. Das Erdbeben, das ich dramatisch schildere, leistet mir Schützenhilfe, denn schließlich schiebt sie mir meinen Antrag erneut über den Tisch und meint: "Sehen Sie zu, dass beim nächsten Besuch alles in Ordnung ist."

Ich versichere es.

Na bitte! Auch das wäre erledigt. Es genügt der Vorsatz, um eine Veränderung herbeizuführen! Die innere Haltung ist alles. Alte Weisheit.

Zufrieden mit diesen Erfolgen fühle ich mich schon besser. Ich nehme mir vor, keinen Gedanken mehr an Anselm zu verschwenden. Nicht einmal mehr die mit hämischem Grinsen einhergehende Vorstellung an die Szene mit seiner Frau im Krankenhaus werde ich zulassen. Und auch nicht irgendwelche grausamen Fantasien über Dramen, die sich auf deren Heimweg nach Deutschland abgespielt haben könnten. Die habe ich mir in den vergangen Tagen immer wieder in schillerndsten Farben ausgemalt. Das sind alles nur negative Energien, die mich von meinem Weg abbringen. Genug. Und ganz italienisch füge ich in Gedanken noch ein „*basta!*" hinzu.

Ich koche mir einen großen Teller Spaghetti, genieße ein Glas Wein und warte, ein Buch lesend, auf meinen nächsten Termin, den Handwerker.

Ich lese drei Kapitel aus „Krieg und Frieden" bis dieser endlich in der Tür steht. Ich quittiere es mit einem innerlichen „immerhin", er mit einer professionellen Selbstverständlichkeit, die sein bloßes Erscheinen zum zugesagten Datum als herausragende Leistung darstellt.

Er sieht sich sofort fachmännisch meine TV-Anlage und die dazugehörige Verkabelung an und gibt dabei ständig ein abgehaktes „hmhmhmhm" von sich, ein Laut, der auch in Deutschland eine hohe Rechnung vorhersagt. Das scheint ein handwerkeruniverselles Kulturelement zu sein, denke ich und nehme mir vor, das Risiko einzudämmen. Doch bevor ich etwas fragen kann, packt er sein Prüfwerkzeug in seine Tasche und sagt: "Kein Problem. Das ist eine Kleinigkeit."

„Ach ja?"

Meine Überraschung könnte freudiger nicht sein. Schon bin ich dabei, meiner so erfolgreichen Strategie erneut einen Pluspunkt zuzugestehen, als er sich zur Tür wendet.

„Machen Sie das nicht jetzt?", frage ich ihn perplex, denn ich verbinde den Begriff ‚Kleinigkeit' mit etwas, was ‚sofort' erledigt werden kann.

„Nein. Dazu muss ich aufs Dach. Außerdem brauche ich ein bestimmtes Kabel. Ich komme wieder und dann mache ich Ihnen das", verspricht er mir lächelnd.

Mein Vertrauen wächst trotzdem in gleichem Maße wie meine Überraschung über den angekündigten geringen Aufwand.

„Was wird mich das denn kosten?", will ich vorsichtshalber noch wissen. Meine Erfahrungen aus Deutschland lassen sich in diesem Punkt gewiss auf Italien übertragen und die waren nicht immer gut.

Er nennt eine so bescheidene Summe, dass ich beinahe „nur?!" ausrufe, was ihn bestimmt beleidigt und meine Rechnung möglicherweise unnötig erhöht hätte. Ich nicke schweigend mit zustimmend gespitzten Lippen.

Er verspricht mir, in den folgenden Tagen zu kommen und stößt beinahe mit einem jungen Mädchen zusammen, das gerade die Treppe heraufkommt. Ich weise ihr mit einem Fingerzeig den Weg zur Steuerkanzlei in die Etage über mir, aber sie will tatsächlich zu mir.

Die beiden tauschen Plätze: Er geht und sie hält mir dafür einen Ausweis der Gemeinde unter die Nase.

Ich bin schon wieder positiv beeindruckt, diesmal über das Tempo der Behörde. Meine brandneuen Eindrücke bremsen glatt die

Fermentierung meiner bisherigen Erfahrungen zu Vorurteilen aus. Sie waren auf dem besten Weg dorthin.

„Sehen Sie", sage ich und halte die Tür sperrangelweit offen, „ich lebe hier ganz alleine, genau wie ich es angegeben habe. Alles in Ordnung."

Das Mädchen sieht mich verdutzt an und tritt höflich mit einem „permesso" ein. Dann drückt sie mir vorsichtig eine Broschüre in die Hand.

„Wir werden ein neues Müllsystem einführen und ich bin gekommen, um es zu erklären", beginnt sie schüchtern. „Sie erinnern sich bestimmt an die schreckliche Situation in Neapel letztes Jahr? All der Müll auf der Straße! Nicht, dass wir in Bologna mit Neapel vergleichbar wären, *ci mancherebbe*[79], aber wir wollen uns nicht auf den Lorbeeren ausruhen."

Ich erinnere mich an nichts dergleichen und frage mich angesichts des verbeulten, stinkenden Müllcontainers vor meiner Haustür, von welchen Lorbeeren sie spricht? Zumindest verstehe ich jedoch, dass sie nicht gekommen ist, um meine Angaben zur Wohnortanmeldung zu überprüfen. Ich drehe die Broschüre in meiner Hand und überfliege die Überschriften.

„Es wird nicht teurer werden!", versichert sie mir gleich weiter. „Und es ist auch ganz einfach, nicht viel Aufwand, nur ein bisschen vielleicht."

Sie sieht mich prüfend von der Seite an und spricht erst weiter, als sie merkt, dass ich keinen Einwand habe. „Wir werden in den nächsten Tagen diese Beutel vorbeibringen."

Sie zieht einen blauen, einen grünen, einen braunen, einen gelben und einen grauen Plastikbeutel aus ihrer großen Tasche, die sie um die Schulter hängen hat und erklärt mir die Farben: Blau für Papier, Grün für Gartenabfälle, braun für Essensreste, gelb für Plastik und grau für Restmüll. Dann überreicht sie mir einen Kalender, in welchem für das kommende Jahr in genau denselben Farben die Abholungen der jeweiligen Müllsäcke eingezeichnet sind.

„Wird der Container unten vor der Tür verschwinden?", frage ich in freudiger Hoffnung. Ich kann die krasse Wende zu den sich aneinanderreihenden positiven Ereignissen nicht fassen! Wer hätte gedacht, dass die innere Haltung, Hörner anzupacken, eine solche Reichweite hat!?

---

[79] Das würde gerade noch fehlen!

Nun ist es augenscheinlich sie, die erstaunt ist, denn sie nickt sichtbar befreit und heftig: „Am Montag werden die Container in diesem Viertel verschwinden."

„Das ist ja wunderbar!", frohlocke ich, obwohl ich den Umweltvorteil des Tausches eines Containers mit tausend farbigen Plastiksäcken nicht ganz sehe. Aber die Tatsache, dass mein Eingang von diesem Ungetüm befreit werden wird, überzeugt mich.

„Sie müssten sich nur entsprechend organisieren", fährt das Mädchen, ermutigt durch meine positive Reaktion, ein wenig forscher fort.

Ich zeige in die Ecke meiner Küchenzeile, wo bereits ein Müllkasten mit vier - bisher überflüssigen - separaten Klappen steht.

„Ich bin beeindruckt!"

Sie läuft tatsächlich in die Ecke, um erst meinen Mülleimer aus der Nähe und dann mich zu betrachten. „Sie sind die erste Person, die das gut findet! Alle beschweren sich nur, dass es umständlich ist und der Müll in der Wohnung stinken wird und so."

„Ah ja?"

„Sie sind nicht von hier?"

Ich bin unschlüssig, ob sie dies nun aufgrund meiner mangelhaften Kenntnisse der Landessprache oder der Begeisterung über das neue Entsorgungssystem fragt und antworte deshalb nur schlicht: „Ich komme aus Deutschland."

„Ahhhhh, *capisco*!" [80]

Sie macht eine Geste der Erkenntnis und setzt dann zu einer Lobeshymne über das deutsche Müllsystem im Allgemeinen und das bewundernswerte Verständnis der Bürger meines Herkunftslandes im Besonderen an. Sie sieht mich dabei an, als sei ich persönlich verantwortlich für das vorbildliche Handeln meiner Landsleute. Da sie schon den roten Teppich vor mir ausbreitet und ich sie in ihrem zu erwartenden Monolog stoppen will, wage ich eine Anmerkung: „Vielleicht könnte man die vielen Plastiksäcke auch noch vermeiden, wenn man kleine, private Tonnen hätte?"

Sie hält in ihrer Rede mit beinahe verletztem Blick inne, als hätte ich sie im Gegenzug für das mich überschüttende Lob persönlich gekränkt.

---

[80] Ich verstehe

„Ich meine nur", fahre nun ich kleinlaut fort, „das wäre vielleicht noch eine Idee?"

Sie gibt einen langgezogenen Seufzer von sich und rafft ihre Tasche über die Schulter. „Wir sind ja schon glücklich, wenn die Leute das hier akzeptieren."

„Hm."

„Sie glauben ja nicht, was ich mir alles anhören muss!" Sie beginnt mit äffender Stimme zu zitieren: „Das ist alles umständlich, zu kompliziert, verschwendetes Steuergeld, das man für andere Dinge besser ausgeben sollte und wehe, das wird teurer!" Dann mault sie selbst: „Dabei bin ich auch nur eine Studentin, die den Job hier macht, weil es ein Universitätsprojekt ist. Ich bin doch nicht der Bürgermeister!"

Ich bestätige ihr, dass ich das Projekt für ein ganz wunderbares halte und schicke ihr noch viele aufmunternde Worte hinterher, als sie geht.

Im Gang brennt das Licht, obwohl es taghell ist. Ich schalte es pflichtbewusst aus.

Gerade als ich mich setzen will, um ein weiteres Kapitel meines russischen Schmökers zu lesen, klopft es wieder an der Tür.

Maurizio steht in einer Dufthülle von Aftershave davor und hält wieder den Kater unter seinem Arm.

„Das Mädchen hat mir unten das Tor geöffnet", entschuldigt er sich anstelle einer Begrüßung.

„Da bist du also gewesen!"

Diesmal ist mein Ausruf ein Ausdruck aufrichtiger Erkenntnis des Moments und Massimiliano macht kein beleidigtes, sondern ein sehr verschmitztes Gesicht.

Maurizio tritt ein und lässt den Kater von seinem Arm springen. Dieser dehnt sich erst mal ausgiebig in voller Länge und drückt sein Rückgrat durch, wie ein Jogger vor seinem Morgenlauf.

„Wieso bist du bei unseren Nachbarn?", frage ich ihn irritiert und auch ein wenig eingeschnappt, wie ich mir selbst eingestehe. Trotz der Tatsache, dass er als männliches Wesen sicher hin und wieder ganze Nächte durch das Viertel streicht, habe ich begonnen, mir ein wenig Sorgen zu machen.

„Deren Sofa ist wirklich sehr bequem", antwortet Massimiliano nur und legt sich der Länge nach auf den Boden vor meine Couch, als wolle er seine Aussage durch Verschmähen der Sitzgelegenheit unterstreichen.

„Ich glaube, wir müssen etwas Psychologie anwenden", meint Maurizio zu mir gewandt. „Er muss verstehen, dass dies hier sein Zuhause ist."

Ich beobachte den Kater aus dem Augenwinkel und halte den angedachten psychologischen Schachzug schon deshalb nicht für wirksam, weil Massimiliano das Entstehen dieser Pläne mithört. Er gähnt.

Maurizio schiebt seine Hände in die Hosentaschen, stellt sich an meine Seite und schaut nun mit mir gemeinsam auf den mit geschlossenen Augen dösenden Massimiliano auf dem Boden.

„Das nächste Mal, wenn er wieder bei uns auftaucht, lade ich dich ein zu einem *pranzo*[81] bei uns zu Hause. Meine Großmutter freut sich über Gesellschaft. Nach dem Essen musst du ihn persönlich zurück in deine Wohnung tragen, damit er versteht, dass dies sein Zuhause ist."

Ich zweifle, denn ich halte dies weder für das Problem noch das Gespräch vor des Katers Ohren für wirksam. Aber das kann ich Maurizio natürlich nicht sagen, denn für ihn ist er ja eine Katze wie jede andere.

„Er wird das verstehen!", wiederholt Maurizio mit Überzeugungskraft und fügt dann hinzu: „Er ist intelligent."

Da Maurizio sich bisher stets ungewöhnlich nett und zuvorkommend gezeigt hat und mich seine Bemühungen rühren, möchte ich ihn nicht enttäuschen. Ich nehme seine Idee dankend an. Vielleicht gibt es ja hausgemachte Pasta von der *nonna*?

Ein beinahe menschliches Grinsen erscheint auf dem Gesicht des Katers und ich denke, dass ich diesen Ausdruck schon einmal bei ihm beobachtet habe. Wann war das noch gewesen?

---

[81] Mittagessen

10. Einladung mit Hintertür

Meine neue Hörner-Strategie bringt mich in den folgenden Tagen weiter großartig voran:

Anselms Nummer erscheint noch ein paarmal auf dem Display meines Mobiltelefons. Ich drücke den Anruf konsequent weg und lösche schließlich die Nummer.

Der verbeulte Müllcontainer verschwindet in der Tat und die zahlreichen Plastiksäcke, die dafür nun in wechselnden Farben abends vor den Haustüren liegen, werden im Morgengrauen pünktlich abgeholt, was den Genuss meines morgendlichen Rituals mit einem Cappuccino in der Bar um Quantensprünge erhöht.

Meine Italienischlektionen in der Universität beginnen tatsächlich beim zweiten Versuch, bei welchem Norio San und ich uns gegenseitig als Lernpartner wählen.

Die Überprüfung der Polizei durch die Gemeinde findet mich allein in einer sauberen Wohnung vor und ich erhalte mit der finalen Bestätigung meinen italienischen Personalausweis, der mich mit dem Vermerk auf der Rückseite *„non valida per l'espatrio"*[82] als Ausländerin in Italien klassifiziert.

Die Liste an meiner Kühlschranktür schrumpft auf Normallänge und meine Wohngemeinschaft mit Massimiliano verläuft ruhig und routinemäßig ohne weitere Zwischenfälle.

Nur die Installation meiner Satellitenantenne benötigt einen zweiten Anruf, um den Handwerker wieder in meine Wohnung zu locken. Diesmal sagt er aber nicht noch am selben Tag zu, sondern ausgerechnet nur wenige Stunden vor meiner Verabredung mit Doktor Mustermann zum Konzert. Ich bestätige den Termin trotzdem, weil ich fürchte, dass sich die Angelegenheit ansonsten noch länger hinziehen wird.

Massimiliano beobachtet mich aufmerksam, als ich zwischen meinem Schrank und dem Badezimmer hin- und herpendle, unschlüssig verschiedene Kleider und Schuhe wähle. Ich habe keine Ahnung, was man in Italien zu einem klassischen Open-Air-Konzert trägt? Einmal finde ich meine Aufmachung als übertrieben opernhausreif, dann

---

[82] nicht gültig für Auslandsreisen

125

wieder zu *légère*, dann zu warm und schließlich wieder zu sexy. Der abmessende Blick von Doktor Mustermanns vollbusiger Kollegin wirkt heftig in meine Überlegungen hinein. Ich fühle mich einfach unfähig, mit der unglaublich selbstsicheren Aufmachung italienischer Frauen zu konkurrieren.

Massimiliano überkreuzt auf der Couch elegant seine Beine, jongliert dabei die Espressotasse in einer Pfote, spitzt die Lippen und bemerkt schließlich: „Deine Aufmerksamkeit in puncto Kleidung nimmt eine neue Färbung an."

An Stelle einer Antwort werfe ich ein weiteres Kleid aus meinem Schrank auf den Haufen der aussortierten Stücke auf meinem Bett.

„Das ist lobenswert", fährt Massimiliano fort. *„Bisogna fare bella figura!"*[83]

„Ich weiß nicht, was ich zu dem Konzert auf der *Piazza Maggiore* tragen soll", gestehe ich, sehe ihn beinahe um einen Rat fahndend an und schüttle mich dann selbst, weil ich tatsächlich einen Kater um modische Beratung ersuche.

„Hat Maurizio dich eingeladen?", fragt er und verzieht das Gesicht mit Blick auf die Jeans, die ich gerade in Erwägung ziehe.

Ich werfe sie aufs Bett.

„Nein. Wie kommst du denn darauf?"

„Du gehst alleine?"

Ich nehme mein dunkelblaues, kurzes und sehr eng anliegendes Kleid und halte es mit einem prüfenden Blick in den Schrankspiegel vor mich.

„Ich gehe mit Freunden", lüge ich so beiläufig wie möglich.

Nach Massimilianos Reaktion auf Anselm habe ich keine Lust, eine erneute derselben Art zu provozieren, nur weil ich mit einem Mann ausgehe. Einem deutschen, blonden Mann, der Anselm in dieser Hinsicht einfach zu ähnlich sieht und Assoziationen hervorrufen könnte – auch, wenn der zweite um Klassen attraktiver ist.

„Das Kleid da ist sehr passend", bestimmt Massimiliano, trinkt seinen Kaffee in einem Zug leer und stellt die Tasse, mangels eines Abstelltischchens, die ich spießig finde, auf den Boden.

„Findest du?", überlege ich.

---

[83] Man sollte immer bemüht sein, einen guten Eindruck/ gute Figur zu machen

Das Kleid beginnt mich schon zu überzeugen.

Mein Mobiltelefon klingelt klassisch schrill.

Ich erschrecke, wie jedes Mal, seit ich James Brown verbannt habe und nehme mir vor, einen wohlklingenderen Ton zu suchen.

„Sie haben doch nichts dagegen, wenn uns zwei Freunde begleiten?", fängt Doktor Maximilian ohne einleitende Worte an und ohne mir groß die Wahl zu lassen.

Die Geister, die ich rief, da sind sie, denke ich. Ich hätte nicht lügen sollen.

„Natürlich nicht", schwindle ich schon wieder freundlich und versuche meine Enttäuschung über ein geplatztes Tête-à-tête zu verbergen. Es hätte mir nach dem Debakel mit Anselm gutgetan.

„Perfekt! Wir treffen uns wie vereinbart am Brunnen", lässt er mich über die erwähnten Freunde weiter im Unklaren.

Ich hätte gerne nachgefragt, vor allem, weil ich fürchte, den Abend vielleicht mit dem vollbusigen weißen Kittel verbringen zu müssen. Aber er lässt mich im Konditional zurück und legt schneller auf, als ich reagieren kann.

„Du willst doch nicht diese Gesundheitssandalen tragen?", fragt Massimiliano provozierend in meine kleine Unzufriedenheit hinein.

„Wie bitte?"

Ich sehe an mir herab auf meine Füße, die ich während des Telefonats probeweise in meine Sommersandalen gesteckt habe.

Nach der Absage an einen romantischen Abend zu zweit finde ich die Wahl meiner Schuhe nun nicht mehr so wichtig.

„Wenn du noch weiße Socken dazu anziehst, wird dich jeder sofort schon von Weitem als Deutsche ausmachen."

Der Kater erhebt sich mit einem Seufzer.

„Das ist im Grunde nicht die Aufgabe eines *penato*, aber ich will mal nicht so sein."

„Wie meinst du das: weiße Socken?",[84] frage ich irritiert nach, aber er winkt mit einem „näää" nur ab und beginnt in meinen Schuhen zu wühlen.

---

[84] Deutsche sind in Italien berüchtigt dafür, gerne Sandalen mit weißen Socken zu tragen. Man scherzt darüber, dass man sie daran von Weitem erkennt

„Du solltest dir ein paar elegante High Heels zulegen", schließt er seine Suche ab, indem er mir meine klassischen Pumps hinschiebt. „Die hier sind zwar ein bisschen *zia*[85], aber es wird gehen. Zieh sie mal an."

Er mustert mich mit kritischem Blick, wie ein Modedesigner seinen neuesten Entwurf, der noch nicht voll seinen Erwartungen entspricht.

„Wer sind denn diese Freunde?", springt er mit seiner Frage zurück an vorherige Erkundungen anknüpfend, wie eine Mutter, die ihren Teenager geschickt, nach dessen Umfeld abzufragen glaubt.

Diesmal könnte ich zwar ehrlich antworten, tue es aber mit einer direkten Gegenfrage:

„Wieso habe ich das Gefühl, dass du mich ausfragst?"

Massimiliano sieht mich verständnislos an.

„Weil ich genau das tue."

Wir schweigen uns gegenseitig für eine Weile an, jeder mit der eigenen Verblüffung beschäftigt.

Dann fährt er in einer Art Selbstgespräch fort:

„Ich unterstütze dich bei dieser Sache hier! Wie bereits gesagt, wäre es nicht Aufgabe der *penati*, sondern im weitesten Sinne der *laren* – wobei ich mir da nicht ganz sicher bin? In diesem Fall müsste man die Göttin *Juno*[86] zu Rate ziehen. Das ist ein Grenzfall. Ich sage ja, in diesen modernen Zeiten ist das alles nicht mehr so einfach."

Ich lasse ihn weiterreden, da ich keine Lust habe, ihm Rede und Antwort zu stehen und verschwinde mit der Wahl meiner Kleidung ins Badezimmer.

Noch während ich die Tür schließe, höre ich ihn vor sich hin monologisieren:

„Früher war es keine Frage: Dies war die Aufgabe der *penati* hier, das die der *laren* dort und jenes die der Götter. Wir sind uns selten in die Quere gekommen und wenn, dann waren es immer die Menschen, die Chaos verursacht haben. Was soll man sagen? Anstatt in zweitausend Jahren die Fähigkeit zu entwickeln, die Dinge vernünftig zu handhaben, habt ihr Menschen eine so komplexe Welt geschaffen, dass sich niemand mehr wirklich zurechtfindet. Ihr kreiert immer mehr von

---

[85] wörtlich: Tante; im übertragenen Sinn: ein Ausdruck für altmodisch

[86] Familien-Göttin, zuständig für Partnerwahl/Hochzeit, Mutterschaft, Geburt,

derselben Technik, anstatt eure Fähigkeiten zu entfalten. Das kann ein einzelner *penato* gar nicht alles auffangen!"

Als ich ausgehfertig aus dem Bad komme, sitzt er am offenen Fenster und blickt geistesabwesend in den Hinterhof.

Erst mein Räuspern erweckt ihn aus seinen offensichtlich tiefsinnigen Gedanken.

„*Bellissima!*",[87] ruft er mit einem Blick auf mich erfreut aus, als sei ich sein von ihm geschaffenes Kunstwerk.

Ich freue mich über das Kompliment.

Kurz darauf öffne ich dem Handwerker gestylt und mit schnellem Blick auf die Armbanduhr, als dieser an meine Tür klopft. Ich hoffe, dass er die Kleinigkeit schnell erledigt haben und meinen geplanten Ausgang nicht verzögern wird.

Als er den Bohrer auspackt, springt Massimiliano zum Fenster hinunter auf die Mauer des Hinterhofes und flüchtet von dort in die angrenzenden Häuserschluchten.

Ich besteche den Mann mit einem Espresso zu zügiger Arbeit.

Während ich diesen zubereite, bohrt er ein Loch in die Wand, schiebt Kabel hinein, läuft ein paarmal hin und her und fragt, wo er aufs Dach gelangen kann. Ich zeige schlicht über die Flurtreppe nach oben, obwohl ich keine Ahnung habe, wo dort ein Zugang ist. Ich hoffe, dass der Handwerker ihn alleine finden wird.

Als der Kaffee fertig ist, kommt er unverrichteter Dinge wieder zurück. Zwar hat er den Zugang zum Dach tatsächlich gefunden, aber ein, wie mir erklärt, außergewöhnliches Steckteil für den Anschluss an die Satellitenantenne nicht griffbereit.

Dafür trinkt er seinen Kaffee und verspricht mir, in den nächsten Tagen mit besagtem Teil wieder zu kommen.

Ich ordne diese erneute Verzögerung als keine wegweisende Richtungsänderung in meine bis dahin anhaltende Glückssträhne ein und mache mich pünktlich auf den Weg zum Neptunbrunnen.

Doktor Mustermann wartet dort bereits auf mich und grüßt mich freundlich.

Er sieht umwerfend aus, ist aber relativ *casual* gekleidet.

---

[87] allerschönst, die Schöne

Ich fühle mich trotzdem nicht overdressed, da sich auf der *piazza* um uns zahlreiche andere Frauen in aufgedonnerter[88] Aufmachung zeigen. Ich entdecke dies als einen Vorteil dieses Landes: Man kann eigentlich nie zu elegant gekleidet sein, besonders nicht als Vertreterin des weiblichen Geschlechts, weil der Standard einfach immer „*bella figura*" ist.

Zum ersten Mal blicke ich auf Augenhöhe die mich umgebende weibliche Konkurrenz ab. Es ist ein gutes Gefühl.

Nun freue ich mich richtig auf den vor mir liegenden Abend, auf einen kleinen Imbiss mit einem Glas Prosecco und anschließend schöner Musik.

Doktor Mustermanns Freunde lassen auf sich warten.

Über vierzig Minuten später stellen sich dann eine Alessandra und ein Enzo, beide eher leger gekleidet und ohne Entschuldigung für die Verspätung, vor. Ich bin erleichtert, dass die junge Frau sich nicht als meine unsympathische Antagonistin entpuppt, sondern die beiden anscheinend ein Paar sind.

Diese Tatsache lässt die Einladung nun wieder ein wenig romantischer erscheinen. Dafür fühle ich mich nun doch ein wenig *overdressed* und bin außerdem mittlerweile auch ziemlich hungrig.

Aber wir gehen nicht essen, sondern nehmen unsere Plätze in der abgesperrten Zone ein, wo die Stühle aufgereiht sind. Die beiden Männer in der Mitte, flankiert von uns Damen jeweils zur Rechten und zur Linken. Zaungäste, die keine Tickets erworben haben, sitzen zahlreich auf Treppen oder in Cafés um den abgesperrten Bereich, mit der Absicht dem Konzert kostenlos aus der Ferne zu lauschen.

Maximilian plaudert angeregt mit Enzo und dieser unterhält sich ebenso prächtig mit ihm. Alessandra, am rechten Flügel, kennt scheinbar die Frau auf dem Platz neben ihr und vertieft sich in ein Gespräch. Sie säße sowieso zu weit entfernt von mir, um überhaupt ein Wort an mich richten zu können und so sitze ich schweigend und mit knurrendem Magen auf den Einsatz der Musik wartend.

Das Konzert ist nach Einbruch der Dunkelheit geplant, um die Kulisse der beleuchteten historischen Gebäude, die dann in sanfte

---

[88] aufgedonnert: abgeleitet von ital. „donna" = Frau, wurde ein deutscher Begriff für auffällig herausgeputzte Frauen

Orangetöne getaucht sind, als künstlerisches Ambiente zu nutzen. Zu dieser Jahreszeit ist das nicht vor zweiundzwanzig Uhr der Fall, aber die Musiker lassen sich selbst dann noch nicht blicken.

Erst eine weitere halbe Stunde später klopft die Dirigentin endlich an ihr Pult und Stille tritt ein. Mir ist inzwischen beinahe übel vor Hunger und Doktor Mustermann hat sich während dieser langen Wartezeit insgesamt nur ganze dreimal kurz an mich gewandt.

Dafür ist die Kulisse nun wahrhaftig bezaubernd.

Oranges und gelbes Licht flutet über die Mauern der alten eckigen Burg vor meinem Blick, deren nach unten gerichtete Turmkronen lange Schatten werfen. Vor dem dunkelblauen, wolkenlosen Sommernachtshimmel, der sich wie weicher Samt über der Stadt wölbt, wirkt die Festung wie ein Märchenschloss. Verdis Musik tut ihr Übriges und ich werde von diesem Geschehen völlig aufgesogen.

Meine Gesellschaft allerdings vernichtet in zunehmendem Maße diesen Genuss, denn auch in den Applauspausen richtet Maximilian seine Worte der Begeisterung ausnahmslos an seinen Nachbarn zur Rechten.

Das Konzert endet nach Mitternacht.

Mein Hunger ist überwunden und nach dem unhöflichen Verhalten Doktor Mustermanns will ich im Grunde nur noch nach Hause in mein Bett.

Aber ich werde zu einem Nachtessen genötigt, indem drei Personen auf mich einreden, dass man nach einem Konzert doch nicht einfach nach Hause gehen kann, dass man essen geht und über die Musik spricht und noch ein Glas zusammen trinkt. Mein Widerstand wird völlig sinnlos, denn Alessandra hakt sich bei mir unter und zieht mich wie eine alte Freundin in eine bestimmte Richtung davon.

„Mein Bruder kennt den Besitzer eines der besten Lokale hier in Bologna, er hat für uns reserviert!", erklärt sie mir und redet weiter über die gefragte *Osteria*[89], in welcher man ohne Beziehungen niemals einen Platz bekommen würde.

---

[89] *Osteria* war traditionell eine Gaststätte, in der man Wein verkostete. Kleinere Speisen wurden nur als Nebensache serviert, um den Alkoholkonsum zu untermauern. Heute hat sich die Osteria zu einem Restaurant entwickelt.

Aber ich höre ihr gar nicht mehr zu, denn mich beschäftigt die Neuigkeit, dass sie die Schwester und nicht, wie ich dachte, die Partnerin dieses Enzos ist. Der ist mit Maximilian Mustermann hinter uns intensiv in eine Diskussion über die Dirigentin vertieft.

Der Verlauf dieses Abends entwickelt sich zunehmend zu einer der merkwürdigsten Einladungen, welcher ich je gefolgt bin.

Ich fühle mich sehr deplatziert.

Es wird auch nicht besser, als wir uns zu viert an einem Tisch gegenübersitzen, Alessandra und ich auf einer Seite, die beiden Männer auf der anderen.

Bis das Essen aufgetragen wird, ist es halb zwei Uhr nachts. Mein Magen verweigert die Nahrung bereits nach wenigen Bissen, obwohl ich vorsichtshalber nur ein paar kleine Happen gewählt habe.

Als es daran geht, zu bezahlen und jeder der anderen Drei einen Geldschein in die Mitte des Tisches wirft, wird mir endgültig klar, dass meine Einladung definitiv keine der Kategorie Romantik ist.

War ich bis zu diesem Zeitpunkt von wachsendem Ärger aufgrund enttäuschter Erwartung dominiert, so ergreift mich in diesem Moment Scham darüber, diesem Glauben verfallen zu sein.

Mit übertriebener Fröhlichkeit bemühe ich mich, die letzten Minuten dieses seltsamen Abends aufzubessern und gleichzeitig zu verstehen, an welcher Stelle im Vorfeld ich diesen unglaublichen Irrtum begangen habe.

Die Drei bestehen darauf, mich nach Hause zu begleiten und lassen mich erst vor dem großen Holztor zu meiner Treppe sehr beträufelt zurück. Es dämmert bereits.

Ein schriller Klingelton reißt mich aus dem Schlaf.

Blind taste ich nach meinem Mobiltelefon auf dem Boden vor meinem Bett. Auch Nachttischchen finde ich spießig, selbst wenn ich ihnen in Momenten wie diesen einen gewissen praktischen Vorteil zugestehe.

Ich blinzle gegen die Sonne, deren Stand mich einen späten Vormittag vermuten lässt.

„Pronto?" Ich antworte in Italienisch, da die angezeigte Nummer die Ortsvorwahl der Stadt ist.

„Es ist so weit", lacht Maurizio laut und sehr wach am anderen Ende der Leitung. „Ich lade dich hiermit offiziell zu unserem Mittagessen ein."

„Heute?", frage ich und versuche nicht allzu schlaftrunken zu wirken.

„Er hat letzte Nacht wieder hier bei uns auf dem Sofa geschlafen", erklärt er. „Es ist wirklich an der Zeit, dass wir ihm das jetzt beibringen. Ich sorge dafür, dass er bis dahin nicht mehr hinaus kann."

Ich frage mich gleichzeitig, ob der Kater dieses Gespräch im Hintergrund mithört und wie viel Uhr es genau ist?

Als hätte Maurizio telepathische Fähigkeiten, beantwortet er beide Fragen mit seinem nächsten Satz: „Er liegt noch immer auf unserer Chaiselongue und schläft und ich habe Fenster und Türen verschlossen. Also, kommst du? Sagen wir, in einer halben Stunde?"

Oha! So spät ist es also schon!

Ich setze mich im Bett auf und sage brav zu.

Etwas anderes bleibt mir auch nicht übrig, obwohl mir nach dem gestrigen Abend wirklich nicht nach einer weiteren Einladung zumute ist.

Das Display meines Telefons zeigt mir bereits zwölf Uhr an, als ich das Gespräch beende.

Ich klettere aus dem Bett und ziehe mir, im Gegensatz zum Abend zuvor, schnell und wahllos etwas über.

Dann krame ich in meinem Vorratsschrank nach einer Flasche Wein, denn mit leeren Händen will ich selbst zu einer so spontanen Einladung nicht erscheinen. Ich finde zwar mehrere Flaschen vor, jedoch ausschließlich vom Discounter und nichts, was der Eleganz der Wohnung von Maurizios Großmutter entsprechen würde.

Aber ich habe einen Strauß frischer Blumen, den ich mir selbst im Zuge meiner Glückssträhne am Vortag gekauft habe. Kurzerhand wandern diese aus der Vase zurück in die Form eines gebundenen Straußes, um den ich eine Schleife binde. Ich habe immer ein wenig Geschenkpapier und Schleifen in einer Küchenschublade, ein Standard, den ich ausnahmsweise von meiner Mutter übernommen habe und welcher sich schon oft als sehr nützlich herausgestellt hat.

Kurz danach stehe ich wie ein Mustergast vor Maurizios Großmutters Tür und überreiche dieser die Blumen.

Ich werde hereingebeten und trete mit einem *„permesso"*[90] ein, wie ich es gelernt habe.

Massimiliano liegt, den Schlafenden vortäuschend, noch immer auf dem Kanapee im Salon. Ich sehe sein Blinzeln deutlich, als ich vorbei an der offenen Wohnzimmertür in die Küche geleitet werde.

Es gibt hausgemachte *Tortelloni di zucca*,[91] als ersten Gang, Gemüse und *Scaloppine al limone*[92] als zweiten Gang und eine intensiv duftende Schokoladentorte als Dessert, allesamt serviert auf alten Keramiktellern. Trotz der Plastiktischdecke und den Papierservietten schmeckt es hinreißend köstlich und selbst der Wein aus den alten, dickwandigen Wassergläsern rundet die Mahlzeit gekonnt ab.

Diese unerwartet einfache Tischkultur passt irgendwie gar nicht zu meiner Erwartung, die sich an der Eleganz der Wohnung und des Enkels orientiert hat. Aber dafür vermittelt diese Einfachheit etwas Familiäres und Warmes.

Maurizio fragt mich aus nach der politischen Situation in Deutschland. Während wir Vergleiche zwischen unser beider Herkunftsländer zu diesem Thema anstellen, läuft seine Großmutter ständig zwischen Tisch und Herd hin- und her und bewirtet uns.

Ich fühle mich zunehmend unwohl, mich von der alten Frau bedienen zu lassen. Das entspricht so gar nicht meiner Erziehung, die eher darauf abzielte, mich als Mädchen und junge Frau in diese Rolle hineinzupressen. Die Großmutter hat vermutlich dieselbe Erziehung genossen, denn sie lehnt meine angebotene Hilfe unermüdlich ab. Schließlich weist mich Maurizio ein wenig unwirsch an, wie er sitzen zu bleiben.

„Meine Großmutter genießt es, am Sonntag zu kochen", erklärt er mir und sie fügt hinter meinem Rücken hinzu: „Maurizio arbeitet die ganze Woche so hart! Er kommt immer spät abends nach Hause."

Sie stellt jeweils eine duftende, heiße Espressotasse vor uns auf den Tisch und fügt, mit nicht wenig Stolz in der Stimme, besonders an mich gewandt, hinzu:

„Er ist Finanzberater bei einer deutschen Firma! Es ist die erste Adresse in Bologna."

---

[90] Ich erlaube mir
[91] Tortelloni mit Kürbisfüllung
[92] Dünne Scheiben Schweinefleisch gebraten in Zitronensauce

„Ah ja?" Ich bin höflich interessiert.

Maurizio rührt kurz in seiner Tasse, obwohl er keinen Zucker hineingegeben hat.

Er nennt den Namen eines großen deutschen Versicherungskonzerns und ich nicke wissend. Mittlerweile weiß ich es einzuordnen, dass alles, was aus meinem Heimatland kommt, Beachtung verdient, auch wenn ich selbst mich damit noch schwertue, diese immer und uneingeschränkt zu bestätigen.

„Das Büro ist gegenüber der Burg, im ersten Stock", erklärt er mir weiter die genaue Lage des Gebäudes.

„Maurizio betreut Anlagevermögen der oberen Klasse!", wirft seine Großmutter mit geschwellter Brust ein.

Sie setzt sich endlich auch wieder an den Tisch und nennt eine Minimalsumme als Eintrittsticket zur Beratung ihres Enkels, die mich definitiv aus dem potenziellen Kundenkreis eliminiert.

Nun bin ich doch ein wenig beeindruckt, denn ich denke, er muss sein Geschäft gut verstehen, wenn er in diesem Konzern eine solche Karriere gemacht hat.

„Wollen wir die Reste dem Kater geben?", wechselt Maurizio das Thema mit einem Wink des Kopfes auf den Teller mit verbleibenden Fleischstückchen.

Ich fürchte, dass Massimiliano dies als Beleidigung auffassen würde. Das kann ich aber natürlich nicht sagen, weshalb ich mich mit einer fadenscheinigen Erklärung vom Tisch erhebe:

„Ich nehme es gerne für ihn mit, aber ich habe heute Morgen erst eine Dose Futter für ihn geöffnet. Wenn er das hier sieht, lässt er das andere stehen und ich muss es wegwerfen."

Die Großmutter erhebt sich mit meiner Aussage ebenfalls wieder und kramt eine Schüssel aus dem Schrank, um die besagten Reste für meinen Kater einzupacken.

Dann steht auch Maurizio auf und stellt tatsächlich seine leere Espressotasse auf die Spüle. Mit dieser Erlaubnis räume auch ich ein paar Sachen vom Tisch in diese Richtung auf, bevor er mich in das Wohnzimmer führt.

„Ich werde dich nicht begleiten", flüstert er mir zu, „sonst versteht er es nicht."

Der Kater erhebt sich bei diesen Worten vom Sofa, als hätte er auf seinen Einsatz all die Zeit nur gewartet und sieht mich an:

„Also, dann trage mich mal nach Hause."

„*Che carino!*",[93] begeistert sich die Großmutter hinter unserem Rücken auf dem Flur. „Er miaut dich an. Als ob er mit dir sprechen würde! So ein intelligentes Tier!"

„Ehä", mache ich einen Versuch, diese Freundlichkeit zu bestätigen.

Ich nehme den Kater, der mich hämisch angrinst, auf den Arm und greife ihn am Nacken, wie Maurizio es immer getan hat.

„Nun übertreib nicht!", faucht er mich daraufhin an.

„Halte ihn nur fest, sonst läuft er am Ende noch weg", wirft Maurizio in das Geschehen ein.

Diesmal grinse ich und festige meinen Griff am Nacken des Katers, der zwar kurz knurrt, es aber dann doch mit einem missbilligenden Blick geschehen lässt.

Kaum sind wir auf der kleinen *piazza* angelangt, versucht er, seinen Kopf aus meinem Griff zu winden.

„Ich lasse dich los, wenn du selbst läufst!", erpresse ich ihn.

„Das geht nicht. Sie beobachten uns vom Fenster aus."

Ich wende mich kurz um und winke den beiden am offenen Fenster Stehenden und uns Nachblickenden zu.

Sie winken uns noch eine Weile hinterher, als würden wir nach Deutschland abreisen.

Sobald wir aus dem Blickfeld sind, setze ich Massimiliano auf dem Boden ab und wir laufen nebeneinander weiter.

„Dosenfutter, eh!", mault er verächtlich.

„Sei froh, dass ich dich vor den Resten bewahrt habe. Oder hättest du lieber auf dem Boden aus einer Schüssel vermischte Knorpel und Fettreste serviert haben wollen?", erwidere ich und schiebe das große Holztor vor uns auf.

Er antwortet nicht. Er springt stattdessen eilig die Treppen nach oben, wo er mit der Nase vor der Haustür darauf wartet, dass ich diese aufsperre.

---

[93] wie niedlich! Wie nett!

11. Schockierendes

Stimmen aus dem Hinterhof dringen an mein Ohr. Einer der Rechtsanwälte unterhält sich lautstark mit einem Mann.

Ich sitze an meinem Computer und tippe ein paar Mails, ohne aufzusehen. Ich warte auf den Handwerker.

Massimiliano springt von der Mauer unten herauf in das offene Flügelfenster.

„Du solltest es jetzt schließen. Ich bin da", verkündet er und legt sich in das kühlste Eck auf die Fliesen vor meiner Küchenzeile.

Es ist noch früher Vormittag, aber schon drückend warm.

„Ich schließe die Fensterläden erst gegen Mittag, bis dahin lasse ich noch Luft und Sonne herein", entgegne ich hartnäckig.

Für jemanden, der so wenig sonnenverwöhnt ist wie ein Deutscher, ist es eine der schwersten Handlungen, die Fenster abzudunkeln, wenn draußen so herrlich die Sonne scheint. Es entgeht mir natürlich nicht die Logik in dieser Sache, denn nur auf diese Weise kann man die drückende Hitze, die sich seit zwei Tagen in der Stadt ausbreitet, halbwegs daran hindern, in die eigenen vier Wände zu kriechen. Trotzdem.

Bologna gleicht seitdem einer Geisterstadt im Ausnahmezustand: Bereits früh morgens sind die Fensterläden aller Häuser geschlossen und bleiben dies auch bis spät nachts. Erst dann öffnen sie sich geheimnisvoll und ein leises Aufatmen zieht durch die Stadt.

Bei diesem Gedanken alleine wird mir schon heiß und ich gehe mit einen „buh!" zum Kühlschrank, um mir einen kalten Orangensaft einzugießen und Eiswürfel aus dem Gefrierfach zu nehmen.

„Das ist noch gar nichts!", tönt es von der Fliesenecke zu mir. „In ein paar Tagen wird es hier drinnen so heiß sein, wie in einer Sauna. Du solltest Dir schon mal einen *pinguino* besorgen."

Ich verstehe zwar einen gewissen Zusammenhang zwischen Hitze und Kälte, aber nicht, wieso mir dabei ein Pinguin nützen sollte.

„Mir reicht ein Kater", entgegne ich trocken und gehe zurück an meinen Computer, um meine E-Mails weiter zu bearbeiten.

Ich finde eine Nachricht der *Carabinieri* vor, die mich in der Angelegenheit meiner Anzeige um einen Rückruf bittet. Ein wenig genervt ergreife ich mein Telefon. Die Erfahrung der letzten Zeit hat mich gelehrt, dass derart offizielle, schriftliche Aufforderungen nur mehr Aufwand für mich bedeuteten. Ich will es deshalb schnell hinter mich bringen.

„Dein Sarkasmus ist nicht angebracht", erwidert der Kater in seinem typisch belehrenden Ton, den er immer dann anschlägt, wenn er ausholt, mir weitläufig völlig uninteressante Zusammenhänge zu erklären.

Er wird aber von den Stimmen aus dem Hof unten ausgebremst, wo sich jetzt auch eine Frau in die Diskussion eingeklinkt hat.

Nun bin ich doch neugierig und trete ans Fenster, um zu sehen, was es dort so lange und ausführlich zu beraten gibt.

Unten stehen ein Rechtsanwalt und die Steuerberaterin von oben und verhandeln mit einem Mann, der einen Kasten wie ein *Ghostbuster* auf dem Rücken trägt und eine ebensolche Antenne in der Hand hält.

„Du solltest dich in Acht nehmen", scherze ich, „die wollen Dir an den Kragen! Da unten steht ein Geisterjäger. Das sieht ganz schön gefährlich aus!"

„Ihr Deutschen seid ja bekannt dafür, steif und wenig flexibel zu sein, aber heute Morgen ist dein Mangel an Beweglichkeit wirklich bemerkenswert unvernünftig", entgegnet Massimiliano ganz und gar nicht humorvoll.

Obwohl ich mich nicht für eine typisch Deutsche, mit typisch deutschen Eigenschaften und typisch deutschem Gebaren halten will, fühle ich mich doch in der nationalen Ehre gekränkt und zu einer Verteidigung genötigt: „Das ist nicht Steifheit, sondern Zielstrebigkeit und Durchhaltevermögen."

Während ich die Herrschaften im Hof unter mir in ihrer Debatte weiter neugierig beobachte, wähle ich die Nummer der Polizei.

Der *Carabiniere* bedankt sich ziemlich erfreut über meinen prompten Rückruf. Vielleicht hat er wider mein Erwarten doch gute Nachrichten, so gut gelaunt, wie er ist? Ich kann verstehen, dass es auch für einen Polizisten ein gutes Gefühl sein muss, zur Abwechslung mal etwas Positives berichten zu können. Das passiert vermutlich nicht häufig. Und irgendwoher müssen die ja auch ihre Motivation nehmen.

„Können Sie nochmals hier im Präsidium vorbeikommen?"

„Wieso?"

„Wir müssen Ihre Daten nochmals neu aufnehmen", erklärt der *Carabiniere* ein wenig verlegen und ich denke, dass er das auch sein sollte. Das darf doch nicht wahr sein! Anstatt die Verbrecher zu finden, beschäftigen sie sich mit Verwaltung und das nicht einmal ordentlich!

„Was fehlt denn?", frage ich, meinen Frust unter Kontrolle haltend.

Unten auf dem Hof gestikuliert man indes ausführlich und der Fremde schüttelt heftig den Kopf über irgendetwas, was Steuerberaterin oder Anwalt gesagt hat.

„Ähm, es handelt sich eher um einen Datenabgleich", fährt der Polizist fort. „Die Kopie Ihres Ausweises ist nicht gut lesbar." Der zweite Satz klingt beinahe erleichtert, dass er eine gute Entschuldigung gefunden hat, die Blamage halbwegs nachvollziehbar zu machen.

Die Steuerberaterin zeigt energisch in eine Ecke, worauf die beiden Männer die Hände in die Hosentaschen stecken und sie schwerwiegend nickend ansehen.

„Aber dafür muss ich doch nicht persönlich vorbeikommen!", beharre ich, halb erleichtert und halb befürchtend, dass ich das aus irgendeinem Grund doch tun werden muss. „Ich scanne meinen Ausweis neu und schicke Ihnen das per Mail."

Der *Carabiniere* schweigt eine Weile. Er räuspert sich mit einem *„äh, si ..."*, spricht aber nicht gleich weiter.

In diesem Augenblick endet die Diskussion auf dem Hof, Rechtsanwalt und Steuerberaterin verschwinden in jeweils entgegengesetzte Richtungen und der Geisterjäger klappt eine Art Visier über sein Gesicht herunter. Dann schießt eine Dampfwolke aus seiner Antenne, mit welcher er systematisch in die Ecken des Hofes zielt. Ein chemischer Geruch steigt auf in meine Richtung.

„Ich schicke Ihnen die Kopie sofort zu!", beeile ich mich, mit beinahe hysterischem Aufschrei, zu versichern. Ich warte keine weitere Antwort ab, schicke noch ein hastiges *„grazie!"* hinterher, um nicht allzu unhöflich zu sein und werfe mein Handy auf das Sofa in meinem Rücken.

Wie in Paranoia schlage ich sofort das Fenster zu und laufe, auch die anderen noch offenstehenden ebenfalls zu schließen. Fassungslos blicke ich dann durch das geschlossene Fenster wieder hinunter in den Hinterhof, wo sich die Chemiewolke ausbreitet.

„Sind die denn von allen guten Geistern verlassen?!", jaule ich, durch diesen inbrünstigen Ausruf mein Umweltbewusstsein manifestierend.

„Natürlich! Ich habe mich aus diesen Bereichen zurückgezogen, wie du weißt", meint der Kater aus seiner Ecke hervorkommend, um einen kurzen Blick hinunter auf den Hinterhof zu werfen. Dann dreht er wieder ab und läuft in Richtung Badezimmer, um sich dort auf die kühlen Fliesen zu legen. „Kein *penato* dieser Welt würde sich je in einer Rechtsanwalts- oder Steuerkanzlei aufhalten. Wovon sollten wir denn dort leben?"

„Wollen die uns vielleicht vergiften?!"

Mein nächster Ausruf gleicht in puncto Entsetzen dem ersten und ignoriert den Einwurf des Katers.

„Nicht uns. Die Mücken", korrigiert mich Massimiliano nüchtern und fügt dann hinzu, in seinen belehrenden Tonfall von zuvor zurückfallend: „Du kannst nicht sagen, ich hätte dich nicht gewarnt. Ich habe dir gesagt, du sollst die Fenster schließen."

Nun drehe ich mich von diesem, mich in Aufruhr versetzenden, Anblick ab. „Das ist doch völlig übertrieben, eine solche Chemiekeule wegen ein paar Mücken!"

„Ich erlaube mir die Anmerkung, dass dir die Erfahrung hierzu völlig abgeht", erwidert er. „Du hast die Wahl: Chemiekeule oder die Biester fressen dich auf."

„Oh, nein!", beharre ich im Brustton tiefster Überzeugung. „Da gibt es Alternativen! Wann ist die nächste Mieterversammlung?"

Ohne eine Antwort zu er- oder abzuwarten, gehe ich an den Kühlschrank und notiere einen neuen Punkt auf meiner Liste. „Ich werde Fliegengitter vorschlagen! Das wird jedem einleuchten und amortisiert sich nach ein paar Jahren, sowohl in finanzieller als auch gesundheitlicher Hinsicht."

„Und wie soll ich dann bitte selbständig aus- und eingehen können?"

Ich erschrecke kurz, denn Massimiliano ist wieder einmal auf sehr leisen Pfoten hinter mich getreten, um zu sehen, was ich notiere.

„Es gibt Katzenklappen", antworte ich, sofort mit einer Lösung parat.

„Katzenklappen!?"

Diesmal ist es Massimiliano, der entsetzt einen Ausruf tätigt, der die meinen kurz zuvor an Intensität beinahe überflügelt. „Du wirst doch nicht allen Ernstes von mir verlangen, dass ich mich in meinem teuren Anzug jedes Mal durch so ein kleines Loch zwänge!?"

„Es gibt auch welche in deiner Größe." Wieder habe ich die Lösung sofort auf den Lippen.

„Das ist unwürdig!"

„Du bist doch ein Geist!", fällt mir dann ein. „Du kannst doch durch Wände gehen."

„Sei nicht albern", erwidert er kopfschüttelnd. „Du hast zu viele Hollywoodfilme gesehen. Durch Wände laufen, dass ich nicht lache! Wie soll das denn bitte gehen? Das zeig mir mal! Wenn Geister durch Wände laufen könnten, dann würde doch keiner in einem alten Haus oder einem Schloss gefangen bleiben. Das ist mit Abstand einer der dümmsten Aberglauben, den ihr Menschen euch je ausgedacht habt."

Dagegen habe ich nun kein Argument mehr. Da meine Prioritäten in diesem Thema aber eindeutig an anderer Stelle liegen, antworte ich selbstsicher: „Wir werden eine Lösung finden."

Er dreht wortlos ab, schreitet zurück an die Stelle auf den Badezimmerfliesen, wo er seinen Anzug ablegt und sich in Bermudashorts sehr lang ausstreckt. Aus Erfahrung weiß ich nun allmählich, dass diese Reaktion des Katers in der Regel nichts Gutes vorhersagt. Ich nehme mir deshalb im Stillen vor, in der Sache achtsam vorzugehen.

Es wird bereits sehr warm in der Wohnung. Die Sonnenstrahlen treffen direkt auf das geschlossene Fenster zum Hinterhof und heizen wie ein Kraftwerk. Ich bedaure, nicht auf den Kater gehört und die Fensterläden zum Zwecke der Schattenspendung zuvor nicht geschlossen zu haben. Nun kann ich das Fenster nicht öffnen, ohne die giftige Substanz hereinzulassen. Ich kann auch nicht aus dem Haus gehen, um in der Bar ein kühles Getränk zu mir zu nehmen, denn ich muss auf den Handwerker warten.

Ich bin gefangen. Die Drohung des Katers von wenigen Momenten zuvor tritt genauso ein: Die Wohnung verwandelt sich in eine Sauna. Ich gehe ins Badezimmer, schiebe den wie leblos auf den Fliesen klebenden Kater aus der Tür und tausche drinnen mein Kleid gegen meinen Bikini.

Die Blicke des Handwerkers, als ich ihm in diesem Aufzug die Tür öffne, sprechen Bände. Der Kater nützt die Gelegenheit, um ins kühle Treppenhaus zu flüchten. Dort schalte ich das Licht aus, welches trotz Tageslicht leuchtet. Ich lasse die Eingangstür weit offenstehen, zum einen, um einen Temperaturaustausch herbeizuführen, zum anderen aber, um den Mann nicht auf falsche Gedanken zu bringen.

Als dieser mit seiner Arbeit fertig ist, den tatsächlich angekündigt niedrigen Betrag in Cash von mir entgegennimmt und sein Werkzeug zusammenpackt, meint er: „Ich verkaufe auch *Pinguini*; könnte ich morgen installieren?"

Bevor ich antworten kann, schallt es aus dem Treppenhaus: „Nehmen wir! Morgen bitte unbedingt liefern!"

„Tut mir leid, ich habe nur noch dieses eine Gerät", antwortet der Mann ins Treppenhaus rufend.

Ich reiße die Augen auf.

Hat er gerade dem Kater geantwortet? Wie konnte nun auch er die Worte verstehen, so wie der unangenehme *barista*[94] zu Beginn meines Lebens hier in Bologna? Wo doch alle anderen immer nur ein Katzenmiauen wahrnehmen? Ich bin wieder einmal in höchstem Maße irritiert und schaue den Mann fragend an.

„Sie haben großes Glück, dass ich bei der Hitze überhaupt noch eines habe", sagt dieser wieder an mich gewandt, ohne die geringste Verwirrung über den Ausruf aus dem Treppenhaus. „Aber wenn Sie es nicht wollen, verkaufe ich es Ihren Nachbarn."

Ich schlussfolgere, dass der Handwerker die Stimme meines Hausgeistes für die meiner Nachbarn hält und ein *pinguino* eine Art Kühlgerät sein muss.

„Ich nehme es", antworte ich abwesend, ohne zu wissen, was ich damit zu welchem Betrag gerade gekauft habe. Doch da er zu solch fairen Preisen zu arbeiten scheint, halte ich diese kleine Unachtsamkeit nicht für allzu tragisch. Und ein Kühlgerät ist definitiv keine unnütze Investition, wenn ich nicht die nächsten Wochen in Badekleidung leben will.

Er verspricht, den *pinguino* morgen zu installieren. Ich wünsche, mit ihm eine konkrete Uhrzeit zu vereinbaren; er bestätigt mir acht Uhr morgens und geht.

Kaum höre ich die große Holztür unten ins Schloss fallen, trete ich auf den Flur hinaus und spreche in das Dunkel: „Er konnte dich hören! Wieso konnte der Mann dich hören?"

Massimiliano kommt die Stufen herab, sehr langsam und bedächtig, als wollte er jede überflüssige Bewegung vermeiden, um nicht unnötig zu schwitzen.

„Wenn die Menschen mich nicht sehen, können sie mich manchmal hören", antwortet er, als sei es das Normalste der Welt.

Ich schaue ihm sprachlos hinterher, wie er wieder in die Wohnung kommt, sich kurz unschlüssig nach einem frischen Platz umsieht und

---

[94] Inhaber / Leiter einer Kaffeebar

dann wieder auf den Gang hinaustritt. Er lässt sich auf den Stufen nach oben nieder und lehnt sich gegen die kühle Wand.

„Sobald sie mich sehen, komme ich gegen ihre voreingenommenen Überzeugungen nicht mehr an. Dann hören sie nur noch das, was sie von einer Katze erwarten: miau."

„Aber ich habe dich von Anfang an und ganz gegen meine Überzeugung wiederholt ganz deutlich gesehen und gehört!"

„Ja duuuu", antwortet Massimiliano gedehnt. „Du bist etwas Anderes. Du bist etwas Besonderes."

„Wirklich?"

Ich fühle mich geschmeichelt, obwohl ich nicht genau weiß, worin das Besondere liegt, das mich auszeichnet. Nach ein paar Momenten des stillen Genusses über diese schöne Neuigkeit will ich es dann doch genauer wissen: „Wieso?"

„Das weiß ich auch nicht. Vielleicht hat dich der Umzug in ein fremdes Land besonders sensibel gemacht? Ich für meinen Teil habe mich jedenfalls sehr angestrengt, mich für dich hör- und sichtbar zu machen, denn ich musste ja fürchten, sonst im Tierheim oder auf der Straße zu landen."

„Hm." Ich finde seine Erklärung wenig überzeugend und habe das Gefühl, dass er mir etwas verheimlicht. Aber vielleicht tue ich ihm auch Unrecht und ich bin mittlerweile einfach schon zu misstrauisch?

„Lass uns an einen kühleren Ort gehen", schlägt Massimiliano in meine Überlegungen hinein vor. „Ich zeige dir die älteste Basilika[95] *Santo Stefano*. Ich habe den Bau selbst miterlebt. Das heißt, eigentlich war es ja zuerst eine Verehrungsstelle für die Göttin *Isis*[96], aber in zweitausend Jahren ist viel geschehen. Nach und nach wurde eine Kirche nach der anderen angebaut, so dass es jetzt sieben Kirchen in einer sind. Dort ist es kühl."

Der letzte Satz überzeugt mich: „Gute Idee. Ich ziehe mir etwas an." Ich laufe zurück ins Badezimmer, um mich wieder anzukleiden.

---

[95] Kirchenkomplex nach dem Vorbild der Grabeskirche in Jerusalem, vermutlich aus dem 5., sicher jedoch 8. bis 12. Jahrhundert

[96] Isis wurde noch von den in Ägypten lebenden Griechen und Römern bis in die christliche Zeit hinein verehrt.

Massimiliano trottet ebenfalls in die Wohnung, bleibt aber nahe der offenen Tür sitzen.

„Dann erzähle ich dir die tragische Geschichte, die *Agricola* und *Vitalis*[97] ereilt hat", fährt er fort. „Ein verwandter *penato* der Familie Agricolas hat es mir selbst erzählt. Er musste danach mit der Witwe fortziehen, weil er sonst seine Familie verloren hätte. Ein wirklich tragisches Schicksal."

„Was ist denn passiert?", frage ich wieder aus dem Badezimmer tretend und nach meiner Handtasche suchend.

„Agricola war ein Adeliger hier in Bologna, mein Cousin hatte damals eine anerkannte Familie. Es ging ihm gut. Aber dann begann dieser Agricola, die Götter Roms nicht mehr zu verehren und auch an uns nicht mehr zu glauben. Mein Cousin wäre verhungert, wenn nicht seine Frau ihm heimlich noch Opfer gebracht hätte."

Ich finde meine Tasche und wir gehen beide hinaus in den Flur. Der Kater erzählt weiter, während ich die Tür mehrfach verriegle.

„Als er dann seinem Sklaven auch noch die Freiheit schenkte, fanden das die Römer nicht mehr lustig und machten ihm und dem Sklaven den Prozess. Es muss eine sehr erschütternde Kreuzigung gewesen sein. Mein Cousin und die *laren* der Familie waren danach völlig traumatisiert, weil sie ihrem Hausherrn nicht helfen konnten."

„Kreuzigung? Hier in Bologna? Du meine Güte!"

Ich bleibe auf der Treppe stehen, weil mich diese Geschichte in der Tat berührt. Von diesen Methoden der Römer in der Bibel zu lesen ist Eines, es in Filmen zu sehen ein Zweites, aber es hautnah und am Tatort selbst von einem Zeitzeugen erzählt zu bekommen ist schockierend.

„Ja, das ging eine ganze Weile so zu. Das geschah vielleicht dreihundert Jahre nach diesem Jesus aus Nazareth. Diese eine Geschichte ist ja weithin bekannt. Dabei waren diese Torturen lange Zeit üblich. Ihr Menschen habt schon eine unglaubliche Ausdauer, wenn es darum geht, das Falsche zu tun."

Darauf kann und will ich nichts erwidern.

Schweigend laufen wir zum Platz des *Santo Stefano*.

---

[97] Die Gräber der beiden Märtyrer befinden sich in der Basilika Santo Stefano.

12. Flexibilität

Der *Pinguino* kommt nicht morgens um acht Uhr, sondern erst um fünf Uhr nachmittags, als die größte Hitze im Zenit ist. Es ist ein großer, weißer Kunststoffkasten auf Rädern mit einem dicken Schlauch im Rücken, der in ein Loch in der Wand gesteckt wird. Die Ähnlichkeit mit einem Pinguin ist sehr weit hergeholt.

Die Tatsache des Anschlusses nach draußen hätte meine Wohnung unerwartet in eine Baustelle verwandelt und die Rechnung um einiges teurer gemacht. Ich entscheide mich daher wider Willen für die hässliche Alternative, das Fenster mit einem abnehmbaren Holzbrett mit entsprechendem Loch abzudichten. Da man in den sechs bis acht Wochen der großen Sommerhitze die Fensterläden sowieso immer geschlossen hält und quasi im Dunkeln haust, macht es keinen Unterschied, klärt mich der Handwerker auf. Danach kann man das Ungetüm wieder entfernen. Dies sei die günstige und flexible Lösung, wenn man nicht in eine feste Klimaanlage investieren will.

Der *Pinguino* kostet mich um einiges mehr als der erste Besuch des Handwerkers und das abgedunkelte Fenster sieht mit dem davorstehenden Kasten furchtbar aus. Aber es wird tatsächlich angenehm kühl, sobald der neue Hausgeist seine Arbeit aufnimmt. Ich beginne mich an den Gedanken zu gewöhnen, solche in Gestalt von Tieren um mich zu haben. Für einen Moment ertappe ich mich sogar in Bedenken, ob dieser nicht auch noch das Sprechen beginnen wird.

„Du hättest mich warnen können", sage ich zu Massimiliano, der nun wieder auf der Couch ruht, anstatt auf dem Fliesenboden. „Das Ding ist so was von scheußlich. Und außerdem ist es dunkel wie im tiefsten Winter hier drin. Wenn ich das geahnt hätte …!"

Ich bin im Begriff zur Uni aufzubrechen und schalte deshalb den Pinguin ab, bevor ich das Haus verlasse.

„Wenn du das ausschaltest, werde ich gegart sein, bis du wiederkommst", droht der Kater und sieht mich mit funkelnden Augen an.

„Ich will aber die Spülmaschine anwerfen", entgegne ich. „Irgendwann muss das ja schließlich auch sein und gleichzeitig geht es nicht, wie wir wissen."

„Na dann."

Massimiliano springt vom Sofa. Er läuft an das andere Fenster, klappt die Fensterläden im Winkel ein wenig nach außen, so dass Schatten und ein leiser Lufthauch durch das geöffnete Fenster fällt.

Dann folgt er mir an die Tür. Gemeinsam gehen wir die Treppen hinunter, durch das große Holztor. Dort biegt er ab nach links und ich gehe nach rechts zur Bushaltestelle.

„Bis heute Abend", sagt Massimiliano bereits im Weggehen. „Komm nicht zu spät nach Hause!"

Ich bleibe stehen: „Wieso?"

Die Erfahrung der letzten Ereignisse lässt mich mittlerweile jedes seiner Worte auf die Goldwaage legen. Immer vermute ich sofort etwas Verstecktes. Etwas was ich wissen sollte, etwas, was ich übersehen habe? Eine Wand, gegen die er mich absichtlich laufen lassen will?

„Äh ...", auch er bleibt stehen. „... weil du den Pinguin wieder einschalten musst."

„Klar. Ich komme um sieben Uhr wieder."

Ich komme bereits um sechs Uhr wieder zurück und bin bester Laune.

Norio San und ich haben vereinbart, dass wir zusammen mit seiner Vermieterin Vittoria, bei welcher er in Untermiete wohnt, das Wochenende am Meer verbringen werden. Nach längerem hin und her, an welche Küste des Stiefels es uns zieht, entschieden wir uns für die Gegend zwischen dem Süden Liguriens und dem Norden der Toskana, obwohl dies die weitere Strecke zu fahren ist. Aber das Meer dort lockt uns mehr als die Adria mit ihrem „Teutonengrill", wie ich es nicht vermeiden konnte, abfällig zu bemerken. Die beiden fanden das sehr witzig und ich habe sie in dem Glauben gelassen, dass ich einen Scherz machen wollte. Das Auto für unseren geplanten Ausflug habe ich angemietet, da Norio San keinen Auslandsführerschein und seine Vermieterin keine gültige Kreditkarte besitzt. Die Zimmer in einem Bio-*Agriturismo* [98] haben wir noch gemeinsam in der Uni online gebucht. Wir wollen am nächsten Morgen sehr früh losfahren.

---

[98] Urspr. Zimmer auf dem Bauernhof, heute auch B&B

Meine Vorfreude lässt mich die Treppen zu meiner Wohnung hinaufspringen, wie ein junges, zum ersten Mal verliebtes Mädchen. Der Duft von frisch Gebackenem steigt mir in die Nase.

Als ich die Tür zu meiner Wohnung aufschließe, höre ich den Pinguin bereits summen, die Temperatur im Raum ist angenehm kühl und auf dem Küchentisch steht eine frisch gebackene *Crostata*[99]. Der Tisch ist mit Tischtuch, funkelnden Gläsern, Kerzen und meinen schönsten Tellern gedeckt: für zwei.

Aha! Das war also der wirkliche Grund, weshalb ich so pünktlich Zuhause sein sollte, denke ich schmunzelnd.

Massimiliano steht mit Schürze vor dem Herd und grüßt mich mit dem Schneebesen in der Hand: „Du bist zu früh. Ich bin noch nicht fertig."

„Das ist ja eine schöne Überraschung! Was feiern wir denn?", will ich wissen, denn der Tisch sieht wirklich einladend aus.

„Oh, nichts Besonderes", antwortet der Kater und widmet sich wieder seinen Kochvorgängen. Vor ihm stehen vier Töpfe auf dem Herd, diverse Schüsseln sind auf dem Küchentresen verteilt und er fuhrwerkt darin herum, wie eine indische Gottheit mit mehreren Armen es tun könnte.

Neugierig trete ich näher und will in das Kochgeschirr auf dem Herd spähen, aber er versteckt die Inhalte unter Deckeln und schickt mich weg: „Es ist eine Überraschung. Geh weg! Zieh Dir inzwischen etwas Nettes an."

Das halte ich nun für übertrieben, wenn ich auch seine Bemühungen sehr schätze und ihn nicht enttäuschen will. Ich blicke prüfend an mir herunter auf meinen luftigen Sommerrock mit Trägershirt.

„Wieso? Was ich trage, ist doch in Ordnung?"

Er hantiert weiter, kippt etwas durch ein Sieb und antwortet, ohne mich anzusehen: „Für dich schon, aber für Gäste nicht."

„Gäste?"

„Ja. Ich habe Maurizio in deinem Namen zu einem selbstgekochten Abendessen eingeladen."

„In meinem Namen?"

---

[99] Flache Mürbteig Torte mit Marmelade und Gitternetz aus Teig

„Er wird so um halb acht hier sein, früher ging es wirklich nicht", klärt er mich weiter auf und wirft mir nur bei dem letzten Nebensatz einen vielsagenden, kurzen Blick über die Schulter zu.

„Um halb acht?"

Er legt seinen Kochlöffel beiseite und sieht mich kritisch an: „Was ist los mit dir? Verstehst du plötzlich nicht mehr, was ich sage? Was an dem eben Erklärten hast du nicht verstanden?"

„Womit soll ich nur beginnen?", entgegne ich, allmählich meine Fassung zurückgewinnend, mit einer Portion Sarkasmus, jedoch durchaus mein Bedürfnis treffend.

Massimiliano sieht mich völlig ernsthaft und erwartungsvoll an, weshalb ich tatsächlich anfange aufzuzählen: „Erstens kannst du nicht einfach in *meinen* Namen Leute einladen! Zweitens solltest du grundsätzlich so etwas mit *mir* vorher abstimmen! Drittens habe ich Pläne für dieses Wochenende und muss heute Abend noch meinen Koffer packen. Ich habe also gar keine Zeit! Viertens wird Maurizio verwirrt sein, wenn er von einem Kater bekocht wird! Fünftens: Wie hast du es überhaupt angestellt, ihn einzuladen? Er kann dich doch gar nicht hören?"

„Ich habe ihm mit deinem Computer eine E-Mail geschickt", beantwortet er den letzten Punkt und beginnt irgendein Gemüse zu schnipseln.

„Haben wir nicht vereinbart ...", will ich beginnen und er fällt mir, vorbereitet auf diese Konversation, sofort ins Wort: „Wir haben vereinbart, dass ich dein Mobiltelefon nicht mehr anfasse. Von deinem Computer war nie die Rede."

Ich hole tief Luft und ... gebe auf.

Für den Moment. Das Gespräch führt zu nichts, außer mir meine Vorfreude auf das Wochenende zu verderben. Ich ziehe meinen kleinen Rollkoffer unter dem Bett hervor und beginne ein paar Sachen aus dem Schrank hineinzuwerfen.

„Die Einladung ist überfällig", beginnt der Kater in meinem Rücken eine andere Seite des Gespräches. „Du warst schon zwei Mal bei Maurizio zum Essen eingeladen. Findest du nicht, dass du dich revanchieren solltest?"

„Ich war dort eingeladen, weil *du* immer auf deren Ottomane schläfst", erwidere ich ohne meine Tätigkeit zu unterbrechen. Ich gehe ins Badezimmer und packe meine Toilettensachen zusammen.

„Du hast doch gar keine Arbeit damit", ruft Massimiliano durch den Raum. „Du musst dich nur an den Tisch setzen und mein Essen genießen und dich ein wenig nett mit Maurizio unterhalten."

Im stillen Dialog mit mir selbst, sehe ich mir im Badezimmerspiegel kurz in die Augen. So betrachtet, klingt es gar nicht so übel, denke ich. Das spreche ich aber nicht laut aus. Dann packe ich weiter.

Als ich wieder aus dem Bad komme und meinen Kulturbeutel in den Koffer presse, spricht er weiter: „Er wird begeistert sein von deinen Kochkünsten und du bist quitt. Das ist doch toll? Außerdem, versuche es doch mal so zu sehen: Es ist eine gute Gelegenheit, italienische Flexibilität zu üben."

„Okay!", sage ich übertrieben deutlich. „Ich mache es ja!"

Er grinst zufrieden, hebt in Siegespose den Kopf und geht zurück an den Herd.

„Was gibt es denn?"

„Sag ich nicht."

Maurizio bringt eine prämierte Flasche Rotwein von einem Weingut, welches sein Arbeitgeber in der Toskana besitzt, obwohl das Unternehmen rein gar nichts mit diesem Produkt zu tun hat. Ich frage nicht näher nach und Maurizio erklärt auch nichts weiter. Wir leeren sie gemeinsam mit dem von Massimiliano zubereiteten Menü, welches einem Fünfsternekoch alle Ehre gemacht hätte. Diese heimse ich ungerechtfertigt ein.

Maurizio ist wiederholt beeindruckt, wie hervorragend ich als Deutsche die traditionellen Gerichte seines Heimatlandes zu kochen verstehe. Mir wird es mit jeder Beifallsbekundung peinlicher. Ich lobe dafür zur Ablenkung den Wein, von welchem mir dann sofort nachgeschenkt wird.

Der Kater strahlt große Zufriedenheit aus und auch Maurizio verabschiedet sich gegen Mitternacht gut gelaunt mit drei Luftküsschen: links, rechts, links. Ich finde den Abend letztendlich ebenfalls sehr gelungen und lege mich satt und beschwipst nieder.

Der Weckruf meines Telefons am nächsten Morgen kommt gefühlte fünf Stunden zu früh. Aber mein Kopf ist nicht schwer und die Vorfreude auf das Wochenende tut sein Übriges, mich dennoch fröhlich aus dem Bett springen zu lassen.

Ich gable meine beiden Reisebegleiter in einer Bar auf dem Weg auf. Nach einem Cappuccino in der noch erträglichen Sommermorgentemperatur sieht die Welt dann herrlich und urlaubsmäßig aus.

Vittoria entpuppt sich als eine geschiedene Frau in meinem Alter, die ein Zimmer ihrer Wohnung stets untervermietet, um die Kosten im Zaum zu halten. Sie ist Künstlerin. Genauer gesagt malt und tanzt sie klassischen indischen Tanz, was nichts mit Bollywood zu tun hat, wie sie betont. Sie jobbt meistens irgendwo, um sich ihren Lebensunterhalt zu verdienen. Sie entspricht so gar nicht meinen bisherigen Erfahrungen mit dem weiblichen Geschlecht Italiens: Sie trägt indische, weite Kleidung und billigen Schmuck, ist nur dezent geschminkt und läuft in flachen Sandalen. Nur die obligatorische, kräftige Löwenmähne teilt sie mit anderen Frauen des Landes. Sie ist mir sofort sympathisch.

Wir überqueren die grünen Hügel der Apenninen auf kleinen mäandernden Straßen, die landschaftlich malerische Szenarien durchkreuzen, ein Vorankommen jedoch zu einer zähen Angelegenheit werden lassen. Es geht nach links, nach rechts, um lange und scharfe Kurven, selten lange geradeaus. Bereits nach kurzer Zeit habe ich die Orientierung völlig verloren und kann nicht einmal mehr bestimmen, aus welcher Richtung wir überhaupt gekommen sind.

Norio San entpuppt sich als schlechter Kartenleser, vielleicht weil ihm seine Schriftzeichen fehlen. Vittoria kennt sich auch nicht aus. Mein Navigationsgerät schickt uns über Stock und Stein in eine Richtung, das Navigationsgerät auf Norio Sans Handy in die andere. Zusammen bereiten sie uns damit ein richtiges Abenteuer und ich beginne den Glauben an die Technik zu verlieren.

In irgendeinem Dorf entdecken wir ein kleines Restaurant mit dem Schild „*pranzo di lavoro*[100]". Wir fragen uns, wer in dieser einsamen Gegend von einem Arbeitsplatz zum Mittagessen hierher kommen soll? Aber das Lokal in einem alten *rustico*[101] ist tatsächlich gut besucht mit vielen Arbeitern. Woher die kommen, ist uns ein Rätsel.

Für wenig Geld speisen wir auf gepflegter Tischdecke, mit offenem Hauswein, hausgemachter Pasta, zweitem Gang und Kaffee und stellen dabei entsetzt fest, dass wir gerade mal sechzig Kilometer zurückgelegt

---

[100] Arbeits-Mittagessen, oft günstiger Festpreis für ein Menü
[101] altes, rustikales Haus aus gehauenem Stein

haben. Besänftigt durch das gute Essen und einer klaren Wegweisung zu unserem Ziel, lachen wir jedoch darüber und verlassen bestens gelaunt das Restaurant.

Auf unserem Fußmarsch zurück zu dem etwas außerhalb der engen Häusergassen geparkten Mietwagen überholt uns eine ältere Frau mit einem klapprigen Fahrrad und einem enormen schwarzen Sack auf dem Gepäckträger.

„Wo will die wohl mit diesem Exemplar hin?", wundere ich mich laut, aber meine beiden Reisebegleiter teilen meine Neugierde nicht. Sie spekulieren weiter darüber, um welche Uhrzeit wir in unserem *Agriturismo* ankommen werden, wenn die Straßen weiterhin so verschlungen und unsere Navis sich so uneinig sind?

Beide Parteien werden eine Antwort erhalten. Ich bin zuerst dran, denn als wir zu unserem Wagen kommen, sehe ich, wie die Frau sich hinter unserem Auto zu schaffen macht. Nun bin ich berechtigterweise neugierig und laufe etwas schneller, meine beiden, noch immer die Fahrzeit berechnenden Begleiter etwas hinter mir lassend. Ich komme gerade rechtzeitig, um zu sehen, wie die Frau den schwarzen Sack in den metertiefen Graben neben der Straße kickt. Dabei platzt das Plastik ein wenig auf und stinkender Hausmüll ergießt sich in das im Graben dahinplätschernde Wasser.

Fassungslos halte ich im Laufen für einen Moment inne. Ich kann nicht glauben, wovon ich gerade Zeugin geworden bin. Es ist jedoch genau dieses Entsetzen, welches mich instinktiv handeln lässt.

„*Mi scusi*", spreche ich die Frau höflich von hinten an. „Sie können doch nicht einfach ihren Müll hier in den Graben werfen?!"

Sie dreht sich um und sieht mich an wie Witwe Bolte, der ich, nach Max und Moritz, nun das wirklich letzte ihrer freilaufenden Hühner gestohlen habe. Ihr Gesichtsausdruck zeigt keine Überraschung und noch weniger irgendein Anzeichen von „in flagranti" ertappt. Entgegen meiner Erwartung ist sie sogar ziemlich selbstsicher, denn sie stemmt die Hände in die Hüften und richtet sich vor mir auf wie eine italienische *Mamma*, deren Pasta man beleidigt hat.

„Sind Sie vielleicht Polizistin!?" Sie fragt es nicht, sie stellt es fest.

Trotzdem beantworte ich die nicht gestellte Frage mit einem „Nein, aber ...", komme damit aber nicht einmal zum Luftholen.

„Was geht Sie das also an?!" Sie wirft ihren Kopf in den Nacken und spuckt mir ihre Worte ins Gesicht. „Jeder kehrt vor seiner eigenen Tür! Bleiben Sie in der Stadt und räumen Sie doch erst mal dort auf! Da gibt es genug zu tun! Ich lebe hier und wie wir die Dinge hier machen, geht Sie gar nichts an!"

Ich bin so überrumpelt von dieser heftigen Reaktion, dass ich willkürlich einen Schritt zurück trete. Ihr Angriff hat mir die Worte verschlagen und ich kämpfe mit dem Gefühl, dass ich diejenige bin, die etwas falsch gemacht hat. Nur mühsam bringe ich ein Stottern hervor.

„Finden Sie das vielleicht richtig?", frage ich, um einen vernunftbestimmten Tonfall bemüht und zeige auf ihren Müll im Graben. Das scheint die Frau noch mehr zu provozieren, denn jetzt legt sie erst richtig los und startet ihre Beschimpfung mit einem: „Schau sie einer an! Kommt daher und will belehren! ..."

Inzwischen treten auch Vittoria und Norio San herbei. Letzterer blickt prüfend in den Graben, um zu sehen, was die Ursache dieser Eskalation ist. Vittoria hingegen wirft sich sofort ins Geschehen, indem sie mich zur Seite schiebt.

„Ma, insomma!"

Sie verschränkt ihre Arme über dem Brustkorb und baut sich vor der Frau auf: *„Che brutta figura!*[102] Das ist eine Schande für Italien! Ich bin hier mit Gästen aus dem Ausland. Was werden die über uns zu Hause erzählen?! Dass wir in Italien Ignoranten sind und noch immer den Müll in der Gegend verstreuen wie in einem Entwicklungsland!?"

„Aus dem Ausland", äfft sie. „Sollen sie doch zu Hause bleiben, wenn ihnen das hier nicht passt! Der da braucht erst gar nicht den Mund aufmachen, die Chinesen sind doch die größten Dreckbären!"

Sie zieht die Mundwinkel nach unten und wirft ihr Kinn verächtlich in Richtung Norio Sans. Der hält sich zurückhaltend im Hintergrund, verbeugt sich nun aber höflich und korrigiert, dass er aus Japan kommt.

Ich bin erstaunt, wie gut er die Landessprache bereits versteht, denn ich selbst habe größte Mühe dem Wortgetöse aus Dialekt überhaupt zu folgen.

---

[102] Welch hässlichen Eindruck Sie da machen!

Entweder fühlt sich Vittoria verpflichtet, ihren Untermieter zu verteidigen, oder sie läuft nach dieser Aufwärmphase zu Hochform auf, denn nun beginnt auch sie im gleichen Ton zu schreien.

„Sie sollten sich was schämen! Sie wollten den Anschein erwecken, dass wir den Sack hier aus dem Auto geworfen haben, eh? So direkt hinter unserem Fahrzeug! Sie sind eine von jenen *furboni*[103], die sich für besonders schlau halten, eh? Aber nicht mit uns! *Porca miseria!*"

Damit lehnt sie sich über den Graben und zerrt am Zipfel des Sackes diesen wieder empor auf die Straße. Mehr vom Inhalt ergießt sich dabei in den Graben.

Die Frau hat während dieser Aktion ihr Fahrrad ergriffen und schreitet mit Verachtung und sehr erhobenem Haupt nun in Richtung Dorf.

„Nehmen Sie den Sack doch mit!", wirft sie Vittoria im Vorbeischieben hin.

„Das werden wir auch tun!", schreit diese ihr hinterher. „Wir bringen ihn zu den *Carabinieri* und erstatten Anzeige!"

„Tun Sie das, tun Sie das!", mault die Alte, schwingt sich mit diesen letzten Worten auf ihr Rad und fährt in Schlangenlinien davon.

Zu dritt stehen wir um den noch immer relativ vollen, stinkenden Sack zu unseren Füßen herum.

„Wir zeigen sie an!", zische ich jetzt wütend, allmählich meine Fassung wiedererlangend.

„Das hat wenig Sinn", erwidert Vittoria trocken. „Vermutlich ist ihr Mann oder Bruder oder der Onkel der Chef der Polizei hier, wir verlieren einen ganzen Tag mit der Anzeige und der wird den Fall dann so langsam bearbeiten, dass die Alte vorher stirbt."

Wir binden den Sack, so gut es geht wieder zu, laden ihn in den Kofferraum unseres Wagens. Wir planen ihn beim nächsten Container zu entsorgen.

Es kommen aber keine Container und auch keine anderen öffentlichen Mülleimer, so dass wir mit dem stinkenden Sack im Auto bis zu unserem Bio-*Agriturismo* fahren. Dort erklären wir den Inhabern nach drei Stunden Fahrt unsere Geschichte und diese nehmen uns die Last verständnisvoll ab.

---

[103] Furbo: schlau, furboni: Superschlaue; solche, die sich für besonders schlau halten

Unsere Pension liegt etwas abseits in den Hügeln der Küste. Man kann das Meer von dort nicht sehen, aber sein charakteristischer Geruch verspricht, dass es nahe ist. Dafür ist das *Agriturismo* tatsächlich hundertprozentig Bio, denn als wir vor dem Zubettgehen noch ein Glas Wein im Garten genießen wollen, werden wir von den Mücken förmlich aufgefressen. Binnen kürzester Zeit sehen Norio San und ich aus, als hätten wir die Masern. Wir kratzen uns auch entsprechend an allen möglichen und unmöglichen Stellen.

Nur Vittoria bleibt verschont, da sie sich bereits vorher mit einem Anti-Mücken-Spray eingesprüht hat. Wir flüchten nach drinnen hinter die Fliegengitter.

13. Ausländer unter sich

Das Meer ist kristallklar und türkisfarben, der Himmel azurblau und wolkenlos. Die Sonne, die in Bologna so unbarmherzig sticht, erwärmt hier unsere Körper nach einem erfrischenden Bad auf angenehme Weise. Es ist wie in einem Reiseprospekt.

Wir mieten sündhaft teure Strandliegen und einen Sonnenschirm nur aus dem einen Grund an, dass es kaum eine andere Möglichkeit gibt, an den Strand zu gelangen. Bereits nach kurzer Zeit sind alle Plätze belegt, die meisten mit einer Art Dauermiete, wie Vittoria uns erklärt.

Wir dösen, plaudern wenig, lesen, planschen im Wasser und dösen wieder. Als wäre eine Haiwarnung verkündet worden, leert sich der Strand gegen Mittag schlagartig und wir sind alleine. Nun hört man sogar die sanften Wellen hereinrollen. Der Geräuschpegel der Menschenansammlung hat sich nach hinten in die Restaurants oder Hotels verlagert.

157

Wir gehen azyklisch essen, dann, wenn alle anderen zurückkommen. Bis dahin sind wir aber schon sehr hungrig, da es beinahe halb vier Uhr nachmittags ist, bis die Liegen von ihren Besitzern wieder in Anspruch genommen werden. Da wir uns sputen müssen, bevor die Küchen schließen, nehmen wir das erstbeste Strandlokal, das uns in den Weg kommt.

Vittoria empfiehlt uns Spaghetti mit Tomatensauce, da man damit nicht viel falsch machen kann. Bei einem Touristenlokal wie diesem muss man vorsichtig sein. Sie hat vielleicht noch nie Pasta in Spanien oder England gegessen, vermute ich, mich an zu Brei zerkochte Spaghetti erinnernd, die selbst einem Deutschen die Gänsehaut aufstellen ließen. Wir bestellen also, Vittorias Empfehlung folgend, drei Portionen dieses Gerichtes und eine Flasche Wasser. Der Kellner ist entsprechend missmutig, weil wir ihm für diesen geringen Umsatz die drei freien Stunden zwischen Mittag- und Abendansturm verderben.

Am nächsten Tag gehen wir dann doch mit dem Pulk speisen und müssen dafür drei Restaurants durchstreifen, um einen Katzentisch neben dem Eingang der Toiletten zu erhaschen. Danach entpuppt sich der Weg zurück zu unserem Platz am Strand als Schnitzeljagd. Aus der Ferne sehen alle Liegen gleich aus und wir streiten uns über die Farbe unseres Sonnenschirms: Drei Personen, vier Meinungen, denn Vittoria wechselt im Verlauf der Diskussion ihre feste Meinung flexibel von blau auf grün. Endlich entdecken wir unsere Sonnenliegen, weil es die drei einzig leeren Plätze im Meer der belegten sind. Unser Schirm entfaltet sich in einem verblichenen braun, welches wenig Rückschlüsse über die Ursprungsfarbe zulässt und daher zu schnellem Frieden in der Debatte führt.

Die letzte Stunde am Strand verbringen wir bereits mit Überlegungen, welcher der beste Weg zurück nach Bologna ist. Wir entscheiden uns für die Autobahn.

Diesen Beschluss treffen wir gemeinsam mit allen anderen, wie wir kurz darauf feststellen müssen, denn der Stau vom Strand zur Autobahnauffahrt lässt uns diese einstimmig getroffene Wahl bald bereuen. Wir arbeiten uns mühsam voran. Abwechselnd stehen wir sowohl mit dem Auto Schlange als auch vor der Damentoilette auf den Rastplätzen. Es ist eine ermüdende Angelegenheit und Norio San und Vittoria beginnen bald auf dem Rück- und Nebensitz wieder vor sich hinzuträumen, während ich gelangweilt in den Auspuff des Wagens vor mir blicke. Niemand folgt meinem vorbildlichen Beispiel und stellt den Motor ab.

Zahlreiche *Stop and Go's* später löst sich der zähe Verkehr endlich auf und ich kann richtig Gas geben. Das heißt, im Rahmen der allgemeinen Geschwindigkeitsbegrenzung von 130 Kilometern pro Stunde, die auf der kurvigen Autobahn nochmals um zwanzig reduziert ist. Nach dieser langen Zeit des Schneckentempos fühlt es sich jedoch an, wie auf der Rennstrecke von Monte Carlo gegen Nico Rosberg zu fahren.

Wir erreichen Bologna in der Abenddämmerung. Ich wecke meine beiden inzwischen schnarchenden Reisebegleiter auf, indem ich das Radio anstelle. Eros Ramazzotti ist erfolgreich: Sie bewegen sich beide gleichzeitig.

„Wie muss ich fahren?", frage ich nach hinten auf den Rücksitz, wo Vittoria in den Rückspiegel blinzelt und „Was? Wir sind schon da?" entgegnet. Das ist nun ein Gefühlsausdruck, den ich ganz und gar nicht teilen kann. Sie orientiert sich eine Weile, bis sie anscheinend zu verstehen beginnt, wo wir uns befinden.

„Nach dem Zebrastreifen rechts", weist sie mich glücklicherweise an.

Denn beinahe hätte ich die Frau mit dem dunklen Kinderwagen, die gerade im Begriff ist, diesen über die Straße zu schieben, übersehen. Die Mutter guckt mich sehr überrascht und zweifelnd an. Ich winke sie freundlich über die Fahrbahn. Gleichzeitig nähert sich rasant ein langgezogenes Reifenquietschen von hinten. Es endet in einem dumpfen Aufprall, der uns nach vorne in unsere sich blockierenden Anschnallgurte katapultiert.

Ein paar Schrecksekunden fallen wir zurück in die Ausgangsposition unserer jeweiligen Sitze. Verstört sammeln wir unsere Glieder und Gedanken allmählich wieder ein. Norio San tastet nach seiner Brille, die ihm in den Schoß gefallen ist. Ich überlege währenddessen in Panik, was im Falle eines Unfalls mit einem Mietwagen zu tun sei. Dementsprechend werfe ich mich über Norio San hinweg auf das Handschuhfach und krame darin nach dem Vertrag, was das Ertasten der Brille für ihn deutlich erschwert.

Als ich aussteige, ist unser Kleinwagen bereits von einer vierköpfigen Familie umzingelt, die in einem Sprachgewirr aus Italienisch und einer mir fremden Sprache alle auf mich einreden. Ein junger Mann läuft hysterisch auf und ab und schimpft abwechselnd vor sich hin und auf mich, bis ihn der vermeintliche Vater am Arm nimmt. Ich kann nur Wortfetzen ausmachen.

„Wieso bremst die so plötzlich?! ... bleibt völlig grundlos mitten auf der Straße stehen?! ... mein neues Auto! ... auf Kredit gekauft und jetzt?! ... Frau am Steuer! ... bleibt einfach stehen! ... wer bleibt hier schon vor einem Zebrastreifen stehen ...“

Ich laufe um unseren Mietwagen herum und begutachte den Schaden: Die gesamte Rückseite unseres Autos ist eingedrückt. Der einst neue schwarze Mini Cooper, der diese Misere angerichtet hat, sieht jetzt ganz und gar nicht mehr sportlich aus.

Der junge Mann reißt sich von dem älteren los und schimpft wieder auf mich ein, diesmal aus aller Nähe.

„*Porca Miseria*! Schau, was du angerichtet hast! Mein neues Auto! Ich habe es gestern erst bekommen! Nagelneu!!! *Che due maroni!*“[104]

„Ich habe gebremst, weil diese Mutter da mit dem Kinderwagen ...“, ich zeige in die Richtung des Zebrastreifens, aber die besagte Frau mit Kind ist nirgends mehr zu sehen.

„Welche Frau?“, schreit der junge Mann wieder. „Da ist niemand und da war auch niemand! Wir haben es alle gesehen!“

„Wie bitte?“, erwidere ich ungläubig. Ich blicke nochmals die Straße hinunter, um die Zeugin vielleicht noch in der Ferne zu erhaschen und zurückzuholen.

Vergebens.

Nun klettern auch Norio San und Vittoria aus dem Wagen. Ich wende mich hilfesuchend an die beiden: „Ihr habt die Mutter mit dem Kinderwagen doch auch gesehen?“

„Ich hatte die Augen geschlossen“, gesteht Norio San in Englisch. Ich hoffe, dass die Familie die Sprache nicht versteht und werfe einen forschenden Blick auf die Italienerin aus unserem Auto.

„*Certo!*“, bestätigt diese nickend. „*Eccome!*“[105] Ich bin mir nicht sicher, ob sie in diesem Moment die Wahrheit sagt, aber sie kommt überzeugend rüber.

---

[104] wörtlich: zwei Röstkastanien; Umgangssprachlich: auf den Sack gehen
[105] und wie!; häufiger Ausdruck der Bestätigung

„Gegen Italiener haben wir Ausländer doch keine Chance!", beschwert sich die ältere Frau, die ich als Mutter der Sippe vermute. „Da brauchen wir uns gar nicht anstrengen! Da können wir recht haben, so viel wir wollen. Es ist immer dasselbe, als Ausländer ist man von vornherein benachteiligt."

„Entschuldigung", spreche ich die Frau an, weil sie mir trotz dieser Worte noch die Ruhigste von allen zu sein scheint. „Sie haben in diesem Fall wirklich nicht recht. Er ist aufgefahren."

„Na, bitte!", jault der junge Fahrer wieder auf und läuft, sich die Haare raufend, den Straßenrand auf und ab. Die junge Frau aus der Familie folgt ihm und versucht ihn einzufangen, aber dieser schlägt Haken wie ein flüchtender Hase und sie hat Mühe, auf ihren Stöckelschuhen mit ihm Schritt zu halten. Es wäre komisch, wenn die Sache nicht so ernst wäre. Die unberechenbare Hysterie des Typen ist geeignet, Angst einzujagen.

Vittoria spricht indessen bereits sehr deutlich und langsam in ihr Mobiltelefon und erklärt, dass die Anwesenheit der Polizei gefordert sei, da hier ein Verrückter schreiend die Straße auf- und abläuft, nachdem er einen Unfall verursacht hat. Sie hält als Beweis das Telefon einen Moment in die Richtung des noch immer brüllenden jungen Mannes und gibt dann Koordinaten unseres Standortes durch. Passanten sammeln sich mittlerweile schaulustig am Straßenrand.

„Hören Sie", kämpfe ich gegen das Zittern meiner Glieder mit erzwungener Ruhe an. Ich wende mich mit diesen Worten an die älteren Herrschaften der Gruppe: „Ich bin auch Ausländerin. Es ist nicht wahr, dass man als Ausländer in Italien benachteiligt wird."

Ich verschweige, dass ich erst kurze Zeit im Lande bin und dazu im Grunde noch keine eigene Meinung haben kann und die noch frische Erfahrung mit dem Müllsack mich eigentlich anderes lehrt. Aber ein schwarzes Schaf gibt es schließlich in jeder Herde und deswegen Verallgemeinerungen zuzulassen, ist nicht meine Art. Außerdem halte ich dieses Argument in dieser Situation für hilfreich.

Es wirkt in der Tat, denn die Frau sieht mich forschend an und fragt: „Woher kommen sie denn?"

Sie gibt auf meine Antwort ein brummendes „hm!" von sich, das sowohl Zustimmung als auch Kritik bedeuten könnte. Ich hoffe, dass

Deutschland gute Assoziationen in ihr hervorruft. Immerhin beendet sie ihr Lamentieren über ungerechte Behandlung.

Norio San hat einen Vordruck aus dem Handschuhfach gezogen und tritt wie ein Schlichter zwischen uns.

„Wir können dieses Formular ...", er liest langsam vom Blatt ab „*modulo di constatazione amichevole*[106] gegenseitig unterzeichnen und die Angelegenheit auf diese Weise klären."

Er blickt abwartend von mir zu dem älteren Ehepaar. Ich bin unsicher, ob ich mit einem Mietwagen und dem unberechenbaren Chauffeur, der mich derart beschuldigt, irgendetwas unterschreiben will, was die Bezeichnung *freundschaftliche Vereinbarung* beinhaltet. Das Ehepaar hingegen sieht fragend zu ihrem Sohn, der eiligen Schrittes wieder gelaufen kommt und für einen Augenblick sein hysterisches Geschrei einstellt. Aber nur, um in gleicher Ausschreitung nun auf Norio San loszugehen.

„Wir unterschreiben gar nichts!"

Der Japaner hält ihm sein Smartphone unter die Nase und erklärt weiterhin sehr ruhig und freundlich: „Sehen Sie. Hier ist es erklärt. Es ist für beide Seiten billiger, die Versicherungen klären das unter sich. Wir müssen nur schildern, wie es geschehen ist. Es ist doch kein Personenschaden entstanden."

„Noch nicht!", zischt ihn der Hysteriker an und wendet sich seinen Eltern zu, auf welche er beginnt, erneut in der fremden Sprache einzureden. Die Mutter zieht daraufhin wieder tiefe Furchen durch ihr Gesicht. Das Mädchen beobachtet misstrauisch Vittoria, die inzwischen mit ihrem Handy Fotos von dem Schaden macht und eilt, um es ihr gleich zu tun.

Inzwischen hat ein Hupkonzert von zwei Seiten angehoben, weil wir allesamt die Straße blockieren und die anderen Wagen nicht einmal am Unfallort vorbeifahren können.

Ein Fahrer beugt sich aus dem Fenster seines Wagens und brüllt mit den Armen fuchtelnd: „Streitet doch am Straßenrand! Es ist genug Platz dort! Lasst uns hier wenigstens weiterfahren!"

---

[106] Formular für Bagatellunfälle, welches in beiderseitigem Verständnis ausgefüllt wird und an die jeweiligen Versicherungen geschickt wird. Die Polizei bleibt außen vor.

Vittoria steckt ihr Handy ein und schimpft zurück, zieht uns alle aber gleichzeitig auf die Seite. Auch die gegnerische Partei tritt zur Seite, so dass die Fahrzeuge beginnen, langsam um unser Unfallgeschehen herum zu manövrieren.

Niemand wendet sich Norio San zu, der mit seinem Formular und einem gezückten Stift noch immer abwartend dasteht.

Ich will seine Bemühung wenigstens anerkennen und schüttle deshalb den Kopf: „Vittoria hat schon die Polizei gerufen. Warten wir lieber."

Diese wiederum verschränkt die Arme vor der Brust und meint mit einem Wink ihres Kinns in Richtung des Hitzkopfes trocken zu dem älteren Ehepaar: „Er beruhigt sich besser, sonst nehmen ihn die *Carabinieri* gleich mit!"

Worauf sich die junge Frau wieder an die Fersen des jungen Mannes heftet, der nun winselnd um seinen an unserem Mietwagen klebenden Mini Cooper kreist.

Zwanzig Minuten später fahren die Autos bereits mit Scheinwerfer um unsere ineinander verkeilten Fahrzeuge herum und wir sitzen auf dem Bordsteinrand und warten. Der Choleriker hat sich beruhigt, murmelt aber unaufhörlich der jungen Frau und seinen Eltern beschwörende Worte zu.

Norio San hat auf jeder Seite in korrektem Abstand ein Warndreieck aufgestellt und dafür gesorgt, dass wir unsere Leuchtwesten tragen.

Es erscheinen ein junger fescher und ein gediegener älterer *Carabiniere* in schicken Uniformen, die aussehen, als seien sie gerade frisch aus der Reinigung genommen. Der Jüngere lässt sich meinen Führerschein und den Mietvertrag des Autos geben und nimmt meine Personalien auf. Der Senior erledigt dasselbe bei der anderen Partei.

„Ihr Wohnort ist in Italien?", fragt mich der junge *Carabiniere* lächelnd und dreht meinen Führerschein prüfend in der Hand.

Ich nicke bestätigend und nenne meine Adresse.

Er wirft mir einen Blick zu, den ich nicht verstehe. Dann notiert er weiter.

„Wann läuft denn dieser Führerschein ab?", will er dann wissen.

Ich sehe ihn verdutzt an. Es ist ein Europäischer Führerschein in Form einer Kreditkarte, der so viel Kleingedrucktes auf der Rückseite listet, dass ich niemals genau gelesen habe, was da alles steht. Aber von einem Verfallsdatum für einen Führerschein habe ich noch nie etwas gehört.

„Deutsche Führerscheine haben kein Verfallsdatum", behaupte ich selbstsicher.

„Eine Fahrerlaubnis muss in Italien regelmäßig zu einem definierten Datum erneuert werden", klärt mich der Polizist auf. „Sie leben in Italien. Sie werden einen italienischen Führerschein brauchen. Auf Dauer können Sie mit dem Deutschen nicht fahren."

„Wieso das denn?"

Ich beginne mich zu ärgern, weil er mir diesen Vortrag hält, anstatt den Unfallhergang aufzunehmen.

„Weil Ihr Schein kein Verfallsdatum ausweist. Ich gebe Ihnen den guten Rat, das zu tun", fährt er unbeirrt fort. „Schildern Sie mir bitte den Unfallhergang."

Das lasse ich mir nicht zweimal sagen, froh, dieses leidliche Thema abgeschlossen zu wissen. Ich erzähle ihm haarklein, wie es sich zugetragen hat. Vittoria wirft hin- und wieder bestätigende Worte ein, auch an Stellen, die sie schlafend noch gar nicht gesehen haben konnte. Norio San schweigt.

Inzwischen kommt auch der Abschleppwagen mit blinkend gelben Lichtern. Während der Senior *Carabiniere* und sein jüngerer Kollege den formellen Vorgang fertig aufnehmen, lädt ein stämmiger Mann einen Wagen nach dem anderen auf seinen Schlepper.

Die Formalitäten sind beinahe zeitgleich mit dem Ladevorgang abgeschlossen. Der Abschleppwagen fährt an uns vorbei und verschwindet mit beiden Unfallfahrzeugen im abendlichen Stadtverkehr und der junge Polizist klickt seinen Kugelschreiber und steckt ihn in die Brusttasche. Der Raufbold heult einen Moment wütend auf, als sein Mini Cooper an ihm vorbeigeschleppt wird, beherrscht sich jedoch angesichts des maßregelnden Blickes des Senior Polizisten schnell wieder.

„Melden Sie sich bei mir, wenn ihr Führerschein ein Verfallsdatum hat", wiederholt indes der Jüngere zu mir gewandt und reicht mir seine Visitenkarte.

Ich nehme sie schnaubend entgegen, mir aber gleichzeitig innerlich vor, mit deutschen Regeln bewaffnet in sein Präsidium zurückzukehren, um ihn über seinen Irrtum aufzuklären. Wozu habe ich schließlich einen Europäischen Führerschein?

Ich stecke die Visitenkarte wortlos, jedoch innerlich beinahe ebenso wütend brummelnd wie der Hitzkopf, in meine Handtasche. In diesem Land können Menschen ungestraft Müll in der Gegend verstreuen, aber unbescholtene Autofahrer wie ich werden mit unnötigem Formalismus gequält!

In meine Gedanken hinein höre ich den Mann fortfahren: „Sie kommen mit uns aufs Revier."

Ich blicke erschrocken auf.

„Das liegt gleich um die Ecke ihrer Wohnung, dann müssen Sie den Bus nicht von hier nehmen."

Er lächelt mich nachdrücklich an, weil ich meine Stirn kritisch in Falten lege.

„Das ist sehr freundlich von Ihnen", antworte ich kleinlaut.

„Wir wohnen gleich hier drüben", wirft Vittoria ein und zeigt hinter sich in die Straße, in welche wir vor dem Unfall hatten abbiegen wollen. „Wir können laufen."

Der cholerische Chauffeur sieht uns hämisch nickend und mit sichtlicher Genugtuung nach, als mir der *Carabiniere* den Türschlag zum Rücksitz ihres schwarzen Alfa Romeos öffnet und hinter mir wieder schließt.

Ich bin mir nicht sicher, ob ich mich hofiert oder abgeführt fühlen soll.

14. Che bravo!

„Ich musste das ganze Wochenende ohne den Pinguin überleben!",
beschwert sich Massimiliano, der sich vor diesem auf dem Boden ausgestreckt hat. Die kühle Luft bläst ihm direkt ins Fell. Es sieht aus, als
hätte er an der Stelle, an welcher die Luft auftrifft, Rosetten im Pelz.
„Ich konnte nicht einmal mehr auf Maurizios Sofa übernachten, man
will ja nicht als begriffsstutzig gelten."

„Du wirst Frostbeulen bekommen, wenn du dort noch lange liegen
bleibst", entgegne ich und betrachte mit einer Lupe die Rückseite meines Führerscheins, der auf dem Tisch vor mir liegt. Ich kann keine
Spalte für ein Verfallsdatum finden.

Die Rechtsfrage des Unfalls ist glücklicherweise eindeutig und nach
den Aussagen der *Carabinieri* noch auf der Rückfahrt am Abend zuvor
ohne Zweifel das Verschulden der anderen Partei. Doch die Unklarheit
mit meinem Führerschein hatte mein Ansprechpartner nochmals stra-
paziert, als er mir den Türschlag auf der kleinen *piazza* vor meiner Wohnung öffnete und mir beim Aussteigen hilfreich die Hand reichte. Ich
hatte mich gefühlt wie eine Prinzessin, der aus der Kutsche geholfen
wird, aber eine, deren *capricci*[107] man auf keinen Fall durchgehen lassen
wollte. Ein wenig einsichtiger hatte ich dann versprochen, dass ich mich
der Sache annehmen würde.

Das war ja nicht gelogen. Ich nehme mich der Sache an. Ich notiere
mir die Telefonnummer des Landratsamtes meiner Heimatstadt in
Deutschland aus dem Internet.

„Es ist beinahe faszinierend, wie sich das menschliche Verhalten in
Verkehrsunfällen in zweitausend Jahren so gar nicht entwickelt hat",
bemerkt der Kater, setzt sich auf und schaut mich, meine Aufmerksamkeit fordernd, direkt an. Da ich sowieso schon dabei bin, lese ich aber
weiter alles Kleingedruckte meines Führerscheins.

„Ich erinnere mich an einen Unfall zwischen einem Gemüsehändler-
karren und einer Quadriga in den engen Straßen Pompejis. Eigentlich
waren die Quadrigen zu groß für die Stadtwege, aber aus irgendeinem
Grund fuhr diese eben an diesem Tag diese Hauptstraße hinunter. Beide

---

[107] Kapriolen, Launen

Fahrzeuge waren umgekippt, alles Gemüse und Grünzeug lag in der Gosse, was in den Straßen keine appetitliche Sache war, das kannst du mir glauben. Besonders nach Regen war der Dreck derart, dass man nur über die runden Zebrastreifen aus Stein sauberen Fußes die Straße überqueren konnte. Da hatten diese noch einen ganz praktischen Sinn und man konnte sie auch nicht übersehen, denn sonst wäre man dagegen gefahren."

„Ich habe den Zebrastreifen ja gesehen und angehalten!", verteidige ich mich unnötigerweise, obwohl ich mich gedanklich einen Moment mit dem vergeblichen Versuch aufhalte, mir einen Zebrastreifen mit runden, hohen Steinen vorzustellen. Es will mir nicht gelingen, aber ich frage nicht näher nach. Ich verwerfe die Bemühung, da der Kater sich in seiner Erzählung nicht bremsen lässt.

„Das Gemüse hätte man ja noch waschen und wieder verkaufen können, aber die Pferde hatten die Urinvasen am Straßenrand umgestoßen und beide Fahrzeuge damit getränkt. Die Angelegenheit ging bis vor den Senat und ganz Rom hat sich wochenlang damit beschäftigt, wer von den beiden recht hat. Als ob es nicht Wichtigeres zu tun gegeben hätte."

„Wieso Urinvasen?"

Nun blicke ich doch neugierig auf.

Massimiliano, sichtlich erfreut, meine Aufmerksamkeit erfolgreich geweckt zu haben, kommt näher und setzt sich zu mir an den Tisch. Er legt beide Pfoten auf die Fläche vor sich und fährt fort wie ein Märchenerzähler: „Nun, damals standen diese überall herum und das war gut so. Denn es hat dazu geführt, dass die Menschen nicht immer auf den Gehweg gepinkelt haben. Die Römer haben gern das Nützliche mit dem Praktischen verbunden. So auch hiermit. Dieser Urin wurde dann zum Färben für indigoblaue Stoffe verwendet. Deine Bluse hier wäre damals von Sklaven so gefärbt worden."

Ich sehe an mir herunter auf mein blaues Hemd und verziehe das Gesicht. Dann wähle ich die Nummer des deutschen Landratsamtes, lasse mich zur Führerscheinstelle durchstellen und schildere dem Sachbearbeiter meine Angelegenheit.

„Haben die Italiener keine anderen Sorgen?", fragt dieser am anderen Ende der Leitung, als ich mit meiner Geschichte zu Ende bin und tippt hörbar auf den Tasten seines Computers herum. Damit bezieht er sich vermutlich auf die seit langem durch alle Medien gehende schwierige wirtschaftliche Lage des Landes. Aber ich fühle mich persönlich bestätigt und nicke ins Telefon: „Ja, nicht wahr?! Das habe ich mich auch gefragt!"

Er antwortet nicht, sondern hämmert weiter auf seinen Computer ein und gibt kurze Laute wie „mbr" von sich. Dann spricht er wieder.

„Ihr Führerschein ist bis 2044 gültig. Ich kann Sie beruhigen."

„Na bitte!", antworte ich siegessicher. „Wie kann ich das belegen?"

„Das weiß ich auch nicht. Da müssen Sie schon die Kollegen in Italien fragen, was sie genau sehen wollen."

Mein Siegesgefühl ist von kurzer Dauer, aber da ich es schon einmal empfunden habe, will ich es nicht wieder hergeben. Mit dieser Antwort stehe ich nun jedoch wieder am Anfang.

Massimiliano beobachtet mich kurz, entscheidet dann, dass mein Interesse an seiner Erzählung offensichtlich ein Ende hat und springt wieder vom Stuhl.

Noch bevor eine Idee zu der Sachlage in mir reifen kann, beendet der Beamte in Deutschland das Gespräch mit einem kurz angebundenen: „Wenn ich Ihnen mit etwas anderem helfen kann, melden Sie sich wieder. Auf Wiederhören."

Habe ich mich bereits so sehr an wortreiche Gespräche hier in Italien gewöhnt, dass mich diese abrupte Abfertigung vor den Kopf stößt? Ich werfe einen beinahe ungläubigen Blick auf das schweigende Telefon in meiner Hand und murmle ein kaum hörbares „Armleuchter". Da entdecke ich doch glatt einen Vorteil an der italienischen Variante der Gesprächsführung: Wenn man es schafft, dem Redefluss nicht völliges Gehör zu schenken, kann man währenddessen gut nachdenken und die eigene Strategie ausfeilen. Interessant.

„Nun weiß ich, dass mein Führerschein bis in alle Ewigkeit gültig ist, aber ich kann es nicht belegen. Das ist doch absurd", rede ich wie zu mir selbst.

„Frag doch Maurizio", schlägt der Kater vor. „Ich kann dir mit der modernen Bürokratie in diesem Land leider nicht helfen. Sie stellt selbst mich immer wieder vor Rätsel. Und ich habe bestimmt schon viele Verwaltungen kommen und gehen sehen!"

„Ich will Maurizio nicht schon wieder belästigen", antworte ich. „Ich werde selbst auf das hiesige Landratsamt gehen und sehen, was sich machen lässt."

Damit erhebe ich mich vom Küchentisch, stecke meinen Führerschein wieder ein und mache mich fertig für den Italienischkurs.

„*Addirittura ...*",[108] murmelt Massimiliano gedehnt und erhebt sich ebenfalls, geht aber ans Fenster und hüpft mit einem „*ci vediamo*"[109] hinunter auf die Mauer im Hinterhof.

Als ich von meiner Lektion wieder zurückkomme, finde ich auf der *piazza* vor meiner Wohnung einen kleinen Menschenauflauf um einen der wenigen Bäume stehend vor. Alle blicken nach oben in die Krone.

Auch ich trete neugierig heran.

Ein klägliches Miauen dringt durch das dichte Laub nach unten. Zwei Mädchen neben mir übertreffen sich mit Mitleidsbekundungen und ein junger Mann schlägt vor, die Feuerwehr zu holen.

„Ich habe schon meinen Enkel angerufen. Er wird gleich da sein!"

Die Stimme kenne ich! Ich wende mich um zu Maurizios Großmutter und grüße. Eine Nachbarin steht neben ihr und redet auf sie ein.

„Es ist dein Kater, meine Liebe", sagt sie zu mir und legt mir tröstend die Hand auf den Arm, ebenso, wie sie es nach dem Erdbeben getan hat. „Er sitzt da oben und schafft es jetzt nicht mehr alleine herunter."

„Massimiliano?"

Ich trete an den Stamm heran und versuche entlang der Rinde nach oben eine bessere Sicht zu ergattern. Ich entdecke ihn im Wipfel sitzend und sich an einen dünnen Ast klammernd. „Was machst du da oben? Wie um alles in der Welt bist du da hinaufgekommen?!"

„Lisa! Da bist du ja endlich!", jammert der Kater. „Hol mich hier runter!"

„Ja, wie denn?!"

Ich sehe mich hilfesuchend nach einer Leiter um.

„Ist es nicht niedlich, wie er mit ihr zu reden scheint?", sagt Maurizios Großmutter zu ihrer Nachbarin. „Das ist ein ganz erstaunlich kluges Tier!"

---

[108] in der Tat, tatsächlich, wirklich, auch
[109] man sieht sich, wir sehen uns, bis später

„Na, ich weiß nicht", antwortet die Nachbarin, „wenn er so schlau ist, warum klettert er dann auf einen so hohen Baum?"

Da muss ich der Frau recht geben, besonders vor dem Hintergrund, dass er ja kein gewöhnlicher Kater ist, der vielleicht im Eifer der Jagd nach einem Vogel nicht wüsste, was er tut.

„Maurizio hat eine Leiter", brüllt Massimiliano herunter.

„*Poverino!*",[110] rufen die beiden Mädchen im Einklang. Dieser letzte Ausruf Massimilianos muss in den Ohren der beiden ein besonders jämmerliches Miauen abgegeben haben.

Ich frage Maurizios Großmutter nach der besagten Leiter, aber diese schüttelt entschieden den Kopf: „Nein, nein, mein Mädchen! Du kletterst mir nicht auf diesen Baum! Das ist keine Aufgabe für eine Dame! Maurizio wird gleich hier sein."

Dass mich jemand als Dame bezeichnet, ist mir noch nie untergekommen. Ich schwanke zwischen Stolz und Irritation, weshalb ich dem Befehl auch widerstandslos Folge leiste.

Wie auf Stichwort erscheint der angekündigte Enkel auf der Bühne des Geschehens und hat auch im Nu die Leiter aus dem Haus geholt. Alle Welt beobachtet ihn, wie er heroisch sein Jackett ablegt, die Hemdsärmel seines teuren Shirts hochkrempelt und wie der Held einer Vorabendserie mutig die Sprossen hinaufklettert. Alle blicken gebannt nach oben, bis Maurizio siegreich „Ich hab ihn!" ruft und man vor Erleichterung mit einem einstimmigen „*bravo!*" aufatmet.

Es ist ein komisches Bild, als Maurizio etwas zerkratzt und geschunden an Armen und vor allen Dingen auf dem haarlosen Kopf, mit dem völlig ruhig dreinblickenden und unversehrten Massimiliano unterm Arm wieder heruntergeklettert kommt.

Jubel empfängt ihn. Maurizio überreicht mir den Kater wie eine Trophäe und ich fühle mich gezwungen, unter dem Beifall der Zuschauer ein sehr beglücktes Gesicht zu machen.

Innerlich neige ich aber in diesem Moment vielmehr zu Argwohn, denn Massimilianos Augenausdruck passt eher in die Kategorie ‚Triumph' als ‚erfolgreiche Rettung'.

„Ich weiß gar nicht, wie ich dir danken kann", sage ich trotzdem zu Maurizio gewandt. Dabei halte ich den Kater fest am Genick, damit er

---

[110] Der Ärmste!

die Streichelattacken der umstehenden Menschen erdulden muss, die sich jetzt begeistert um uns scharen. Ich habe das unbestimmte Gefühl, dass Massimiliano keineswegs so hilflos war, wie er vorgegeben hat. Die Motivation für dieses Theater ist mir jedoch noch ein völliges Rätsel.

„*Niente.* Weit und breit ein einziger Baum und er muss da hinauf!", lacht Maurizio. „Zum Glück ist mein Büro gleich um die Ecke."

„Ja. Zum Glück."

„*Che bravo!*"

Die Großmutter scheint froh über eine erneute Gelegenheit, ihren Enkel vor aller Welt in den Himmel loben zu können und diesmal stimmen auch die Nachbarin und alle anderen in diese Huldigung ein.

„Ich muss mein Hemd wechseln", meint der viel gepriesene Retter mit entsprechender Entspanntheit und zieht die Leiter ein.

„Frag ihn nach dem Führerschein", zischt mir Massimiliano zu und fügt dann hinzu, als ich ihn noch misstrauischer als zuvor ansehe: „Wo er doch schon mal da ist."

Ich reiche den Kater den beiden Mädchen: „Haltet ihn gut fest, damit er nicht wieder wegläuft."

Die Mädchen nehmen ihre Aufgabe sehr ernst und erdrücken ihn fast, so sehr wollen sie die arme Katze beschützen. Dieser wirft mir einen vernichtenden Blick zu, den ich nur mit einem kurzen Grinsen erwidere.

Ich ergreife die Leiter und helfe Maurizio, sie zurück ins Haus zu tragen. Dabei frage ich ihn wie beiläufig um Rat in meiner Führerscheinangelegenheit. Er bietet sich in der Tat sofort an, mit mir nicht auf Bolognas Landratsamt, sondern zu einer Agentur zu gehen. Ich nehme den scheinbar nötigen Zwischenschritt dankend zur Kenntnis und bin dann doch froh um diese Hilfe.

„Wir erledigen das gleich morgen früh, bevor ich ins Büro gehe", schlägt Maurizio mit Tatendrang vor. Wir verabreden uns zum Frühstück in der Bar.

Während mein hilfsbereiter Nachbar sich zurückzieht, um das Hemd zu wechseln und die Menschen auf dem Platz wieder ihrer Wege gehen, laufe ich an den Mädchen vorbei in Richtung meiner Wohnung.

„Wenn ihr wollt, dürft ihr ihn noch eine Weile streicheln", erlaube ich ihnen im Vorbeigehen. „Er mag das."

„So einen Fall hatten wir noch nie."

Die junge Frau hinter dem Tresen dreht meinen Führerschein wie einen seltenen Fund in den Händen. Ich finde ihre Reaktion beunruhigend. Auch das Durcheinander in dem Büro ist nicht besonders vertrauenserweckend: Fünf Frauen unterschiedlichen Alters wuseln hinter der Absperrung herum, schieben Dokumente in große Ablagehaufen, ziehen andere aus diesen hervor und fertigen Leute wie mich mit diesen Papieren ab.

Die Frau zieht auch für mich ein Formular hervor. Sie beginnt, mich nach meinen Daten zu fragen, obwohl sie diese von dem vor ihr liegenden Führerschein ablesen könnte. Als sie damit fertig ist, will sie tatsächlich das Ablaufdatum wissen.

Maurizio ist schneller als ich, denn ich hole sehr tief Luft, bevor ich antworten kann. Er erklärt nochmals das Problem, das wir bereits eingangs geschildert haben.

Sie dreht sich mit einem hilfesuchenden Blick zu einem Mann um, der sich im Hintergrund alle Mühe gibt, als Bürochef erkannt zu werden. Er tritt mit geschwellter Brust an die Theke, lässt sich von der jungen Frau das Problem schildern, indem beide intensiv in dem von ihr ausgefüllten Formblatt lesen. Dann blickt er auf mich und spricht mit großer Weisheit: „Sie brauchen einen Führerschein mit Verfallsdatum."

„Ich habe einen gültigen Führerschein. Die Europaversion. Ich kann doch nichts dafür, dass die Führerscheine in Deutschland kein Verfallsdatum ausweisen."

„Dann müssen Sie einen italienischen Führerschein beantragen. Der hat ein Verfallsdatum."

„Zusätzlich?"

Ich bin bereits ziemlich genervt, obwohl ich erst am Anfang dieses auf mich zukommenden Dramas stehe.

„Nein, natürlich nicht. Niemand darf zwei Führerscheine besitzen", maßregelt er mich, was ihm einen ehrfurchtsvollen Blick seitens der Mitarbeiterin einbringt.

Jetzt werde ich aufmüpfig: „Ich will aber meinen deutschen Führerschein nicht hergeben! Wozu auch? Ich kann doch damit fahren?!"

„Sie leben in Italien?", fragt er mich mit hochgezogenen Augenbrauen.

„Ja." Ich tippe zur Antwort auf das Formular an die Stelle, wo seine Mitarbeiterin meine Adresse eingetragen hat.

„Dann brauchen Sie in zwei Jahren sowieso einen italienischen Führerschein. So sind die Vorschriften. Ich habe sie nicht gemacht. Möchten Sie einen Antrag stellen?"

Ich ziehe meine Augen zu Schlitzen: „Von Wollen kann ja wohl keine Rede sein. Aber ja, in Gottes Namen. Was muss ich tun?"

Er schiebt das Formular wieder seiner Mitarbeiterin hin und wendet sich ab. Sie erklärt mir, dass ich mit diesem unterschriebenen Antrag, drei nach Normen aufgenommenen Passfotos und einer ärztlichen Bestätigung für einen bestandenen Sehtest wieder kommen soll.

Ich stecke die Formulare mit der zu erledigenden Liste ein.

„Na, da sind wir doch einen Schritt weiter!", meint Maurizio zufrieden, als wir auf die Straße treten.

Ich kann seine Genugtuung nicht teilen. Ich habe das Gefühl, dass diese im Grunde so einfache Angelegenheit zunehmend komplizierter wird. Aber natürlich lasse ich ihn das nicht wissen, denn ich bin über seine freundliche Unterstützung dennoch sehr dankbar. Nie im Leben wäre es mir in den Sinn gekommen, dass ich für diese Sache eine Agentur einschalten muss und nicht direkt auf die Führerscheinstelle gehen kann.

Die Passbilder mache ich sofort in einem Automaten. So sehen sie dann auch aus. Damit würde ich in einem Schönheitswettbewerb bestenfalls das Mitleidskrönchen gewinnen. Egal.

Ich wähle aus der Liste der Augenärzte, die mir die Agentur mitgegeben hat, eine Praxis in der unmittelbaren Nähe und begebe mich sofort dort hin. Ich bin noch immer fest entschlossen, diese lästige Sache so schnell als möglich zu erledigen.

In der Praxis reihe ich mich in die Fließbandabfertigung ein: Ich ziehe eine Nummer, warte eine halbe Stunde, lese dann Reihen von Buchstaben laut vor und achte darauf, dass ich diese auch wirklich auf Italienisch aufliste, zahle fünfzig Euro und erhalte das erforderliche Dokument. Der Arzt hat mit mir keine fünf Worte gewechselt.

Ich schaffe es tatsächlich noch zurück in die Agentur, die glücklicherweise bis halb sieben Uhr Parteiverkehr hat und lege alle am Vormittag geforderten Bestandteile des Antrages auf den Tresen. Diesmal bedient mich der Chef persönlich. Er sieht mich verwundert an.

„Sie haben schon alles?"

„Bitte!", sage ich und schiebe ihm meine Sammlung hin.

Er kontrolliert sie mit ernster Miene und packt dann sämtliche Sachen in einen Faltkarton.

„Ich brauche noch Ihren deutschen Führerschein."

Zögerlich ziehe ich die Karte aus meinem Portemonnaie.

„Wie lange wird das dauern?"

Er nimmt sie entgegen, steckt sie ebenfalls in den Faltkarton und wirft einen langen, prüfenden Blick auf den Kalender an der Wand. Dann wiegt er den Kopf hin und her und meint fachmännisch: „Ferragosto[111] steht vor der Tür. Das ist ein langes Wochenende, also sind die wenigen, die nicht in Urlaub sind, dann auch weg. Ab September zwei bis drei Monate, dann sind wir ....", er rechnet leise im Kopf in die Zukunft, „... Ende November."

Damit sieht er mich wieder an und packt die Dokumente zusammen, indem er den Faltkarton ein paarmal senkrecht auf den Ladentisch klopft.

„Vier Monate?!", rufe ich entsetzt aus. „Und in dieser Zeit habe ich keinen Führerschein und kann nicht fahren?!" Ich vermute böse Absicht hinter diesem Vorgang, denn bestimmt ist der Typ nur sauer, weil ich ihn als Bürovorstand mit mangelndem Respekt begegnet bin.

„Sie erhalten von uns bis dahin eine vorläufige Fahrerlaubnis", erklärt er mir gelangweilt und zeigt mir ein Blatt Papier mit einem windigen Stempel versehen, der nicht einmal annähernd die wichtige Optik liefert, die meine Wohnortanmeldung aufweist. Er beginnt bereits mit trockener Miene und ohne mich weiter anzusehen, meine Daten in das Blatt einzutragen.

„Kann ich damit denn auch in Deutschland fahren?"

„Nein. Das ist nur für Italien gültig."

Vielleicht hätte ich doch wieder mit Maurizio als Rückendeckung hierherkommen sollen? Offensichtlich hat es der Typ darauf angelegt, mich zu ärgern.

---

[111] lat. *Feriae Augusti* = Festtag des Augustus, 15. August gilt als der heißeste Tag des Sommers und kennzeichnet den „Wendepunkt des Sommers".

„Wie stellen Sie sich das denn vor!?"

Ich bin aufs Äußerste gereizt, kann aber meine verbale Geschicklichkeit in der Fremdsprache nicht so einsetzen, wie ich das in meiner Muttersprache hätte tun können. Ich suche nach Worten, finde aber auch unpassende und scheine den Mann damit nur zu verwirren. Deshalb schließe ich mit einer dreisten Lüge: „Ich brauche meinen Führerschein für die Arbeit."

Ein schlagkräftiges Argument! Niemand kann die Verantwortung dafür übernehmen, dass ich vier Monate lang nicht arbeitsfähig wäre.

„Was machen Sie denn beruflich?", will der Mann wissen und legt den Faltkarton wieder zwischen uns auf den Counter.

Ich finde zwar, dass ihn das nichts angeht, verstehe aber glücklicherweise selbst in diesem Moment, dass es nicht zielführend wäre, ihm nicht zu antworten.

„Ich bin selbstständig und muss häufig nach Deutschland fahren", erkläre ich so allgemeingültig wie möglich. Immerhin ist das nicht völlig gelogen, denn hin und wieder werde ich bestimmt in mein Heimatland fahren müssen. Es scheint dem Mann einzuleuchten, denn für ein paar Augenblicke schweigt er.

„In diesem Fall gibt es eine zügigere Möglichkeit: die Expressbearbeitung."

Ich ziehe die Augenbrauen nach oben. Aha! Dachte ich es mir doch!

„Kostet hundert Euro mehr, aber dafür haben Sie den neuen Schein dann Ende September."

„*Come*?! Sechs Wochen Bearbeitungszeit ist *express*? In der Zeit kann ich ja nach Rom laufen und meinen Führerschein abholen!"

Diesmal atmet er tief durch und betrachtet mich ziemlich genervt: „Nein, es sind nur drei Wochen. Aber es ist *ferragosto*! Niemand arbeitet *ferragosto*, weder in Rom noch in Bologna. Und wir auch nicht."

Ich knirsche hörbar mit den Zähnen.

„Welchen Sinn hat es dann, hundert Euro zu bezahlen, wenn es trotzdem nicht schneller geht?" Es ist nicht wirklich ein Versuch ihn zu überzeugen, eher ein Ausdruck meiner Wut über meine Machtlosigkeit.

„Hundertdreißig Euro", korrigiert er mich. „Dreißig Euro für die normale Bearbeitung und hundert Euro extra für express."

„In Ordnung!", zische ich durch meine Zähne. Ich gebe auf. „Machen Sie das! Die schnellstmögliche Variante, bitte."

Er nickt, dreht sich mit dem Faltordner ab und legt ihn auf einen großen Stapel. Ich hoffe, es ist der Stapel der Expressanträge.

„Wir rufen Sie an."

Zwei Tage später stürzen sich alle Bewohner der Städte in kilometerlange Staus in Richtung der Küsten oder der Berge. Bologna ist wie ausgestorben.

An meiner Frühstücksbar hängt ein Schild: Vier Tage *ferragosto* geschlossen. Die sonst vor Leben quirlige *Via Indipendenza* gleicht der gespenstischen Hauptstraße einer verlassenen Goldgräberstadt. Man erwartet beinahe, dass Gestrüppballen über die heißen Steinplatten rollen. In anderen Städten Italiens füllen Touristen die Zentren, aber Bologna ist kein Ziel für Urlauber und so laufe ich beinahe alleine durch die Arkaden entlang geschlossener Geschäfte. Die wenigen Personen, die sich an diesem Tag begegnen, grüßen sich sogar, vermutlich aus Solidarität. Die Luft ist zum Schneiden dick und die Mauern strahlen wie Backofen die Hitze der letzten Tage zusätzlich ab.

Auf der kleinen *piazza* vor meiner Wohnung ist kein Mensch zu sehen, das Restaurant hat ein Schild wie das der Bar an der Tür und alle Fensterläden der umstehenden Häuser sind verriegelt. Ich werfe einen Blick hinüber zu Maurizios Großmutters Wohnung: selbst dort sind die Fensterläden einbruchsicher verrammelt.

Ich fühle mich wie in einem Science-Fiction Film über einen Supergau, in welchem ich die Einzige bin, die nicht verstanden hat, dass eine Evakuierung stattgefunden hat.

Wenn es nicht so unerträglich heiß wäre, könnte ich die Stille der Stadt genießen, doch bei diesen Temperaturen kann davon keine Rede sein. Ich flüchte zurück in meine abgedunkelte Wohnung, wo der Pinguin leise summt und Massimiliano auf dem Sofa döst. Seit ich ihn in den Armen der Mädchen zurückgelassen habe, würdigt er mich keines Blickes.

„Ich hatte ja keine Ahnung, was es bedeutet, über *ferragosto* in der Stadt zu bleiben", beginne ich eine Konversation so normal wie möglich. Wenn wir schon alleine auf uns angewiesen sein werden in diesen Tagen, sollte das in einer entspannten Atmosphäre geschehen.

Massimiliano öffnet die Augen gerade so weit, dass ich den abfälligen Blick erkennen kann, den er mir zuwirft.

„Ich habe Bologna noch nie so leer erlebt", ergänze ich dann nach einer Weile des Schweigens. Normalerweise sind Aussagen wie diese eine Einladung zu einer Geschichte aus der Vergangenheit für den Kater. Aber selbst das kann ihn nicht aus der Reserve locken.

Ich setze mich auf die Ottomane neben ihn, strecke die Beine aus und verschränke die Arme hinter dem Kopf: „Was fangen wir jetzt mit dieser Ruhe hier an?"

Als er noch immer demonstrativ döst, setze ich mich energisch auf: „Nun hör schon auf und spiel nicht den Beleidigten!"

„Es war entwürdigend! Mich in den Fängen dieser Gören zurückzulassen wie eine beliebige Katze!", ereifert er sich. Er springt vom Sofa und baut sich mit in die Hüften gestemmten Pfoten vor mir auf:

„E n t w ü r d i g e n d!"

„Das ist ein treffender Begriff für das Theater, das du da veranstaltet hast", entgegne ich erleichtert darüber, dass es mir gelungen ist, ihn aus seiner sturen Haltung zu wecken. „Der arme Maurizio musste extra aus dem Büro kommen. Hast du gesehen, wie zerkratzt seine Glatze war?! Erzähl mir nicht, dass du nicht alleine hättest wieder vom Baum klettern können!"

„Natürlich hätte ich das gekonnt", antwortet er mit einer Selbstverständlichkeit, die mir die Sprache verschlägt. „Ich habe das für dich getan! Und als Dank dafür, musste ich mich auch noch stundenlang von diesen Fratzen herumziehen lassen. Wenn ich mich nicht irgendwann in die Flucht geschlagen hätte, hätten sie mich glatt in einen Puppenwagen gesteckt und spazieren gefahren!"

„Für mich?!"

„Natürlich! Oder hat er dir vielleicht nicht mit deinem Führerscheinproblem geholfen?"

„Doch, ja."

„Warst du vielleicht nicht froh über die Hilfe?"

„Hm, schon."

Massimiliano wirft sich in große Pose eines römischen Redners. „Du vergisst", hebt er an, ermutigt durch meine kleinlauten Zugeständnisse, „dass ich ein *penato* im Körper eines Katers bin. Ich kann nur zu den Mitteln greifen, die mir zur Verfügung stehen. Ein wenig mehr Vernunft auf deiner Seite hätte uns die ganze Aktion erspart."

„Hätte es nicht genügt, mir das nochmal zu sagen?"

„Meine Erfahrung mit dir muss das leider verneinen", antwortet er wie ein Rechtsanwalt und setzt sich wieder neben mich auf die Couch. „Du solltest ihn zum Dank für meine Rettung zum Essen einladen."

„Ja doch! Ich werde ihn noch einmal einladen", entgegne ich mit Entschiedenheit. „Aber diesmal lass das bitte mich machen."

„Gerne." Das Grinsen auf seinem Gesicht ist das altbekannte, welches mich immer wieder stutzig macht.

„Und nun lass dir erzählen, wie *ferragosto* entstanden ist. Es ist der älteste Feiertag Europas. Das ist eine spannende Geschichte."

Er streckt die Beine aus wie ich und beginnt zu erzählen: „Es war Kaiser Augustus, ein mächtiger Kaiser, der in Rom seinen Sieg über Marcus Antonius und Kleopatra bei Alexandria in einem dreitägigen Triumph feierte. Kaiser Augustus hatte seine liebe Not mit den beiden gehabt. Ich habe die Geschichte von einem Freund eines meiner Cousins, der im Hause Antonius lebte und mit diesem nach Ägypten gefahren ist ..."

Ich lausche der Liebesgeschichte von Marcus Antonius und der ägyptischen Königin und so verbringe ich einen erinnerungswürdigen *ferragosto* auf dem Diwan meiner abgedunkelten Wohnung, den historischen Erinnerungen meines Hausgeistes folgend, die mit den Worten endet: „... ja, und obwohl sie längst gestorben sind, feiert man diesen Tag noch immer jedes Jahr!"

15. Immerhin

Als kenne die Sonne den Kalender, lässt die große Hitze in den Tagen nach *ferragosto* nach.

Die Menschen kehren zurück in die Stadt und erwecken diese wieder aus ihrem Dornröschenschlaf. Die Abkühlung der Nacht übernimmt die Arbeit des Pinguins, der jetzt nur noch wenige Stunden über die Mittagszeit eingeschaltet ist.

Die Rechtsanwälte und Steuerberater begrüßen sich braungebrannt mit einem *„ben tornato"*,[112] tauschen Urlaubserfahrungen aus und im Treppenhaus brennt tagsüber wieder unsinnigerweise das Licht. Ich habe den Eindruck an einem zentralen Teil des kulturellen Lebens dieses Landes nicht teilgenommen zu haben.

Dafür kommt das Leben in geballter Form auch zu mir zurück:

---

[112] Willkommen zurück; ein Gruß, der hauptsächlich nach einem Erholungsaufenthalt angewendet wird und ausdrückt, wie gut erholt die Betroffenen aussehen.

Vittoria lädt mich zu ihrer Kunstausstellung mit Tanzvorführung in einem Yogazentrum der Altstadt ein und bittet mich, andere Freunde mitzubringen, weil sie fürchtet, sonst zu wenig Publikum zu haben. Es erreicht mich eine Gast-Einladung zur Mieterversammlung des Hauses, um welche ich meine Maklerin gebeten habe, um dort mit meiner Idee des Fliegengitters versus Gift zu überzeugen. Zu guter Letzt bittet die Führerschein-Agentur in Form einer Nachricht um mein Kommen.

Ich arbeite die Dinge in der Reihenfolge ab:

Den Termin für die Versammlung trage ich in meinen Kalender ein. Dann lade ich zu Vittorias Vernissage ein, wen ich kenne: Maurizio und Max Mustermann mit dem Geschwisterpaar.

Beides trifft sich gut, finde ich. Ich kann Maurizios Einladung als Dankeschön für seine Rettungsaktion nutzen, ohne allzu persönlich zu werden. Und auch bei Doktor Mustermann kann ich mit einer ebenso neutralen Einladung, wie es die seine war, kontern und mich damit aus sämtlichen Missverständnissen befreien. Ich bin mit diesem Angebot des Schicksals und meiner cleveren Nutzung dessen richtig zufrieden.

Zuletzt gehe ich freudig überrascht zur Agentur. Ich kann nicht glauben, dass die Bearbeitung wider Vorhersage nun doch so zügig vonstattengegangen ist.

Der Bürovorstand tritt braungebrannt, vorbei an den ebenfalls tief gebräunten Mitarbeiterinnen und den noch immer sehr hohen Stapeln von Faltkartons an die Kundentheke und schiebt mir meinen deutschen Führerschein hin: „Der Antrag wurde abgelehnt. Sie brauchen einen Führerschein mit Verfallsdatum."

Ich schaue ihn bewegungs- und wortlos an und wiederhole im Stillen seine Aussage nochmals langsam, um ganz sicher zu gehen, ihn auch wirklich richtig verstanden zu haben.

Dann beginne ich laut zu lachen, beinahe ein wenig hysterisch.

„Sie nehmen mich jetzt auf den Arm?"

„Ganz und gar nicht", antwortet er humorlos, wie das personifizierte Abbild des Klischees eines Deutschen nach verbreiteter Meinung der Italiener. „Deutschland hat vor einem Jahr ein neues Gesetz erlassen, nach welchem jetzt auch in Ihrem Land Führerscheine ein Verfallsdatum haben. Sie müssen einen Solchen dort beantragen. Dann können auch wir Ihren Antrag bearbeiten."

Wieder blicke ich ihn regungslos und schweigend an.

Ich ziehe die Luft in einem kurzen heftigen Zug durch den Mund ein und fasse provozierend sachlich zusammen:

„Sie sagen also, dass ich jetzt einen Flug nach Deutschland buchen muss, um dort einen neuen Führerschein zu beantragen, obwohl meiner hier gültig ist und mit diesem neuen Führerschein dann bei Ihnen einen italienischen zu genehmigen lassen, auf den ich dann nochmals drei Monate warten muss, es sei denn, ich zahle hundert Euro mehr für die Expressbearbeitung?"

Ich überrasche mich selbst mit dieser grammatikalischen Meisterleistung eines alles umfassenden Schachtelsatzes und halte deswegen einen Augenblick lang inne.

Mein Gegenüber ist nicht im Geringsten beeindruckt.

„Genau."

Ich frage mich, ob es tatsächlich die Unfähigkeit dieser Agentur oder doch die der europäischen Bürokratie ist, in dessen Fängen ich hier wie eine Fliege im Spinnennetz zappele.

Der Agenturvorsteher jedenfalls strahlt große Überheblichkeit aus. Vermutlich deswegen, weil er mich als Deutsche über ein Gesetz meines Herkunftslandes, von dem ich noch nie gehört habe, aufklären kann.

Ich ziehe meine Führerscheinkarte langsam mit zwei Fingern über den Tresen an mich und stecke sie in mein Portemonnaie.

„Ich beginne das Konzept der Arbeitsplatzbeschaffung durch Bürokratie zu verstehen. Allerdings wäre dabei zu prüfen, ob es gesamtvolkswirtschaftlich tatsächlich produktiv ist?"

Ich bin unglaublich stolz auf mich, nun auch noch diese subtile Beleidigung in der Fremdsprache in einem Zug und ohne stottern formuliert zu haben. Ärger scheint sich auf meine Sprachbeherrschung positiv auszuwirken.

Dem Blick des Mannes nach zu urteilen, habe ich aber entweder etwas völlig Unsinniges gesagt oder Chinesisch gesprochen. Ich verlasse sein Wirkungsfeld, ohne Weiteres hinzuzufügen.

Mein Anruf bei der Bruderbehörde in Deutschland erfolgt, kaum dass ich vor die Tür der Agentur auf die Straße getreten bin.

„Das ist korrekt", bestätigt der Beamte im hohen Norden. „Es gibt dieses neue Gesetz. Aber es gilt nur für die Fahranfänger ab diesem

Zeitpunkt. Ich kann Ihnen jedoch einen solchen neuen Führerschein ausstellen. Dazu müssen Sie persönlich hierherkommen."

„Alles andere hätte mich überrascht."

Ich kann mich nur noch mit Zynismus retten.

Derselbe hilft mir auch, die Buchung eines Linienfluges regulären Preises zu bestätigen, da alternative Reisemöglichkeiten terminlich zu nahe an das Datum meines Arbeitsbeginns hier in Bologna gerückt wären. Ich plane ein paar Tage Aufenthalt, weil der Beamte in Deutschland mir versprochen hat, den Schein innerhalb von drei Tagen zu liefern. Immerhin.

Eine Woche später ist Mieterversammlung.

Sie findet im Nebenraum des Restaurants der kleinen *piazza* statt. Keine üble Wahl, denn so können alle ihr *pranzo* mit der Besprechung verbinden.

Während ich über den Platz laufe, gehe ich in Gedanken die Speisekarte durch und überlege, was ich bestellen werde.

„Du hättest Maurizio bitten sollen, dich zu begleiten."

Diesen Satz höre ich nun schon zum wiederholten Male von dem Kater, der mit den Pfoten in den Hosentaschen lässig neben mir her schreitet. Ich lasse einen schwarzen Alfa Romeo der *Carabinieri* passieren und schließe dann mit ihm auf, der ohne zu warten weiter vorangelaufen ist.

„Hör auf damit! Ich habe dir erklärt, dass ich ihn nicht ständig belästigen will."

„Ich kann dir in diesen Vorgängen aber wenig von Hilfe sein", warnt mich Massimiliano und er klingt, als spreche er von einer Bedrohung ungewissen Ausmaßes.

„Wieso bestehst du dann darauf, mitzukommen?"

„Du vergisst, dass es immerhin *meine* Wohnung ist", entgegnet dieser und hebt majestätisch Kopf und Schwanz. Es sieht sehr merkwürdig aus, wie dieser senkrecht aus seinem eleganten Anzug hervorsteht, ohne dass dieser Falten wirft. Zum ersten Mal fällt mir dieses Detail auf und ich wundere mich über diese Schneiderkunst der Maßanpassung.

„Woher bekommst du eigentlich deine Anzüge?", will ich diesem Gedanken folgend wissen.

„Näää", winkt er ab und schreitet voran, ohne mir eine Antwort zu geben, wie er es immer tut, wenn er ein Thema als so lästig oder nichtig betrachtet, dass es nicht einmal weniger Worte Wert ist.

Wir sind die Einzigen, die pünktlich sind. Ich bestelle eine Pizza aus dem Holzofen, die zwar nicht die beste in der Stadt ist, aber meinen Appetit trifft. Für den Kater bestelle ich einen Thunfischsalat ohne Grünzeug, ohne Karotten und ohne Tomaten. Antonio, der Kellner, weiß mittlerweile, was damit gemeint ist und bringt einen Teller Thunfisch in Olivenöl. Wir sind mit unserem Mittagessen fertig, als endlich die anderen Teilnehmer eintrudeln. Die Verwalterin kommt als letzte.

Die Versammlung beginnt mit vierzig Minuten Verspätung. Sie liest, ohne aufzublicken, die Namen der Mieter vor und hakt ab, wer seine Anwesenheit mit einem „*si*" bestätigt.

Dann verliest sie zehn Agendapunkte; mein Anliegen ist der Letzte.

Kaum beginnt sie mit dem ersten Punkt, hebt eine rege Diskussion an, in welcher Steuerberater, Rechtsanwälte und meine Maklerin, die die Interessen des abwesenden Eigentümers vertritt, durcheinandersprechen. Meine Sprachfähigkeiten stoßen schlagartig an ihre Grenzen, denn vier gleichzeitig ausgestoßenen Sätzen kann ich beim besten Willen nicht mehr folgen.

Deshalb beobachte ich die Personen nur noch. Die besprechen sich lautstark einmal diagonal, über den Tisch hinweg mit einem, und dann wieder quer, in die andere Richtung, mit einem anderen. Dabei überkreuzen sich die einzelnen Gespräche und manchmal werden sie sogar über den Kopf eines Sitznachbarn hinweg geführt. Über allem tönt der auf volle Lautstärke laufende Fernseher in der Ecke, wo eine mindestens ebenso intensive Diskussion von mehreren gleichzeitig sprechenden Personen läuft, der niemand im gesamten Restaurant folgt - bis auf den gelangweilten Pizzabäcker vielleicht. Selbst in meiner Muttersprache wäre ich nicht in der Lage, eine solche Unterhaltung lange durchzustehen. Außer mir scheint das jedoch niemandem zu stören. Alle verstehen sich prächtig.

Irgendwann kehrt dann ein Moment der plötzlichen Stille ein und die Verwalterin notiert etwas in ihr Protokoll. Dann nennt sie den zweiten Punkt der Agenda und dasselbe Ritual startet von vorne. Ich beginne zu verstehen, dass ich mich auf eine schwierige Diskussion für mein Anliegen vorbereiten muss und werfe dem Kater unwillkürlich einen Blick zu. Dieser folgt jedoch aufmerksam der Debatte und winkt unwirsch mit der Pfote ab, ihn dabei ja nicht zu stören.

Ich hoffe, dass die Heftigkeit der Diskussionen im Zuge der Erledigung der Agendapunkte abflauen und man diese immer zügiger abhaken wird. Aber ich werde enttäuscht. Mit bewundernswerter Ausdauer halten sich die Auseinandersetzungen auf konstant, energetisch hohem Niveau. Dafür verliere ich in zunehmendem Maße die Nerven unter dem Bombardement an Worten und ich werde richtig zappelig.

Zahlreiche auf- und abschwellende Diskussionen später liest die Verwalterin endlich mein Anliegen vor und blickt in die Runde. Schweigen tritt ein und alle sehen sich fragend an. Dann erkundigt sich einer der Anwälte, woher dieser Punkt auf der Agenda kommt, worauf sich alle Augen wie auf Kommando auf mich richten.

Ich habe meine kleine Ansprache in Italienisch gut vorbereitet und sogar mit Norio San geübt, so dass ich in diesem Moment anhebe, um meine Bedenken über Umwelt und Gesundheit vorsichtig auszubreiten. Erstaunlicherweise hören mir alle zunächst zu, ohne gleichzeitig zu sprechen. Ich führe das auf höflichen Respekt gegenüber meinen begrenzten Sprachkenntnissen zurück und fühle mich dadurch ermutigt, etwas länger über die Gesundheitsrisiken zu sprechen, als ich vorgehabt hatte.

Bevor ich jedoch zu meinem Alternativvorschlag komme, regt die Steuerberaterin aus dem ersten Stock an, dass wir die Aktion „Mücken" ab jetzt an einem Wochenende durchführen, an dem sowieso alle weg seien. Ein Rechtsanwalt blättert daraufhin in seinem Handy durch einen Kalender und schlägt eloquent den 25. April vor. Allgemeine Zustimmung und Murmeln geht durch den Raum und die Verwalterin fragt durch Handzeichen ab, ob dieser Vorschlag angenommen wird. Alle Hände erheben sich.

Aber so schnell will ich nicht aufgeben. Ich habe bereits einen Flyer mit einer Produktwerbung über Fliegengitter vor mir liegen und halte diesen aufmunternd in die Runde: „Es gibt auch eine völlig giftfreie Möglichkeit."

Niemand nimmt mir den Prospekt interessiert aus der Hand und wieder blicken alle Augen auf mich, als hätte ich etwas völlig aus dem Zusammenhang Gerissenes gesagt.

„Sie sind noch neu", hebt meine Immobilienmaklerin zu einer Erklärung in meine Richtung an, „aber Sie müssen wissen, dass der 25. April ein Nationalfeiertag ist, an dem alle etwas unternehmen. Jeder fährt weg mit Familie oder Freunden, weil es meistens ein erster Frühlingsausflug ist. Das werden Sie auch tun, Sie werden schon sehen. Und dann sind alle weg."

Die Erklärung geht zwar völlig an meinem Anliegen vorbei, das Gift aus der Welt zu schaffen, aber ihr Einwand vermag meine Aufmerksamkeit abzulenken.

„Was ist denn an diesem Datum?", frage ich.

„Man feiert die Befreiung", antworten beinahe alle wie aus einem Munde und gleichzeitig wie nebensächlich, denn niemand sieht mich dabei direkt an. Sie tippen entweder auf ihrem Handy herum, greifen zu einem Trinkglas oder wenden sich mit den Augen nach etwas suchend in eine andere Richtung.

„Befreiung? Wovon?"

Ich habe den Eindruck entweder einen großen *Faux-pas* begangen oder eine äußerst naive Frage in den Raum geworfen zu haben, denn niemand antwortet.

„Von den Deutschen", klärt mich dann schließlich meine Maklerin auf und lächelt mich dabei entschuldigend und mit einem Hauch an Schulterzucken an. Alle tun es ihr gleich und geben mir damit das Gefühl, für einen Feiertag symbolisch Pate zu stehen, dessen Anlass in Zeiten eines vereinten Europas und alleine durch die Anzahl deutscher Touristen im Lande vielleicht zu hinterfragen wäre. Aber wer will schon einen Feiertag anzweifeln?!

Angesichts dieses schwerwiegenden Gedenktages möchte ich als Deutsche nicht mehr darauf bestehen, eine kostspielige Alternativlösung vorzuschlagen. Ich lasse den Flyer unauffällig wieder in meiner Tasche verschwinden und schaue abwartend und so positiv wie möglich in die Runde.

So wird der Tag der Befreiung von den Deutschen offiziell zum Tag der Befreiung von Mücken, jedenfalls in unserer Hausgemeinschaft. Zumindest wird mich die Giftattacke nicht mehr ohne Vorwarnung überraschen. Immerhin.

„Mach Dir nichts draus", tröstet mich der Kater, als wir kurz darauf gemeinsam zurück in unsere Wohnung laufen. „Das historische

Gedächtnis von euch Menschen ist kurz. Ich habe schon viele Feiertage kommen und gehen sehen. Auch dieser wird bald vergessen sein."

„Angesichts des auf Kleopatra zurückgehenden Ursprungs von *ferragosto* bin ich mir da nicht so sicher", entgegne ich skeptisch, worauf sogar Massimiliano gemächlich nickt und ein sinnierendes „hm" von sich gibt.

Wieder fährt ein schwarzes Fahrzeug der *Carabinieri* Streife auf dem kleinen Platz.

Der Kater bleibt stehen, schiebt seine Pfoten in die Hosentaschen und sieht dem Auto hinterher, wie es in einer Straße um die Ecke der Kirche verschwindet. Er macht ein sehr interessiertes Gesicht.

Wenige Tage später stehe ich am Schalter des Landratsamtes meiner Heimatstadt in Deutschland und tausche einen gültigen Führerschein ohne Verfallsdatum in einen neuen mit Verfallsdatum ein. Der Sachbearbeiter schüttelt über die Angelegenheit zwar kurz den Kopf, fertigt mich aber so nüchtern, zügig und wortkarg wie ein Fließbandroboter eines automatisierten Produktionsprozesses ab. Aber immerhin hat alles reibungslos geklappt. Ich werde meinen Rückflug nach wenigen Tagen bei Familie und Freunden wie geplant antreten. Am Rande der Halle stehend, stecke ich die neue Karte in mein Portemonnaie.

„Wohin willst du essen gehen?", höre ich in diesem Moment eine mir sehr bekannte Stimme hinter mir.

Es durchfährt mich wie ein Blitz.

Anselm!?

Woher wusste er, dass ich hier bin?

Ich drehe mich um die eigene Achse und entdecke ihn in der zweiten Umdrehung tatsächlich unweit meines Standortes lässig an einem Pfeiler lehnend, mir den Rücken zuwendend.

Er meint nicht mich mit diesen Worten. Er hat einen Blumenstrauß in der Hand und hält ihn jetzt einer Person entgegen, die auf klappernden Absätzen aus einem der Büros von der anderen Seite zu kommen scheint. Die Akustik der Halle ist bemerkenswert, denn ich verstehe jedes gesprochene Wort, als stünde ich direkt daneben. Instinktiv springe ich hinter einen anderen Pfeiler, als wäre ich auf der Pirsch.

Die junge Frau nimmt den Blumenstrauß lachend entgegen und umarmt Anselm überschwänglich. Er sieht wieder völlig normal und gesund aus und trägt auch sonst keine Spuren, die auf einen größeren Streit mit seiner Gattin hingewiesen hätten. Er küsst die Frau mit ebenso übertriebener Gestik, wie sie ihre Arme um ihn schlingt. Dann schält sie sich kokett aus der Umklammerung und läuft voran in Richtung der großen Drehtür. Er folgt ihr auf den Fersen.

Ich schiebe meinen Kopf vorsichtig um den Pfeiler, um besser beobachten zu können.

Ich kann es nicht fassen! Wie kann ein Mann nach dem, was sich in der Klinik ereignet hat, nach so kurzer Zeit schon wieder einer anderen Frau den Hof machen?! Wenn es wenigstens seine Eigene gewesen wäre, würde ich mich nicht völlig idiotisch fühlen! So aber ist der Schlag ins Gesicht sogar noch im Nachhinein ein heftiger. Mir wird übel, als ich daran denke, dass ich tatsächlich stellenweise geschwankt bin, dass ich ihm noch eine Chance geben wollte und überlegt hatte, mit ihm zurück nach Deutschland zu kommen.

Ich lehne mich mit dem Rücken gegen den Pfeiler und werfe einen hilfesuchenden Blick an die Decke. Welch eine Farce das gewesen wäre!

„Lass uns zum Italiener gehen!", höre ich sie übermütig im Laufen vorschlagen. Ich gucke wieder in die Richtung der beiden.

Sie schwingt ihren Blumenstrauß wie einen Weihwasserkessel durch die Luft, während Anselm hinter ihr eine unwirsche Bewegung macht und entschieden antwortet: „Nein! Nicht zum Italiener!"

Damit entschwinden die beiden nach draußen auf den Vorplatz, wo sie nach einer Weile unschlüssigen Zauderns über die weitere Schrittrichtung endlich nach rechts aus meinem Blickfeld verschwinden.

Ich lasse mich wie in einem Schwächeanfall auf die schwarzen, eckigen Ledersessel plumpsen, die am Rande der Aula aufgereiht stehen, als wären sie dort genau zu diesem Zwecke angebracht worden.

Ich sitze eine ganze Dauer bewegungslos auf meine Hände starrend. Ich hadere mit dem Leben, das es oberflächlichen Männern wie Anselm so einfach zu machen scheint. Nicht einmal den vermeintlichen Triumph meines coolen Abgangs im Krankenhaus und meine Fantasien über die folgende Auseinandersetzung mit seiner Frau konnte mir das Leben lassen!

Endlich erhebe ich mich wieder und schreite denselben Weg in Richtung der Drehtür ab, welche zuvor die beiden genommen haben. Auf halber Höhe hebe ich eine Blüte auf, die sich aus dem durch die Luft geschwungenen Strauß gelöst hat und stecke sie mir ans Revers.

Dann beschließe ich, zum Italiener zu gehen.

16. Bekenntnis

Schon auf dem Rückweg vom Flughafen in die Stadt lasse ich mich vom Taxi bei der Agentur absetzen. Dort tausche ich meinen brandneuen Führerschein gemeinsam mit hundertdreißig Euro gegen ein windiges Blatt Papier und das Versprechen, in ein paar Wochen den mir aufgezwungenen italienischen Schein zu erhalten. Ich rechne gar nicht mehr nach, was mich diese ganze Angelegenheit kostet. Ich will die Sache nur noch erledigt wissen, da das Datum meines Arbeitsbeginns gefährlich nahe rückt.

Massimiliano begrüßt mich ohne Designeranzug und Sonnenbrille und schleicht mir wie eine schnurrende Katze um die Beine. Nach der deprimierenden Entdeckung in Deutschland über die Wahrheit meines sinnlosen Liebeslebens der Vergangenheit ist es genau das, was ich brauche.

Ich streichle ihm mit einem „hast mich wohl vermisst" über den Kopf, versuche ihn zu greifen, um ihn hochzuheben und ein wenig mit ihm zu schmusen. Ein ganz normales Haustier. Na endlich.

Massimiliano macht einen Satz auf die Seite und große Augen: „*Piano[113]*! Nun übertreibe nicht!"

Er trollt sich auf die andere Seite des Sofas, wo sein Anzug und seine Brille säuberlich über dem Stuhl hängen und zieht sich eilig sein Jackett wieder über, während er spricht: „Ich habe es mir lediglich ein wenig bequem gemacht. Komme bloß nicht auf dumme Gedanken."

Ich ergreife mein Gepäck wieder und mache mich wortlos daran, meine Sachen in den Schrank zu räumen oder in den Wäschekorb zu stopfen. Dann beginne ich übergangslos den Pinguin abzubauen, dessen Kühlung nun nicht mehr nötig ist, wie ich befinde. Außerdem hat der kurze Aufenthalt in Deutschland, während dessen es unaufhörlich geregnet hat, wieder meinen Hunger nach Sonne geweckt.

Ich ziehe den dicken Schlauch aus dem Holzbrett im Fenster und rolle das Ungetüm in den Raum. Ich blicke mich um. Als ich den Pinguin gekauft habe, habe ich freilich keinen Gedanken daran verschwendet, wo ich ein Gerät dieses Ausmaßes, während der restlichen elf Monate des Jahres aufbewahren will?

Da mir nicht gleich eine Lösung in den Sinn kommt, versuche ich zumindest das Brett aus dem Fenster zu nehmen. Aber auch dieses Vorhaben ist nicht von Erfolg gekrönt. Während ich abwechselnd drücke und ziehe und dabei mit zusammengepressten Lippen noch immer deutsche Schimpfwörter ausstoße – italienische kommen mir noch nicht schnell genug über die Lippen - , erscheint eine Pfote direkt vor meinem Gesicht und hält mir schweigend mein Handy unter die Nase. Die Nummer auf dem Display zeigt bereits Maurizios Name an.

Diesmal nehme ich den Vorschlag und das Telefon an, grimmig über mein Scheitern.

Maurizio ist gerade auf dem Nachhauseweg und steht, kaum, dass ich ihm mein Malheur geschildert habe, vor meiner Tür.

Mit einem Ruck nimmt er das Brett aus dem Fenster und verstaut es fachgerecht in einer Lücke im Besenschrank. Die Abendsonne flutet in den Raum und ich kann nicht vermeiden, ein freudiges „Ah, *che bello!*" auszurufen und an das offene Fenster zu treten, um in den Garten zu sehen. Ich habe den Ausblick vermisst, wenn es auch nur ein Hinterhof ist.

---

[113] In diesem Fall: sachte, immer mit der Ruhe

„Ich kann den Pinguin bei uns in der Garage aufbewahren, wenn du willst? Dann ist der meiner Großmutter nicht so alleine in seinem Winterschlaf."

Maurizio lächelt mich an, als er das sagt und ich lächle zurück, weil ich dankbar bin über dieses Angebot. Es löst so ungefragt und unvorhergesehen das kleine Problem für mich, ohne dass ich überhaupt eine Anstrengung unternehmen muss.

Maurizio streift sein Jackett ab, wirft es über meine Couch, umgreift mein zweites Haustier mit beiden Armen und hebt es hinaus zur Tür, die ich ihm sofort bereitwillig weit aufhalte.

Ich schnappe mir seine Aktentasche, sein Jackett und den dicken Schlauch, der noch am Boden liegt, und hechte ihm hinterher, um das Gefühl völliger Nutzlosigkeit zu überspielen.

Noch im Laufen bedanke ich mich bereits so oft bei ihm, dass er mich irgendwann mit einem sehr deutlichen *„va bene, va bene!"*[114] zum Schweigen bringt. Ich muss wirklich lernen, mich mehr wie eine Dame zu fühlen, denke ich. Oder wie eine Frau in Italien?

„Che bravo!"[115], ruft Massimiliano übertrieben begeistert, als ich die Wohnungstür hinter mir wieder ordnungsgemäß mehrfach verriegle.

„Du hörst dich schon wie seine Großmutter an!", werfe ich ihm über die Schulter zu.

„Du musst zugeben, dass er ein sehr fähiger Mann ist, in vielen Hinsichten. Und dazu einer, der *bella figura*[116] macht. Nicht wie dieser aufgeblähte Allergiker, den du eingeschleppt hast."

„Ich habe ihn nicht eingeschleppt, er ist mir ungefragt gefolgt", verteidige ich mich dürftig, denn ich kann dieser Argumentation nach meinen jüngsten Erlebnissen in der Tat wenig widersprechen.

„Wie dem auch sei: Der war ein richtiger Griff ins Klo."

Ich will dem Kater im Grunde beipflichten, schaffe aber nur ein leises „hm, naja", was ihn überflüssigerweise dazu ermuntert, mich weiter überzeugen zu müssen. Ich ergreife den Besen und beseitige letzte Reste der Pinguin-Winterschlaf-Aktion.

---

[114] In diesem Fall: ist ja gut!

[115] Wie geschickt er ist!

[116] ...der eine gute Figur abgibt

„Dein Instinkt in Bezug auf Männer ist nicht gut entwickelt. Daran musst du arbeiten, wenn das was werden soll."

Ich sehe ihn betroffen an, denn er trifft damit direkt ins Schwarze und das, ohne meine Geschichte an Beziehungen zu kennen. Es schmerzt, die Wahrheit derart direkt gesagt zu bekommen. Es ist besonders widerlich, weil ich es so genau nicht wissen will.

Um abzulenken, fege ich bemüht lässig den Boden heftiger als nötig und werfe ihm ein zynisches „und du meinst wohl, ich sollte da lieber auf dich bauen?" zu.

„Durchaus", bestätigt er in sehr sachlich ernstem Ton. Er setzt ein Gesicht auf wie ein Verkäufer, der kurz vor dem Abschluss eines enorm wichtigen Vertrages steht.

„In zweitausend Jahren habe ich manche Ehebeziehung entstehen und enden, und allerlei Windhunde Frauenherzen brechen sehen. Die Methoden haben sich nicht geändert, diese Typen sind erstaunlicherweise wenig einfallsreich. Aber das müssen sie auch nicht sein, es funktioniert ja noch immer zuverlässig."

Ich halte im Fegen inne und stütze mich nachdenklich auf den Besen. Zweitausend Jahre sind einerseits tatsächlich ein nicht zu unterschätzender Erfahrungsschatz! Wenn sich dieser zu meinem Interesse irgendwie nutzen ließe? Andererseits tröstet es auch, sich in Gesellschaft all dieser gebrochenen Herzen zu wissen. Obwohl es gleichzeitig wenig schmeichelhaft für die Entwicklungsfähigkeit der Frauenwelt an sich ist.

Mit einem „hm" kehre ich dann die letzten Krümel auf die kleine Schaufel.

„Ich habe wirklich alles in meiner Macht Stehende getan, um dir Maurizio näher zu bringen", fährt Massimiliano in einem Ton fort, als schiebe er mir nun den Verkaufsvertrag zur finalen Unterschrift unter die Nase.

Ich halte wieder in meiner Bewegung inne und sehe ihn mit gerunzelter Stirn an.

„Deshalb all die Nächte auf deren Sofa? Die Aktion mit dem Baum? Das Abendessen? Du wolltest mir Maurizio schmackhaft machen?"

„Er ist der weitaus bessere Fang!", entgegnet der Kater mit nach außen gekehrten Pfoten und heruntergezogenen Mundwinkeln. Er verharrt in dieser Stellung und sieht mir dabei intensiv in die Augen, bis ich den Besen endlich beiseitestelle. Ich bin unsicher, ob ich seine erneute Einmischung in mein allerpersönlichstes Leben ärgerlich oder rührend finden soll? Schließlich entscheide ich mich für Letzteres.

Ich ergreife seine Pfoten mit beiden Händen und setze mich vor ihm auf den Boden.

„Ich weiß deine Fürsorge zu schätzen! Wirklich. Und ich danke dir auch. Ehrlich. Aber von hier an übernehme ich das jetzt, in Ordnung?"

Ich will ihm über das Fell streicheln, aber durch seinen Anzug ist davon so wenig unbedeckt, dass ich nur mit dem Zeigefinger über eine seiner Pfoten streicheln kann. Meine eigenen Worte vertiefen den Eindruck an Rührung über seine Zuneigung in mir noch mehr. Es ist eben seine Art, mir das zu zeigen.

Er zieht seine Pfote sehr langsam unter meinem Finger hervor, sieht mich dabei musternd an und meint vorsichtig: „Nun, das hat nichts mit Fürsorge zu tun."

Ich stutze.

Er wartet.

„Womit hat es dann zu tun?", frage ich schließlich.

Ich fühle ein Déjà-vu eines Blickes auf mich gerichtet, den ich aus der Mieterversammlung kenne. Ein Blick, der sagt, dass ich die falsche Frage stelle, die ich aufgrund meiner Naivität zu stellen genötigt bin, die jedoch Anwesende zu Antworten zwingt, denen sie gerne ausgewichen wären.

„Ich brauche eine Familie."

„Wie bitte?"

Ich richte mein Rückgrat so ruckartig auf, dass ich dabei beinahe auf die Beine gesprungen wäre.

Der Kater beginnt vor mir in wenigen Schritten auf und ab zu laufen und ich folge seinen Bewegungen mit dem Kopf.

„Ich habe dir doch schon erklärt, dass wir *penati* eine Familie brauchen! Ohne eine Familie können wir nicht überleben."

Er überprüft mit einem kurzen Blick mein verständnisloses Gesicht, ob weitere Ausführungen von Nöten sind und fährt dementsprechend fort: „Was meinst du, wie ich es geschafft habe, zweitausend Jahre zu überleben?! Keine Familiendynastie überlebt so lange. Abgesehen davon, dass dieser teutonische Kulturbanause ein denkbar ungeeigneter Mann für Dich war, und ich hoffe, ...", er wirft mir einen beschwörenden

Blick zu, den ich kurz mit einem „jaja" abwinke, „... dass du mir in diesem Punkt uneingeschränkt beipflichtest, aber er war nicht nur für dich eine Gefahr!"

„Wie meinst du das?", frage ich nun ein wenig misstrauisch, weil ich beginne zu erkennen, dass seine Motivation doch nicht alleine auf Sympathie gebaut zu sein scheint.

„Er hätte dich nur wieder nach Deutschland zurückgeholt!"

„Wie bitte?!"

Ich schwanke zwischen einem Rest an Rührung und aufsteigender Empörung.

Diesmal springe ich auf meine Beine und beginne ebenfalls auf- und ab zu laufen. Mit jedem meiner Schritte wächst die Enttäuschung über die mit jedem weiteren Wort seines Geständnisses verlorengehende Zuneigung. Die scheint mir in diesem Moment wichtiger, als ich mir eingestehen will. Die Vorstellung, wenigstens von dem Kater uneingeschränkt und ohne Bedingungen gemocht zu werden, hat mir sehr gutgetan. Das klägliche Gefühl, simpler Gegenstand einer Überlebensstrategie zu sein, äußert sich in Ärger.

„Wenn du so dringend eine Familie brauchst, wieso vermietest du dann nicht gleich an eine Familie?!", maule ich ihn beleidigt an.

Wir treffen in unseren entgegengesetzten Schrittfolgen in der Mitte aufeinander und bleiben einen Moment stehen und funkeln uns mit bösen Mienen gegenseitig an.

„Sieh dich um!", sagt Massimiliano seine Pfoten ausbreitend. „Ein Ein-Zimmer-Studio vermietet sich nicht so leicht an eine Familie! An eine gute Familie."

Und als ich nicht gleich antworte, senkt er seinen Kopf und fügt leise hinzu: „Es ist alles, was mir geblieben ist. Es ist meine letzte Chance! Ich muss mit dem arbeiten, was ich habe. Und als du gekommen bist, war das meine Rettung."

Nun bin ich doch wieder ergriffen.

Ich lasse mich auf einem Stuhl am Küchentisch nieder und lege schweigend nickend meine Hände in den Schoß. Massimiliano folgt meinem Beispiel. Eine Weile sprechen wir nicht. Der Kater spielt mit seinen Pfoten, ich mit meinen Fingernägeln.

„Wirst du nun den Mietvertrag verlängern?", fragt er mich schließlich und schielt mich, mit noch immer gesenkten Augenlidern, von unten an.

„Den Mietvertrag? Woher weißt du ...?"

Ich beginne mich schäbig zu fühlen, weil ich tatsächlich noch immer nicht bewusst entschieden habe, nach den drei Monaten in der Wohnung zu bleiben und mich mit der Anwesenheit des sprechenden Katers abzufinden.

„Instinkt?", mutmaße ich, selbst meine eigene Frage beantwortend.

„Diesmal nicht", sagt er schlicht. „Du hast daraus keinen Hehl gemacht."

„Hm", mache ich mangels Worte und der Tatsache, dass ich noch immer nicht bereit bin, mit einem klaren „ja" oder „nein" zu antworten.

Es folgt ein langes Schweigen. Schließlich hebt Massimiliano den Kopf.

„Ich habe als *penato* also völlig versagt?"

Er setzt einen nie an ihm beobachteten treuen Ausdruck auf, wie ein verzweifelter Hund, den gefühllose Besitzer an der Autobahnraststelle absetzen.

„Es ist nicht deine Schuld. Ich tue mich einfach schwer mit dem Gedanken, tatsächlich einen Hausgeist zu akzeptieren. So etwas wie Geister gibt es nicht und ich bin doch nicht verrückt!? Verstehst du?", gestehe ich mir selbst und ihm ein.

Selbst die Tatsache, dass ich dieses Gespräch mit meinem von mir, tief im Inneren noch immer verleugneten Hausgeist führe, scheint mich nicht mehr zu irritieren.

Seine demütige Haltung verändert sich schlagartig: „Moderne Zeiten, ich sage es ja immer wieder!"

Er wirft mit dramatischer Geste seine Pfoten in die Luft.

„Früher war das alles einfach: Früher glaubten die Menschen an uns. Es war nicht einmal nötig, umständlich sichtbar zu werden. Sie glaubten einfach und niemand zweifelte deswegen an seinem Verstand. Heute muss alles logisch und erklärbar und überprüfbar sein. Es ist so anstrengend und kompliziert geworden, dass man als *penato* kaum noch seiner eigentlichen Aufgabe nachkommen kann."

Er macht eine kleine Pause, in welcher er einem Gedanken zu folgen scheint, bevor er weiterspricht: „Genau! Es muss daran liegen, dass ich mich nicht mehr auf meine eigentlichen Aufgaben konzentrieren kann."

Er sieht mich erwartungsvoll an.

Ich jedoch habe ihm aber gar nicht mehr richtig zugehört, sondern bin bei meinem eigenen Gedanken der Akzeptanz meines Hausgeistes hängen geblieben. Heißt es nicht, dass Leugnung das Problem vergrößert? Dass der Schatten zur Bedrohung wird, je mehr man ihn zu ignorieren versucht? Dass verdrängte Themen sich umso stärker an die Oberfläche kämpfen, je mehr man sie versucht zu unterdrücken?

Vielleicht ist das die Lösung? Möglicherweise birgt die mir so absurd erscheinende Akzeptanz einer unlogischen Existenz in meinem Leben genau diese Chance? Es mag hypothetisch denkbar sein, dass genau diese paradoxe Betrachtungsweise der Umstände die Lösung birgt?

„Ich werde bleiben", entscheide ich in diesem Moment laut.

Indem ich es ausspreche, fühle ich mich tatsächlich schlagartig besser. Ich stehe, mich selbst mit einem kräftigen Nicken bestätigend, von meinem Stuhl auf und sage laut: „Jawohl. Gleich morgen werde ich den Vertrag verlängern."

Der Kater springt ebenfalls von seinem Stuhl und schleicht mir, mit Anzug und Sonnenbrille, schnurrend um die Beine.

Zwei Wochen später geschehen vier Dinge innerhalb von zwei Tagen: Mein Mietvertrag ist verlängert auf die geplante Zeit meiner Anwesenheit in Italien. Mein erster Arbeitstag an meinem neuen Arbeitsplatz verläuft gut genug, um mich ob meiner noch immer holpernden Sprachkenntnisse nicht allzu sehr zu beunruhigen. Ich erhalte meinen italienischen Führerschein und einen sehr merkwürdigen Anruf.

Es ist ein überaus angenehm warmer Samstag, obwohl es eigentlich bereits Herbst ist und in Deutschland die Blätter an den Bäumen von leuchtender Farbe auf den Boden wechseln. Hier aber herrschen noch ansprechende Temperaturen, die in meinem Heimatland jedem Sommer alle Ehre machen würden. Ich genieße in vollen Zügen mein Vorhaben, in leichten Schuhen und T-Shirt auf den großen Markt zu gehen, der in Bologna ganze zwei Tage andauert und gespickt mit Schnäppchen ist, so dass dieser Zeitraum durchaus nötig ist, um alles zu durchkämmen.

Ich habe daraus ein Ritual gemacht: Zuerst schlendere ich mit einem Becher des weltbesten Speiseeises aus biologischer Herstellung und saisongemäßen Zutaten entlang der Top-Designer-Modegeschäfte in der Gegend der *Galleria Cavour*. Dort hole ich mir Anregungen über aktuelle Trends. Dann gehe ich auf den Markt und erstehe die günstige Version dieser Mode. Seitdem ich das entdeckt habe, erklärt es sich mir, wie es möglich ist, dass jeder Geldbeutel in diesem Land sich stets den neuesten Zeitstil leisten kann.

Gerade schultere ich meine übergroße Tasche, die ich mir speziell für diesen Zweck gekauft habe, und mache mich daran, die Eingangstür zu entriegeln, als mein Telefon mich mit einer unbekannten Nummer auf dem Display von diesem Vorhaben abbringt.

Es meldet sich das Büro der *Carabinieri*.

„Sie wollten einen Termin machen, um Ihren Führerschein vorzulegen. Wir haben bis jetzt nichts von Ihnen gehört."

Ich gehe zurück zum Küchentisch und krame mein Portemonnaie aus der Tasche, in welchem ich die Karte des *Carabiniere* noch immer aufbewahre. Das Anliegen selbst habe ich als nicht dringend vor mir hergeschoben. Ich werfe einen Blick auf den Namen.

„Ja, Signore Marino? Ich bin noch nicht dazu gekommen", lüge ich so glaubwürdig wie möglich und erzähle von meinem Arbeitsbeginn und der Notwendigkeit meiner Reise nach Deutschland. Ich schmücke die Geschichte noch ein wenig aus; ich habe aus den allseits beliebten Monologen der Italiener gelernt. Es funktioniert.

„Verstehe, verstehe", sagt der Mann am anderen Ende der Leitung mehrmals in meine Ausführungen hinein.

„Ich komme nächste Woche vorbei", schlage ich mit ein wenig Widerwillen vor, weil ich schon wieder einen lästigen Behördengang vornehmen muss.

Zu meiner Überraschung aber antwortet der *Carabiniere*: „Wir können auch bei Ihnen vorbeikommen. Auf der Streife. Wir sind sowieso in Ihrer Gegend. Das macht keine Umstände."

Meine unangenehme Erfahrung mit den unangemeldeten Kontrollbesuchen der Gemeinde anlässlich meiner Anmeldung meldet sich in meinem Unterbewusstsein. Ich schwanke, ob es eine gute Idee ist, auf diesen Vorschlag einzugehen.

„Das ist sehr nett von Ihnen, aber ich habe heute einen Termin. Ich muss gleich weg", erkläre ich deshalb und füge schnell einen konkreten Zeitpunkt mit Datum und Uhrzeit hinzu: „Ich komme Montagabend um 18 Uhr in Ihr Büro?"

„Da habe ich keine Schicht", antwortet die Stimme am anderen Ende der Leitung. „Wir können auch heute Abend bei Ihnen kurz vorbeikommen."

Auf meine erneute Frage, ob ich den Schein nicht einem Kollegen vorlegen könne, antwortet er kurz und bündig und mehr als bestimmt: „*No.*"

Also sage ich: „Gut, ich werde heute Abend zu Hause sein."

Ich lege auf und sage zu dem Kater, der jedes meiner Worte mit gespitzten Ohren verfolgt hat: „Ich werde den Tag jedes Jahr feiern, an welchem diese Behördenkontrollen hier endlich ein Ende haben!"

Massimiliano reibt sich sinnierend das Kinn und streicht nachdenklich über sein Schnurrharr: „*Carabinieri. Guarda un po!*"[117]

_____

[117] Da schau her!

17. So wie wir sind

Mein Kleiderschrank hat sich bereits in der Kürze der Zeit, die ich in diesem Land bin, so gefüllt, dass ich kaum noch Platz habe, meine neu erstanden Schnäppchen hineinzupressen.

Vorbereitet auf einen erneuten Behördenbesuch habe ich gleich nach meiner Rückkehr vom Markt Ordnung gemacht und sogar einen Strauß Blumen gekauft, den ich in einer Vase auf dem Küchentisch dekorativ drapiert habe. Irgendwie steuert mich die Vorstellung, als Ausländerin Eindruck schinden zu müssen.

Es klingelt an der Tür.

Carabiniere Marino steht groß und adrett davor und sieht aus wie Robert Redford in einem Filmklassiker aus den Siebzigern, mit dem Unterschied, dass seine Uniform dunkel ist, statt weiß. Es ist lange her, dass ein so attraktiver Mann vor meiner Tür stand, denke ich.

Er lobt sofort die vorbildlich massive Verriegelung, bevor er mit einem „*permesso*" eintritt.

Während er die Tür und deren Sicherungssysteme genau unter die Lupe nimmt, schiele ich in den Gang nach seinem obligatorischen Kollegen, aber er ist ohne diesen gekommen. Vermutlich wartet der im Auto, weil unten kein Parkplatz ist.

„Die Einbrecher haben diese Tür tatsächlich aufgebrochen?!", fragt er mich und sieht mich erstaunt an, fährt dann mit dem Finger über die Schramme im Türrahmen, die dort seit dem Einbruch verewigt ist.

Mit gespitzten Lippen krame ich in meiner Erinnerung, während ich ihn mit prüfender Stirnfalte genauer betrachte.

Woher weiß er das?

„Sie haben meine Anzeige aufgenommen?", mutmaße ich hierauf zögerlich und ein wenig beschämt, denn ich habe keinerlei Erinnerung an das Gesicht *dieses Carabiniere*.

Er nickt heftig und lächelt.

„Und Ihren Unfall", ergänzt er. „Zufall, nicht?"

„Ooooh ... Ja ... Genau."

Ich erinnere mich beim besten Willen nicht an das Aussehen des Mannes aus diesem angeblich ersten Treffen.

Mein bleibender Eindruck an ihn anlässlich meines Unfalls ist dafür umso lebhafter! Deshalb will ich auf keinen Fall zugeben, dass er diese anhaltende Prägung nicht bereits das erste Mal in meinem Gedächtnis hinterlassen hat.

„Es ist kaum zu glauben, dass die Einbrecher diese Tür aufstemmen konnten!", bezweifelt er dann wieder und untersucht die langen Riegel, die ein großes Stück in der Wand verschwinden, wenn man sie betätigt, genauer.

Ich räuspere mich etwas verlegen und zucke die Achseln. Ich werde ihm nicht sagen, dass ich diese am besagten Tag nicht betätigt habe.

Aber er lässt nicht locker, testet die Schließung in der offenstehenden Tür mehrmals selbst und schüttelt dabei ungläubig mit einem verwunderten „*strano*"[118] den Kopf.

Deshalb laufe ich schnell an den Küchentisch, wo mein Führerschein bereits griffbereit liegt, um ihm diesen unter die Nase zu halten.

---

[118] Merkwürdig, seltsam,

Er nimmt ihn und lässt zu meiner großen Erleichterung von der Tür ab, betrachtet den Ausweis, liest intensiv auf der Rückseite. Dann reicht er ihn mir wieder zurück.

„Alles in Ordnung. Danke. Ein sehr hübsches Bild!"

Das ist gelogen, wenn auch geschickt gelogen. Das Bild ist grauenhaft. Aber das Kompliment freut mich trotzdem. Ich stecke die Karte kurzerhand in die Gesäßtasche meiner Jeans.

„Also dann, schließen Sie hinter mir nur gut ab! Vermutlich haben Sie am Tag des Einbruchs einfach nicht vollständig abgeriegelt? Kann vorkommen", meint der *Carabiniere* nachsichtig.

Ich will nicht schon wieder die Unwahrheit sagen, weshalb ich kleinlaut nicke:

„Das ist wahrscheinlich die einzige Erklärung."

Er lächelt wieder, nickt so bestätigend, dass es unmissverständlich wird, dass er mich durchschaut hat.

„Ich wünsche Ihnen einen schönen Abend!", verabschiedet er sich dann beinahe förmlich.

Gerade wendet er sich zum Gehen, als der Kater mit einem Satz durch die offenstehende Tür genau in seine Beine springt und den großen Mann damit tatsächlich, samt meines freistehenden Kleiderständers neben dem Eingang, zu Fall bringt.

Ich versuche, den strauchelnden *Carabiniere* aufzufangen, was mir natürlich nicht gelingt. Dafür reiße ich in diesem sinnlosen Versuch einen Knopf von seiner Uniform, der in mehreren Sätzen ans andere Ende meiner Küchenzeile hüpft.

„Hopsala!", ruft Massimiliano und macht zwei Sprünge an das andere Ende des Raumes.

Es muss sich in den Ohren des Polizisten wie ein furchtbares Schreckmiauen anhören. Denn noch auf dem Boden, sich aus meinen Jacken und Mänteln arbeitend, stammelt er sofort eine ausufernde Reihe an Entschuldigungen, die er in variantenreicher Gestaltung endlos wiederholt.

„Oh! *Dio mio!*[119] Ihre Katze! Ich habe sie nicht gesehen! Das tut mir leid! Oh je! Habe ich sie getreten? Entschuldigen Sie! Oh, *dio mio ...*"

---

[119] Mein Gott!

Ich helfe ihm auf die Beine und stottere ebenso wild durcheinander Beschwichtigungen: „Haben Sie sich weh getan? Meine Güte! Ich habe ihn auch nicht gesehen. Ist alles in Ordnung? Oh je, Ihre Uniform! Nein, *mir* tut es leid! *Mir* tut es leid! Meine Güte ...".

Eine Weile wetteifern wir mit unseren Bekräftigungen vor uns hin, bis ich ihn alleine stehen lasse und nach dem Knopf suchen gehe. Währenddessen stellt er den Kleiderständer wieder auf, sammelt meine Jacken und was ich sonst noch alles achtlos an das Möbelstück gepackt habe, wieder vom Boden auf. Dann klopft er sich die Uniform glatt.

Ich finde den Knopf nicht. Ich knie auf allen vieren nieder, um unter die Küchentheke zu schauen, als mir eine Pfote vor das Gesicht fährt und mir den Knopf hinhält.

„Biete ihm einen Kaffee an!", befiehlt Massimiliano mit einem Augenzwinkern.

„Ich kann nicht nähen!", raune ich, noch immer ganz auf Augenhöhe zu ihm, zurück. Mir schwirrt der Klassiker für eine romantische Annäherung aus alten Filmen und Western durch den Kopf: Der Mann sitzt mit lockerem Knopf vor der nähenden Frau, bewundert ihre Geschicklichkeit und ihre Brüste, diese führt mit ruhiger Hand die Nadel und schmachtet dem sich annähernden Kuss entgegen.

Ich nehme Massimiliano den Knopf aus der Pfote, erhebe mich und reiche ihn *Signore* Marino hin. Der hat meine Jacken ordentlicher auf den Ständer drapiert, als sie es jemals zuvor waren.

„Möchten Sie einen Kaffee? Ich kann den Knopf zwar nicht wieder annähen, aber einen Kaffee kann ich machen."

„*Volentieri!*",[120] antwortet er wie aus der Pistole geschossen. „Wenn Sie Nadel und Faden für mich haben?"

Ich krame in meiner Mutterschublade, wo ich auch stets ein Reservenähset aufbewahre und reiche es ihm hin. Ich habe es noch nie benutzt. Ich hätte nicht gedacht, dass es mir auf diese Weise hilfreich sein würde.

Noch bevor ich den Kaffee aufgesetzt habe, heftet der Knopf wie eh und je an seiner Uniform und er beißt den Faden wie eine alte, routinierte Schneiderin gekonnt ab. Ich bin beeindruckt und überlege, ob die Filmszene in umgekehrter Besetzung ebenso funktionieren könnte?

---

[120] Sehr gerne

„Militärausbildung", erklärt er mir und steht auf, um sich die Jacke wieder anzuziehen.

Ich stelle zwei Tassen und ein paar Kekse auf den Tisch und hoffe sehnsüchtig auf das Röcheln der Espressomaschine, die auf der kleinen Gasflamme entsetzlich lange braucht.

„Wissen Sie was?"

Der *Carabiniere* bleibt stehen und blickt auf seine Armbanduhr.

„Ich lade sie auf eine Pizza ein. Eine beinahe richtige Pizza, wie man sie bei uns im Süden isst! Als Entschädigung für das Missgeschick, welches ich hier angerichtet habe. Ich habe soeben Feierabend."

Wenn ich die Pizzaskala meines Lebens betrachte, habe ich mich meiner Meinung nach im Laufe der Zeit erheblich verbessert: Von meiner ersten käseüberladenen und fetttriefenden Pizza in England während eines Schüleraustausches – mir war danach tagelang übel -, über eine wirkliche Holzofenpizza in Deutschland, habe ich mich mit meinem Umzug nach Bologna bis zur wunderbar dünnen und knusprigen Pizza hinaufgearbeitet. Doch der oft mit Pathos geführten Grundsatzdebatte in diesem Land über die Frage, welche Pizzavariante die wahre italienische ist – die des Südens oder die des Nordens – konnte ich bisher nur als Zaungast lauschen.

Von einem echten Bewohner aus dem Süden des Landes, noch dazu von einem derart netten und bestechend gutaussehenden, in dieses Geheimnis eingeweiht zu werden, klingt aufregend genug, um mich zu überzeugen.

Ich schalte die Flamme auf dem Gasherd gleich wieder ab.

„Gehen wir! Den Kaffee trinken wir hinterher!"

Am nächsten Morgen erstrahlt mein kleines Studio in der Morgensonne, ohne dass ein Pinguin mit seinem alles verdunkelndem Brett vor dem Fenster die Idylle zerstört.

Glücklich betrachte ich von meinem Bett aus durch die offenstehenden Flügelfenster einen strahlenden Sonntagmorgen.

„Ich muss zugeben, dass du eine schnelle Auffassungsgabe hast."

Der Kater steht direkt am Kopfende neben meinem Bett und sieht mich mit hochgezogenen Augenbrauen erwartungsvoll an. Ich fahre erschrocken auf.

„Ich wünschte, du würdest das einstellen! Du erschreckst mich jedes Mal zu Tode."

Er ignoriert, wie gewohnt, diese Art meiner Reaktionen und jegliche Aufforderungen, die damit verbunden sind. Stattdessen läuft er um mein Bett herum auf die andere Seite, um von dort auf mich einzureden.

„Sehr schön, wie du meinem Instinkt gefolgt bist!"

Ich lasse mich wieder, ganz versunken in die Erinnerung des vorangegangenen Abends, lächelnd in meine Kissen fallen.

Marco - *Signore* Marino und ich waren im Verlauf der Pizza zum „du" übergegangen -, war den restlichen Abend so charmant wie geistreich und hat mein Herz im Sturm erobert. Ich kann den Humorklassiker Italiens, die ständigen Witze über begriffsstutzige *Carabinieri*, gar nicht verstehen. Dieser hier ist alles andere als das! Er ist blitzgescheit, belesen und strahlt dabei Herzensgüte aus. Jedenfalls ist das mein Gefühl an diesem Morgen.

Doch diese Erlebnisse will ich nicht gleich mit Massimiliano teilen, da ich seine eigenwillige Einmischung, trotz der neuesten Übereinstimmung in dieser Sache, noch fürchte.

„Ich dachte, du willst mich mit Maurizio verkuppeln?", frage ich stattdessen.

„Nicht zwingend", antwortet er wie ein Anwalt, der ansetzt, seine Strategieänderung zu erklären. Er läuft, sichtlich zufrieden, das Gespräch in seine gewünschte Richtung gesteuert zu sehen, zum Diwan. „Jeder ordentliche Mann, der etwas taugt, kommt in Betracht. Hauptsache, er ist Italiener."

„*Viva il Duce!*"[121] ,werfe ich ihm mit einer gehörigen Portion Sarkasmus zu und die Bettdecke zurück.

„Fängst du wieder an?!" Er lässt sich umständlich auf dem Sofa nieder, dreht sich ein paar Mal, bis er endlich eine ihm bequem erscheinende Sitzposition einnimmt. „Das hat nichts mit Nationalismus zu tun. Ich habe dir doch meine Gründe erklärt! Müssen wir das nochmals durchgehen?"

„*Ci mancherebbe!*"[122] Ich formuliere es so spontan, wie ich mit Elan aus dem Bett hüpfe.

---

[121] Heil Duce (Mussolini)
[122] das würde gerade noch fehlen!

Wir wechseln einen kurzen Blick.

„Ich habe tatsächlich *ci mancherebbe* gesagt!!! Ganz natürlich! Wie richtige Italiener!", frohlocke ich stolz. Ich mache drei kleine Luftsprünge, wie ein junges Kitz auf einer frischen Frühlingswiese.

„*Addirittura.*"[123]

Massimiliano kommentiert dies so trocken, dass ich nicht weiß, ob seine Antwort als überraschte Verwunderung, Langeweile oder Verschnupfung über die Entgegnung selbst zu werten ist.

Noch immer in grenzenlosem Übermut, hüpfe ich barfuß an den Herd und stelle die Espressomaschine auf die Gasflamme. Sie steht noch vom Vortag startbereit da. Marco und ich haben den Kaffee dann doch im Restaurant zu uns genommen und als er mich vor meiner Tür verabschiedete, hat er auch nicht mehr danach gefragt. Es war der perfekte Abend, mit einem perfekten Verehrer, der weiß, dass Geduld in einer sich anbahnenden Liebe die perfekte Investition ist, weil es die weibliche Sehnsucht nährt. Ich fühle mich sehr genährt an diesem Morgen.

Ich nutze die Wartezeit, um mich zügig anzukleiden. Welch ein wundervoller Tag! Pfeifend komme ich aus dem Badezimmer, Kaffeeduft erfüllt den Raum und es klingelt an der Tür. Alle Vorsichtsmaßregeln missachtend, entriegle ich, so schnell ich kann.

Marco springt, mehrere Stufen auf einmal nehmend, mit einer Papiertüte in der Hand die Treppe herauf. Er trägt seine Uniform.

„Ich bringe dir Frühstück", begrüßt er mich und reicht mir die Packung durch die Tür, ohne einzutreten.

Ich lege den Kopf kokett schief, setze mein schönstes Lächeln auf und gebe ein langgezogenes „mmmmhhhh" von mir. Dann schnüffle ich an zwei duftenden Croissants.

Ich bin mehr als hingerissen. So etwas hat noch kein Mann je für mich getan! Die Situation ist geeignet, meine Knie butterweicher werden zu lassen, als das Frühstücksgebäck in der Tüte.

„Äm, der Kaffee ist gerade fertig", bringe ich glücklicherweise einigermaßen geistesgegenwärtig hervor und halte die Tür noch weiter auf, um damit meiner Einladung durch Handlung mehr Ausdruck zu verleihen.

---

[123] In der Tat, wirklich, tatsächlich

„Danke, ich bin im Dienst", lehnt er mit einem Schritt zurück ab, als wollte er sich damit selbst zur Raison bringen und nicht doch eintreten. „Mein Kollege wartet unten."

Die enorme Enttäuschung muss sich auf meinem Gesicht sehr abzeichnen, denn er macht sofort wieder einen Schritt nach vorne und fügt hinzu: „Aber wir könnten heute Abend zusammen einen Film ansehen? In einem kleinen Künstlerkino zeigen sie „*The way we were*"[124] in Originalsprache?"

Ich schmachte.

„Ich dachte, vielleicht magst du amerikanische Klassiker? Ich verstehe zwar nicht alles, aber mit Untertiteln geht das. Wenn du aber etwas anders sehen willst ...""

„Nein, nein! Das ist wunderbar!", beeile ich mich zu versichern.

Es ist in der Tat viel hinreißender, als alles, was ich erwartet habe. Ich liebe diesen alten Film aus den Siebzigern, bin Fan von Barbra Streisand und schwärme für den jungen Robert Redford. Sie verkörpern für mich das alte Hollywood, wo Diven und Stars noch Vorbilder und nicht nur reich und künstlich schön waren.

Ich kann es nicht fassen!

Ist dieser Mann wirklich echt?

Mir steigt Farbe ins Gesicht, ich kann es deutlich fühlen und je mehr ich versuche, es zu unterdrücken, umso heißer werden meine Wangen. Ich blicke zu Boden wie ein Schulmädchen. Es ist mir schrecklich peinlich. So benimmt sich keine erwachsene Frau! Was ist nur los mit mir!?

„*Allora*, ich hole dich so um halb sieben Uhr ab?"

Ich nicke. Er haucht mir ein leichtes Küsschen auf die Wange und geht. Erst als er am Ende der Treppe um die Ecke verschwunden ist, lasse ich die Tür mit einem verträumt sanften Schubser ins Schloss gleiten und mache, auf meiner Wolke schwebend, einen langgezogenen, tiefen Seufzer. Ich fühle mich umgarnt, wie eine Edeldame aus dem Mittelalter, mit dem Unterschied, dass mein Minnesänger mir keine Gedichte, sondern Gebäck darbringt. Das ist mir auch viel lieber.

Genüsslich beiße ich in mein Croissant, gieße mir einen Kaffee ein und setze mich mit noch immer glühenden Wangen an den Küchentisch.

---

[124] USA, 1973, Robert Redford, Barbra Streisand

„Addirittura."[125]

Massimiliano springt auf den Stuhl auf der anderen Tischseite und sieht mich forschend an. Diesmal tönt das Wort wie eine große Erkenntnis und sein Gesichtsausdruck unterstreicht diese Wirkung.

Ich schiebe ihm wortlos das zweite Croissant über den Tisch hin und grinse ihn an.

Marco kommt *so um halb sieben,* genau gesagt ist es zehn Minuten nach sieben Uhr. Aber mittlerweile weiß ich die Treffzeitenangaben Italiens einzuschätzen und habe mich darauf eingestellt.

Ich revanchiere mich nach einem hinreißenden Kinoabend mit einem Abschiedskuss auf die Wange, als er mich wieder vor meiner Tür absetzt. Er nutzt die Gelegenheit geschickt, um mir einen richtigen Kuss zu geben, der mir den Boden unter den Füßen weggezogen hätte, wäre ich nicht noch im Auto gesessen.

Ich habe gehofft, dass es genauso verlaufen und dass er es genauso erfahren anstellen würde! Ich lasse mich in seine starken Arme sinken und will diese nie wieder verlassen.

Ob ich ihn auf einen Kaffee hinauf in meine Wohnung einladen soll? In diesem Fall muss ich den Kater irgendwie aus der Wohnung schicken! Aber wie?

Bevor ich zu Ende denken kann, schält sich Marco jedoch sanft aus unserer Umarmung, steigt aus, läuft um den Wagen herum und öffnet den Türschlag auf meiner Seite des Autos. Ein Gebirgsbach ambivalenter Gefühle rauscht durch meine Venen: Einerseits fühle ich mich umschmeichelt wie ein Filmstar vor dem roten Teppich, andererseits ist es genau diese Tatsache, nämlich dass er mich zum Aussteigen auffordert, die mich enttäuscht.

Widerwillig leiste ich der unausgesprochenen Aufforderung Folge und trete ein wenig unentschlossen und halb verlegen auf der Stelle. Das verhindert, dass er die Autotür hinter mir schließen kann. Er nimmt mich am Arm, lässt die Wagentür offenstehen und führt mich an das große Hoftor meiner Wohnung. Nun ist meine Enttäuschung wirklich groß.

---

[125] In der Tat, wirklich, tatsächlich oder auch: sieh einer an!

„Ich habe morgen Frühschicht", erklärt er und seine klaren Augen sehen mich dabei so bedauernd an, dass ich mich noch dümmer fühle, als vorher unbeholfen.

Natürlich! Daran hätte ich auch denken können! Wieso beziehe ich immer alles, was geschieht oder wie in diesem Fall, nicht geschieht, auf meine Person!?

Während ich mit mir vor Gericht ziehe, küsst er mich nochmals. Aber entweder ist die Erwiderung meines Kusses aufgrund meiner Gedanken nicht überzeugend oder es ist seine Absicht, damit unwiderruflich den Abschied einzuleiten: Der Kuss fällt jedenfalls kurz aus.

Um überhaupt etwas zu sagen, lade ich ihn schnell zu Vittorias Tanz-Ausstellung ein. Nach kurzer Überprüfung seines Dienstplanes vereinbaren wir gezwungenermaßen, dass er später nach Feierabend hinzustößt, denn seine Schicht ist auch zu diesem Datum eingeteilt. Er wird die Tanzeinlage verpassen, zum gemeinsamen späteren Essen aber bestimmt anwesend sein.

Das Yogazentrum liegt in einem alten Viertel Bolognas im ersten Stock eines historischen, jedoch von außen relativ unscheinbar wirkenden *palazzo*. Eine weitgeschwungene Treppe führt in großem Bogen nach oben, wo sich alle Besucher in einem hohen Raum zur Vernissage versammeln. Die gesamte Decke des Raumes ist mit Stuck und Fresken verziert. Am anderen Ende ist ein großer gemauerter Kamin, der nicht mehr benutzt wird, in die Wand eingelassen. Die hohen Flügelfenster führen auf die enge Straße mit Arkaden, durch die wir gerade gekommen sind.

„Das muss einmal die Wohnung eines reichen Kaufmannes oder Adeligen gewesen sein?", mutmaße ich, als ich beeindruckt am Ende der Treppe stehen bleibe und mit in den Nacken gekipptem Kopf nach oben starre.

„*Bellissimo!*", ruft Maurizio aus, der mit mir gekommen ist. Er meint jedoch nicht den Raum, sondern läuft bereits an eines der Bilder, die an Wänden und auf Gestellen im Raum ausgestellt sind, um es näher zu betrachten. Alle zeigen Tänzer und Tänzerinnen in der Bewegung einer Figur des klassisch indischen Tanzes festgehalten, jedoch nicht in traditionellen Kostümen, sondern wie Gott sie geschaffen hat.

Vittoria kommt mit zwei Gläsern Prosecco in der Hand und Norio San im Schlepptau durch die in kleinen Grüppchen stehenden Gäste auf uns zu. Sie strahlt wie eine Leuchtreklame.

„Es sind so viele Leute gekommen", flüstert sie mir zu und drückt mir die Gläser in die Hand.

Ich stelle ihr und Norio San meinen Nachbarn vor, indem ich diesem eines der Gläser weiterreiche. Maurizio lobt ihre Malerei und Vittoria erklärt ihm daraufhin begeistert die Interpretation des Bildes, von welchem ich ihn gerade hergeholt habe.

„Deine anderen Freunde sind auch schon hier, glaube ich", meint Norio San an mich gewandt, als die beiden wieder ein paar Schritte näher zurück an das Bild machen. Er zeigt auf die andere Seite des Raumes, wo sechs Beine unter einem Gestell hervorlugen, an welchem scheinbar ein weiteres Gemälde von den zugehörigen Personen betrachtet wird.

„Komm, ich stelle sie dir vor!"

Entschlossen ziehe ich den Japaner hinter mir her, bis um das Gestell herum, wo Alessandra, ihr Bruder Enzo und Doktor Mustermann in diesem Moment gemeinsam über etwas lachen. Der Letztere legt gerade liebevoll seien Arm um Alessandras Bruder und drückt ihn leicht an sich; der, etwas verlegen, wendet verschmitzt den Blick nach unten.

Mir bleiben bei dieser Entdeckung meine Worte im Hals stecken. Die beiden sind ein Paar! Der große, blonde Hüne, dessen stahlblaue Augen ich einst für unwiderstehlich hielt, ist offensichtlich an Männern interessiert! Ich stehe mit offenem Mund vor den Dreien, während Norio San neben mir geduldig darauf wartet, dass ich ihn präsentiere.

„Ciao!" Ich stoße zumindest dieses minimale Begrüßungswort hervor.

„*Ciaaaaao!*", begrüßt mich Alessandra wie eine alte Freundin übertrieben ausufernd, den neugierigen Blick jedoch schon auf Norio San gerichtet.

Maximilian reicht mir mit einem deutschen „hallo" freundlich die Hand, indem er seinen Begleiter wieder loslässt. Dieser grüßt mich mit drei Luftküsschen, wenn auch weniger lautstark als seine Schwester.

Wie konnte ich so blind gewesen sein?! Wie konnte ich das nicht gesehen haben, als wir gemeinsam auf dem Konzert waren? Es erklärt den ganzen merkwürdigen Verlauf des damaligen Abends! Und ich habe mir eingebildet, dass dieser Mann an mir Interesse gehabt hatte!? Wie blind muss man sein, um derart geblendet das Offensichtliche zu leugnen?! Warum auch immer er mich damals eingeladen hat, es war nicht aus romantischem Interesse geschehen. Nun empfinde ich mein Benehmen an diesem Konzertabend nur noch peinlich. Sogar im Nachhinein. Was mussten die drei von mir gedacht haben?! Welch eine dumme Zicke ich abgegeben habe!

„Norio San!", stellt sich der Japaner mit einer leichten Verneigung selbst vor, weil ich noch immer nichts sage. Das reißt mich wenigstens aus meiner Lethargie; ich bin auf dem besten Wege mich auch an diesen Abend wieder daneben zu benehmen, wenn ich nicht bald meine Worte wiederfinde.

Aber die Vier machen sich schon selbst untereinander bekannt und lassen mir somit Raum, mich wieder zu fangen.

„Ich lebe bei der Künstlerin in Miete", erklärt mein Studienkollege und löst damit lautes Entzücken seitens Alessandras aus.

„Oh, Sie müssen sie mir vorstellen! Ihre Bilder sind einfach *troppo interessante!*"[126]

Sie hakt sich bei dem Japaner unter, der sie mit einem leichten Kopfnicken und ein wenig steif mit einem „gerne!" in die Richtung entführt, wo Vittoria und Maurizio nun beim nächsten Bild stehen.

„Lisa? Ist alles in Ordnung?", fragt mich Maximilian auf Deutsch von der Seite, weil ich den sich entfernenden Personen zu lange hinterherblicke.

Ich kippe mein Glas Prosecco in einem Zug hinunter. Es wirkt zumindest so weit, dass ich mich wieder fange und ein abgehacktes „ja" hervorbringe.

„Enzo, wärst du so nett und holst uns noch drei Gläser?", bittet Doktor Mustermann seinen Begleiter, indem er mir mein Glas entreißt und ihm auch sein leeres hinhält. Enzo entfernt sich mit einem süffisanten Lächeln auf den Lippen in Richtung der Treppe. Die Bar ist im Erdgeschoss.

„Bist du schockiert, weil Enzo und ich ...", hebt Maximilian an, mich direkt zu fragen, aber ich lasse ihn erst gar nicht aussprechen, sondern

---

[126] zu interessant

falle mit einen „neinneinneinein!" ins Wort, worauf er mich erwartungsvoll abwartend ansieht.

Als ich dem nichts weiter hinzufüge, lichtet sich mit einem Male sein
Blick.

„Oh, du lieber Himmel!", ruft er erschrocken aus. „Du hast gedacht,
dass ich dich eingeladen habe, weil ... es tut mir leid! Ach, wie achtlos
von mir! Ich hätte dir erklären sollen ..."

Wieder falle ich ihm ins Wort, diesmal weil mir die Wahrheit noch
peinlicher ist, als alles andere: „Schon in Ordnung, es war ein Missver-
ständnis!"

Ich hoffe nur, dass er aufhören wird, davon zu reden. Aber er tut es
nicht.

„Ich dachte nur, dass du als Landsmännin alleine hier in dieser Stadt
...."

„Das war ja auch sehr nett von dir! Völlig nett!"

„... dass wir zusammen mit Freunden ..."

„Es war ein wunderschönes Konzert!"

„... ich habe mir nichts dabei gedacht! Es tut mir leid ..."

„*Ich* muss mich entschuldigen! Ich habe mich albern benommen!"

Wir sehen uns in einem Moment des Schweigens an, um dann sofort
den entstandenen Augenkontakt wieder zu meiden. Wir blicken kurz in
die jeweils entgegengesetzte Richtung. Dann lachen wir beide.

Ich spreche als Erste wieder: „Ich gebe zu: Du bist ein attraktiver
Mann und ich habe mich von deiner Einladung geschmeichelt gefühlt.
Zunächst, jedenfalls."

„Ja, und ich Blödmann bin gar nicht auf die Idee gekommen. Enzo
hat mir schon gesagt, dass ich sehr naiv sein kann."

Dann zieht Maximilian mich verschwörerisch einen Schritt zur Seite,
weil andere Gäste das Bild betrachten wollen, vor welchem wir stehen.

„Diese Geschichte bleibt aber unser Geheimnis, einverstanden?" Er
sieht mich eindringlich an.

„Von mir hast du nichts zu befürchten", erwidere ich und hebe wie
zum Schwur die Hand. „Mir ist das peinlich genug!"

Wir nicken uns schweigend zu.

„A propos Geheimnis: Was ist mit dem Kater? Da du dich nicht mehr
gemeldet hast, gehe ich davon aus, dass es sich geklärt hat."

Jetzt blickt mich der Arzt an und ich verwandle mich vor seinen forschenden Augen in die Patientin, die ihm sein ärztliches Wirken versagt, weil sie sich bereits mit dem Phänomen abgefunden hat.

„Ich habe die Tabletten genommen."

Ich weiß natürlich, dass es keine Antwort auf seine Frage ist, aber es ist das Ehrlichste, was ich spontan sagen kann. Er forscht nicht weiter nach, meine Antwort offensichtlich als Bestätigung seiner Diagnose nehmend.

„Hast du den Kater behalten?", will er dann wissen, denn ich habe ihm erzählt, dass es ein zugelaufenes Tier war.

„Ja." Ich sage es so normal, so kurz und so beiläufig wie möglich.

„Wie heißt er denn?"

„Massimiliano", sage ich vorsichtig und halte mit übertriebener Ungeduld Ausschau nach Enzo mit unserem Prosecco.

„Du hast ihn nach mir benannt! Wie niedlich."

Ich muss darauf, Gott Lob, nicht mehr antworten, denn Enzo kommt in diesem Augenblick die Treppe herauf und ich laufe ihm mit übertriebener Hilfsbereitschaft entgegen, um ihm die Gläser abzunehmen.

Kurz darauf wird um Ruhe geläutet und eine Assistentin bittet die Gäste auf den Stühlen im Plenum des Saales Platz zu nehmen. Die Sitzplätze bestehen aus Drehhockern und sind so angeordnet, dass die Tanzeinlagen zwischen den ausgestellten Bildern stattfinden und sich die Zuschauer jeweils in die Richtung wenden können, wo das Geschehen spielt.

Wir setzen uns und auch Alessandra, Norio San und Maurizio gesellen sich wieder an unsere Seite. Die Tanzeinlagen dauern zweimal zwanzig Minuten und wiederholen vor jedem Gemälde die Interpretation desselben in Bewegung. Die Vorstellung ist ein großer Erfolg. Vittoria erntet viel Applaus und dann mischen sich alle nochmals um die Künstlerin herum und zwischen die Bilder.

Die ersten Gäste gehen und wir warten auf Vittoria, die sich umkleidet, um mit uns ins Restaurant zu gehen. Da erscheint ein *Carabiniere* an der Treppe. Er erntet sofort allgemeine misstrauische Aufmerksamkeit, die mit einer Anzeige eines Kunstbanausen in der Nachbarschaft in Verbindung gebracht wird.

Doch der Polizist kommt lächelnd auf mich zu, küsst mich hinters Ohr und grüßt allgemein in die kleine, bei mir stehende Runde. Meine

Freunde blicken mit großem Erstaunen auf mich, jeder mit dem eigenen sich fragenden Ausdruck hinter der nachdenklichen Stirn. Am wenigsten verstört scheint Alessandra. Sie guckt nur neugierig.

„Ich habe mich nicht mehr umgezogen, sonst wäre ich zu spät gekommen", erklärt Marco sein, diese Irritation hervorrufendes Auftreten. Ich lese jedoch in den fragenden Gesichtern der Anderen durchaus unterschiedliche Verwunderung als nur diese.

„Ist das nicht der *Carabiniere* unseres Unfalls?"

„Ja, in der Tat!"

Alle blicken erst auf Vittoria, die mit diesem Ausruf wieder in den Kreis getreten ist, dann auf Norio San, der ihn bestätigt hat und dann auf Marco, der mit einem schlichten *„si"* antwortet und sich mit seinem Namen vorstellt.

„*Addirittura!*", sagen Vittoria und Norio San betont deutlich und grinsend, wie aus einem Munde. Sie sehen sich kurz an, klatschen sich mit der Hand ab und lachen.

Norio San freut sich wie ein kleines Kind zu Weihnachten: „Ich habe tatsächlich *addirittura* gesagt, wie ein richtiger Italiener!"

Niemand außer mir kann diese Freude nachvollziehen.

„Ich habe heute auch ...", beginne ich ebenso stolz mein Erlebnis gleicher Art zu schildern. Doch ich breche mitten im Satz ab, denn mir wird klar, dass ich kaum von einer Konversation mit meinem Kater berichten kann, in welcher wir über das Anbändeln mit meinem *Carabiniere* sprachen.

Alessandra hakt sich mit Komplimenten über Norio Sans Lerneifer bei ihm unter, gleichzeitig die gesamte Runde überschwänglich auffordernd: „Mein Bruder kennt den Besitzer eines der besten Lokale hier in Bologna! Gehen wir dort etwas essen! Wir werden Plätze bekommen."

Das tun wir.

18. Phantom

„Buongiorno?"

Es ist spät morgens. Sonnenstrahlen kitzeln meine Nase.

Ich blinzle. Meine Augen wollen noch nicht recht aufwachen. Ich gebe das Blinzeln noch eine Weile auf. Warum zieht mir Kaffeeduft in die Nase?

Der Geruch wird intensiver.

Ich öffne die Lider und sehe eine überdimensionale Espressotasse, die sich ungefähr fünf Zentimeter vor meinem Gesicht hin und her bewegt. Die Hand, welche sie führt, gehört zu einem Arm, der wiederum zu dem auf der Bettkante sitzenden Mann gehört, dessen stahlblaue Augen mich beinahe absorbieren, wie schwarzer Samt das Sonnenlicht.

„Desideri un caffè?"[127]

Ich setze mich im Bett auf, versuche sinnloserweise mein Haar halbwegs in Ordnung zu bringen, ergreife dann aber doch dankbar die Tasse Kaffee.

Es ist nicht mein Porzellan.

Es ist auch nicht mein Bett und ebenfalls nicht meine Wohnung.

Ich bin in Marcos Wohnung, wo genau, kann ich nicht mehr sagen. Es war spät, ich ließ mich von ihm chauffieren, also habe ich nicht wirklich aufgepasst. Wir sind irgendwo außerhalb des Stadtzentrums, in einem relativ großen Wohnblock der siebziger Jahre, mit dunkelrotem Marmorfußboden, dunklen Holzfenstern, alter Teppichware in undefinierbarer Farbe an den Wänden des Treppenhauses und einer beinahe spartanischen Einrichtung drinnen. Es dringt Straßenverkehrslärm durch das offene Fenster.

Ich bin zu abgelenkt gewesen, um mich genau zu erinnern, wie ich hierhergekommen bin. Der Schwarm Wespen in meinem Bauch hat sich nämlich im Verlauf der nächtlichen Fahrt in den letzten Winkel meines Körpers ausgebreitet, meine Hände und Knie erzittern lassen und dabei gleichzeitig freudige Schauer über meinen Rücken gejagt. Alleine die Berührung seiner Hand hatte immer wieder das Gefühl einer Insekteninvasion in mir ausgelöst.

Obwohl ich nur ein Glas Prosecco getrunken habe, fühle ich mich noch wie benebelt. Diese Wolke des Prickelns schwebt noch über uns und verwandelt die wenig erotische Umgebung selbst unter dem Einfluss nüchternen Morgenlichts in einen sehr würdigen Rahmen.

„Hm, du riechst gut", murmelt er und gräbt seinen Kopf in meine Schulter.

Seine Stimme ist wie weich gespülter Velours, mit einem Timbre, das tief aus dem Brustkorb empordringt und mich schon wieder

---

[127] Möchtest du einen Kaffee?

vibrieren lässt. Der Hauch seines Atems an meinem Hals erzeugt eine Gänsehaut, die meinen gesamten Körper überzieht.

Ich stelle die Tasse vorsichtig auf dem spießigen Nachttischchen ab und kuschle mich an ihn.

Kaffee ans Bett!

Und das nach einer rauschenden Liebesnacht, die mir Blitze durch die Gelenke gejagt hat, als wäre ich an ein Stromkabel angeschlossen worden!

Ein weiteres Novum in meinem Leben, das dieser Mann bewerkstelligt und ihn meinem Herzen noch ein Stück näherbringt.

„Mein Mitbewohner ist weg. Er ist auf einer Fortbildung. Das Bad ist jetzt frei", sagt der frisch geduschte und bereits in Motorradmontur gekleidete Marco, greift nach einer alten Lederhose, einem T-Shirt und einer Lederjacke, die bereits griffbereit auf der Bettdecke liegen.

„Die Sachen sollten dir passen."

Ich tausche die leere Tasse mit den frisch gewaschenen Klamotten des Mitbewohners, deute einen flüchtigen Kuss an und springe dann schnell weiter ins Badezimmer, weil ich mit schlechtem Morgenatem seinem nach Aftershave duftenden Auftreten nichts entgegenhalten kann.

Das Bad sieht aus wie der Rest der Wohnung: Moosgrüne, wild gemusterte Fliesen an den Wänden, ein wenig heruntergekommen, mit wenigen Möbeln, die alle den Anschein erwecken, direkt aus dem Sperrmüll gerettet worden zu sein. Aber sauber! So perfekt geputzt und aufgeräumt Chlorduft verbreitend, dass ich beinahe glauben könnte, in ein Hallenbad getreten zu sein.

Träumend stehe ich in der Dusche und lasse das heiße Wasser über meinen Kopf rauschen.

Ich kann mein Glück kaum fassen, doch es sitzt spürbar in jeder meiner Hautzellen. Mit der Wärme des Wassers und der der Liebe verwandeln sie meinen Körper in den einer Traumfrau.

Ich beginne zu verstehen, wie es kommt, dass Menschen in der Dusche singen. Genauso muss es sich angefühlt haben, als Mendelssohn sein Halleluja komponiert hat! Bestimmt hat er frisch verliebt geduscht?

Ich singe jedoch nicht, sondern kleide mich zügig an, sobald ich schweren Herzens dieses wohlig warme Wasser abgedreht habe.

Ich fühle mich sehr sportlich in der lässigen Motorradjeans mit ein-gearbeitetem Knieschutz und einem darüber hängenden T-Shirt.

Der Kollege muss kleiner sein, als Marco, denn die Hose sitzt zwar sehr locker, aber immerhin verliere ich sie nicht und das T-Shirt passt beinahe wie angegossen. Ich prüfe das Label dieses Kleidungsstückes und entdecke, dass es Damenkonfektion ist. Ich zucke die Achseln; viel-leicht hat der Typ ja eine Freundin? Umso besser für mich heute.

Die Idee zu einem Motorradausflug in die Berge an diesem Tag war am Abend zuvor der willkommene Vorwand gewesen, in Marcos Woh-nung zu fahren, um die dazu nötige Ausrüstung von seinem Mitbewoh-ner zu borgen. Einmal dort, war es natürlich eine unausgesprochene Entscheidung, die Nacht zu bleiben.

Diese Pläne für den „Tag danach" hatte er gemacht! So etwas über-zeugt jede Frau, obwohl es zu diesem Zeitpunkt nicht mehr nötig war, mich von irgendetwas zu überzeugen.

Kurz darauf kurven wir durch die schmalen, sich windenden Stra-ßen der Apenninen.

Wir fahren die beinahe wellenförmig verlaufenden Hügel hinauf und hinunter, durch einfache Orte, die überraschend hinter einer Kurve auftauchen, scheinbar unberührte Natur, vorbei an wenig gefüllten Bergbächen mit großen, runden Steinen im Flussbett.

Die serpentinenreichen Wege verwirren meinen Orientierungssinn, so dass ich nach kurzer Zeit nicht mehr sagen kann, in welcher Richtung Bologna zu suchen ist, obwohl wir Luftlinie bestimmt nur wenig ent-fernt sind.

Ich schmiege mich auf dem Sozius eng an ihn, schlinge meine Arme um seinen muskulösen Körper. Meinen Kopf lehne ich an seinen Rü-cken, um ihn und die vorbeiziehende Landschaft mit jedem Atemzug zu genießen. Obwohl der Helm dabei hinderlich ist, verharre ich in dieser Position, weil sie die maximale Nähe bringt, die auf einem Motorrad möglich ist.

Gegen Mittag hält Marco vor einem kleinen Restaurant an.

Ein paar andere Motorräder warten aufgereiht vor dem alten Haus, wie Pferde vor einem Saloon im Wilden Westen. Wir parken unsere PS daneben und treten mit Helm in der Hand und wirren, verklebten Haa-ren auf dem Kopf ebenfalls ein.

Die Männer drinnen grüßen uns kurz wie Mitglieder einer verschworenen Gemeinschaft. Das weckt ein Gefühl der Zugehörigkeit. Niemand achtet darauf, dass alle zerzaust und schmutzig, teilweise mit Schlammspritzern bedeckt am Tisch sitzen. Im Gegenteil: Es scheint, als müsse das genau so sein. Nach der Geschwindigkeit, der frischen Luft, der vorbeiziehenden Landschaft, ein gutes Essen in Gesellschaft der Freiheit! Ich beginne zu ahnen, was Biker daran so faszinierend finden. Man spricht darüber, woher man kommt und wohin man will, welches Motorrad man fährt und wie es sich bisher bewährt hat. Niemand interessiert es, wer man ist oder wer man vielleicht sein möchte.

Das Essen ist ausgesprochen köstlich und ich erlaube mir als Mitfahrer ein Glas Wein dazu.

Danach schwebe ich förmlich auf dem Rücksitz hinter meinem Carabiniere durch die Szenerie und lasse den Blick und meine Gedanken fliegen.

Welch eine fabelhafte Wendung meines Lebens!

Welch Bonheur!

Noch vor wenigen Wochen wäre ich beinahe wieder zurück nach Deutschland gereist und nun flattere ich vor Glück.

Irgendwann übermannt mich eine Müdigkeit, die eine Mischung aus glücklichem in die Landschaft dösen und tatsächlicher Anstrengung ist. Marco lenkt mich sicher zurück bis vor das große Tor meiner Wohnung. Meine Knie sacken beinahe unter mir weg, als ich vom Motorrad steige.

„Stehen bleiben", lacht er und fängt mich mit einem Arm auf, wobei seine starken Beine und das Motorrad sicher auf dem Boden ruhen.

„Willst du mit rauf kommen?", frage ich ihn vorsichtig, denn ich fühle mich durch die Anwesenheit des Katers in der Bewegungsfreiheit dieser Dinge noch immer eingeschränkt und unsicher.

Doch mein Wunsch, die letzte aufregende Nacht zu wiederholen, ist stärker. Irgendwie werde ich das lösen, hoffe ich.

Marco springt wortlos von seiner Maschine und grinst mich zustimmend an.

Aber der Kater ist gar nicht da.

Vielleicht besitzt er ja doch mehr Feingefühl, als ich ihm zugetraut habe? Meine Erleichterung könnte nicht größer sein und meine Vorfreude steigert sich einhergehend mit diesem Gefühl.

Trotzdem wird aus der heißersehnten Erotik nichts, denn als ich aus der Dusche komme, liegt Marco bereits tief schlafend und röchelnd auf meinem Bett.

Seine Motorradkluft hängt übersichtlich über meinem Stuhl, der so ordentlich neben dem Bett steht, als müsse er bei Alarm mit einem Satz wieder hineinspringen.

Ich decke ihn behutsam zu, schlüpfe an seine Seite, knipse das Licht aus und lege vorsichtig einen Arm auf den seinen.

Es dauert nur wenige Atemzüge, bis auch ich friedlich eindämmere.

Massimiliano taucht auch in den kommenden drei Tagen nicht wieder auf.

Mit einem Seufzer der Ungeduld schreite ich schließlich hinüber zu Maurizios Großmutter, wie zum entscheidenden Angriff in einer schwelenden Auseinandersetzung eines Zaunstreites mit dem Nachbarn. Er kann ja nur dort sein und ich habe vor, diesem Theater ein für alle Mal ein Ende zu setzen! Habe ich tatsächlich gehofft, dass der Kater mit dem von ihm akzeptierten Italiener keine Szenen dieser Art machen würde, ist meine Enttäuschung über sein Verhalten nun ungemein.

Die Überraschung, ihn am Zielort meines Vorhabens nicht vorzufinden, ist noch beträchtlicher.

„Wir haben Ihre Katze schon sehr lange nicht mehr gesehen, cara mia",[128] meint Maurizios Großmutter endlich. Sie hat mich, trotz meiner anfänglichen Weigerung, erfolgreich in ihre Küche gelockt, wo sie mir nun einen Tee aufbrüht und eine Crostata vorsetzt.

Im Eck entdecke ich ein Bild aus Vittorias Vernissage, das auf dem Boden gegen die Wand lehnt. Als warte es dort auf seinen endgültigen Platz, entweder auf dem Speicher oder an einem exponierten Ort in der Wohnung.

„Oh, das hat Maurizio gekauft!", erklärt dessen Großmutter und tritt hinter mich, als ich unwillkürlich ein paar Schritte auf das Bild zu mache und davor stehen bleibe.

„Er wird es wohl in seinem Büro aufhängen", mutmaßt sie weiter. „Ich finde es, naja, ein wenig zu freizügig für diese Wohnung hier."

---

[128] Meine Liebe

Es ist das Gemälde, welches Maurizio mit dem Ausruf des Entzückens versah, als wir die Ausstellung betraten und welches die Künstlerin ihm nach meiner Beobachtung an diesem Abend ausführlich interpretierte. Ich kann die Zurückhaltung seiner Großmutter verstehen, denn es zeigt eine nackte Tänzerin in einer für indischen Tanz typischen Pose mit offenen, angewinkelten Beinen.

Wann hat Maurizio das Bild gekauft, frage ich mich heimlich, denn ich erinnere mich nicht an eine Geschäftsabwicklung während der Vernissage? Aber an diesem Abend hat sich viel ereignet und besonders die unmittelbare Zeit danach war für mich so sehr von Marco geprägt, dass ich mein Urteil an dieser Stelle überzeugt bezweifle.

„Es ist eine Investition, sagt Maurizio", erklärt die alte Frau weiter und zuckt dann die Achseln. Sie geht zurück, um das kochende Wasser in die Kanne mit dem wartenden Tee darin zu gießen.

Ich lasse das Bild ebenfalls stehen und folge ihr zurück an den Küchentisch, wo bereits meine Tasse wartet.

„Mein Kater war also nicht mehr hier?", wechsle ich das Thema wieder zum Grund meines Besuches.

„Seit Maurizios Idee, ihn zurück in sein Zuhause zu tragen, nein", antwortet die Großmutter, mehrere Teebeutel in der gefüllten Kanne auf- und niedertauchend. „Er hat diese Botschaft wohl verstanden. Es war wirklich eine sehr schlaue Idee von Maurizio! Seitdem war der Kater nicht wieder hier. Eigentlich schade. Ich vermisse ihn. So ein intelligentes Tier!"

Sie legt die nassen Beutel auf einem Teller ab und kommt mit der Kanne an den Tisch zu mir.

„Es ist immer, als ob er spreche", fährt sie fort und gießt mir ein. Sie reicht mir einen Teller mit einer großen Portion des Kuchens.

Ich steche ein Stück ab und schiebe es nachdenklich in den Mund. Ich bin mir so sicher gewesen, den Kater hier wieder aufzusammeln, dass mir nun seine Abwesenheit schon fast Verdruss bereitet.

Mit dem ersten Schluck des heißen Tees verwandelt sich mein ursprünglicher Ärger tatsächlich in Besorgnis. Was, wenn er irgendwo versehentlich eingesperrt wurde und sich selbst nicht befreien kann?

Mit dem nächsten Schluck aus meiner Tasse entsinne ich mich, dass Massimiliano kein gewöhnlicher Kater ist. Er kann sich helfen! Er hat immerhin zweitausend Jahre überlebt. Ergo lautet die Frage nicht, was ihm zugestoßen ist, sondern: Wo ist er?

Mit dem Leeren der Tasse steigert sich dieser Gedanke in: Was heckt er schon wieder aus?

„Er ist ein Kater, mein Mädchen", beruhigt mich Maurizios Großmutter, die mein Stirnrunzeln wohl aus ihrer Sicht interpretiert und setzt sich endlich auch an den Tisch. „Er muss hin und wieder streunen. Das machen Männer so."

Kann es angehen, dass männliche, römische Hausgeister dieses Bedürfnis auch haben?

Da ich diese Überlegung nicht aussprechen kann, schiebe ich ein weiteres Stück Kuchen in den Mund und deute ein wohlwollendes, kauendes Lob darüber an.

Vielleicht hat sie ja recht? Ich weiß so gut wie nichts über dieses Wesen, das in Form eines Katers in mein Leben eingedrungen ist und welches ich nun vermisse. In der Tat: Er fehlt mir und ich sorge mich!

Aber ich beschließe, auf den Rat meiner erfahrenen Nachbarin zu hören und einfach abzuwarten.

Nach weiteren zwei Tagen bin ich so besorgt, dass ich beschließe, Marco um Unterstützung zu bitten.

Ich weiß nicht, was ich in dieser Sache von ihm erwarte, aber als Carabiniere hat er bestimmt Erfahrung in der Suche von verschwundenen Personen und diese kann man auch auf Kater übertragen.

„Hast du ein Bild von ihm?", fragt er, als ich ihm von meiner Unruhe völlig übermannt bei einem Teller Spaghetti am Abend davon erzähle.

Natürlich habe ich das nicht.

Er schiebt nach der letzten Gabel Nudeln seinen Teller zur Seite, zieht einen Stift und Block aus seiner Uniformjacke, die über der Stuhllehne hängt, und beginnt professionell Merkmale Massimilianos zu notieren.

Da er ihn selbst jedoch nur wenig gesehen hat – schließlich war ja der Kater mit seinem Auftauchen in meinem Leben verschwunden – blickt er mich nach den ersten Worten erwartungsvoll an.

„Langhaar-Kater mit dunkelgrauem Fell, hört auf den Namen Massimiliano ..."

„... weißem Kragen auf der Brust, zwei weißen Vorderpfoten ...“, ergänze ich laut und verstumme, als ich „... vorlautes Wesen, in Rhetorik geübt, zweitausend Jahre alt ...“ hinzufügen will.

„... weiße Vorderpfoten“, wiederholt Marco schreibend und schaut mich dann wieder abwartend an.

Es drängt mich, ihm von Massimiliano zu erzählen, aber ich fürchte meine Glaubhaftigkeit vor ihm zu riskieren und damit diese wundervolle, sich anbahnende Beziehung. Also schweige ich.

„Ein bisschen mehr brauche ich schon, wenn wir ein Phantombild erstellen wollen!“, ermutigt mich Marco.

„Du kannst ein Phantombild von ihm machen?“ Ich richte mich erstaunt und hoffnungsvoll in meinem Stuhl auf.

„Ähhh“, macht er, zieht die Augenbrauen hoch und nickt schwerwiegend mit dem Kopf. „Eigentlich darf ich das natürlich nicht. Aber der Kollege, der das macht, schuldet mir was.“

Wieder sucht sein Blick einen weiteren Anhaltspunkt von mir zu erhalten.

Das Phantombild eines Geistes, denke ich. Eigentlich finde ich das witzig, wenn ich nicht so besorgt wäre.

„Eine kleine, weiße Schwanzspitze!“, rufe ich, erleichtert darüber, dass mir noch dieses Detail einfällt.

„Welche Farbe haben seine Augen?“, fragt Marco.

„Blau.“

Mit dieser mir so schnell über die Lippen kommenden Antwort wird mir zum ersten Mal bewusst, wie ungewöhnlich blaue Augen für einen Kater sind.

Ich springe von meinem Stuhl auf und laufe aufgeregt über diese Entdeckung vor dem Tisch auf und ab.

„Ja, seine Augen sind so intensiv blau, wie das Wasser eines Sees in den Bergen! Das ist wahrhaftig sehr ungewöhnlich für ein Tier, nicht wahr?“

„Damit können wir doch etwas anfangen“, meint Marco zufrieden und notiert meine Beschreibung auf den Block. „Das ist ein herausstechendes Merkmal. Wir werden diese Information an die Tierfänger und Tierheime geben und du kannst es überall in der Gegend aushängen.“

Bei dem Wort „Tierfänger“ bleibe ich abrupt stehen und starre Marco an.

Daran habe ich nicht gedacht!

Was, wenn er in die Fänge dieser Leute geraten ist?! Ich bin mir sicher: Auch ein römischer Hausgeist kann da nicht mehr viel ausrichten! Moderne Zeiten, klingt es wie eine Wiederholung in meinem Kopf. Massimiliano hatte das so oft gesagt! Es hat eine viel weitreichendere Bedeutung, als mir gewahr war.

Ich sehe Marco hilfesuchend und erschrocken an.

Er nimmt mich wortlos in den Arm.

Maurizio ist über das Verschwinden des Katers beinahe so besorgt wie ich. Seine Großmutter hat ihm davon berichtet und er steht sofort hilfsbereit vor meiner Tür, als ich ihn bitte, die Flugblätter auf dem Weg zu seiner Arbeit und um den Arbeitsplatz herum zu verteilen.

Die Nachricht macht erstaunlich schnell die Runde in meinem neuen Freundeskreis. Der Namensvetter des Katers, Maximilian, kommt sogar persönlich zu mir, denn meine große Sorge über das Verschwinden des Katers hört sich in seinen Ohren natürlich anders an. Er hat es von Enzo erfahren, der es von seiner Schwester hörte, die es von Norio San erzählt bekam, der es wiederum von Vittoria weiß. Hier schließt sich der Informationskreis, denn dass die Künstlerin es von Maurizio gehört hat, ist offensichtlich.

„Ist alles in Ordnung?", fragt mich Maximilian, kaum durch die Tür getreten. Wieder einmal trifft mich der forschende Blick des besorgten Arztes.

„Der Kater ist seit Tagen verschwunden!", antworte ich, obwohl er das offensichtlich schon weiß. Deshalb füge ich schnell hinzu: „Ich meine, wirklich verschwunden!"

„Ja? Das wollten wir doch?"

Maximilian spricht vorsichtig, wie ein Arzt mit seinem rückfälligen Patienten. Die Entwicklung gefällt mir gar nicht.

„Du verstehst nicht: Er ist weggelaufen."

Maximilian nimmt mich behutsam am Arm und führt mich zum Sofa, wo er mich sachte niederdrückt.

Er setzt sich neben mich und nimmt meine Hände in die seinen.

„Das kann ein sehr symbolisches Ende dieser Sache sein."

Er sieht mich eindringlich an.

Ich bin genervt von meiner aufgezwungenen Rolle, ziehe meine Hände wieder an mich und antwortet entsprechend gereizt:

„Meine Katze ist weggelaufen! Verstehst du?! Nicht mehr und nicht weniger."

„Genau", nickt Maximilian betont gelassen.

Ich vermute professionelles Verhalten gegenüber meiner Aggressivität, was noch mehr Widerstand in mir weckt.

„Tiere haben ein sehr feines Gespür."

Nun sehe ich ihn doch überrascht an und bin geneigt, seinen Worten zu lauschen.

„Wie meinst du das?"

„Zuvor hast du vielleicht etwas auf ihn projiziert, das du jetzt nicht mehr brauchst?"

Massimiliano, ein Hirngespinst meiner Einsamkeit?

Über diesen Punkt war ich hinaus, aber Maximilian lässt den Gedanken wieder auferstehen. Dann taucht Marco, der mein Herz, meine Zeit, meine ganze Aufmerksamkeit so überraschend schnell völlig vereinnahmt hat, vor meinem geistigen Auge auf.

„Du meinst, der Kater fühlt sich vernachlässigt und läuft deshalb weg?", frage ich und fühle mich elend, denn diese Überlegung ist realistisch und nachvollziehbar.

„Das geschieht öfters: Hunde und Katzen, die sich zum Beispiel durch die Geburt eines Babys in der Familie zurückgesetzt fühlen und reagieren", erklärt Maximilian weiter. „Manchmal suchen sie sich ein neues Zuhause."

„Du meinst, er ist eifersüchtig auf Marco?"

Nach allen Eskapaden mit Anselm halte ich das für mehr als wahrscheinlich. Ich frage Maximilian nur deshalb noch um seine Einschätzung dazu, um ihn von der Idee abzubringen, mit mir sei wieder etwas nicht in Ordnung.

Doch entgegen meiner Taktik antwortet Maximilian genau das: „Nein. Ich denke, dass du das Problem bist."

Ich rücke instinktiv ein Stück von ihm ab, drücke mich mit verschränkten Armen vor der Brust in die Ecke des Sofas und schmolle ihn an.

„Du strahlst jetzt vielleicht etwas aus, das die Katze nicht will?" Max sieht mich ermutigend an. „Das wäre doch denkbar, meinst du nicht?"

„Kater", korrigiere ich ihn instinktiv, ohne jedoch meine Position zu ändern.

Die Worte meines Freundes klingen plausibel.

Aber ich glaube es nicht. Ich kann es nicht glauben.

Ich will es nicht glauben.

„Wenn du mir helfen willst, dann komm mit mir die Flugblätter im Viertel verteilen!", sage ich mit fester Stimme und erhebe mich entschlossen. „Eine entlaufene Katze ist keine Seltenheit. Das kommt öfter vor und vielleicht hat ihn ja jemand gefunden?"

„Kater", korrigiert mich Maximilian und ergreift einen Stapel der Flugblätter vom Küchentisch.

„Gehen wir!"

Kurz danach sieht das Viertel aus, als wäre Massimiliano der Botschafter einer Schnitzeljagd. Überall entdeckt man sein Phantombild, dessen Aussehen erstaunlich der Realität entspricht: Er schaut von einer Straßenlaterne, vom Counter einer Bar, von Baumstämmen, Parkbänken und auch Altglascontainern.

Sogar mein Postbote kann sich diesem massiven Aufruf nicht entziehen. Ich drücke ihm mehrere Exemplare in die Hand, als er mir ein Einschreiben überreicht. Er verspricht, es in einem größeren Umkreis zu verteilen, obwohl er die Aktion anzweifelt. Seiner großen Erfahrung mit verschwundenen Katzen nach, hält er es für unwahrscheinlich, dass ein Kater seine Kreise so weit ziehen würde, wie er die Post zu verteilen hat. Ich überzeuge ihn, es dennoch zu tun. Was weiß der schon von römischen Hausgeistern!?

Sobald Marco seinen freien Tag hat, nehme auch ich mir einen Tag Urlaub und wir machen die Runde durch sämtliche Tierheime und Aufbewahrungsorte von Tierfängern, dessen Adressen mein Freund und Helfer lückenlos ausgedruckt mitbringt.

Bereits früh morgens ziehen wir los. Obwohl der Anblick der verlassenen Tiere herzerweichend ist, laufe ich zügig und ohne Anteil zu nehmen durch die Reihen der Käfige. Mein Blick schweift schnell über die Katzen hinweg und ich drehe mich enttäuscht und kopfschüttelnd ab, sobald ich erkenne, dass Massimiliano nicht unter ihnen ist.

Als wir die letzte Adresse auf unserer Liste erfolglos abhaken, bleibe ich erschöpft und mit Tränen in den Augen vor Marcos Kleinwagen auf dem Parkplatz stehen. Ich weiß nicht weiter. Ich schiebe die Hände in die Taschen meiner Herbstjacke und kicke das Laub unter meinen Füßen hin und her.

Marco nimmt mich tröstend in den Arm.

„Vielleicht hat er wirklich ein neues Zuhause gefunden?"

Ich halte das für unwahrscheinlich. Ich würde ihm so gerne sagen, warum ich das nicht glaube. Denn als mein Vermieter muss er in der Wohnung bleiben. Das hat er doch selbst immer betont! Aber wie soll ich eine solche Geschichte einem Carabiniere vernünftig erklären, ohne dass er mich für verrückt hält?

Ich ziehe ein Taschentuch aus meiner Jackentasche, um mir die Nase zu putzen. Stattdessen halte ich aber ein zerknittertes Kuvert in der Hand. Ich werfe einen beiläufigen Blick darauf. Es ist das Einschreiben, das mir der Postbote überreicht hat. Ich habe es nicht geöffnet, sondern einfach eingesteckt, weil ich auf dem Weg zu Marco war. Vermutlich das nächste Problem, denke ich kurz. Das muss warten, bis mein Kopf wieder frei ist.

„Lass uns nach Hause fahren", schniefe ich resigniert und steige in das Auto ein. Doch dann siegt meine Neugier und ich reiße das Kuvert auf.

Es ist ein Schreiben des Hausverwalters, in welchem alle Mieter darüber informiert werden, dass in Kürze Fliegengitter im Haus installiert werden. Der Eigentümer, Signore Penati, hat dies veranlasst. Ab dem angegebenen Datum wird das Sprühen von Gift gegen Mücken hiermit eingestellt. Das Flügelfenster meines Studios wird darüber hinaus eine Katzenklappe haben.

Die sachliche Angelegenheit verwandelt sich in einen Sturz meiner Gefühle. Freier Fall.

Ich weine Tränen der Rührung.

Ich weine Tränen der Dankbarkeit.

Ich weine, weil ich den Kater vermisse und weil ich mich sorge.

Und ich weine vor allem, weil mir alle üblen Gedanken, die ich in seinem Zusammenhang je hatte, unsagbar Leid tun.

Unsagbar.

19. Haus des Fauns

Meine Wohnung fühlt sich so leer an, dass ich nach Feierabend auf Umwegen nach Hause gehe und bei jeder Gelegenheit aus dem Haus flüchte. Jeder noch so an den Haaren herbeigezogene Vorwand ist mir recht. Seit über einer Woche ist Massimiliano nun unauffindbar. Er fehlt mir heftiger, als ich erwartet hatte.

Ich stehe vor dem Gasherd und warte darauf, dass der Kaffee fertig wird. Seit dem Verschwinden des Katers habe ich meine Arbeit sträflich vernachlässigt, weil ich nicht in der Lage gewesen war, mich zu konzentrieren. Inzwischen bin ich mit einigen Dingen terminlich so sehr in Verzug, dass ich mich am Samstag aufraffe und meinen Computer zu

Hause aufgeklappt habe, um das Nötigste zu erledigen. Meinen Schreibtisch habe ich ans Fenster gerückt. Als deutscher Neuling im Team stehe ich unter besonderer Beobachtung und will mir ein nachlässiges Verhalten einfach nicht erlauben.

Ich gieße gerade den dampfenden Kaffee in die Tasse, die ich bereits in der Hand halte, als sich der Bildschirmschoner auf meinem Rechner einschaltet und große Buchstaben über den schwarzen Hintergrund zu laufen beginnen. Meine Augen verengen sich zu Schlitzen und ich stelle die Espressokanne wie in Zeitlupe beiseite.

Ich hatte stets diese blöden Fische über den Bildschirm schwimmen lassen, obwohl ich jedes Mal dachte, dass ich endlich eine interessantere Variante installieren sollte. Aber das habe ich nie gemacht. Und einen Bildschirmschoner mit Text hatte ich schon gar nicht!

Ich trete näher und lasse beinahe die Tasse fallen, genau wie es Anselm an derselben Stelle in meiner Küche getan hat. Über meinen Bildschirm läuft in großen Lettern eine Botschaft:

TRIFF MICH ZUR MITTAGSZEIT IN DER ‚*VILLA DEL FAUNO*'.

Ich starre wie versteinert auf den Schriftzug und lasse ihn dreimal vor meinem Blick ablaufen, bevor ich in der Lage bin, die heiße Kaffeetasse endlich neben dem Rechner auf dem Schreibtisch abzustellen.

Was hat das zu bedeuten?

Hat Marco mir diese Nachricht als Überraschung zu einer Mittagseinladung hinterlassen? Originell, denke ich und lächle über die Idee, obwohl ich mich frage, wann er das getan haben mag?

„Haus des Fauns?" Ich tippe bereits auf meinem Smartphone herum, um herauszufinden, welches Restaurant das sein mag. Davon habe ich noch nie gehört.

Zu meiner Überraschung erscheinen mehrere Links und alle mit derselben Ortsangabe: Pompeji.

In meinem Kopf folge ich gedanklich genau drei Stufen:

Pompeji?

Pompeji!

Massimiliano!

Das kann nur eine Botschaft des Katers sein! Die alte verschüttete römische Stadt! Das Haus des Fauns ist eine antike Villa, mit der Figur eines Fauns[129] im Zentrum des Hofes; einer der einst vom Vesuv verschütteten Paläste, der freigelegt wurde.

Warum und wie Massimiliano dort hingekommen ist und vor allem, warum so überstürzt, dass er mir nur noch eine kurze Botschaft auf diese Weise hinterlassen konnte, sind Fragen, die mich zwar beschäftigen, aber nicht in dem Ausmaß, wie ich mich freue, ein Lebenszeichen von ihm zu erhalten.

Und die Art und Weise trägt so sehr seine Handschrift!

Mein Rechner war aus dem Verbot, meine Sachen zu verwenden, ausgeschlossen geblieben, weil ich glücklicherweise nach der Einladung an Maurizio vergessen habe, diese an das Handyverbot anzuknüpfen. Und er hat oft genug betont, dass er nur zu den Mitteln greifen kann, die ihm als Kater und Geist zur Verfügung stehen. Er wusste, dass ich irgendwann bestimmt wieder an meinem Computer sitzen und die Nachricht lesen würde!

Was immer der Grund für sein plötzliches Verschwinden war, er braucht meine Hilfe. Das steht fest. Und da es bereits mehrere Tage her ist, dass er diese Nachricht geschrieben hat, muss ich schnell handeln.

Kurzerhand prüfe ich im Internet Flüge nach Neapel und finde überraschenderweise sogar noch freie Plätze, wenn auch zu Preisen, die mich innerlich grummeln lassen.

Ich überlege: Es ist Samstag. Ich kann noch heute fliegen und den Kater morgen dann zur besagten Zeit an dem angegebenen Ort treffen. Dann kann ich ihn am Sonntagabend mit zurücknehmen. Ich hoffe, dass meine angeforderte Hilfe für ihn in diesen engen Zeitrahmen passen wird, denn so kurz nach Antritt meiner neuen Arbeitsstelle will ich nicht schon wieder nach Urlaub fragen. Auf diese Weise werde ich am Montag wieder an meinem Arbeitsplatz und alles wird in Ordnung sein.

---

[129] altitalischer Gott der Natur und des Waldes, der Beschützer der Bauern und Hirten, ihres Viehs und ihrer Äcker. In der griechischen Mythologie entspricht ihm der Hirtengott Pan. Später wurde Faunus als gehörnter Waldgeist oder als Mischwesen aus Mensch und Ziegenbock aufgefasst.

Noch in diesem Gedankengang verfangen, buche ich den nächsten Flug, der in knapp zwei Stunden abheben wird. Entscheidungsfreude war schon immer meine Stärke.

Während ich wahllos Klamotten in meinen kleinen Rollkoffer werfe, wähle ich Marcos Nummer. Aber ich erreiche ihn nicht. Ich beschließe, ihn später vom Flughafen aus nochmals anzurufen. Ich muss unsere Verabredung für diesen Abend absagen. Nein, verschieben.

Ich verschließe den Koffer, schnappe mir die vier elementaren Reiseutensilien, die ich immer auf meiner geistigen Checkliste habe: Pass, Portemonnaie mit Kreditkarte, Smartphone und Führerschein. Damit kann man jederzeit sofort überall hin aufbrechen und gut zurechtkommen. Alles andere ist zweitrangig. Diesmal kommt mir diese über Jahre entwickelte These zu Nutze und ich bin sicher, sie wird sich bewähren.

Dann rufe ich ein Taxi und stürme zur Tür hinaus.

Auch mit einem zweiten Versuch im fahrenden Auto erreiche ich Marco nicht. Ich vermute Situationen im Tagesablauf eines *Carabiniere*, in denen er für private Anrufe nicht erreichbar sein kann.

Doch auch der dritte Versuch kurz vor dem Boarding schlägt fehl. Diesmal ist es mein Akku, der nicht ausreichend geladen ist. Meiner Reise-Checkliste bedarf es einer Nachbesserung: *geladenes* Handy.

Das Flugzeug startet pünktlich und ich blicke ein wenig wehmütig hinunter auf die Dächer der Stadt, wo sich Marco irgendwo aufhält und nicht weiß, dass ich hier über seinen Kopf hinweg gerade aus Bologna verschwinde. Beinahe ebenso unvorhergesehen, wie Massimiliano zuvor!

Während des gesamten Fluges brummelt mein schlechtes Gewissen darüber in meinem Magen.

Vor der Landung in Neapel betrachte ich noch aus luftigen Höhen den mächtigen Vulkan, der die berühmte Tragödie von Pompeji zu verantworten hat. Von oben sieht man gut, wie der gesamte Berggipfel durch den Ausbruch[130] weggesprengt wurde. Die Fläche ist beeindruckend und noch heute beängstigend groß! Und dennoch, das moderne Neapel schmiegt sich wie eine Gamasche um den Fuß dieses Berges. Ich frage mich bestürzt, wieso die Menschen aus der Geschichte nicht gelernt und eine große freie Zone belassen haben?

---

[130] 79 n. Chr.

Als ich aber das Flugzeug verlasse, denke bereits ich selbst schon nicht mehr darüber nach, dass der Vulkan jederzeit und ohne Vorwarnung wieder ausbrechen kann.

Ich lasse mich von einem Taxi in das kleine *Agriturismo* gleich vor den Toren des heutigen Freiluftmuseums Pompeji chauffieren. Es gilt keine Zeit zu verlieren. Vielleicht schaffe ich es noch vor Torschluss in die Ruinen und kann nach dem Kater suchen?

Als ich mein Handy an der Steckdose in meinem kleinen Zimmer anschließe, ermahnen mich sofort drei Nachrichten, dass Marco vergeblich versucht hat, mich zu erreichen.

Ich rufe schneller zurück, als ich darüber nachdenken kann, wie ich ihm diese überstürzte Abreise erklären werde.

Und er fragt genau das, zielsicher: „Wo bist du?"

Aber er spricht auch gleich weiter und verschafft mir damit noch eine Sekunde Bedenkzeit.

„Ich habe meine Polizeimarke bei dir in der Wohnung vergessen! Ich brauche sie unbedingt. Ein *Carabiniere* ohne Marke im Dienst, so etwas geht gar nicht! Das ist mir noch nie passiert. Du bringst mich wirklich aus dem Konzept, weißt du das?" Er lächelt das Kompliment durchs Telefon und ich schmelze förmlich dahin. Dann fährt er fort: "Ich war schon bei dir, vorhin. Wann kommst du wieder nach Hause?"

Leider habe ich noch immer keine wirklich gute Erklärung für meine Aktion, denn ich kann ihm ja schlecht sagen, dass meine Katze mir eine schriftliche Nachricht hinterlassen hat und ich deshalb Hals über Kopf hierhergeflogen bin. Jedenfalls nicht am Telefon. Jeder vernünftig denkende Mensch würde mich für verrückt erklären! Auf keinen Fall will ich diesen wunderbaren Mann, den ich offenbar derart aus dem Konzept bringe, riskieren! Aber ich will ihn auch nicht anlügen. Das wäre ein so schlechter Start für unsere wundervolle Begegnung.

Locker bleiben, denke ich und antworte dementsprechend so unspektakulär wie möglich: „In der Reihenfolge deiner Fragen: „In Neapel und morgen Abend."

„*Cosa*?!"[131]

Ich kann seine nachvollziehbare Verblüffung durchs Telefon direkt spüren.

---

[131] Was?!

Dann, nach einer längeren Pause und weil ich darauf nicht reagiere, fügt er an: „Was tust du da? Warum hast du mir davon nichts gesagt?"

„Oh, das ist eine lange, komplizierte Geschichte!"

Ich lache so natürlich wie möglich, obwohl ich fürchte, keinen überzeugenden Eindruck zu machen.

„Ich erzähle dir das alles, wenn ich wieder zurück bin." Und weil Marco auf diese allgemeingültige Ausrede schweigt, füge ich eilig hinzu: „Ich muss für meinen Universitätskurs dieses Projekt über Pompeji fertig machen. Dafür habe ich mich damals freiwillig gemeldet, anfänglich hat mich das gereizt. Jetzt haben sie mir kurzfristig diesen Termin im Museum hier gegeben. Ich habe versucht, dich anzurufen, aber du warst nicht erreichbar."

Ich werde ihm die ganze Wahrheit erzählen, sobald ich zurück bin! Auf jeden Fall.

Ich fühle mich elend, ihn so anzulügen. Sein wunderbares Kompliment an mich belohne ich mit einer dreisten Lüge. Wie grauenhaft! Jedoch weiß ich auch, dass ich mich noch elender fühlen würde, wenn er mich durch das Telefon als ein wenig irr betrachten würde und ich keine Chance hätte, ihn persönlich, trotz dieser zugegebenermaßen seltsamen Umstände, dennoch für mich zu gewinnen.

Entweder ist diese Version einleuchtend oder meine Worte sind überzeugend: er reagiert jedenfalls beruhigt.

„Das *museo archeologico nazionale*[132] ist wirklich sehenswert. Sehr schade, dass wir das nicht zusammen besuchen können. Das kommt jetzt ein wenig überraschend für mich. Ich hätte dir viel erzählen können. Mein Onkel hat einige Ausgrabungen dort geleitet."

„Wirklich? Wenn ich das gewusst hätte! Das holen wir nach!", beeile ich mich zu versichern, denn mein Bedauern darüber ist durch und durch ehrlich.

„Trotzdem muss ich jetzt irgendwie in deine Wohnung und meinen Ausweis holen", kehrt er zurück zu seinem Anliegen.

„Maurizio hat einen Ersatzschlüssel", fällt mir ein. „Seit dem Erdbeben helfen wir uns gegenseitig. Du kannst ihn dir holen."

Beide scheinen wir beruhigt: Marco, weil er seinen Ausweis an sich nehmen können wird. Ich, weil er meine Geschichte für glaubhaft hält

---

[132] Archäologisches Nationalmuseum

und weil ich mit dieser einleuchtenden Erklärung erst einmal Zeit gewinne. So kann ich ihm die Wahrheit persönlich und sachte zu einem von mir gewählten Zeitpunkt nahebringen.

„Vielleicht wird dir das gut tun und dich auf andere Gedanken bringen?", meint Marco dann so liebevoll, dass mich mein schlechtes Gewissen sofort wieder peinigt.

Bevor ich meiner inneren Versuchung erliege, ihm deswegen sofort die Wahrheit zu beichten, beende ich das Gespräch mit einem: „Ich muss los, bevor das Museum schließt. Ich rufe dich heute Abend wieder an, ja?"

Es ist bereits drei Stunden nach Mittagszeit. Trotzdem laufe ich durch die antiken, mit großen runden Pflastersteinen ausgelegten und perfekt erhaltenen Straßen der freigelegten Stadt Pompeji in Richtung der angegebenen antiken Adresse und halte nach dem Kater Ausschau.

Ich habe die Ausmaße der Ausgrabungen völlig unterschätzt: Obwohl noch lange nicht alles der ursprünglichen Stadt von den enormen Erdmassen befreit ist, gehe ich scheinbar endlos durch wie modern angelegte Straßen im Schachbrettmuster, die von alten Häusermauern gesäumt sind. Manche der zweistöckigen Ruinen wurden restauriert und man kann die Räume betrachten, die so überzeugend sind, dass ich jeden Augenblick erwarte, jemanden in einer Toga um die Ecke kommen zu sehen. Ich habe buchstäblich das Gefühl, mit den fünfzehntausend Einwohnern vor über zweitausend Jahren durch die Läden und bewohnten Häuser zu ziehen.

Doch die Zementfiguren der durch den Vulkanausbruch sterbenden Einwohner von einst, die ich dann in manchen der Häuser entdecke, tragen keine Toga mehr. Sie erinnern in ihrer grotesken Haltung im Augenblick ihres Todes nur an den Schrecken und die Tragödie des Untergangs. Sie ziehen die Aufmerksamkeit des Betrachters nur auf diesen einen Moment der Geschichte.

An der Kasse habe ich, außer einem Ticket für zwei Tage, einen Plan erstanden, den ich jetzt mitten auf einem freien Platz stehend studiere. Das Haus des Fauns ist groß eingezeichnet.

Ein kurzer Blick auf meine Armbanduhr verrät mir, dass mir nicht mehr viel Zeit bleibt, bevor die Tore für den Tag geschlossen werden. Mit weiten Schritten eile ich über die Bürgersteige und überquere eine große Straße mit einer Art Zebrastreifen aus massiven, runden Steinen. Auf einem dieser flachen Pfeiler bleibe ich abrupt stehen, weil ich mich plötzlich an Massimilianos Geschichte mit dem Unfall der Quadriga erinnere.

Das hat er also damit gemeint, als er sagte, dass man diese Übergänge nicht übersehen konnte! In der Tat sind die Bordsteine mit circa dreißig bis vierzig Zentimetern für unsere Verhältnisse ziemlich hoch und der Fußgängerübergang befindet sich auf gleicher Höhe. Während die Steinzylinder in Schrittabstand die Fahrbahn durchkreuzen, können Fuhrwerke mit ihren Rädern genau durch diese Zwischenräume hindurchfahren. Beeindruckt bleibe ich einen Moment auf diesem antiken Zebrastreifen stehen.

Ein kleines Mädchen zieht an der Hand ihrer Mutter, zeigt auf mich und hält damit ihre Familie vom Weiterziehen ab.

„Was macht sie da?", fragt sie in Deutsch.

Jetzt schauen auch ihre Eltern und der größere Bruder neugierig auf mich. Deshalb gebe ich spontan die Geschichte wider, die mir Massimiliano erzählt hat. Die beiden Kinder lauschen meinen Worten mit großen, runden Augen und ihre Eltern gucken beeindruckt.

„Woher weißt du das?", fragt mich dann der Bub neugierig und vielleicht ein wenig misstrauisch, wie es Kinder tun, die an einem bestimmten Punkt des Wachstums gelernt haben, dass die Großen auch nicht alles wissen und manchmal nicht die Wahrheit sagen.

„Ich habe es aus erster Hand", behaupte ich standhaft.

„Vielleicht ist die Frau Archäologin?", erklärt die Mutter an meiner Statt ihrem Sohn und lächelt mich an.

„So ähnlich", bestätige ich nickend, worauf die Eltern sich bereits der nächsten Antwort auf die Frage, was eine ‚Arschelugin' sei, widmen. Die Gelegenheit nutze ich, um unauffällig zu entschwinden.

Ich muss lernen, meinen Mitteilungsdrang zu kontrollieren, denke ich. Seit Massimiliano in mein Leben getreten ist, kann ich nicht mehr so freimütig reden, wie ich das gewohnt bin und gern tue. Es bringt mich in heikle Situationen.

Bei der Villa des Fauns[133] tummeln sich beinahe noch mehr Leute, als an den andern Orten. Es ist das stattlichste Haus, welches bisher in Pompeji ausgegraben wurde.

Kaum trete ich durch die Tür, wird mir klar, dass ich selbst mit dieser Ortsangabe Mühe haben werde, den Kater zu finden. Die Villa ist weiträumig und hat einen großen, von einer Mauer umgebenen Garten. Ich laufe um mich blickend hinein, um ein leeres Wasserbecken herum, in dessen Zentrum die viel fotografierte Bronzestatue des Fauns tanzt, vorüber an einem gut erhaltenen und ebenso intensiv fotografierten Bodenmosaik mit einem Reiter zu Pferde in einer Schlacht. Überall treffe ich auf Touristen mit Fotoapparaten, Karten und Routenführern in Form schwarzer Telefone ans Ohr gepresst.

Warum hat Massimiliano ausgerechnet diesen Treffpunkt gewählt, frage ich mich. Schwieriger könnte man eine Zusammenkunft auf Basis so weniger Anhaltspunkte kaum gestalten! Es ist bei derart Tumult ein Leichtes sich in diesen ausgestreckten Mauern aufzuhalten, ohne sich je zu begegnen!

Welche Stelle ich für meinen Wartepunkt auch in Erwägung ziehe, ich habe nie den kompletten Überblick über alle Winkel des Hauses. Vielleicht sollte ich am Eingang stehen bleiben? Aber da es sich um eine Ruine handelt und die Gartenmauer von offenen Stellen durchzogen ist wie ein Schweizer Käse mit Löchern, gibt es viele Möglichkeiten, den Ort zu betreten. Man muss nicht durch die Haustür eintreten.

Doch dann kommt mir der rettende Gedanke: Ich werde in der Küche auf ihn warten. Als *penato* ist das der Ort, wo er immer gelebt hat. Bestimmt wird er dort hinkommen!

---

[133] Das Haus des Fauns ist mit einer Grundfläche von 2490 m² das größte Privathaus der Stadt. Es wurde 1830–1832 ausgegraben. Es ist nach der bronzenen Statue eines tanzenden Fauns benannt, der dort gefunden wurde. Das Original der Statue steht im Nationalmuseum, die Kopie stellte man in der Mitte des Wasserbeckens (Impluviums) auf. Besondere Eleganz erhielt das Haus unter anderem durch eine reliefartige Dekoration der Wände im Atrium, die sogar ein imaginäres Obergeschoss darstellte, sowie den geometrisch angeordneten Garten. Das Haus wurde zu Beginn des 2. Jahrhunderts v. Chr. erbaut. Der bedeutendste Umbau war das Anbringen mehrerer alexandrinisch beeinflusster Mosaiken, dabei besonders das Alexandermosaik, das Alexander den Großen in einer Schlacht darstellt.

Am nächsten Morgen stehe ich also sehr früh mit nur wenigen anderen Besuchern vor den noch verschlossenen Toren der Anlage. Eine Horde herrenloser Hunde, allesamt brav mit der Nase am geschlossenen Gitter, wartet ebenfalls darauf, dass sich die Pforten der Stadt öffnen. Sie könnten durch die Gitterstäbe hineinschlüpfen, aber sie tun es nicht.

Wie eigenartig, denke ich.

Der Himmel ist azurblau, die Vögel zwitschern und die herbstliche Sonne erhebt sich gerade allmählich in meinem Rücken vom Horizont. Die Atmosphäre mutet beinahe frühlingshaft an. Anstatt, wie in meinem Heimatland, bereits in Vorbereitung auf den Winter gefärbte Blätter in die Landschaft zu zaubern, erstarken die Pflanzen hier nach der großen Hitze des Sommers wieder und erstrahlen erneut in kräftigem Wachstum.

Es ist noch etwas kühl. Ich werfe einen Blick auf den so friedlich im Hintergrund ruhenden Vesuv. So ähnlich muss der Morgen des 24. Augusts damals gewesen sein, denke ich. Ruhig und malerisch. Trügerisch ruhig.

Ich habe beschlossen, so bald als möglich vor Ort zu sein und hoffe, dass der Kater vielleicht doch auch schon vor dem beschriebenen Zeitpunkt auftauchen wird. Kaum wird das große Tor geöffnet, strömen die Hunde los über den engen Eingang durch das alte Stadttor der *Porta Marina*[134], um sich dann in alle Richtungen zu verteilen und zu *ihren* Häusern zu laufen. Sie sind schneller als wir Menschen.

Wir folgen ihnen in unserem Tempo in die Stadt. Aber dann finden wir sie vor den Eingängen oder in den Gärten wieder, als warten sie noch heute auf die Rückkehr ihrer Herrchen. Sie betteln nicht um Futter, sie liegen nur da und verströmen so etwas wie Besitzanspruch. Es drängt sich bei Betreten eines Gebäudes beinahe das Gefühl auf, den Hund als Hausherren um Erlaubnis bitten zu müssen.

Auch vor dem Haus des Fauns liegt ein großer Mischlingshund undefinierbarer Herkunft auf den Stufen. Er blickt mich mit wachen Augen an, als ich als erster Besucher des Tages eintrete. Aber er rührt sich nicht von der Stelle.

---

[134] Haupteingang mit S-Bahnanschluss, ursprünglich. Hafentor

Ich laufe zunächst schnurstracks an den Ort, wo einst die Küche war. Nichts. Dann schlendere ich – immer wieder mit einem Abstecher an diese Stelle - den gesamten Rundgang durch sämtliche Räume, nehme mir Zeit, das Mosaik ausführlich zu betrachten, rieche an den noch immer in Blüte stehenden Rosen im Garten, inspiziere nochmals die Küche, setze mich auf eine Bank in die Sonne und schaue, stehe wieder auf und laufe die Runde rückwärts noch einmal ab. Nichts.

Allmählich füllen sich die Wege wieder mit Menschen und der Lärmpegel steigt an. Der Hund liegt nun hinter einem großen Oleander und wirft mir einen wachsamen Blick hinterher, als ich das Haus verlasse, um einen Kaffee trinken zu gehen. Auf dem Plan ist unweit der Villa ein Restaurant eingezeichnet. Dort wende ich mich hin.

Der Kaffee wird mir in einem Pappbecher über den Tresen eines Schnellimbisses gereicht, der einer amerikanischen Metropole alle Ehre machen würde. Ich hatte ein großes, gepflegtes Restaurant mit Tischtuch und einladenden Gedecken, vielleicht mit einer Speisekarte eines Menüs mit alten römischen Rezepten erwartet. Das wäre für dieses Ambiente die passende Version einer Bewirtung gewesen. Ich mutmaße, dass die italienische Esskultur dem Pragmatismus bei der Verköstigung dieser Menschenmassen leider weichen musste. Selbst kulinarische Werte über alles schätzende Italiener sind in diesem Punkt manchmal erschreckend modern.

„Great! They have hamburgers!"

Ein kräftiger Amerikaner ruft lautstark eine Truppe Männer mittleren Alters zu sich an die Theke. Ich mache einen Schritt zur Seite.

Einer von ihnen hat seinen Kopf in den Stadtplan vertieft und rempelt mich beinahe um, während er sich, nicht minder hörbar, bei seinen Kumpanen beschwert, dass er das *Haus des Fauns* nicht finden kann.

„Es ist gleich dort, die Straße hinunter", mische ich mich in das Gespräch ein und zeige mit meinem mit Plastikdeckel versehenden Kaffeebecher in die Richtung hinaus auf die antike Straße.

Er folgt mit dem Blick meiner Weisung und bedankt sich überschwänglich, stopft die Karte in seine Hemdtasche und läuft dann dem Berg aufgetürmter Hamburger hinterher, den sein Freund gerade an uns vorbei an einen Tisch jongliert.

„See you!", ruft er mir kurz zu und winkt, als seien wir alte Freunde.

Ich nehme einen Schluck von meinem lauwarmen Kaffee, der nichts, aber auch gar nichts mit dem sonst kredenzten Getränk in diesem Lande gemein hat. Es ist nicht einmal ein *caffè americano*. Es ist in der Tat amerikanischer Kaffee. Das Aneinanderprallen der Kulturen an diesem Ort ist bemerkenswert abstoßend.

Ich schlendere zurück zu der Villa. Die Menschenmassen verdichten sich in der Nähe des Restaurants, je näher der Zeiger meiner Armbanduhr gegen Mittag rückt. Glücklicherweise leert sich auch das Haus des Fauns ein wenig mit der hereinbrechenden Essenszeit.

Ich positioniere mich wieder vor der ehemaligen Küche, jedoch so, dass ich auch den Faun und andere Bereiche des Hauses so weit als möglich in meinem Sichtfeld habe. Die Sonne steht mittlerweile hoch am Himmel. Die Zeit vergeht. Nichts geschieht.

„Wären Sie so nett und würden ein Foto von mir machen?"

Ich drehe mich um und blicke direkt in den Fotoapparat des Amerikaners aus dem Restaurant, der mir diesen vor die Nase hält.

„Natürlich", lächle ich unverbindlich.

Ich mache drei Bilder von ihm, wie er vor einer Säule steht. Im Hintergrund des Gartens unterhalten sich seine Freunde über dieses Anwesen, das sie so „*awesome*"[135] finden, dass sie es allen Leuten vernehmbar mitteilen müssen.

Ich reiche den Fotoapparat mit abschließendem Ernst und bestätigendem Kopfnicken zurück und wende mich wieder ab.

„Wissen Sie vielleicht, wie diese griechischen Säulen hierhergekommen sind?", erkundigt sich der Amerikaner indes, ungeachtet meines Abschlussversuches.

„Das sind römische Säulen", korrigiere ich ihn, mich ihm und der bezeichneten Säule wieder zuwendend. „Glaube ich, zumindest", füge ich dann hinzu, denn sicher bin ich mir bei genauem Hinsehen dann selbst nicht mehr. „Römer haben bereits mit Ziegel gearbeitet, das kannten die Griechen noch nicht."

Das hat zwar nichts mehr mit der Säule zu tun, aber der Amerikaner sieht mich trotzdem bewundernd an und sagt irgendetwas über „studiert" und „Archäologie" und „*awesome*" und bittet dann einen Passanten, ein Foto von uns beiden zu machen. Bevor ich mich versehe, legt

---

[135] engl. beeindruckend, atemberaubend

er freundschaftlich einen Arm um mich, zieht mich an sich, als seien wir alte Freunde aus dem Kindergarten und grinst in die Linse.

Das kann ich in diesem Moment nun gar nicht brauchen! Ich verfluche mein lockeres Mundwerk und weil ich ein entsprechend verkrampftes Gesicht aufsetze, macht der Passant mehrere Bilder, bevor er mich intensiv auffordert, doch etwas zu lächeln.

„*Chi è questo qua!?*"[136]

Eine aufgebrachte Stimme dringt von hinten an mein Ohr. Eine mir sehr bekannte Stimme!

Ich schäle mich aus der Umklammerung des Amerikaners, der mich nicht loslassen will, weil das Bild noch nicht zur vollsten Zufriedenheit des Passanten zu sein scheint und somit auch nicht zu der seinen.

„Marco!"

Zwei vor dem Brustkorb verschränkte Arme stützen einen grimmig zusammengekniffenen Mund und funkelnde Augen, die wie Feuerblitze in meine Richtung gerichtet sind. Dies alles gehört zu dem zwei Meter hinter uns stehenden, in Zivil gekleideten *Carabiniere*, der wie eine Fata Morgana aus dem Nichts hier aufgetaucht zu sein scheint.

„Was tust du hier?", frage ich verdattert und schiebe den Amerikaner zur Seite, der noch immer versucht, mich wieder für das Foto in Position zu bringen.

„Ich komme wohl ungelegen?", entgegnet Marco in einem bis dahin an ihm noch nie vernommenen Tonfall. „Was du hier tust, ist ja offensichtlich!"

„Wie bist du hierhergekommen?", frage ich blödsinnigerweise, noch immer völlig übermannt von der Überraschung, ihn hier zu sehen.

Der Passant hört auf, Bilder zu machen und verfolgt interessiert und ungeniert das Geschehen. Der Amerikaner schaut abwechselnd zwischen Marco und mir hin und her.

„*I am sorry! I did not want to …*"

„Es ist okay!", bremse ich ihn kurzerhand zu ihm gewandt aus und hoffe, dass er sich damit entfernen wird.

„Oh *no*! Gar nichts ist okay!", erwidert Marco erzürnt und wiederholt seine empörten Fragen von zuvor, als eine andere mir bekannte

---

[136] wer ist dieser da?

Stimme von der Seite ebenso vorwurfsvoll tönt: „Man kann dich nicht einmal ein paar Tage aus den Augen lassen!"

Diesmal drehe ich mich auf die andere Seite, wo Massimiliano mit ebenfalls vor dem Brustkorb verschränkten Pfoten, in genau der gleichen Haltung wie Marco, mich mit dem genau selben Blick musterte.

„I am so sorry! I did not intend to ..."[137]

„Es ist okay!", zische ich den Amerikaner nun ungehalten an. Der nimmt daraufhin dem Passanten den Apparat aus der Hand, da dieser scheinbar überlegt, ob er nun vielleicht die Szene aufnehmen soll.

„Oh, no!", ruft Marco wieder und hält ihn massiv am Arm fest. „Du bleibst hier! Das könnte dir so passen, dich davon zu machen. Ich will wissen, was hier los ist?"

Der Amerikaner sieht ihn verstört an und stottert wieder Entschuldigungen vor sich hin.

„Wirklich, Lisa! Kaum ist man mal ein paar Tage weg, schleppst du sofort wieder so einen Typen an! Woher nimmst du sie nur?!" Massimiliano stellt sich demonstrativ an die Seite Marcos, der ihn in diesem Moment auch erblickt.

„Was macht dein Kater hier?", will nun Marco verblüfft wissen und guckt mich seinerseits irritiert an. „Das ist doch dein Kater? Oder?"

„Ja", antworte ich nun ebenso aufgebracht. „Das ist mein Kater! Und das ist eine gute Frage: Was macht er hier?!"

Dieser Ausruf richtet sich an Massimiliano, den ich streng anschaue, der sich aber völlig unbeeindruckt hinter dem Ohr kratzt.

Der Amerikaner will sich losmachen, aber Marco hält ihn in festem Polizeigriff in Schach, ohne den mir zugewandten ermittelnden Augenausdruck abzuwenden.

„Marco, lass den Mann los", zische ich ihn an. „Bist du von allen guten Geistern verlassen?!"

„He! Ich bin gerade erst hinzugekommen!", wirft Massimiliano ein und seine Pfoten in unterstreichender Geste hoch. „Lass mich aus dem Spiel! Warum ist er überhaupt hier?" Er macht ein fragendes Mienenspiel in Richtung des *Carabiniere.*

---

[137] Es tut mir leid, es war nicht meine Absicht...

Verblüffung hat nun einmal die Runde gemacht und jeden von uns ergriffen. Die ganze Situation gleicht einem Slapstick, nur scheint sie leider todernst.

„Halte mich nicht für dumm, Lisa!", zischt mich Marco an, wirft dem Amerikaner einen vernichtenden Blick zu, worauf dieser seine Befreiungsversuche für einen Moment einstellt und einfach ruhig hält.

„Ich habe die Nachricht gelesen! Ich weiß, was hier gespielt wird!"

Anstatt sich durch unseren Wortwechsel zu beruhigen, scheint sich Marco richtig in Rage zu steigern.

„Welche Nachricht?", frage ich wieder völlig verständnislos zurück.

Doch im gleichen Augenblick gebe ich mir die Antwort selbst: die Nachricht auf dem Bildschirm! Marco muss auf der Suche nach seinem Abzeichen in meiner Wohnung die Botschaft gelesen haben. Ich habe den Rechner nicht ausgeschaltet.

„Oh, diese Nachricht!", flöte ich erleichtert. Ich beginne sogar ein wenig zu lachen, weil mich die Tatsache, dass er sich ins nächste Flugzeug gesetzt hat, um mir zu folgen, doch sehr schmeichelt. Außerdem hoffe ich, dass ihn meine Reaktion beruhigen wird.

Doch Marco scheint meine Erleichterung weder zu teilen noch zu verstehen. Im Gegenteil: Er wird noch grimmiger und lässt es ungebremst an dem armen Mann aus, indem er wieder beginnt an diesem zu zerren: „Ich wollte es nicht glauben! Nicht von dir als Deutsche! Ihr seid doch so ehrlich und korrekt! Aber nun sehe ich ja mit eigenen Augen, *wie* ehrlich!"

Inzwischen eilen die Freunde des Amerikaners aus dem Garten über den Rasen, um ihrem bedrängten Freund zu Hilfe zu kommen.

„*What's going on here?*", rufen sie schon im Heranlaufen und ich hebe reflexartig bereits beschwichtigend die Handflächen in alle Richtungen.

Neben den Mann, der uns fotografiert hat, gesellen sich nun andere Passanten, um das Geschehen ebenfalls zu beobachten. Inzwischen ist unser Auflauf ein kleines Menschenknäuel geworden, denn die amerikanischen Freunde umzingeln Marco und alle keifen durcheinander.

Bevor Handgreiflichkeiten einreißen, stelle ich mich demonstrativ an Marcos Seite. Dieser lässt den Mann, überrascht über das zahlreiche Auftreten dessen Landsleute, endlich los. Die Amerikaner drängen ihn derb ab und stoßen auch mich unsanft zur Seite, um ihren Freund aus der vermeidlichen Gefahrenzone meines sonst so gutherzigen *Carabiniere* zu retten. Daraufhin verpasst Massimiliano zweien der Männer je einen Hieb mit seinen Krallen, so dass diese sich mit einem verblüfften Aufschrei „*what the hell...*"[138] den roten Kratzern an ihren Beinen widmen und gar nicht wissen, wie ihnen geschieht. Es ist ein einziges, lautstarkes Durcheinander, in welchem keiner der Beteiligten mehr recht weiß, was eigentlich geschieht.

Gerade in diesem Moment springt der Hund der Villa mit einem Satz kläffend in unsere Mitte. Wir stieben auseinander wie ein Haufen Hühner, in welche der Fuchs geraten ist. Der Hund knurrt furchterregend, fletscht seine Zähne und dreht sich dabei ständig im Kreis, so dass er jeden von uns abwechselnd drohend anvisiert.

Marco schiebt mich schützend hinter sich. Der Amerikaner nützt die Chance, sich sofort mit ein paar Sätzen aus dessen Reichweite zu bringen. Er hält Marco offensichtlich für gefährlicher als den Hund. Die herangeeilten Freunde weichen ebenfalls ein paar Schritte zurück. Ein Passant filmt alles mit seinem Smartphone, bis er es erschrocken fallen lässt, weil der Kater auch ihm einen Hieb mit den Krallen verpasst.

Alle stehen, wie Wachsfiguren erstarrt, auf dem Fleck.

Der Hund macht nicht den Anschein, sich beruhigen zu wollen. Im Gegenteil: Er treibt uns wie eine Herde Schafe Schritt für Schritt immer weiter auseinander, bis wir außer Reichweite zueinander so reglos wie möglich hoffen, dass er niemanden wirklich attackieren wird. Schließlich bleibt er in der Mitte stehen und stellt sein Kläffen ein. Stellenweises Knurren schickt er noch in jede Richtung, dann setzt er sich abwartend auf die Hinterläufe, ohne uns und Massimiliano aus den Augen zu lassen. Alle Beteiligten lassen nur noch die Augen vorsichtig im Kreis schweifen und warten, dass das wild gewordene Tier sich entweder beruhige oder entferne.

Der Passant am Rande wimmert leise. Nicht, weil ihn die blutigen Kratzer schmerzen, sondern weil nun die Scheibe seines Smartphones tausend kleine Sprünge aufweist.

Massimiliano kommt an meine Seite: „Komm mit, wir gehen!"

Ich ergreife Marcos Hand und ziehe ihn vorsichtig hinter mir her. Der Hund lässt uns überraschenderweise von dannen ziehen und

---

138 was zum Teufel...

wendet sich noch einmal knurrend den anderen Personen zu, die versuchen es uns gleich zu tun. Sie halten sofort wieder unbeweglich inne, wie die in Gips gegossenen Toten der Stadt.

Völlig irritiert von dieser Szene trotten wir ein paar Schritte schweigend weg von dem Haus des Geschehens. Wir vergessen darüber alle Gründe und Ursachen dieses Streits.

„Was war das denn?", murmle ich noch immer unter dem tiefen Eindruck der Bedrohung des Hundes und lasse mich auf einen Sockel plumpsen. „Warum hat uns der Hund auf einmal angegriffen?!"

„Wahrscheinlich wegen deinem Kater?", mutmaßt Marco und setzt sich ebenso konsterniert neben mich. Sein Tonfall lässt keinen Zweifel daran, dass er noch immer in Rage ist, wenn auch wesentlich gezähmter, als noch wenige Minuten zuvor.

„Wegen dem Kater!", kopiert Massimiliano in übertrieben gedehntem Singsang die Worte meines Freundes. Er fährt in gleichem, gedehntem Sprachgebrauch fort, um die Lächerlichkeit seiner an mich gerichteten Botschaft zu untermalen: „Natürlich! Ihr richtet ein Chaos sondergleichen an, aber die Schuld wird wo gesucht: Bei dem Kater!"

„Das war ja auch zu seltsam", nehme ich Marcos Erklärungsversuch in Schutz.

„Deine Katze ist auch noch ganz aufgeregt, so wie sie miaut! Hund und Katze vertragen sich eben nicht", fährt Marco in seinem eigenen nach Sinn suchendem Monolog fort.

„Papperlapapp!", erwidert Massimiliano daraufhin energisch. „Der Hund hat nur sein Haus verteidigt. Daran ist überhaupt nichts Merkwürdiges! Ihr würdet es auch nicht schön finden, wenn Fremde in Euren vier Wänden ein solches Tohuwabohu losschlagen! Was bildet ihr Menschen Euch bloß immer ein!?"

Marco sieht den Kater mit gerunzelter Stirn an, sagt aber nichts. Beinahe habe ich den Eindruck, er hat die an mich gerichteten Worte ebenfalls verstanden.

Ich stoße einen hörbaren, alle Gemütsbewegungen ausdrückenden Atemzug aus. Das Wiedersehen mit dem Kater habe ich mir weiß Gott anders vorgestellt. Und dass Marco aus heiterem Himmel nun mehr als eine Erklärung von mir erwartet, überfordert meine Reaktionsfähigkeit. Ich muss dringend meine Geistesgüter sortieren.

Massimiliano dreht entschlossen ab und läuft in Richtung der *Via Marina,* ohne sich umzusehen.

„Komm!", fordere ich Marco versöhnlich auf zu folgen und ziehe ihn sachte mit mir hoch.

„Die Sache ist noch nicht erledigt!", nimmt mein italienischer Freund erneut Anlauf. „Ich will wissen ...."

Er hält mitten im Satz plötzlich mit einem Ruck inne und zieht mich so heftig an der Hand, dass ich beinahe rückwärts nach hinten falle.

„Dein Kater!", stammelt er und zeigt mit der anderen Hand auf Massimiliano, der in einigen Metern Entfernung auch stehen bleibt und sich wieder ungeduldig nach uns umwendet.

„Er trägt einen Anzug und eine Sonnenbrille ...!"

Marco wirft mir einen hilfesuchenden Blick zu.

„Du kannst ihn sehen?!", rufe ich aus und schaue ihn mit offenem Mund an. „Du siehst seinen Anzug? Und seine Sonnenbrille?!"

Marco gibt ein klägliches „häää" von sich und reibt sich die Augen.

Massimiliano kommt gemächlichen Schrittes mit den Händen in den Hosentaschen zurück auf uns zu.

„Du kannst Massimiliano sehen?!", wiederhole ich erfreut und klatsche in die Hände, wie ein Kindergartenkind, dem man den Geburtstagskuchen präsentiert. „Das ist ja wunderbar! Mein Gott, ist das wunderbar!"

Der arme Marco scheint nun von meiner Reaktion auf seinen Ausruf völlig entgeistert.

„Du meinst ...", fängt er zögerlich an und wechselt den Blick zwischen mir und dem Kater, „... du siehst das auch?"

„Seit wann kannst du ihn so sehen?"

Ich bin so erfreut über diese Entdeckung, dass ich auf seine Verwirrung keine Rücksicht nehmen kann.

Marco schaut wieder auf den Kater, der mit einem höchst selbstzufriedenen Ausdruck auf seinem Gesicht vor uns stehen bleibt und sich schweigend über sein Schnurrhaar streicht.

„Seit eben ...!"

Ich ergreife Marcos Gesicht mit beiden Händen und küsse ihn überschwänglich.

„Wenn du ihn so sehen kannst, dann glaubst du mir bestimmt auch, dass er es war, der mir eine Nachricht hinterlassen hat, hierher zu kommen?"

Meine Hände halten seinen Kopf fest, so dass er mir mit seiner Antwort in die Augen blicken muss. Marco macht keine Anstalten, sich aus dieser Umklammerung zu befreien.

Er blinzelt ein paar Mal, aber antwortet nicht. Er schielt stattdessen musternd auf Massimiliano.

Ich lasse meine Hände fallen und wende mich dem Kater zu.

„Sag ihm bitte, dass die Nachricht hierher zu kommen, von dir ist!"

„Ja, die war von mir", winkt er locker ab. Marco macht bereits ein wesentlich einsichtigeres Gesicht, als Massimiliano trocken hinzufügt: „Aber mit dem Typen aus Amerika habe ich nichts zu tun!"

Der Einwurf erzielt die vom Kater beabsichtigte Wirkung. Mein *Carabiniere* erlangt seine Fassung wieder und schält sich damit energisch aus meinen Händen.

„Wer war das?", will er wieder sehr misstrauisch von mir wissen.

„Ja, Lisa, wer war das?", wiederholt auch Massimiliano und stellt sich erneut demonstrativ neben Marco in dieselbe Positur wie dieser.

„Oh, ihr beiden!", entfährt es mir wütend, aber gleichzeitig auch von einer Art Glücksgefühl durchdrungen, denn irgendwie ist dieses mir entgegengebrachte Misstrauen in diesem Punkt doch auch ein Zeichen von Zuneigung. Und zwar von beiden.

Ich laufe entschieden ein paar Schritte weiter, um zu demonstrieren, dass ich diese unwürdige Befragung nicht länger ernst nehmen werde.

Beide hasten mir hinterher und bohren weiter nach.

Schließlich werfe ich wie in Resignation die Arme in die Luft, gehe aber weiter. Sie folgen mir mit ihrem Kreuzverhör auf den Fersen.

Wieder bleibe ich nach ein paar Metern stehen und wende mich um, diesmal verschränke ich die Arme vor dem Brustkorb: „Meint ihr nicht, dass wir wichtigere Fragen zu klären haben?"

Ich wende mich Massimiliano zu: „Wie zum Beispiel: Was zum Kuckuck hast du hier gesucht? Und: Was hast du dir dabei gedacht, einfach so zu verschwinden!?"

Der Kater kratzt sich hinter einem Ohr und murmelt etwas von Wissenschaftlern, die in einem Wettlauf mit Dieben stehen. Doch nach einigem unverständlichen Gestammel fügt er plötzlich mit fester Stimme hinzu, als hätte er endlich die passende Antwort gefunden: „Es wird eine neue Parzelle in Pompeji freigelegt. Selbstredend muss ich da anwesend sein! Es könnten wichtige Dinge über meine Vorfahren zutage kommen, verstehst du?"

Marco schaut ihn ebenso ernüchtert an, wie ich.

„Ich habe noch nie gefehlt, wenn hier gegraben wurde. Jedenfalls offiziell gegraben", behauptet der *penato* felsenfest. „Die unlauteren Plünderungen über Jahrtausende hinweg konnte ich natürlich nicht ahnen. Da ist mir leider schon viel zu viel durch die Lappen gegangen."

„Und deswegen hast du so ein Drama ausgelöst?!"

„Mit Verlaub, das Drama habt ihr beide zu verantworten", korrigiert mich Massimiliano sofort wieder mit gewohnter Sicherheit, den Vorwurf gekonnt abwehrend. „Meine Abreise war – zugegeben - ein wenig überraschend. Aber keineswegs mysteriös. Ich habe dir überaus verantwortungsvoll eine Nachricht hinterlassen, da du ja nicht nach Hause gekommen bist!"

Er sieht mich mit hochgezogenen Augenbrauen prüfend wie eine Mutter an, die ihre Tochter im frühen Morgengrauen durch die Hintertür ins Haus schleichend ertappt.

Mir dämmert, dass es sich um die erste Nacht handeln musste, die ich bei Marco verbracht habe.

„Wieso sind diese Ausgrabungen hier für dich so wichtig?", hake ich weiter nach. Ich kann zwar irgendwie nachvollziehen, dass Ausgrabungen dieser Art einen *penato* interessieren müssen, jedoch nicht in dem Ausmaß, dafür hunderte von Kilometern zu reisen.

„Wieso das für mich wichtig ist?", wiederholt er meine Worte und scharrt mit einem Fuß im Kies des Gehweges, als suche er Halt in einer äußerst verlegen machenden Situation. Er kickt so lange schweigend einen Kiesel mit der Pfote vor sich hin- und her, bis auch Marco sich aufmerksam zu uns gesellt und wir beide links und rechts von ihm stehen, wie ein Elternpaar um sein kleines Kind.

„Die Ausgrabungen in Pompeji sind der einzige Ort auf der ganzen Welt, wo Zeugnisse der römischen Kultur unversehrt und unberührt von Jahrtausenden zu Tage gefördert werden. Aufgrund der luftdichten Verschüttung ist Pompeji die besterhaltene Stadt der Antike. Die Lava konserviert Gebäude, Kunstwerke und Alltagsgegenstände. Wo sonst auf der Welt ist die Chance also größer als hier, vielleicht einen anderen *penato* anzutreffen? Wenn es irgendwo auf der Welt tatsächlich noch ein weiteres Wesen meiner Dynastie geben sollte, einen anderen *penato,* der wie ich all die Zeit überlebt hat, dann an diesem Ort!"

Der Kater sieht auf und schaut erst mir, dann Marco intensiv in die Augen. Dann holt er tief Luft, als nehme er zu einem Endspurt Anlauf: „Wenn es irgendwo auch nur den Hauch einer Chance gibt, dass ein zweiter *penato* existiert, so will ich nichts unversucht lassen, diesen zu finden."

Marco und ich wechseln einen schnellen Blick: Der *Carabiniere* einen überprüfenden, ob ich wohl dieselben Worte höre, wie er; ich einen eher beunruhigten, denn der Gedanke an weitere Hausgeister der Art Massimilianos flößt mir einen Schrecken ein.

„Ihr wisst ja nicht, wie es ist, zweitausend Jahre alleine auf dieser Welt zu leben! Das ist sehr einsam."

Mit diesem letzten Seufzer schiebt sich eine Pfote in meine Hand. Ich beobachte, dass auch Marco auf sanfte Weise gezwungen wird, die andere zu halten. Mein *Carabiniere* scheint durch diese Berührung noch irritierter als der Kater selbst. Er stiert erst auf seine katzenpfotenhaltende Hand, dann auf meine und dann auf mich. Schweigend.

„Du bist nicht mehr alleine", tröste ich Massimiliano und sehe dabei den Italiener auffordernd an, er möge vielleicht eine zustimmende Äußerung derselben Art machen. Aber Marco ist dazu nicht in der Lage. Er hat sichtbar Mühe das Erlebte überhaupt irgendwie als reell aufzunehmen.

„Ich bin für dich da. Und auch Marco."

Das Letztere richte ich eher an meinen Freund.

Der antwortet schließlich halbwegs gefasst, jedoch steif die Pfote weiterhin festhaltend: „Du willst also allen Ernstes behaupten, dass dieser Kater hier ein *penato* ist! Dass er dir eine Botschaft hinterlassen hat ...", er zeigt mit dem Kinn auf den Kater, „... und der Amerikaner ein harmloser Tourist war? Das ist ganz schön weit hergeholt! Du musst zugeben, dass es wirklich viel verlangt ist, das zu glauben."

Das muss ich, denn in der Tat wäre seine Variante der Erklärung die wesentlich üblichere. Meine Einsicht beschwichtigt seinen Ärger sichtbar, wenn sie ihn auch noch nicht in aller Gänze zu überzeugen scheint.

Massimiliano schnieft laut auf, als müsse er seine tragischen Worte mit entsprechenden Lauten dramaturgisch untermalen.

Marco besteht nicht auf weitere Erläuterungen. Zu schwierig zu verarbeiten ist bereits, was er bisher als Antwort erhalten hat.

Langsam setzen wir uns wieder in Bewegung.

Wir laufen bis zur alten römischen *Via Marina* nebeneinander her.

„Wir haben uns wohl gegenseitig alle drei ein wenig verwirrt", meine ich schließlich lächelnd von einem zum anderen schauend.

Einstimmiges Brummen seitens des Katers und des *Carabiniere* bestätigt meine versöhnliche Bemerkung.

Marco bleibt stehen und ergreift zärtlich meine freie Hand mit der seinen, so dass wir schließlich in einem kleinen Kreis zu dritt Hand in Pfote stehen.

„Ich glaube selbst nicht, dass ich das sage: Aber ich bin trotz all dem für dich da ....", und als der Kater ein penetrantes Räuspern hören lässt, verbessert er sich vorsichtig: „... für euch."

Ich umarme ihn dankbar, denn ich verstehe, dass es angesichts dieser Umstände ein großes Wort ist.

Ein weiteres künstliches Husten löst unsere Umarmung und wir schauen beide in das äußerst zufrieden dreinblickende Augenpaar des Katers. Sein ungeduldiges „*Allora? Andiamo?*"[139] passt gar nicht zu diesem Gesichtsausdruck.

Wir laufen mit einem glücklichen Lächeln wieder los.

Zu dritt schreiten wir über die alten, runden Pflastersteine durch die antike Stadt auf das alte Tor der *Porta Marina* zu, welches einst hinaus zum Hafen führte und heute die Verbindung heraus aus der Antike, hinein die moderne Welt ist.

139 gehen wir?

Massimiliano

Verliebt in Rom

Martina Naubert

Verliebt in Rom

„Wusstest du das? Nur zwei Prozent der Gladiatoren sind tatsächlich im Kampf gestorben."

Klick.

Ich versuche mit einem Selfie mich und das Kolosseum hinter mir auf ein Bild zu bekommen.

Sofort überprüfe ich die Aufnahme: Das antike Gebäude vor dem azurblauen Himmel ist gut getroffen. Ich aber nicht. Das Bildnis meines Gesichts ist grauenhaft, eine verzerrte Grimasse, die krampfhaft einen Punkt an der Seite des Bildes fixiert. Quer über der Stirn klebt eine hartnäckige, blonde Haarsträhne, die aussieht wie eine große Schramme.

Löschen.

Nochmal.

„Das römische Volk verehrte seine Gladiatoren! Sie haben sie fast nie zu Tode verurteilt, so wie uns das die Hollywoodfilme weismachen wollen. Lug und Trug!"

Klick.

Kritisch prüfe ich das neue Foto.

Es ist nicht viel besser. Ich kann einfach keine guten Aufnahmen von mir selbst machen. Vielleicht sollte ich mir doch eine von diesen albernen Stangen zulegen, mit denen alle Touristen durch Rom laufen?

„Die meisten sind trotz bester Pflege einfach irgendwann ihren Verletzungen erlegen. Das war tragisch und das Volk hat sie beweint. Sie waren Helden, die bewundert und sogar geliebt wurden, so wie heute berühmte Schauspieler oder Musiker."

„Dann gibt es eben kein Foto von mir vor dem Kolosseum", murmle ich mir selbst zu. Gerade will ich mein Handy wieder in meine Gürteltasche stecken, als eine Pfote mir in das Sichtfeld fährt.

„Gibt schon her! Ich mache das blöde Foto!"

Ich blicke auf.

Vor mir steht ein Kater in Anzug und Sonnenbrille, geschniegelt und gestriegelt. Sein Fell ist dunkelgrau, bis auf einen weißen Kragen, der wie ein Hemd unter seinem Jackett hervorspitzt.

Ich schaue nach links, dann nach rechts. Es steht niemand neben mir, der diese Worte gesprochen haben könnte. Ich reibe mir die Augen, aber er steht noch immer da.

„Nun gibt schon her!", mault mich der Kater an und greift nach meinem Handy.

Ich bin so verdutzt, dass ich nicht schnell genug reagieren kann und es mir tatsächlich aus der Hand nehmen lasse.

Das Wesen hüpft zwei Meter nach hinten und richtet dann die Linse auf mich.

Klick.

„Äh ..."

Zu mehr bin ich nicht in der Lage. Ich wende abermals den Kopf suchend in alle Richtungen, doch ich sehe noch immer einen Kater, der mit meinem Handy in den Pfoten anscheinend Aufnahmen von mir macht.

Klick.

„Ich fürchte, wenn du weiter so ein konsterniertes Gesicht machst, werden diese Bilder nicht besser als deine Selbstversuche!"

Meine Mundwinkel verziehen sich zu einem nervösen Zucken. Bestimmt spielt mir die Hitze der Mittagszeit einen Streich! Ich bin zu lange in der Sonne gelaufen, so dass ich jetzt Gespenster sehe. Das muss es sein!

Klick.

„Mit viel Fantasie und Wohlwollen kann ich das für ein Lächeln durchgehen lassen", meint der Kater mit einem kritischen Kontrollblick auf die Vorschaufunktion.

Er reicht mir das Telefon zurück.

Ich reiße es ihm aus der Hand und wende mich abrupt ab. Eiligen Schrittes laufe ich die Straße hinunter in Richtung eines schattenspenden Baumes. Ich nehme einen kräftigen Schluck aus meiner Wasserflasche. Erst dann luge ich vorsichtig zurück.

Er ist weg.

Ich atme auf und trinke die Flasche in einem Zug leer.

Es ist mir nicht neu, dass man in der Wüste einer Fata Morgana, einer Luftspiegelung, unterliegen kann. Ich habe davon gehört, dass mancher in der Hitze einen Koller bekam. Und auch Halluzinationen sind mir ein Begriff. Aber ein sprechender Kater in Anzug und Sonnen-brille?

Nach einem weiteren kühlen Getränk in einer kleinen Bar, wo ich die Karte der Sehenswürdigkeiten studiere und alle bereits besichtigten abhake, beschließe ich, langsam und gemütlich zur Spanischen Treppe zu laufen. Im Schatten. Dort werde ich mich auf die Stufen setzen und nur schauen. Schließlich will ich Rom genießen und das kann man nicht, wenn man nur von einem historischen Anblick zum nächsten hechtet.

Genug damit!

Vorbei an der *Piazza Venezia* mit dem blendend weißen *Palazzo Vittorio Emanuele,* der laut meinem Reiseführer von den Einheimischen *macchina da scrivere*[140] genannt wird, weil seine vielen Säulen an die Tasten einer alten Schreibmaschine erinnern, lasse ich den nie enden wollenden Strom an lärmenden Fahrzeugen auf dem dortigen Kreisverkehr hinter mir und biege in ruhigere Nebenstraßen.

Mit einem *sorbetto* aus dunkler Bitterschokolade, das ich in einer edlen Eisdiele erstehe, schlendere ich gemütlich weiter. Die kühle Leckerei tut gut. Und ich sehe auch keine sprechenden Tiere mehr oder höre Vorträge über Gladiatoren.

Ich gucke in Schaufenster, beobachte Menschen, bleibe stehen und lausche einem Straßenmusikanten, der *imagine* von John Lennon bereits zum zweiten Mal spielt. Er hat eine schöne Stimme, also setze ich mich auf ein Mäuerchen und esse mein Eis dort ein wenig verträumt zu Ende.

Imagine, there's no heaven ...

Ein nie gekannter, intensiver Geschmack von Schokolade auf meinem Gaumen, eine historische *piazza* in Rom, hinreißende Musik, *dolce vita, ...* das kommt dem Himmel doch sehr nahe!

Ich schiebe den letzten Happen der Waffel in den Mund, dann gehe ich wieder weiter.

So nähere ich mich in aller Ruhe meinem Ziel.

An einer Bankfiliale beschließe ich, noch ein wenig Cash für den geplanten Abend an der *Fontana di Trevi* abzuheben.

---

[140] Schreibmaschine

Der gesicherte kleine Raum mit dem Geldautomaten ist besetzt. Eine alte Dame drückt in gähnender Langsamkeit auf seinen Tasten herum. Vermutlich holt sie sich gerade ihre Rente ab.

Ich warte und krame indes nach meiner Bankkarte. Ich kann erst hinein, wenn sie draußen ist. Das System ist umständlich, aber sicher.

Endlich tritt die Greisin durch die Tür der Sicherheitsschleuse.

Sie verheddert sich mit ihrem Stock, bevor sich die Außentür endlich hinter ihr schließt. Ich drücke ungeduldig auf den Knopf, um sie wieder für mich zu öffnen.

In diesem Moment tritt ein vermummter, großer Kerl zwischen sie und mich und richtet eine Pistole auf sie.

„Dammelo! Tutto! Avanti![141]*"*

Mir wird heiß und kalt. Ein Überfall!

Doch die Alte blickt gelassen auf und sieht den Übeltäter ruhig an. Dann schnauft sie, beinahe belästigt. Sie winkt mit der Hand ab, als plaudere sie mit einer Nachbarin: *„Ma che! Sono troppo vecchia per queste sciocchezze*[142]*!"*

Der Bandit scheint so verblüfft über diese Reaktion, dass er tatsächlich etwas verdattert von ihr ablässt.

Ich stehe wie zur Salzsäule erstarrt daneben.

Die Alte schlägt den Kerl ärgerlich mit ihrem Stock an das Bein und schlurft dann mit einem *„vattene*[143]*!"* von dannen.

Der Missetäter denkt gar nicht daran, abzuhauen. Doch er lässt die Rentnerin tatsächlich gehen.

Vielleicht erinnert sie ihn an seine Oma? Auch Verbrecher haben schließlich Großeltern.

Dafür bin ich es, die nun erschrocken in die Mündung der Pistole schaut, während er die Worte von zuvor wiederholt.

Mit zittrigen Beinen stammle ich etwas von „ich spreche kein Italienisch!", obwohl das gelogen ist, aber es ist das Beste, was mein Mut in dieser Lage zustande bringt.

---

[141] Gib es mir! Alles! Los!

[142] Was denn! Ich bin zu alt für solchen Blödsinn!

[143] Verschwinde! Hau ab!

„*Give me your money[144]*!", übersetzt der Verbrecher sogleich und ich weiß nicht, ob ich weinen oder lachen soll. Sogar die Welt der Einbrecher muss sich wohl der Globalisierung beugen, wenn sie in dieser Stadt erfolgreich sein will! Nicht einmal eine Verbrecherkarriere kann man noch ohne Englischkenntnisse machen.

„*Troppo tardi[145]*!", tönt eine Stimme hinter mir. „Einer deiner Kollegen hat ihr schon das Portemonnaie gestohlen! Vorhin. Sie hat nichts mehr. Sieh her! Da. Nichts!"

Ich winsle.

Gleichzeitig macht sich aber auch ein wenig Erleichterung ob dieser Worte in mir breit. Wer verteidigt mich da so heldenhaft?

Neben mir erblicke ich meinen unverhofften Retter. Der Kater im Anzug! Spielen mir meine aufs Zerreisen gespannten Nerven schon wieder einen Streich?

Doch auch der vermummte Dieb starrt bewegungs- und sprachlos auf ihn. Kann er ihn auch hören!? Und sehen!? Das wäre immerhin ein beruhigender Aspekt in diesem Drama, selbst wenn die Umstände alles andere als ermutigend sind. Aber es ist tröstend, dass ich nicht die Einzige bin, die einen Kater im Anzug sprechen hört.

In diesem Moment kickt der Kater dem Ganoven mit einer blitzschnellen Bewegung die Pistole aus der Hand, dreht sich einmal um die eigene Achse und fängt die Waffe mit einer Pfote aus der Luft auf.

Der Kriminelle macht entgeistert einen Satz nach hinten.

Ohne uns aus den aufgerissenen Augen zu lassen, macht er ein paar langsame Schritte rückwärts und dreht sich nach einigen Metern schlagartig um.

„*Streghe[146]*!", ruft er mir zu.

Er flitzt weg, so schnell ihn die Füße tragen. Dabei überholt er die alte Frau, die stoisch weiter die Straße hinab läuft, als wäre nichts geschehen.

„*Streghe*!", wirft er auch ihr im Vorbeirennen zu.

---

[144] Gib mir dein Geld!
[145] Zu spät
[146] Hexen

Der Kater zaubert einen Plastiksäckchen aus der Tasche, lässt die Waffe hineingleiten und verknotet den Beutel, wie ein Kommissar, der ein Beweisstück versiegelt.

„Du liebe Güte ...", stoße ich einen tiefen Seufzer der Erleichterung aus.

Allmählich komme ich wieder zu Sinnen. Meine Glieder zittern immer noch wie Blätter einer Birke im Wind.

„Wir müssen die Polizei rufen", murmle ich schließlich mit einem ersten klaren Gedankengang.

„Später", erwidert der sprechende Kater. „Oder willst du deine Sachen nicht zurück haben?"

Panisch kontrolliere ich den Inhalt meiner Taschen. Tatsächlich! Mein Geldbeutel ist nicht mehr da!

„Aber, wann ... wie ...?", stammle ich und starre das seltsame Wesen, das es eigentlich nur in meiner Fantasie geben kann, verwirrt an.

„Vorhin, als du dem Musiker so verträumt gelauscht hast!", erklärt der Kater routiniert. *Imagine* ... das machen sie gerne während dieses Songs. Da träumen fast alle und passen nicht auf! Wenn John das geahnt hätte!"

„Du meinst *John Lennon*?", frage ich, weil es sich anhört, als hätte er ihn gekannt.

„Genau der." Er winkt mir, ihm zu folgen. *Imagine!* Ich habe dem guten John damals gesagt, dass die Menschheit für dieses Lied noch nicht reif ist. Aber er hat ja nicht auf mich gehört."

Ich stolpere hinter dem Kater her, wie ein höriges kleines Kind. Zum einen, weil ich nicht fassen kann, was er mir da berichtet, und zum anderen, weil mich seine pure Existenz an die Grenzen meines Verstandes bringt.

Er eilt um eine Ecke in eine kleine Seitenstraße, dann wieder um eine andere über eine *piazza*, stets darauf bedacht, dass ich ihm auch folge.

Irgendwann bleibe ich abrupt stehen, weil mir bewusst wird, wie irrsinnig das hier ist. Das bilde ich mir doch alles nur ein! Und ich renne diesem Hirngespinst auch noch hinterher!

Sofort dreht er sich ungeduldig um und winkt mir: „*Dai! Sbrigati!*[147] Wir müssen sie erwischen, bevor sie die Sachen zur Sammelstelle bringen!"

Ich habe keine Ahnung, wovon er spricht, aber dieses Tier hat irgendetwas so Unbeschreibliches an sich, dass ich ihm willenlos hinterher hechte.

Nach mehreren Atempausen für mich, erreichen wir endlich den Vorplatz des Bahnhofs. Farbenfrohe Doppeldeckerbusse warten dort wie Taxis in einer Reihe auf Touristen, fahrende Händler verteilen sich auf dem Vorplatz und in den angrenzenden Straßen, Menschen eilen mit und ohne Koffer hin- und her.

Es ist noch immer sehr heiß. Ich wische mir den Schweiß von der Stirn.

Der Kater bleibt stehen und wirft demonstrativ einen Blick auf die Uhr. Ungeduldig winkt er mich weiter in eine Seitenstraße rechts des Zugterminals, entlang des Bürgersteigs, bis zu einer Stelle, wo das Trottoir über eine Treppe nach oben führt. Es gibt keine Ausweichmöglichkeit. Man muss nach oben. Grelle Graffitis verzieren die Mauern. Die Gegend ist wenig vertrauenserweckend.

Endlich bleibt mein Gefährte stehen.

Ich kann nicht mehr.

Ich bleibe auch stehen und atme schwer. Mit beiden Händen stütze ich mich auf meinen eigenen Knien ab.

Der Kater reicht mir wortlos eine Flasche Wasser.

Ohne zu verstehen, wo er diese hergenommen hat, ergreife ich sie und trinke gierig.

In diesem Augenblick ertönt ohrenbetäubendes Reifenquietschen, dunkle Fahrzeuge rasen von drei Seiten auf diese erhobene Stelle des Gehweges zu, kommen mit qualmenden Pneus zum Stehen.

Schwarz gekleidete Männer springen aus diesen Wagen. Sie halten schussbereite Pistolen in den Händen. Stimmen rufen Befehle durcheinander, als sie in wenigen Sätzen von zwei Seiten auf das Trottoir springen.

„Hände hoch! Stehen bleiben!"

---

[147] Komm schon! Beeil dich!

Oben auf der kleinen Plattform heben ein paar Typen sofort die Arme hinter den Kopf, andere flüchten in einen Hauseingang, verfolgt von uniformierten Gestalten.

Das alles geschieht, bevor ich die Wasserflasche wieder absetzen kann.

Schon werden die Männer, die sich ergeben haben, mit Handschellen in einen wartenden Kleinbus mit vergitterten Fenstern verfrachtet.

Das ist ja wie im Kino! Wie versteinert und mit einer seltsamen Faszination verfolge ich die Szenerie aus sicherer Entfernung.

Mittlerweile stehen wir nicht mehr alleine unbehelligt vor diesem Ereignis: Eine ganze Traube Schaulustiger hat sich in einem großen Kreis versammelt und filmen mit ihren Smartphones, wie weitere Festgenommene aus dem Hausinneren gebracht werden. Einige der *Carabinieri* beginnen, die gaffende Menge im Zaum zu halten.

Plötzlich drückt mir der Kater den Beutel mit der Waffe in die Hand und schiebt mich auf einen der *Carabinieri* zu, der gerade einen Verdächtigen im Kleinbus abgeliefert hat.

Er tippt ihn von hinten an.

Der junge Mann dreht sich um und sieht mich erwartungsvoll an.

Er hat stahlblaue Augen, pechschwarzes, kurz geschnittenes Haar und lächelt mich mit zwei bezaubernden Grübchen um seine Mundwinkel an.

„Was kann ich für Sie tun, *Signorina?*", fragt er mich mit Blick auf meine blonden Haare in gebrochenem Englisch. Wenn schon die Verbrecher mehrsprachig sind, dürfen die Polizisten dem wohl in nichts nachstehen.

Dass er mich trotz meiner fünfunddreißig Jahre mit Fräulein anspricht, schmeichelt mir. Ich streiche mir kokett eine Strähne hinters Ohr.

Da ich aber nicht weiß, was ich auf die Schnelle antworten soll, halte ich ihm nur stumm den Beutel mit der Waffe hin.

Er wirft einen prüfenden Blick hinein und sieht mich entsprechend forschend an.

„Woher haben Sie das?"

Als ich nur stammelnde „ähs" und „ems" von mir gebe, nimmt er mir das Säckchen aus der Hand, berührt sanft meinen Arm und führt mich zu einem abseitsstehenden Polizeifahrzeug. Er schiebt mich durch die offenstehende Hintertür des Wagens auf einen Sitz und bleibt selbst schützend vor mir stehen.

„Also: Woher haben Sie das?"

Verzweifelt suche ich mit den Augen nach dem Kater, aber er scheint wie vom Erdboden verschluckt.

„Äh ... ich wurde überfallen", rücke ich schließlich vorsichtig heraus.

„Wo?"

Bilde ich mir das nur ein, oder schwingt in seiner Stimme tatsächlich mehr als berufsmäßiges Interesse mit?

„An einem Geldautomaten, unten in der Nähe des *Pantheon*", antworte ich irritiert.

„Und das?"

Er deutet fragend auf den Beutel.

„Das ist die Waffe."

Er sieht mich ungläubig an: „Die hat der Angreifer ihnen gegeben?"

„Nein. Er ist weggerannt. Er hat sie zurückgelassen."

„In einem Beutel?"

„Das war ich", behaupte ich. „Wegen der Fingerabdrücke."

Er nickt und lächelt mich an: „Gut gemacht."

Ich senke ein wenig verlegen den Blick wie ein Schulmädchen, weil ich spüre, wie mir sein Lob Farbe ins Gesicht treibt.

„Was hat er ihnen gestohlen?"

„Nichts."

Nun guckt er mich doch verwirrt an.

Weil ich nicht will, dass mich dieser gutaussehende Gesetzeshüter für verrückt hält, füge ich schnell hinzu: „Meine Geldbörse wurde mir schon vorher gestohlen. Ich hatte zu diesem Zeitpunkt schon nichts mehr. Alles weg!"

Er räuspert sich.

„Also zwei Überfälle?", fragt er dann mit einem Hauch Skepsis in der Stimme, wie man es aus Krimis kennt, wenn der Kommissar beginnt die Aussagen zu bezweifeln.

„Nein, nur ein Überfall", erkläre ich mit allmählich festerer Stimme. „Den Diebstahl vorher habe ich gar nicht bemerkt! Erst, als ich vor dem Bankomat stand und der Typ von mir Geld gefordert hat. Das ist schon bei *imagine* passiert." Und dann füge ich schnell noch hinzu: „Glaube ich ..."

Trotz meiner verwirrten Aussage scheint der *Carabiniere* sofort zu wissen, wovon ich spreche.

Er nickt wieder und murmelt etwas von „ja, das kennen wir!", bevor er seinen Block und Stift aus der Tasche zieht.

„Jetzt erzählen Sie mir das alles ganz ruhig der Reihe nach", fordert er mich lächelnd auf. „Vielleicht sind Ihre Sachen ja bei den Dingen, die wir heute beschlagnahmt haben. Diese Bande arbeitet nach diesem System. Wir beobachten das schon länger."

„Auch der Sänger?", frage ich verwundert. „Der hatte eine unglaublich beeindruckende Stimme! Und der sah so harmlos aus?"

Anstelle einer Antwort fragt er mich nach meinen Daten und notiert diese beflissen. Dann sieht er mich so durchdringend an, dass meine Knie weich werden.

„Also bitte noch einmal ganz von vorne."

Mein Herz beginnt, so heftig zu klopfen, dass ich Angst habe, der *Carabiniere* könnte es hören. Ich zwinge mich, ruhig ein- und wieder auszuatmen. Der Polizist hier tut nur seinen Job! Und ich bin unschuldig! Warum also macht mich sein Blick so nervös? Und selbst wenn das Blitzen in seinen dunklen Augen nicht rein beruflich wäre - schließlich sind italienische Männer dafür bekannt, dass sie ständig oberflächlich flirten, nicht wahr?

Ich hole tief Luft und erzähle ihm von der alten Frau und wie sich alles zugetragen hat. Den sprechenden Kater erwähne ich mit keinem Wort.

Er schreibt genau mit, was ich berichte und lässt mich am Ende unterschreiben.

„Wo finde ich Sie?", fragt er mich dann zum Schluss.

Ich schaue ihn überrascht an.

„Wenn Ihre Sachen dabei sein sollten, bringe ich Sie Ihnen im Hotel vorbei."

„Ich habe noch kein Hotel", gestehe ich kleinlaut. „Ich bin erst angekommen. Ich wollte mir heute Abend was suchen. Ich reise gerne spontan."

„Nach Rom? Ohne Reservierung?"

Er sieht mich an, als sei diese Handlung die mutigste Tat, die ich an diesem Tag vollbracht haben würde.

Er wirft einen Blick auf seine Armbanduhr, dann in die Runde seiner Kollegen, die noch mit letzten Festnahmen beschäftigt sind.

„Wissen Sie was? Sie kommen jetzt mit mir aufs Revier. Ich habe gleich Dienstschluss. Dann helfe ich Ihnen, etwas Passendes zu finden. Ich kann Sie doch nach allem, was Ihnen hier widerfahren ist, nicht alleine lassen! Das schulde ich dem Ansehen Roms."

Ich lächle ihn an.

„Das wäre sehr nett von Ihnen! Da fällt mir ein Stein vom Herzen!"

Meine Antwort fällt ein wenig verzweifelter aus, als ich es tatsächlich bin. Aber es ist schon lange her, dass so ein attraktiver Mann mich eingeladen hat – auch, wenn es auf ein Polizeirevier ist. Außerdem hoffe ich, dass die Anwesenheit dieses äußerst charismatischen *Carabiniere* das erneute Erscheinen dieses merkwürdigen Katers verhindern wird.

Zwei Stunden später sitzen der nette Italiener und ich – er in Zivilkleidung, aber nicht minder fesch - in einem schnuckeligen Restaurant in der Nähe des *Fontana di Trevi*.

Mein Portemonnaie war noch nicht aufgetaucht. Er hatte behauptet, ich müsste in seiner Nähe bleiben, bis er das riesige Lager an beschlagnahmtem Diebesgut durchgeforstet haben würde. Das klingt zwar ziemlich fadenscheinig, aber ich füge mich gerne in dieses Schicksal.

Wir reden über Gott und die Welt, aber den Großteil des überaus leckeren Abendessens hindurch verbringt er damit, mir über die Entstehung vieler Bauten Roms zu erzählen. Ich lausche ihm hingebungsvoll, versunken in die Welt seiner Geschichten. Er macht den guten Ruf Roms weit mehr wett, als der Verbrecher vorher anrichten konnte.

Er berichtet über Roms *Pantheon*, das am besten erhaltene Bauwerk der römischen Antike, dessen Kuppel 1700 Jahre lang als die größte der Welt gegolten hat. Er erzählt mir von den über 2500 Brunnen der Stadt, den sogenannten *nasoni*[148], von denen manche der Endpunkt eines der elf großen Aquädukte sind, die einst das antike Rom mit Wasser versorgten. Auch über die zügige Fertigstellung des Kolosseums als ein wichtiges Element für die Erhaltung der politischen Macht, erzählt er mir. Im Jahr 69 n. Chr. , das Vierkaiserjahr, in welchem die politische

[148] Wörtlich: große Nasen

Lage so verworren war, dass innerhalb von zwölf Monaten vier Mal ein neuer Kaiser ausgerufen wurde.

„Unsere Regierung hat sich davon scheinbar noch immer nicht erholt!", lacht er. „Der häufige Regierungswechsel ist beinahe schon zur Gewohnheit geworden."

Seine Grübchen tanzen dabei fröhlich direkt in mein Herz und breiten sich in Form von heißen Wellen durch meinen ganzen Körper aus.

Ich fächle mir mit der Serviette Luft zu.

Er macht mich weiter neugierig auf den ehemaligen, antiken Hafen, der heute noch, außerhalb der Stadt, versteckt hinter Büschen als vieleckiger See zu finden ist.

„Ein verwunschener See?", frage ich neugierig. Davon hatte ich in meinem Reiseführer nichts gelesen.

„Ja, damals lag der Hafen natürlich direkt am Meer und war mit einem Kanal mit dem Zentrum Roms verbunden. Heute liegt der See in der Nähe des Flughafens und ist völlig verwaist. Wenn Sie wollen, zeige ich ihn Ihnen morgen. Da habe ich frei."

Ich nicke sofort und heftig zustimmend.

„Darf ich Sie Lisa nennen?", fragt er mich plötzlich.

„Con piacere[149]!"

Ich reiche ihm lächelnd die Hand.

Er greift sie und hält sie fest: *„Mi chiamo Marco.*[150]"

„Marco", wiederhole ich säuselnd. Ich kann diesen Tonfall nicht verhindern. Die Berührung seiner Hand entreißt mir die Kontrolle über meine Stimmbänder.

Er steckt einen größeren Geldschein unter die leere Weinflasche und zieht mich an der Hand vom Tisch hoch.

„Komm Lisa!", lacht er übermütig. „Ich zeige dir Rom bei Nacht!"

Und von diesem Moment an lässt er meine Hand nicht mehr los.

Willig lasse ich mich von ihm in Richtung des *Fontana di Trevi* führen.

Es ist eine laue Sommernacht, die Gebäude Roms erstrahlen in goldenem Licht, ein kobaltblauer Himmel wölbt sich über unseren Köpfen, Menschen flanieren in Sommerkleidung, Liebespaare küssen sich - wie

---

[149] mit Vergnügen
[150] Ich heiße Marco

mir scheint - an allen Ecken und Musik dringt aus jeder Richtung. Es kommt mir vor wie ein Spaziergang durch aneinandergereihte Melodien.

Doch alles, was wir von dem berühmten Brunnen zu sehen bekommen, sind die Rücken vieler Menschen, die allesamt versuchen, einen der begehrten Plätze an der Wasserfront zu ergattern. Wenn auch nur für den Moment einer Fotoaufnahme.

Marco führt mich um diese Ansammlung herum zu einer erhöhten Stelle, von der wir auf das türkisblaue Wasser, umsäumt von den vielen Köpfen, die diesen versteckten Fleck nicht kennen, herabsehen können.

Er greift in die Hosentasche und reicht mir eine Münze.

„Du hast einen Wunsch frei, wenn du triffst!", lacht er und wendet sich mit dem Rücken zum Brunnen.

Ich folge seinem Beispiel.

„Auf drei!", lache auch ich und zähle an.

Ich schließe die Augen.

Während ich noch laut zähle, versuche ich verzweifelt, einen Wunsch zu finden. Aber es will mir keiner in den Sinn kommen. Dieser Abend ist zu zauberhaft, als dass ich mir irgendetwas Schöneres vorstellen kann, das zu wünschen sich lohnen würde.

„ ... drei!"

Ich werfe die Münze ohne Wunsch über meinen Rücken.

Sofort drehen wir uns um, um zu prüfen, ob unsere Geldstücke auch in das Wasser gefallen sind.

„Die Menschheit müsste vor Glück nicht aus noch ein wissen, wenn alle diese Wünsche in Erfüllung gehen würden!", gebe ich zu Bedenken.

Anstatt einer Antwort, umarmt er mich mit festem Griff und küsst mich. Ein Sog wie ein Wirbelsturm erfasst mich und entzieht mir den Orientierungssinn. Beinahe gehe ich in die Knie.

„*Vedi*[151]!", grinst er verschmitzt. „Mein Wunsch ist schon in Erfüllung gegangen!"

Geistesgegenwärtig krame ich eine weitere Münze aus meiner eigenen Tasche – ein paar hatte ich griffbereit dort aufbewahrt.

„Na, wenn das so ist ..."

---

[151] siehst du

Damit werfe ich keck eine weitere Münze über meine Schulter und schlinge meine Arme um seinen Hals.

Ich verliere jedes Gefühl für Zeit und Raum. Mein Atem rast. Ich ziehe den herben Duft seines ganz persönlichen Geruchs tief ein, als sei es Opium. So sehr berauscht er mich auch. Mir scheint, als drehe sich der Brunnen zusammen mit seinem türkisblauen Wasser um uns, in einem endlosen Reigen, wie in einer Karussellfahrt.

Welch ein Tag!

Welch ein Abend!

Welch ein Leben!

Mitten hinein in diesen Rausch vernehme ich eine Stimme, dicht neben uns.

„Es werden jedes Jahr eineinhalb Millionen Euro hier ins Wasser geworfen!"

Ich wende den Kopf.

Der Kater!

„Kommt zumindest einem guten Zweck zu," fährt er belehrend fort. „Hier. "

Er kramt in der Innentasche seines Jacketts und reicht mir mein Portemonnaie.

Nur widerwillig löse ich mich aus Marcos Umarmung und greife danach. Unter dem fragenden Blick meines *Carabiniere* überprüfe ich den Inhalt und sehe fragend auf den Kater.

„Ich habe es entwendet, bevor die da es tagelang als Beweismaterial beschlagnahmen", erklärt er mit einem Wink des Kopfes auf Marco und schiebt lässig die Pfoten in die Hosentasche.

„Da ist ja dein Portemonnaie!", wundert sich dieser. „Dann ist es dir gar nicht gestohlen worden?!"

„Äh … scheint so", antworte ich geistesgegenwärtig und verstaue es sofort sorgfältig in meinem Taschengürtel.

Erleichtert über den unverhofften Fund, irritiert mich nun der wieder aufgetauchte vermeintliche Finder mehr, als alles andere. Offensichtlich nimmt Marco den sprechenden Kater nicht wahr?

„Warum kann er dich nicht sehen?", frage ich meinen mysteriösen Helfer.

„Wen meinst du?", antwortet Marco. „Diese Katze hier? Natürlich kann ich die sehen!"

„Er kann nur meine Kleidung nicht sehen. Und er kann nicht hören, was ich sage", erklärt der Kater gelassen. „Das ist auch nicht nötig. Ich werde euch jetzt sowieso verlassen. Meine Aufgabe ist erledigt."

Die Ankündigung erfüllt mich mit Erleichterung.

Mein Blick fällt auf die inzwischen leere Wasserflasche, die ich mir am Morgen in einem Souvenirladen gekauft hatte, weil mir der Spruch darauf so gefiel: Rom sehen und sich verlieben.

Ich ergreife sie und drehe sie nachdenklich in den Händen, als könne ein darin befindlicher Geist mir das Rätsel dieser Kater-Erscheinung endlich erklären.

Marco nimmt sie mir ab.

„Ich hole dir was zu trinken!", bietet er sich sofort an. „Nicht weglaufen! Ich bin gleich wieder da!"

Als er weg ist, zieht der Kater sein Jackett aus und wirft es lässig über die Schulter. Mit einer Hand hält er es locker an der Kragenschlaufe fest, mit der anderen setzt er seine Sonnenbrille wieder auf, obwohl es dunkel ist. Dann schiebt er eine Pfote in die Hosentasche. Er steht da wie ein Dressman im Fotoshooting.

„Wieso kann nur ich dich so sehen?! Und der Verbrecher? Der hat dich doch auch gesehen und gehört! Und Marco sieht dich nicht?! Was ist los? Was passiert hier? Was willst du von mir? Wer bist du?", rattere ich aufgebracht alle Fragen auf einmal heraus.

„Es ist anstrengend, mich Menschen sichtbar zu machen. Wenn es nötig ist, gebe ich mir große Mühe gegen eure Voreingenommenheit anzukämpfen", erklärt er trocken. „Normalerweise seht ihr ja nur das, was in euer Weltbild passt. Aber manchmal muss es eben sein."

Er stöhnt, als hätte er soeben eine große Anstrengung hinter sich gebracht. Dann blickt er auf und spricht: „Man nennt mich landläufig Amor, aber eigentlich heiße ich Massimiliano."

Ich sehe ihn kritisch an und presse die Lippen verbissen aufeinander: „Wenn du Amor bist, wo ist denn dann bitte dein Köcher mit den Liebespfeilen?"

„Pah! Liebespfeile!", macht er und wirft seinen freien Arm in großer Geste in die Luft. „Als ob ich zu solch brutalen Mitteln greifen würde!"

Dann beugt er sich wie im Vertrauen zu mir und flüstert: „Das menschliche Herz ist empfindlich. Einen Pfeil ins Herz, das überlebt doch keiner!"

Damit richtet er sich wieder auf und tönt: „Das ist nur so eine dumme Idee von euch Menschen."

„Es gibt aber genügend, die daran schon zugrunde gegangen sind!", behaupte ich.

Er wiegt den Kopf mit gnädigem Gesichtsausdruck hin und her: „Ja, stimmt. Aber gewiss nicht, weil ich ihnen Pfeile ins Herz geschossen habe! Solche Dramen habt ihr Menschen schon selbst zu verantworten und nicht ich! Hat dich der heutige Tag nichts gelehrt?"

Ich schweige.

„Meine Wege sind elegant subtil! Grobes Kurpfuschen lehne ich grundsätzlich ab! Das ist nicht meine Art."

„Subtil nennst du das?!", rege ich mich auf. „Ich sehe dich. Ich höre dich. Und fast alle anderen nicht? Ich werde jetzt den Rest meines Lebens an meinem Verstand zweifeln!"

Er zuckt gelassen die Schultern.

„Was regst du dich auf?! Du hast es doch in der Hand! Damit habe ich nichts zu schaffen! Du brauchst nur aufzuwachen! Es ist doch dein eigener Traum!"

Sonnenstrahlen kitzeln mein Gesicht.

Blinzeln.

Erwachen.

Sehr langsames Erwachen.

Ich schließe die Augen wieder, weil ich zurück in diesen Zustand will. Ich bin noch völlig hingerissen von dem intensiven Gefühl dieser Liebe und nun soll das nur ein Traum gewesen sein?

Ich bewege mich unter der Zudecke.

Nach und nach erwachen meine Sinne wider meines Willens.

Ich beginne, mich zu orientieren.

Dann bin ich völlig erwacht und ich erinnere mich:

Wir sind nicht in Rom, sondern in Neapel.

Neben mir im Bett rollt mein *Carabiniere* brummend herum und umschlingt mich mit seinem Arm. Er zieht mich fest an sich. Ich kuschle mich glücklich in die sichere Höhle, die sein warmer Körper bildet.

Auf dem Sessel im Eck ruht der Kater mit gleichmäßigen Atemzügen.

Vielleicht sollten wir auf dem Rückweg ein paar Tage in Rom bleiben?

Ich war noch nie in Rom.

Roman 2
Massimiliano
Verliebt in Bella Italia
ISBN: 9783748192923

Die bis über beide Ohren verliebte deutsche Lisa ist mit ihrem neuen Leben und ihrer neuen Liebe in Bologna überglücklich, als eine geheimnisvolle Nachricht sie in den Süden des Landes in das einst durch den Vulkanausbruch verschüttete Pompeji lockt. Während sich dort die Ereignisse überstürzen und Lisa und der charmante *Carabiniere* Marco mit kulturellen Unterschieden in ihrer deutsch-italienischen Beziehung kämpfen, spinnt der *geist*reiche Kater Massimiliano seine Fäden, um die beiden in seine ganz eigenen Pläne zu verwickeln. Eine humorvolle Beziehungskomödie in Italien mit spritzigen Dialogen, in welcher ein eleganter Hausgeist als Kater in Designeranzug herumspukt.

Massimiliano Verliebt in Bella Italia

Wer an diesem Ort lebt, so habe ich mir von Marco sagen lassen, der glaubt an Gott, an Schutzheilige und notfalls an Fußballer. An Vernunft und geschriebene Regeln glaubt er nicht.

Das sieht man und das hört man. Überall herrschen lärmendes Gewusel und ein Durcheinander ohne erkennbare Linien.

Ich drehe die Postkarte mit dem kitschig roten Sonnenuntergang über einem stechend blauen Ozean in meiner Hand und werfe einen Blick hinaus auf das offene Mittelmeer vor uns. Es sieht wirklich so aus, dieses Abendrot: Wie gemalt liegt die orange Sonnenkugel auf der Wasserkante am Horizont, bevor sie untertauchen und das Zwielicht um uns in ein schummriges Blau verwandeln wird.

Wir sitzen in einem Restaurant an der Uferpromenade Neapels, den Vesuv friedlich schlummernd in unserem Rücken. Die Stadt legt sich wie eine Gamasche um den Fuß dieses Berges und die lärmenden Straßen schlängeln sich wie Schnürsenkel an ihm empor. Palmen wedeln über unseren Köpfen im leichten Wind, der von der See hereingetragen wird und zahllose Oleander betören Passanten mit einem Farbenmeer an Blüten. Ich fühle mich fast wie im Urlaub.

Ich kritzle einen Gruß an meine Familie in Deutschland auf die Postkarte, die ich im Vorbeilaufen gekauft habe, und stecke den Kuli wieder in meine Handtasche. Dann widme ich mich endlich dem Teller Spaghetti, der seit einiger Zeit dampfend vor mir steht.

Da man an allen Marktständen in dieser Stadt frische *Carciofi*[152] anbietet, hatte ich mir Pasta mit Tomatensauce und Artischocken bestellt. Dies hatte dazu geführt, dass der Koch höchst persönlich an unserem Tisch erschienen war. Auf dessen Schürze waren sämtliche Saucen des Menüs vertreten gewesen, doch mit dem Stolz der südlichen Nation hat er mir erklärt, dass diese Kombination mit seiner Tomatensauce ein absoluter

---

[152] Artischocken

Tabubruch sei. Deshalb brachte mir der Kellner kurz darauf meine Spaghetti und das gewünschte Gemüse auf einem separaten Teller.

Nun kippe eben ich das Grünfutter selbst in die Pasta. Genüsslich schiebe ich die erste Gabel in den Mund. Mein italienischer Freund lehnt dankend ab, als ich ihm anbiete, davon zu kosten.

„Ich kann einfach nicht glauben, dass du einen sprechenden Kater in Anzug und Sonnenbrille als Mitbewohner hast", sagt Marco.

Er nimmt einen großen Zug von seinem *Spritz*[153], als müsse er seine eigenen Worte erst noch hinunterschlucken. Er sitzt in T-Shirt, leichter Sommerhose und getönter Sonnenbrille auf der Nase vor mir. Ein Anblick, der sehr ungewohnt für mich ist. In den wenigen Wochen, die wir uns kennen, habe ich ihn meistens in seiner schwarzen Uniform der *Carabinieri* gesehen.

Seit den ersten Tagen unserer taufrischen Beziehung habe ich mich mit jedem weiteren gefühlt verjüngt. Anstatt wie eine Fünfunddreißigjährige sitze ich nun wie ein verliebter Teenager da. Kauend spiele ich mit einer blonden Strähne meines Haares und himmle diesen Traummann an. Er kann einfach alles tragen! Auch in diesem Freizeit-Outfit sieht er schlicht umwerfend aus. Er würde vermutlich in schäbigsten Klamotten noch fescher wirken als mancher Dressman. Sein dichtes, schwarzes Haar würde sich wellen, wenn er es nicht stets militärisch kurz geschnitten tragen würde. Ich kenne ihn nicht anders als mit bronzefarbenem Teint und in Top-Kondition. Ich frage mich heimlich, wie tief gebräunt er wohl erst aussehen wird, wenn er seine Polizeistation in Bologna - meine neue Wahlheimat - gegen ein paar Tage am Strand hier eintauschen wird?

„Ein sprechender Kater!", wiederholt Marco. Er schüttelt dabei immer wieder verwundert den Kopf.

„*Penato*[154]!" korrigiert ihn der Kater. Der sitzt gemeinsam mit uns am Tisch. „Ich, Massimiliano Penati, bin ein Nachfahre der über zweitausend Jahre alten Dynastie der Penaten!"

Demonstrativ rückt er seine Sonnenbrille gerade. Ein Kellner hatte zunächst versucht, ihn zu verscheuchen, weil er ihn für eine streunende Katze gehalten hatte. Seine Empörung darüber wirkt noch sichtbar nach.

---

[153] Beliebter Aperitif, Aperol oder Campari mit Mineralwasser
[154] Römischer Hausgeist

Noch immer verfolgt er den Ober mit einem düsteren Blick.

Marco schweigt ihn nachdenklich an.

Ich ergreife seine Hand und drücke sie: „Auch ich habe lange gebraucht, bis ich ihn als sprechendes Wesen in Anzug und Sonnenbrille akzeptieren konnte. Ich weiß, wie es dir geht. Ich war zu Beginn selbst beinahe so weit, den Geist aufzugeben."

„Ja. Das stelle man sich mal vor!"

Massimiliano nimmt seine Brille ab, öffnet ein wenig sein Jackett, macht sich etwas Luft und guckt Marco sehr verschwörerisch an: „Sie wollte mich rauswerfen! Auf die Straße setzen! Dabei kann sie das gar nicht. Es ist nämlich meine Wohnung, in der sie lebt. Und dennoch musste ich alle meine Künste aufwenden, um sie endlich zu überzeugen."

Das stimmt zwar, aber ich sage nichts dazu. Ihm gehört das alte, renovierte Haus im Herzen Bolognas, in dessen Wohnung ich vor einem Jahr eingezogen bin. Als sich der Kater mir dort damals offenbart hatte, war mein erster Gedanke, sofort wieder auszuziehen. Heute bin ich jedoch froh, dass ich geblieben bin, weil ich nach einem Einbruch meinen *Carabiniere* kennengelernt habe.

„Ich kann dir gar nicht sagen, wie glücklich ich bin, dass Massimiliano für dich nun auch sichtbar ist!"

Ich weise mit der flachen Hand auf den Kater, als würde ich das neueste Waschmittel in einer Fernsehwerbung präsentieren. Die Einwürfe meines römischen Hausgeistes übergehe ich damit einfach.

Ich schiebe mir eine neue Ladung Pasta in den Mund.

Marco entgegnet noch immer nichts. Diesmal aber, weil aus seiner Hosentasche zum wiederholten Male ein Glucksen ertönt, das er bisher konsequent ignoriert hat. Nun überfliegt er die Nachricht mit einem schnellen Blick auf das Display seines Handys. Ein Schatten huscht über sein Gesicht.

„*Un attimo*[155]!"

Er springt auf und eilt mit einem Stirnrunzeln in eine Richtung hinter meinem Rücken davon.

Ich drehe mich neugierig um.

---

[155] einen Moment!

Er schlängelt sich, gestikulierend, mit dem Telefon am Ohr, durch die Nachbartische bis zu einem Inder, der den Arm voller langstieliger lachsfarbener Rosen plaudernden Touristen aufdrängt.

Kurz danach kommt Marco, ohne Telefon am Ohr, dafür aber mit drei Rosen in der Hand zurück an unseren Tisch. Ich kann gerade noch rechtzeitig die Nudeln in meinem Mund mit einem großen Schluck Wein hinunterspülen.

Er reicht mir eine Rose nach der anderen mit jeweils einem Satz und einem begleitenden Kuss: „Die ist für deinen Mut, dass du alleine nach Italien gezogen bist. Die hier dafür, dass du uns *Carabinieri* zu deinem Unfall gerufen hast und wir uns so kennengelernt haben. Und die dafür, dass du dich in mich verliebt hast!"

Er richtet sich auf und setzt gespielt kritisch hinzu: „Das hast du doch?"

„Hals über Kopf!"

Als Bestätigung springe ich auf, schlinge meine Arme um seinen Hals und küsse ihn zurück. Die Rosen piksen uns. Die Umarmung fällt deshalb kurz aus.

Während ich an den Blüten rieche, schmilzt mein Herz unter dem Nachhall dieser Worte schneller dahin als die Butter in allen Pfannen dieses stolzen Kochs.

Mein *Carabiniere* lässt sich wieder auf seinem Platz mir gegenüber nieder und greift unvermittelt unser Gespräch von vorhin wieder auf.

Er sieht mich dabei hoffnungsvoll an: „Vielleicht ist es ja nur so etwas wie ein kollektiver Geisteszustand, der uns verbindet, weil wir so verliebt sind? Möglicherweise sehen nur wir beide deinen Kater deshalb mit Designeranzug und Sonnenbrille, weil ..."

„Mein Zustand ist alles andere als kollektiv!", empört sich der Kater. „Leider! Ich bin bedauerlicherweise nur ein einzelner Geist und das ist schwer genug zu ertragen. Das ist gegen meine Natur! Es ist erstaunlich genug, dass ich all die Jahre auf diese Weise überlebt habe! Normalerweise sollten wir Penaten nämlich zu zweit oder zu dritt unterwegs sein."

Marco verschränkt die Arme vor der Brust, als müsse er sich vor einer unbestimmten Bedrohung schützen. Ich werfe Massimiliano einen ungeduldigen Augenaufschlag zu, der sagen soll, dass es hier nicht um ihn geht. Marco tut mir leid, denn ich kann mehr als gut nachempfinden, was er durchmacht.

Für ihn ist diese Entdeckung gerade mal wenige Stunden alt. Erst gestern, anlässlich unseres überraschenden Aufeinandertreffens in der Museumsstadt Pompeji, hat er zum ersten Mal die Stimme des Katers vernommen und ihn gesehen. Im Anzug! Und natürlich mit Sonnenbrille. Das muss verstören!

Ich selbst habe Wochen - nein - Monate gebraucht, um mich an diese ungewöhnliche Existenz in meinen vier Wänden zu gewöhnen. Selbst jetzt weiß ich noch immer sehr wenig über diesen antiken Geist im Körper eines Katers. Und das, obwohl er mir inzwischen so ans Herz gewachsen ist, dass ich die nächste Maschine nach Neapel genommen habe, um ihn nach seinem plötzlichen Verschwinden zu suchen.

Immer noch ist alles, was ich darüber weiß, dass mein mysteriöser Hausgeist-Kater auf einmal weg war. Er hatte mir eine Nachricht hinterlassen, ihn in Pompeji zu treffen. Die hatte ich aber erst nach Tagen entdeckt. Also hatte ich mich sofort auf den Weg hierher gemacht. Dieselbe Nachricht hatte auch Marco kurz nach meiner Abreise gelesen und daraus geschlossen, dass ein anderer Mann dahinterstecke. Deshalb sitzen nun nicht nur ich und der Kater hier, sondern auch er, weil er mir aus Sorge oder Eifersucht - vielleicht auch aus beidem – sofort nachgereist ist.

Doch die Hintergründe dieses plötzlichen Verschwindens des Katers kennen wir beide noch immer nicht. Es interessiert mich brennend, das endlich herauszufinden.

„*A proposito*[156]: unterwegs sein", greife ich seine letzte Aussage auf und lenke das Gespräch auf diese Frage. Ich picke mit der Gabel ein Artischockenherz auf und balanciere es in der Luft. „Willst du uns nicht endlich verraten, wieso du so überhastet nach Pompeji reisen musstest?"

Mit hochgezogenen Augenbrauen warte ich auf eine Antwort.

„Was heißt hier ‚überhastet'?", entgegnet der Kater pikiert. „Ich bin mit dem Zug gefahren! Und zwar mit mehreren lokalen Bummelverbindungen, die an jeder Milchkanne anhalten! Hast du eine Vorstellung davon, wie lange das gedauert hat?!"

---

[156] Bei der Gelegenheit; à propos

„Lenk nicht ab. Wieso bist du hier?"

Er kräuselt die Lippen und zwirbelt ausführlich sein Schnurrhaar, als müsse er über eine verzwickte Problemstellung nachdenken: „Womit soll ich nur beginnen?!"

„Vielleicht damit, dass du ohne ein Wort einfach verschwunden bist?", rege ich ein wenig bissig an. Meine Sorge hat sich inzwischen in beträchtlichen Ärger verwandelt.

„Das stimmt doch gar nicht, ich habe dir schließlich eine Nachricht hinterlassen!", verteidigt sich der Kater. Er streicht sich gemütlich über sein graues Fell wie ein Wohlgenährter über seinen vollen Bauch. „Ich habe dir auf dem Bildschirmschoner deines Computers genau angegeben, wo du mich treffen sollst."

„Er kann einen Computer bedienen?!", ruft Marco aus und beugt sich nach vorne in meine Richtung, als wolle er meine Antwort auf keinen Fall missverstehen, so unbegreiflich scheint er sie schon im Voraus zu finden.

Massimiliano verdreht theatralisch die Augen wie ein Regisseur, der einer zickigen Diva bereits zum x-ten Mal erklärt, wie er sich eine bestimmte Szene vorstellt.

„*Da capo!*"[157] Er wendet sich in meiner Muttersprache an mich, obwohl seine Worte eindeutig meinem Freund gewidmet sind: „Bitte erkläre ihm, dass ich kein ordinärer Straßenkater bin und dass ich mit zweitausend Jahren Lebenserfahrung auf einen reichen Wissensschatz zurückgreifen kann und im Zuge der technischen Entwicklung eine hohe Anpassungsfähigkeit bewiesen habe."

„Er spricht Deutsch?!"

Marco lässt sich mit diesem Ausruf wieder in die Stuhllehne zurückfallen, ergreift sein Glas und kippt seinen *Spritz* in einem Zug hinunter.

„Er hat mal eine Zeit lang in Bozen gelebt", erkläre ich beinahe wie selbstverständlich, gleichwohl ich selbst keine näheren Hintergründe zu dieser Begebenheit kenne. Und an Massimiliano gewandt, füge ich hinzu: „Wieso hast du nicht mit mir gesprochen, bevor du abgereist bist? Und wie kannst du überhaupt ein Ticket lösen, als Kater?"

„In der Reihenfolge deiner Fragen: Ich habe zwei Tage auf dich

---

[157] von vorne, von neuem

gewartet, aber du bist nicht nach Hause gekommen. Und ein Zugticket lösen? Dass ich nicht lache! Nichts ist einfacher als eine Lücke in einem Zug zu finden, in die man als Kater schlüpfen kann."

Touchée.[158]

Es war in der Tat die erste Nacht, die ich bei Marco verbracht hatte. Am darauffolgenden Tag waren wir stundenlang mit seinem Motorrad durch die Apenninen gekurvt und erst spät abends zurückgekommen.

Das will ich jedoch nicht als Entschuldigung gelten lassen. Schließlich habe ich mir wirklich große Sorgen gemacht und wir haben tagelang überall nach ihm gesucht. Ganz zu schweigen davon, dass ich einen überteuerten, da sehr kurzfristigen Flug von Bologna nach Neapel gebucht habe, um den Kater zurückzuholen.

„Warum hast du es denn so eilig gehabt? Hätte das nicht noch einen Tag warten können?"

„Oh, nein. Ganz und gar nicht."

Der Kater setzt ein wichtiges Gesicht auf und schüttelt den Kopf wie ein Professor, der damit die sträfliche Ignoranz seines Gegenübers deutlich machen will.

Ende Leseprobe

---

[158] Franz.: Treffer

Massimiliano
Rezept für Liebe piccante

Illustrierte Ausgabe
ISBN-10: 3749478368
ISBN-13: 978-3749478361

Taschenbuch
ISBN: 9781796650327

Endlich darf die deutsche Lisa nach dreimonatiger Trennung ihren italienischen Traummann wieder in die Arme schließen. Doch das verliebte Paar kann seine Frühlingsgefühle in Bologna kaum genießen. Eine Überraschung nach der anderen stürmt auf die beiden von deutscher und italienischer Seite ein. Selbst der *geist*reiche Kater Massimiliano kann dem Treiben nicht entkommen, obwohl er selbst gehörigen Anteil an manchem Durcheinander hat. Die frische Liebe wird ernsthaft auf die Probe gestellt. Eine humorvolle Beziehungskomödie in Italien mit spritzigen Dialogen, in welcher ein eleganter Hausgeist als Kater in Designeranzug herumspukt.

Ebenfalls erschienen von der Autorin:

Kleine Feigheiten
Wie wäre das Leben, wenn ...
ISBN: 9783751972895

Das Glück ist
ein Miststück
Ein ironisch-psychologischer
Roman über Wendepunkte im Leben

Wie würde unser Leben verlaufen, wenn es die kleinen Feigheiten nicht gäbe? Diese Momente, in denen wir davor zurückschrecken zu tun, was richtig ist. Oder wir eine neue Erfahrung zulassen könnten, die uns weiterbringen würde? Wenn wir uns nicht aus einem Impuls heraus ab*schirmen* würden? Wenn wir immer und in jeder Lage überlegt und bewusst handeln könnten? Nicht aus abgewogenem Risiko, sondern aus dem schlichten Grund, den Mut aufbringen zu können, aus der eigenen Komfortzone zu treten. Dieses Buch ist eine Aneinanderreihung von Kurzgeschichten in den späten siebziger Jahren, zum Nachdenken und in sich gehen, über Personen, die unterschiedlicher nicht sein könnten und doch vieles gemeinsam haben.

Lissy ist als reife Journalistin glücklich wie noch nie. Da ereilt sie auf geradezu groteske Weise der Verlust ihrer großen Liebe. Ihre beiden Schwestern stehen ihr zur Seite, als sie entdecken, dass die Urne des Dahingeschiedenen vertauscht wurde. Lissy setzt alles daran, die Asche ihres Geliebten um jeden Preis zurückzuholen und gerät damit in ein riskantes Fahrwasser, das die drei Frauen vor immer mehr irritierende und spannende Situationen stellt. Lebenslange, gewohnte Verhaltensweisen scheinen vor diesen absonderlichen Konstellationen plötzlich nicht mehr zu funktionieren. Ein ironisch-psychologischer Roman mit hintergründigem Humor, über Wendepunkte im Leben, Glück im Unglück, die Konfrontation mit dem eigenen Selbst und bizarren Überraschungen.

Märchenwelt der Transaktionsanalyse

Psychologische Märchen und Erzählungen für Erwachsene zur Entwicklung der Persönlichkeit

ISBN: 978-3-7431-6319-5

Spiele der Tiere

Fabeln für Erwachsene zur Spiele-Theorie der Transaktionsanalyse

ISBN: 9783753435374

Diese Sammlung neuer Märchen in traditionellem Stil ist für alle Erwachsenen, die die Entwicklung der Persönlichkeit als einen nie abgeschlossenen Prozess betrachten. Die unterhaltenden Erzählungen basieren auf der Lehre der Transaktionsanalyse (TA) und vermitteln eine Botschaft, die der Leser auch ohne Kenntnisse der TA auf sich wirken lässt. Jede Geschichte ist in sich abgeschlossen. Doch sie fügen sich zu einem großen Gesamtbild zusammen, da sie in einem Königreich spielen und die verschiedenen Figuren in den Märchen immer wieder auftauchen. Die Erzählungen brechen auf sanfte Weise mit traditionellen Rollenvorbildern, ohne die Faszination der historischen Figuren zu verlieren.

„Spiele der Tiere" ist eine Sammlung neuer Fabeln für Erwachsene nach der Spiele-Theorie der Transaktionsanalyse (TA). Die Geschichten sind leicht verständlich, kurz und in traditionellem Stil gehalten. Die Erzählungen behandeln ausschließlich das Thema der psychologischen Spiele nach Eric Berne (teilweise auch Gefühlsmaschen). Die Fabeln erzählen anschaulich und verständlich verschiedene Beispiele von typischen Maschen und Spielen Erwachsener, deren vorhersehbares, ungutes Ende, und auch, wie man aus dieser Dynamik aussteigen kann. Sie vermitteln auf diesem Wege eine Botschaft, die der Leser auch ohne Vorkenntnisse der TA auf sich wirken lassen kann.

Weiß der Kuckuck, wie der Hase läuft
Tiergeschichten für Kinder
über Streit und Versöhnung

(Für Kinder ausgewählte Fabeln der Transaktionsanalyse)
ISBN: 9783753463834

Warum transportiert ein Hai einen kleinen Hund auf seinem Rücken? Wieso will ein Papagei ein Nilpferd heiraten? Und wer hat überhaupt jemals ein fleißiges Faultier gesehen? In diesen Geschichten ist es aber so. Und das hat auch alles seinen Grund, auch wenn der nicht immer ein guter ist. Aber die Tiere sind schlau. Sie haben Ideen, obwohl es manchmal etwas dauert. Doch vielleicht hast ja auch du noch einen Einfall und kannst ihnen helfen?

„Weiß der Kuckuck, wie der Hase läuft" ist ein Kinderbuch zum Vorlesen oder selbst lesen. Die Fabeln erzählen von Streit zwischen verschiedenen Tieren, wie sie sich auch wieder versöhnen und aus den Ereignissen lernen. Die Geschichten eignen sich gut, um in Gruppen mit Kindern darüber zu diskutieren. Die Fabeln erzählen von Verantwortung für das eigene Verhalten. Die Geschichten sind speziell für Kinder ausgewählte Fabeln aus dem Sachbuch zur Spieletheorie der Transaktionsanalyse „Spiele der Tiere".